PLAY ON

THE NEW SCIENCE OF ELITE PERFORMANCE AT ANY AGE

アスリートは歳を取るほど強くなる

パフォーマンスのピークに関する最新科学

JEFF BERCOVICI　ジェフ・ベルコビッチ　船越隆子◉訳

草思社

PLAY ON
by Jeff Bercovici

Japanese translation published by arrangement with
Jeff Bercovici c/o Levine Greenberg Rostan Literary Agency
through The English Agency (Japan) Ltd.

アスリートは歳を取るほど強くなる

――パフォーマンスのピークに関する最新科学――

目次

はじめに
生涯アスリート時代の幕開け

chapter 1
熟年アスリートの身体も進化し続ける

＊（　）で囲まれている箇所は原注
＊〔　〕で囲まれている部分は訳注
＊本文中の年齢や所属などは２０１６年の執筆当時のものです

アスリートは歳を取るほど強くなる

パフォーマンスのピークに関する最新科学

はじめに

生涯アスリート時代の幕開け

4分——たったの4分間なのに、こんなに苦しいなんて。これまで生きてきた中でも経験したことがない。まだ半分しかたっていないのに、もうへとへとだ。残りはあと120秒、どうやって耐えしのごうかと考えあぐねる。そんなときに、僕を苛んでいる男は、冗談ともつかない台詞を言って、苦しんでいる僕にさらに追い打ちをかけてくる。南部出身で一見感じの良さそうなジョエル。彼が言った言葉は、実は冗談ではなかったのだが、そうわかるのはもう2分あとのことだ。

「脅かすつもりなんか全然ないんですけどね」。ジョエルは言う。「コヨーテの群れが、こっちをじっと見てますよ」

「そう？　そりゃ最高だねえ」。僕はゼーゼー言いながら、顔の正面でゆっくりと上がっていくデジタル表示の数字に目を戻した。

でもまあ、僕を見ているコヨーテたちがいるとしても、そう不思議なことではないんじゃないかな。ウサギや、たまにはうっかり外に出てきた飼い猫を追いかけるやつらがいるのは、アリゾナ州フェニックスのこんな何もない郊外では珍しくない光景だろう。あいつらの目に映っているものが想像できる――小柄で華奢な38歳の男。そいつが、黒いスチール製のマシンに手足全部を使ってしがみつき、身体のあっちもこっちも今にも壊れそうになってゼーゼー喘いでいるわけだ。ぴったり貼りついた衣服を、湿ったソーセージの皮みたいに剝いでしまっても、腐肉をあさる獣たちの群れにとっては、繊維質の多い箸休めの料理くらいにしかならないだろうけどな。

アスリートを万全に仕上げるビジネス

いや、もちろんここは、野生動物が襲ってくるなどありえない場所だ。僕がいるのは、「Ｅｘｏｓ（エクソス）」という企業が運営している施設で、３万１０００平方フィート（約３０００平方メートル）の敷地に、１０００万ドルをかけて最新式のトレーニングおよび健康維持のための設備を備えている。以前は、「アスリーツ・パフォーマンス（Athletes' Performance）」という企業名で知られていたが、現在はＥｘｏｓが、一連の施設を所有している。ロサンゼルス、アトランタ、サンディエゴ、ダラス、ペンサコラと、そのほとんどがアメリカ南部の温暖地帯であるサンベルトに点在している。施設のある場所は、プロのアスリートたちが、短くなる一方のオフシーズンを過ごす地域とだいたい符合する。そして、ここの施設がそのキーステーションとなっている。

Ｅｘｏｓのクライアントには大企業や米軍も含まれてはいる。だが、Ｅｘｏｓがなぜその名を知られているかと言えば、世界最強・最速クラスの選手たちを、競技シーズンが始まるまでに最高の状態に仕上げてくれるからだ。7月のこの日には、30人ほどのNFLの選手の一団が、ここへやって来た。3週間のうちにはそれぞれのチームのキャンプに入るはずだが、その前に、自分たちのコンディションにメスを入れようというのだ。ここフェニックスでは、気温が体温以上にならないうちに、朝早くに屋外でのトレーニングをこなさなければならない。今朝7時、僕は、ノートを片手にできるだけ近くまで行って見学した――バッファロー・ビルズのルショーン・マッコイ、ニューオーリンズ・セインツのキャメロン・ジョーダン、ニューヨーク・ジャイアンツのプリンス・アムカマラ、サンフランシスコ・フォーティナイナーズのコリン・キャパニックや、そのほかにも恵まれた遺伝子をもつ百万ドルプレイヤーたちが、フットボールに特化したフィットネスのプログラムをこなしていた。ＥｘｏｓのNFL担当主任トレーナーであるブレット・バーソロミューが指示を飛ばすなか、色分けしたコーンの間をダッシュしたり、バンジーコードに引っ張られながら、立ち姿勢から左右に加速したり。選手たちは見るからにハードに動いていたが、ゲータレードやナイキのコマーシャルで見るドラマ仕立てのハードワークとはまったく別物だった。苦しそうにゆがんだ顔や、「もう1回お願いします！」とか叫ぶ声もなかった。重要視されるのはその中身であって、ど根性を見せるか見せないかではないのだ。バーソロミューは、あとでこう説明した――シーズンに向けて選手の状態を仕上げることと、「合同トレーニングの場で、1つのメニューにこだわりすぎること」――40ヤード（約36・6メートル）のダッシュを何回したか、ベンチプレスを繰り返したか、とかそういったこと――はあまり関係がない、と。「真のベテランの選手には、身体のケアをして、すべてを適切な方法でやることが大切なんだ」と、彼は言う。いまは真昼で、砂漠の焼けつくような太陽がそのまま頭上から照りつけてくる。気温42℃で湿度9％。選手たちは、バーソロミューからの指示で、数時間前には宿舎に帰されていた。午後の昼寝をするか、ジェットバスで寝そべるか、ヨガをしたり、ビデオゲームをしたりするとか――これ以上運動を続ける以外なら、何をしてもいい。「いいか、筋肉は銀行口座みたいなもんだから、だいじなものを貯めこんどけよ」。バーソロミューが諭すと、選手たちはスムージーを取りにカフェテリアに消えていく。スムージーは、個々人の体組成や汗のかき方に合わせて調整されたリカバリーのためのものである（アスリートたちが十分な水分を確実に摂取するために、トイレにはポスターが貼られている。わざわざ小便器の前に貼って、尿の状態もまた大切な目安になるということを伝えているのだ）。全員がトレーナーの言葉に耳を傾けているように見えて、キャパニックだけは違っていた。彼はその後も4時間、施設内の飛行機の格納庫ほどもあるウェイト・トレーニング室にいた。タトゥーの入った彼のみごとなトルソ（胴体）はもうすでに有名だ。その体躯をまたさらに磨こうというのか。

パワーの違いが年長と若年を分かつ

時間があったので、僕は、筋力増強およびコンディション調整を専門とするベテランコーチ、ジョエル・サンダースのトレーニング・セッションに登録をしてみた。彼は背が高くてほっそりしているが、熱心なコーチで、ジョージア州サバンナ出身の30歳。Ｅｘｏｓに来る一般の顧客を中心に担当している。たとえば、シリコンバレーのベンチャーキャピタリストが、目をかけている投資先企業のCEOたちを四半期ごとに連れてくる。週末の連休中のCEOを、ブートキャンプ・タイプのトレーニングや、温冷プール、オーガニックな食事、上質のマッサージなどでもてなすらしい。僕と同じセッションに参加したのは、ダンという長身のクールな男だ。大学のバスケットボール選手だったが、最近卒業したばかりで、シーズン前に負傷者を出したNBAのチームからお誘いがかかることを期待して、コンディションを維持しようとしているのだった。

ジョエルの指導は、フォームローラーの上で前後に動いて、足や背中をマッサージしてもみほぐすところから始まる。僕は、この機会にジョエルに尋ねてみようと思った――僕とダンとの違いはなに？　10インチ（約25センチメートル）の背の違いと、生まれもっての運動選手の特性の違いが、明らかに、彼をNBAに入れそうなほどの有望な選手にし、僕を根っからのジャーナリストにした。いいや、そういうことではないんだ。僕が疑問に思っているのは、16歳という僕たちの年齢差の意味についてだった。運動選手目線で言うならば、22歳のときと、32歳、42歳、52歳のときでは、何が違うのだろうか？

「手を、胸の上に置いてください」。ジョエルの言うとおりにする。「そうしたら、中指で、できるだけ強く胸をたたいてください」。それにもしたがう。トン、トン、トン。「手をそのままにしていて」。ジョエルが手を伸ばしてきて僕の中指をつかみ、後ろにそらせておいて、放す。僕が自分で動かさなくても、指は胸をたたいた――パシッ！

「トン」と「パシッ！」では〝パワー〟が違います、と彼は言う。物理学的に言えば、パワーは、仕事を時間で割った仕事率のことだ。誰にでもわかりやすく言えば、力を素早く発揮できる能力のこと。もし、100ポンド（約45キログラム）のダンベルを持ち上げて、ジムの端から端まで歩けたら、あなたは強い。もし、同じダンベルをつまみあげて、ジムの向こうまでほうり投げることができたなら、あなたは強いだけでなくパワーに満ちているということになる。ポイントガードの積極的な第一歩、テニス選手の時速140マイル（約225キロメートル）のサーブ、ディフェンスの隙間をすり抜けるランニングバックの瞬発力、バレーボールのアタッカーの強烈なスパイクなどを讃えるとき、それはパワーを称賛している。若い選手と年輩の選手を分けているのは、他の何よりもパワーです、とジョエルは言う。それこそが、僕たちのここでの関心事だった。

僕たちは、ダイナミックなウォーミングアップを始める。膝にゴムバンドを巻き、前後、左右に足を動かす。その場で、足の先だけを使ってランニングをし、そこからいきなり膝を曲げてスクワットに入り、大腿四頭筋と臀筋を活性化させる。尺取り虫のような動きもする。足を伸ばしたまま両手を前について手で歩き、次に、身体が二つ折りになるくらい、その手のところまで足で歩いていくのだ。軽く汗ばんできたら、トレーニングが正しく始められた証拠だ。ジョエルが僕たちそれぞれに、メディシンボールを渡す――ダンには大きいもの、僕には小さいものを。ジャンプして、そのボールをはるか高い天井めがけて12回、投げ上げる。そうしてさらに、腰をひねって床にたたきつけるのを12回。僕たちは、ショルダー・プレス、ケーブル・ロウ、片足のスクワット、ルーマニアンデッドリフトもする。ハードだが楽しい、いいトレーニングだ。僕はなんとか、コリン・キャパニックの前でぎこちないところを見せずにすんだ。彼はまだジムの向こうの隅にいて、ケトルベルを使って何やら難しそうなトレーニングをしていた。一方僕は、もうやり切った気になっていた。

「最高」のフィットネスマシンを体験

もうひとつやりましょう。ジョエルはそう言うと、僕を窓際に置いてあるマシンのところへ連れて行った。これはね、「ヴァーサクライマー」と言うんです、とジョエル。Ｅｘｏｓでトレーニングするアスリート全員が嫌がるマシンだそうだ。実際、僕もあとで、これはどこのアスリートだって嫌だろう、と納得することになるのだが。クリーブランド・キャバリアーズ専属の筋力トレーニングコーチが、ＮＢＡの２０１６年チャンピオンシップのシーズンオフ中に、どれだけ多くのプレーオフが予定されても大丈夫な体力をつけるためにと考えてたどりついたのが、このヴァーサクライマーだった。フォワードのトリスタン・トンプソンは、「ヴァーサクライマー憎し」という気持ちを共有できたことが、チームのつながりを強くした、と言っている。最高の鉄人でフィットネスのカリスマでもあるマーク・シソンは、ヴァーサクライマーを「これまで考案されたなかで最高のフィットネスマシン」と称したが、「たいていの人にはハードすぎる」という難点がなければ、もっと人気が出るだろうに、とも言った。利用した少数派の精鋭ですら、そのハードさゆえに続けられないくらいなのだ。ただ、使い方はいたってシンプルだ。ペダルに足を置き、ハンドルを握って、登っていく動作をするだけ。デジタル表示で、どれだけ登ったかがわかる。僕の目標は、ジョエルによれば、僕のフィットネスのレベルなら可能だろうという「４分間で４００フィート（約１２０メートル）登る」だった。

４分間だって。どれくらいハードなものなんだろう（61歳のシソンは、４分間で１０００フィート（約３００メートル）ずつ登るらしい）？　さあ、スタート。でも、30秒もたたないうちに僕は理解した。４分というのは、実際にはとんでもなくハードだ。１分とたたないうちに、もう僕は思った――**これを、あと３分もできるんだろうか**。さらに30秒が過ぎる頃には、僕はもう何も考えられなくなっていた。身体じゅうのグリコーゲンが、疲れ果ててしまったアデノシン三リン酸（ＡＴＰ）に取って替わるために筋肉へと急行してしまって、前頭葉を働かせる分はもう残っていなかった。そうして、2分くらいたったところで、ジョエルが、例のコヨーテの冗談（本当は冗談ではなかったのだけれど）を言うのだ。僕は、ほとんどわかっていなかった。このトレーニングが、これまで体験してきたどんなものと比べても、なぜこんなにひどく耐えがたいのかも説明できない。ただ、このマシンは、全身のどこも休むことを許さなかった。急峻な坂道を自転車で上るときには、たとえば、大腿四頭筋と臀筋がもうやめてくれと弱音を吐くかもしれないが、でもそれは下半身だけのことだ。ヴァーサクライマーでは、休ませる部位がない。身体のどこもかしこも、意識しないままやりすごすことができないのだ。けれども、たったの４分だよ、そうだろ？　３分を過ぎた頃には、どうにか最後までいけるのではないかと、かなり確信を持ちかけてはいたが、一方で、胃にたまった真っ黄色のスポーツ飲料をドバッと吐いて、そこで即終了になるかも――それはもう賭けでしかなかった。ついに、時計が４分に達した。

登った総距離は、３９９フィートだった。

ペダルから降りるときには、ジョエルが僕の背中を手でしっかりと支えてくれたが、まるで酔っ払いのようにマシンの周りでよろめいた。ジョエルは僕にスポーツ飲料を差し出し、床に座らせてくれ、筋力回復のために両脚を振動マシンに載せてくれる。ちょっと休んでいてください、と彼が言う。僕は脇に頭をもたせかけた——そして、その時だった、ジョエルが結局は冗談を言っていたわけではないとわかったのは。やつらがこっちを見ていた。ココーテが6「匹」。固有名詞の「ココーテ」。つまり、NHLの地元チーム、アリゾナ・コヨーテズのメンバーたちだったのだ。ストレッチの専用エリアで半円になって座り、フォームローラーを使って身体をほぐしている。僕の苦しむ姿を初めから終わりまで全部見ていたんだ。いまも、興味津々で僕のほうを見ている。日ごろエクササイズの苦行を体験している、こうしたプロのアスリートたちが関心をもって見ていたくらいだから、僕のトレーニングは、自分で実感したより、もっとずっと危なっかしいものに見えたに違いない。彼らはこう思っていたことだろう——**あのチビのやさ男は何者だ？　俺たちのジムで死にそうになってるぜ、一体ここで何をしてるんだ？**

こっちこそ聞きたいよ、僕はここで何してるんだ？

歳を取るほど広がるスポーツの可能性を求めて

実際は、そう複雑な事情があったわけではない。僕がＥｘｏｓにやって来たのは、ある種類のトップ・アスリートたちのことを知るためだった。同年代の人たちがほとんど消えていく年齢になっても、まさに最高レベルのパフォーマンスを見せて戦い続けている人たち。彼らは他の人と何が違うのか。ハイレベルのスポーツは若者たちのものだ、という今までの常識などものともしない、何か秘密の要因があるのではないか――それを知りたいのだ。彼らがどうやってトレーニングやリカバリーをしているのか、食事や睡眠をどうしているのか、どのようにして健康体でいられるよう、または怪我が治るようにしているのか、彼らのDNAやミトコンドリアの中には何があるのか。シーズンを通して、しかも何十年もの間、より良い状態を保つために、彼らは何を考え、学び、入念に計画を練って、モチベーションをあげているのかが知りたい。そうした疑問への答えには、僕たちの多くが何よりも望んでいること――歳をとっても健康で、エネルギッシュでポジティブでいられて、いい歳の取り方をわかっている気分でいられて、そして、人生という廊下を歩いて行くにつれ、可能性の扉が次々と閉まっていくよりも、むしろ新しい可能性の扉を開けていく何年間もの長い道のりを経験できる――そういう可能性への鍵があると、僕は信じているのだ。

　こうした探求心が、僕をいろいろな場所へと導いた――トレーニングキャンプ、トーナメントの試合、研究所、病院、アンチエイジングのクリニック、医学会、専門技術会議など。そしていろいろな人にインタビューもしてきた――スーパーボウルの優勝選手たち、オリンピックの金メダリスト、ワールドカップに出場したサッカー選手、ビッグウェーブを乗りこなすサーファー、山中を滑るスキーヤー、遺伝学者、生体力学（バイオメカニクス）の専門家、発明家、スポーツ心理学者、整形外科医、米軍特殊部隊のエリート工作員。また、アメリカンフットボール選手のトム・ブレイディやテニスプレイヤーのセリーナ・ウィリアムズの体調管理をしている、独学でマスターした健康管理のカリスマのような、どのカテゴリーにも入らない職業の人たちにもインタビューをした。僕の目的は、栄養学から脳科学、はてはバーチャルリアリティの世界まで、彼らが話してくれる最新の進捗状況、そして今後はどんな発展があるのかといったことなど、そのすべてを把握することだった。

「高齢」アスリートを表す言い回し

年齢とスポーツ――これは、切り離して考えられない。どちらかだけについて話そうとすると、会話はすぐに終わってしまうだろう。あなたがもし30歳過ぎだとすると、おそらく、スポーツの試合を観戦したこともあるだろうし、解説者たちが、あなたよりも何歳か若いアスリートがもうピークを過ぎたかどうかを延々と論じているのも聞いたことがあるだろう。アメリカのスポーツ専用ケーブルテレビ局ESPNの午後の番組はたいてい、「高齢」を表す遠回しの表現を10個以上用意している。ベテラン選手の誰それのタンクにはまだガスが十分にあるか？　彼のタイヤには、まだ溝が残っているだろうか？　足を踏みはずさないか？　まだ速球は健在か？　よく飛ぶボールが使われていた時期のホームランバッターは、レコードブックでは、名前の横に参考記録であることを示すアスタリスクがついて区別されるが、それと同じようではないか。年長の選手は、それだけでもう記憶に残る。実際、30歳を過ぎたトッププレイヤーのプロフィールを雑誌やテレビで紹介する際には、「熟年選手の誰それ」という決まり文句を入れなければならないという暗黙のルールがある。

これらは意地悪で、あえて入れているわけではない。スポーツとは、努力と勇気、才能と根性、チームワークと個人技の素晴らしさを通しての、我々の身体の限界への挑戦である、という考えがそれらの中心にある。たとえ相対的なものであれ、年齢は、そういった限界となる要素の中で、最も手ごわい究極のものだ。「高齢」が指す年齢は、スポーツの種類によって違ってくる。ウルトラエンデュランス・スポーツでは、40歳を過ぎるまでピークがこない選手もいるし、一方、体操選手はピークが22歳を超えることはめったにない。30歳のＮＦＬのスター選手なら、引退が近いかもしれないし、プレーするポジションによっては全盛期に入ったばかりかもしれない。それでも、選手人生のどの時点でも、亡霊はぼんやりと現れてくる。幸運な選手は、怪我や、トレードや解雇を免れたりできるかもしれないが、歳を取らずにすむ人はいない。言いならわしにあるように、「時の翁」には勝てないのだ。

熟年アスリートの黄金時代

けれども最近は、足を踏みはずしているのは「時の翁」のほうではないかと思える。大々的にアナウンスされたわけではないが、ここ数年で、年齢の高いアスリートたちにとっての黄金期がやってきている。スポーツ界のどこを見ても、ほんの30年ほど前なら明らかにもう歳だと思われたような選手が試合に出て、しかも勝ったりしている。たとえば、２０１６年の1年間だけを見ても、２月には最年長で先発したクォーターバック、39歳のペイトン・マニングがスーパーボウルで優勝した（翌年2月には、また別の39歳、トム・ブレイディが偉業を成し遂げることになる）。テニスでは、ウィンブルドンのディフェンディング・チャンピオンであるセリーナ・ウィリアムズが、最年長の34歳でグランドスラムの優勝を決めた。翌年２０１７年の全豪オープンでは、自身がその記録を破ることになる。バスケットボールでは、サンアントニオ・スパーズが、殿堂入りが確実な40歳のティム・ダンカンをリーダーとするＮＢＡで平均年齢の最も高いチーム編成で、ホームでの41勝1敗という圧倒的な成績も含めて、レギュラーシーズン82試合で67勝という快進撃。ＮＨＬでは、自身の26シーズン目となる44歳のヤロミール・ヤーガーが、フロリダ・パンサーズを率いて、全ゴール数で第３位にまで浮上。ヤーガーは引退など考えたこともないそうだ。全英オープンゴルフでは、ジャック・ニクラウスとトム・ワトソンによる伝説の「真昼の決闘」に匹敵する大決戦が行われた。40歳のヘンリク・ステンソンが、最終ラウンドをメジャー大会最少スコアタイの63で回り、それが決め手となって46歳のフィル・ミケルソンに辛勝した。リオデジャネイロで行われた夏のオリンピックでは、41歳のメブ・ケフレジギが、オリンピックのアメリカ代表として最年長の遠距離ランナーとなった。リオ・オリンピックの最中に43歳の誕生日を迎えた女子自転車競技のクリスティン・アームストロングは、オリンピックの同種目で女子史上初の３連覇を成し遂げた（最初に北京オリンピックで優勝したときは35歳だった）。34歳のスプリンター、ジャスティン・ガトリンは、１００メートル走での最年長メダリストとなった。水泳史上最も輝かしい記録を持つ選手、31歳のマイケル・フェルプスも金メダルを獲得し、水泳個人種目での最年長記録となった。しかし、彼の記録はたったの３日で破られる。アメリカの35歳、アンソニー・アービンが、男子50メートル自由形で優勝したのだ。

並外れた少数の人たちだけの話ではない。たいていのスポーツにおいて、アスリートたちは、最初に翳りが見えてきた時点で退くわけではなく、ウィニングランをもう一周、あるいはさらにもう一周でもすることにこだわるものだ。１９８２年から２０１５年の間に、ＮＢＡで35歳以上の選手は２人から32人に飛躍的に増えた。ＮＨＬでは、同期間に４人から50人になっている。ＮＦＬでは、14人から38人に。テニスでは、トップ10にランク入りする男子の平均年齢が、１９９２年から５歳も上がっている。オリンピックに出場したアメリカの水泳選手の平均年齢は、女子で３歳、男子で４歳上がっている。ユース・スポーツでの専門化がより早くなったことから、脳震盪などの長期にわたるリスクへの心配も増えたり、競技期間も長く、遠征回数も増えたりして、理論的には現役期間を短くしてしまいそうないくつもの要因があるのに、こうしたことが起きているのだ（ＮＢＡのプレーオフのシステムが変更されたせいもあるが、レブロン・ジェームズは31歳になる前に、もうすでに試合への出場時間が、マジック・ジョンソンやラリー・バードの現役期間全体より長くなっている。どうりで禿げあがってきて歳を取って見えるはずだ）。

ここまで読んで、シニカルなスポーツファンなら、「ステロイドのせいだよ！」と声高に叫ぶ向きもあるだろう。疑惑があるのも無理はない。たしかに、アレックス・ロドリゲス、ランス・アームストロング、マリオン・ジョーンズによって、悪いイメージで知られるようになった巧みなドーピング処方の類が、トップ・アスリートの現役期間を長くするのに役立っていたのは疑いがない。特に、歳を取ってから驚くような活躍をしたり、怪我を何度も繰り返していたのに奇跡的な復活を遂げたりした選手たちは、そうしたドーピングを行っていた可能性がある。違法な行為がどれだけ広がっていたかを数値化するのは難しいが、スポーツでの活躍に対する金銭的報酬が増えて、アスリートが引退を遅らせるようになり、それにつれてドーピングも広がっていったのではないだろうか。何件ものドーピング騒動の中心にいたうさん臭い開業医が、「アンチエイジング・クリニック」と称して、ニュースのネタになるようなことも当然のごとくやってしまうのには理由がある。アンチエイジングもドーピングも、そうかけ離れたことではないのだ。あとでわかるが、パフォーマンスを向上させるドラッグのポイントは多くの場合、怪我の治癒や、トレーニングからの回復、筋力量増加、酸素のエネルギーへの変換という面で、歳を取った肉体を若い肉体に似させることにある。しかし、同じように広まったとはいえ、ドーピングは、もっとずっと大きくて面白い話題のうちのほんのちっぽけなことにしかすぎない。しかも、もちろんプロスポーツに限ったことでもない。

大人の誰しもが熟年アスリートになれる時代

たぶん皆さんは、僕の言わんとすることはよくご存じだろう。本書を手に取ってくださったのだから、おそらくそうだろう。僕が話題にしたいのは、僕たち——その99%はトップ・アスリートではない——が年齢と身体能力との関係について考える、何十年という大きなスパンでの変化だ。先進諸国とりわけアメリカでは、非常に多くの大人が、スポーツやフィットネスを生活に取り入れている。一世代や二世代前にはなかったことだ。変化したあとからではわかりにくいが、50年前ならば、40歳くらいの大人が、エクササイズにジョギングをしたり、ジムに行ってバーベルを上げたりするという考えは斬新だった。熟年のアスリートは、ゴルフやソフトボールや、おそらく一番激しいところでテニスをするくらいだったのだ。参加型スポーツは、ここ20～30年の短い間に、僕たちの文化にどっと入ってきた。僕の住んでいるサンフランシスコのベイエリアでは、屋外に一歩踏み出すと、僕と同年代か年上の人たちが、鮮やかな色のトレーニングウェアを着て、薄型軽量のランニングシューズを履き、心拍数を計れる腕時計をつけて、5000ドルはしそうなレース用自転車やカイトボードに乗ったり、究極のフリスビーと言われるアルティメットやラグビーのチームで練習したり、5キロメートルのマラソンやグランフォンド〔自転車で長距離を走るイベント〕やウルトラマラソンに備えてトレーニングをしている姿を必ず目にする。その数が証明している。参加型スポーツとフィットネスは、アメリカでは850億ドルのビジネス市場であり、経済の分野でも劇的な速度で成長した分野である。中高齢者の国際競技大会であるワールドマスターズゲームへの参加者は、最初に開催された1985年から3倍に増えた。2017年度の大会では、はるばるニュージーランドから、40歳以上のアスリートが2万5000人以上もやって来た。マラソンは、年を追うごとに人気が高まり、50歳以上のランナーが最も急成長した層のひとつだ。大都市で開かれる成人向けのレクリエーション的なイベントの主催者は、ビジネスの交流の場として、ゴルフに代わるチーム・スポーツを売り込んでいる――「サッカーはゴルフの進化形」は、ビジネスマガジン『クレインズ』誌の2012年の見出しである。こうした文化の変化は、バラク・オバマ氏の時代に完成した。オバマはベビーブームより後に生まれた初めての大統領であり、ホワイトハウスの外で即興バスケットボール試合を定期的に催した最初の大統領でもあった。

「痛み」も、トレンドをはかるもうひとつの方法だ。大学卒業以降の成人のスポーツによる怪我は、2桁の割合で増加している。前十字靭帯（ACL）再建や半月板の修復といった手術は、かつては、40歳を過ぎた患者には賢明な選択ではないと考えられたが、今や施術を選ぶのが常識になっている。「自分でスポーツ医療の治療を受ける必要があると自覚して来る人たちの年齢は、15年前よりずっと高くなっています」と、ニラヴ・パンデャ（Nirav Pandya）医師は言う。彼はカリフォルニア大学サンフランシスコ校で、若年および熟年の両方のアスリートを治療している整形外科医だ。

ここ10年で、穏やかだった海が変化し、まさに津波のようになってきている。もしベビーブーム世代が、ジョギングやエアロビクスのような運動を通じて、大人は誰でもアスリートになれるんだという考えを広めるなら、彼らの後の世代の人たちがその革命を完成させて、誰でも、思うがままに高度なパフォーマンスのできるアスリートになれるという意識まで進むことだろう。最も急成長しているフィットネス・スポーツが、最も激しくてきついものであるというも、偶然の一致ではない。「クロスフィット」は強度の高いサーキット・トレーニングを行う団体で、全米で5000カ所にジムがある。2014年には、「クロスフィット・オープン」というオリンピックに匹敵するような世界大会の予選に、20万人以上がエントリーした。壁をよじ登り、泥の中を這い、丸太を引っ張ったりして12マイル（約19キロメートル）を走る、軍隊並みの過酷な障害物レース「タフ・マダー」には、130万人が挑んだ。そうしたレース参加者の約半数が30歳以上なのだ。トライアスロンの登録者数は、新記録を更新し続けている。全米トライアスロン協会の会員は、1998年から4倍以上にふくれあがって55万人を超え、50歳以上のトライアスリートの数は、ここ10年で3倍以上に増えた。週末だけの勇者たちは、今や観戦スポーツの新ジャンルのスーパースターである。600万人以上が、2015年の「アメリカン・ニンジャ・ウォーリア（American Ninja Warrior）」の最終決戦を見た。アマチュアのアスリートたちが、身体の強さ、機敏さ、忍耐強さを試すよう作られた障害物コースに挑むテレビ番組だ。7シーズンが終了し、何千人もが参加をして、2人の男性がついに最終チャレンジを達成した。36歳のカメラマン、ジェフ・ブリッテン氏と、33歳のロッククライマー、アイザック・カルディエロ氏。これは日本のテレビ番組「SASUKE」のアメリカ版で、「SASUKE」で人気のある障害物をいくつか真似ている。全国で、成功を狙うニンジャたちが栄光を目指して、家の裏庭に障害物を再現したりして訓練を積んでいる。

僕の熟年アスリート人生の始まり

僕も、そう大したものではないが、この現象に乗っかっているひとりだ。ウィスコンシン州で育った子どもの頃には、お決まりのスポーツなら何でもやったし、1つか2つはそれなりにうまくなった。決して優雅とかきれいとかいうのではなかったが、野ウサギみたいにすばしこかったから、コーチたちに、僕より能力はあるのにやる気の足りない子たちに見せる「ハッスル」材料として重宝された。高校では、スポーツ以外のことが好きな連中とつるんでいたし、それ以後の15年間は、ただのスポーツ好きと言ったレベルだったろうか。本格的にスポーツを再開したのは33歳のときで、女友達が自分の所属する男女混合のアマチュアのサッカーチームに誘ってくれた。「気軽なリーグよ」と、彼女はビールを飲みながら、はっきりとそう言ったのだ。僕は離婚をして、気の滅入るようなブルックリンの簡易アパートに引っ越したばかりだったから、新しい友人たちと肩の凝らない趣味はありがたかった。「あなた、少しはできるんでしょ?」。友人が僕に聞いた。「いいや」。僕は答える。「でも、足は速いよ」

　そして最初のゲームで、僕が速かったのは3分間だけだった。その後は、息が切れるわ、お腹は痛くなるわで、サイドラインで弱々しく手を振って交代を要請し、僕の屈辱的なデビュー戦はそこで終わった。僕がマークしていた敵の選手が、ボールを激しく奪いに来るから、その動きを真似ようとしたが、僕の足は言うことを聞いてくれなかった。重力がいきなり3倍になったかのようになって、地面に崩れ落ちた。じっとりとした人工芝に横たわって、僕はおそらく初めて、23歳と33歳の差を実感した（後にわかったことだが、「気軽なリーグ」とはいえ、メンバーはどうやら元1部リーグの選手ばかりのようだった）。

　当然ながら僕は夢中になった。そこから2年間、僕がチームで最年長のときであっても――その場合がよくあったのだが――フィールドでワースト1のプレイヤーにはならないことを自分に課した。プレーをすればするほど、僕は上達して調子が上がっていった。始めたときは、中年が早まって来てしまったみたいな気分だったが、その後は逆に、歳を取っていることが素晴らしく思えるくらいになった。**35歳にしては悪くないな**――と、大学を卒業したばかりの若者を追い越して、コーナーのボールに追いついたときには、内心思ったものだ。

　そうするうちに、痛めた臀部と背中のしつこい痛みがひどくなり始めたのだが、レントゲンとM

RIでは何もわからなかった。友人の医者は、プレーすることをやめるか、鎮痛剤アドヴィルを飲むかどちらかを選ぶようにと言った。結局、僕はプレーするには歳を取りすぎていたということか？　けれども、ブルックリン界隈で行われる急場しのぎの寄せ集めチームやリーグのゲームに行くたびに、50代、あるいは60代のプレイヤーを目にし、そのスタミナやスキルに驚かされた。彼らは、僕がやっていない何をやっているのだろう？　ずっとスポーツ大好き人間ではあった僕だが、今度はプレイヤーの年齢も気になり始めて、知らぬ間に年長者のほうを応援するようになっていた。ある土曜日、当時のガールフレンドの家で、ロンドン・オリンピックのサッカーの試合を見ていたときのことだった。僕は、臀部の両側に、カウボーイの6連発銃のごとくアイスパックを貼りつけていたのだが、アナウンサーの言葉を聞いて興奮した。イギリスの代表で、マンチェスター・ユナイテッドのウイング、ライアン・ギグス選手は、僕より3歳年上だったのだ。「ねえ！　イギリスのキャプテンは38歳だって！」僕は、2階に向かって叫んだ。

「すごいわね」。返事が返ってきた。「あなた、まさかオリンピックに出るつもりじゃないでしょうね」（言うまでもないことだが、彼女は僕の今の妻だ）

僕は、屋内でやっていた試合の最中に背中の2カ所に椎間板ヘルニアを起こし、感覚の麻痺がたちまち広がってしまった。両足が完全に麻痺してしまうのを防ぐためには、緊急に神経外科的処置が必要なほど深刻な状態になったのだが、そんなことがあっても、僕の高まった気持ちは、さらに取りつかれたかと思うほど強くなっていった。手術はうまくいったが、神経へのダメージから、家の周りを歩くことすらままならなくなった。回復期に散歩をしていた際、8歳くらいの子どもが、よそ見をしながら僕のほうに走ってきたときには、恐くて立ちすくんだことを覚えている。**これじゃあ、まるで90歳のじいさんだ**――子どもが行ってしまった後、そう思ったくらいだ。

自分で靴下をうまくはけるようになるまでに8週間、もう一度しっかりジョギングを始められるようになるまで、厳しい理学療法に6カ月かかった。最初の何週間かは、寝椅子に横になって、坐骨神経のざわつきが静まるのをただ待つしかすることがなく、ひたすら長かった。僕は、新しいゲームプランを立てていた――もう一度サッカーをするつもりでいたのだ。ただするだけでなく、この年齢でトップになるつもりでいた。テレビで見た年長のアスリートたちがトッププレイヤーでいる秘訣を知り、できるだけ真似るつもりになっていたのだ。ライアン・ギグスのような、僕と同年代かさらに年上のアスリートが、最も身体能力を必要とされるスポーツで世界の最高レベルでプレーできているんだから、それに比べれば謙虚な僕の要望になら、僕の身体が応えてくれるのも、きっとそう難しくはないはずだと思ったのだ。

この時、僕はもっと大きな野望も抱いていた。古代ギリシアで初めてオリンピックが開催されて以来、スポーツを専門とするアスリートたちは、いつの時代も皆の憧れの的だった。けれども、僕たちスポーツファンもそれなりにアスリートになれる時代になり、まったく新しい視野で観戦するようになっている。僕たちは、アスリートの活躍を自分のことのように感じて興奮するというより、そこからひらめきや情報を得たいのだ。僕たちは、レブロンがどう活躍したかより、試合後の寒冷療法のプランに興味がある。ノバク・ジョコビッチが、ベースライン際の果敢なラリーで対戦相手より持久力があるのを見て、グルテンフリーの食事で僕たちのスタミナも改善できるのだろうか、と考えたりする。もし関節鏡手術をしなければならないとなったら、自分の執刀医がA・ロッド（元プロ野球選手のアレックス・ロドリゲス）の臀部手術をした医師と知ったときには、得したような安心感と、ちょっと分不相応な誇らしささえ感じられるだろう。身体につけるセンサーや、データを分析できるツールの進歩が急速に進んだおかげで、以前はとうてい無理だったプロの選手たちとの比較や測定が可能になった。あと2年のうちには、さらに進んだバーチャルリアリティで、本当に彼らになったかのような体験をすることすら可能になるだろう。

アスリートの身体は最先端の実験場

もちろんこれらすべては、過度の希望的観測もいいところだ。カーリー・ロイドのようにトレーニングをしても、コービー・ブライアントのように食べても、カーリーやコービーのようにはならないだろう。けれども、それは僕たちが本当に求めているものではない。僕たちは答えを求めて、エリート選手たちのスポーツの世界を見ているのだ。というのは、そこが最新の情報が最初に現れるところだからだ。正しい知識や情報と、根拠のない科学データや迷信を区別できるのであれば、1秒の100分のいくつとか、1センチの何分の1が問題となるような環境は、何がうまく働くのかを知るための究極の試練の場であることがわかる。スター選手個々人がスニーカーのメーカーと10億ドル単位の契約を結ぶことができ、テレビの放映権がその何倍もの値段で売れるような時代には、ワールドクラスのアスリートの身体というのは、地球上で最も値打ちのあるハードウェアのひとつである。そうしたアスリートの人生の1秒ごとに値札がついているようなものだ——健康体でいる期間が1年延びるごとに、何千万ドルの価値が加わる。もしあなたがそういうアスリートだったら——あるいは、そのコーチとか、主治医とか、理学療法士、栄養士、睡眠コンサルタントでもいい——あなたは、パフォーマンスのプログラムに何かを加える前に、かかるコストに対してどの程度利益が出るかをきっと考えることだろう（トップ・アスリートは、地べたで眠るとか赤ワインの風呂に入るとか、疑問符がつくような実践は信用しないということを言っているのではない。でもその選手が活躍すれば、末端のスタッフまでもが、驚くほどの利益を得る可能性があるわけだから）。

けれども、トップ・アスリートにしてみたら、ただ単に何か効果のあることをするだけでは満足できない。競争相手が手をつける前に、自分が一番に始めたいのだ。最新テクノロジー——脳を刺激して、より敏捷な高速技能の獲得を促すヘッドセットや、すり減った軟骨を再生させる幹細胞への注射とか——も、チャンピオンシップを戦っているシーズンと、リハビリをして再生しようとしている年では意味合いが変わることはあるかもしれない。それでもスーパースターなら、まだ試験段階や精査段階の新しい技術のモルモット的役割であっても、進んで行うことも多いだろう。「5年後には、新しい技術もうまく働き、すっかり受け入れられているだろう。でもそれまでの5年間、その選手のパフォーマンスはいい時もあれば悪い時もあるとは思うけどね」と、スタンフォード大学でアスリートの現役年齢に影響を与える遺伝的要素を研究しているスチュアート・キムは語る。「つまり、レベルの高い選手であるなら、かなりクレイジーなことをしなければならない」。フィットネス、栄養学、運動科学、整形外科やリハビリ医療、その他の高性能な何かの分野で新しいものがあったとき、トップ・アスリートならば、一般の人たちが触れる機会をもつ前に、最初に接することができるだろう。医学的な新技術のひとつの研究が、開発されてから一般の人たちのところにまで降りてくるには通常17年かかる。トップ・アスリートの世界をじっと見ていれば、文字通り、残りの僕たち一般人がまもなく経験できる将来が垣間見えることになるのだ。

これまでのスポーツの常識を覆せ

なんとワクワクする未来。けれども、最もワクワクするのは、実現の兆しが見えかかっているあっと驚くような新しい小道具や、医学的な奇跡に対してではない。僕たちがいま利用できる知識なのだ。たしかに、最先端のテクノロジーや医療は、これまでになかった方法で年長アスリートの成功を助けてくれている。しかし、物語にはまだもっと先がある。何十年ものリサーチと実践のおかげで、スポーツを研究する科学者は、どの年齢でもパフォーマンスを最適化する方法、つまり誰もが会得して実用できる原則を新たに完全に解明した。それは、年長アスリートが能力的にできること、目標を達成するために僕たちが払うべき犠牲、払うべきでない犠牲は何かということについて、僕たちが常識と考えていた意識をひっくり返すような解釈だ。たとえば、今なら、怪我を防ぐのは運や適性の問題でなく、科学それ自体、そして習得可能なスキルである可能性すらあるということを、僕たちも知っている。トレーニングの量——何マイル走るかとか、サーキット・トレーニングを何回やるかとか——は、トレーニングの合間にどれだけ効率的に回復できるかということに比べたら、全然重要ではない。あのゲータレードのコマーシャルで見たことは忘れよう。つまり、最も成功するアスリートは、最もハードにトレーニングをする人でなく、油断ならない疲労の蓄積を避ける人なのだ。彼らは、トレーニングによるストレスの有益なものと有害なものの違いを把握し、前者を最大限に活用し、後者を最小限にとどめる方法を取り入れているのだ。かつては、チャンピオンになるのはジムに最後まで残っている人だと考えられていた。それが今では、最初にジムから出ていく（けれども、そのまま水風呂に直行するか、またはマッサージ療法士のところへ行くか、あるいは寝室へ下がる）人がしばしばチャンピオンになるということがわかっている。プロ選手専用のジム室の壁に掲げられていたモチベーションを上げるスローガンが、「骨折りなくして利得なし」から、「量より質」と「よりスマートでがんばりすぎないトレーニングを」に替わった。

長い間、スポーツでの勝利は、「より速く、より高く、より強く」ということだと思われていた。でも今ならわかる。もっと大切な心のアドバンテージ――経験、秩序、戦術上の知恵、感情の安定――を十分に活用できるくらいに、身体を健康な状態で維持することのほうがだいじな場合がずっと多いということが。もしそれが若者よりも成熟した大人のほうがいいという差別のように聞こえるなら、それは偶然ではないのかもしれない。進歩的な分析論、タッチスクリーンのプレーブック、デジタルフィルムのライブラリーを備えた今日のアスリートたちは、昨年よりも規模が大きく複雑になったゲームを戦うのだ。もし、トム・ブレイディが、歳を取るにつれてより好調になっていくようであれば、ＮＦＬのクォーターバックとしての技術を本当にマスターするには15年かかるからだと言えるだろうし、同じことが、別の種目のスポーツでも起こっているかもしれない。

つまりは、スポーツ科学が将来に向かって突き進むにつれて、今日の年長アスリートにとって歓迎すべき知らせに満ちた情報が次々と送られてくるということだ。いいや、それでも、若返りの泉は存在しないし、老化を逆戻りさせる奇跡の薬もない。たとえ、シリコンバレーに、それがかなうなら何百万ドルでも出す用意がある大富豪がたくさんいたとしても（そうこうするうちに、最強のアンチエイジング方法の開発のために研究につぐ研究が進められているが）。地球上で最も性能のいい、見本となるような身体を持っていても、歳を取れば動きが少しずつ緩慢になり、弱っていく。けれども、年長アスリートとしての最良のパフォーマンスを見つけるというのは、現実逃避ではないし、苦しい思いや失望を甘受するということでもない。それは、いい気分で良いパフォーマンスをして、最高の自分になることだ。そうであるなら、若者とまったく同じ土俵に上がる必要はなく、少しくらいハンディキャップがあっていいんじゃないかな。

chapter 1
熟年アスリートの身体も進化し続ける

マンモス・レイクスのホテルまでまだ1時間ほどかかるというのに、僕の車は、これまで聞いたこともない音を立て始めた。終始耳障りな泣き声のような音がして、坂を上るたびに大きくなって金切り声のようになる。ガソリンスタンドに立ち寄ったのだが、エンジンのかかりもいくらか鈍い感じだった。今エンストを起こしたら、最悪だ。もうすっかり遅い時間、午後10時頃になっていた。もう何時間もしないうちに、アメリカで最も成功したオリンピック選手の一人に会うことになっているのだ。それに、僕が泊まっているホテルは、カリフォルニアでも最も自然にあふれたヨセミテ国立公園の奥深くにあった。コヨーテズとの出会いは、プライドに軽くジャブを入れられるような結末ですんだが、ヨセミテで出会うとしたら、人ではなくきっとクマだ。四方八方をそびえる頂きに囲まれて、携帯電話の電波も届きにくい。看板を見ると、僕が向かっているのは、シエラネバダ山脈全体で最も高いところにある道路、標高９９４３フィート（約３０３1メートル）のタイオガ・パスだった。

そこで、僕はピンときた。問題は標高だ、当然じゃないか。僕のかわいいスバルに問題はない。だが、空に2マイル（約3・2キロメートル）も近いここでは、ガソリンをいつもよりずっとがんばって燃焼させなければならない。ここでは空気中の酸素量は、海抜0メートルのところよりも30％も少ないんだから。おまえがここに来た理由はまさにこの薄い空気だったんだろ、だったら、もっと早く気づいてもいいいんじゃないか、とあなたは思うだろう。

翌朝、マンモス・レイクスの湖畔の町を縁取る山脈の上を滑るように太陽が上がってくると、僕は、無事だったマイカーを、どのゴルフ場にでもあるような茶色いタウンハウスの前に停めた。朝日のなかに、まるで妖精のようにメブラトム・ケフレジギが現れた。彼の世代では断トツのアメリカ人男子マラソン選手だ。もうロードワークをする準備ができていた。

40歳オーバーのマラソンランナー

アメリカでは、長距離走は見るより参加するものという状況だから、ケフレジギ選手の人気は、そんなスポーツの慣習をも凌駕する珍しいケースだった（人気者であるという尺度のひとつは、歌手のマドンナや人気司会者オプラと同じように、彼もあらゆる人から、いや、少なくとも彼が誰かを知る皆からは通称で呼ばれる。「メブ」という名前はインパクトがあり、他のどんな呼び名もそぐわない気がするので、僕もそう呼ぶことにする）。世界を制したマラソンランナーのご多分に漏れず、メブも「アフリカの角」の出身で、小国エリトリアで生まれた。いや、当時のエリトリアはまだ、国の体をなしてもいなかった。エチオピアからの独立戦争で地域を分断された中で子ども時代を過ごし、分離賛成派の父親は常に命を脅かされていた。メブが11歳のときに一家は難民となり、最初にイタリアに移住し、その後サンディエゴに渡った。そこで、中学1年の体育の授業で、1マイル（約1・6キロメートル）を5分20秒で走り、ランナーとしての才能を見出されたのだった。

UCLA（カリフォルニア大学ロサンゼルス校）の陸上チームで活躍した後、メブは2004年に世界の舞台に立ち、アテネ・オリンピックで銀メダルを獲得して、マラソンで20年ぶりにアメリカチームにメダルをもたらした。骨盤の疲労骨折から、2008年の北京オリンピックの出場権は逃したが、翌年のニューヨークシティマラソンで復活優勝を遂げ、自己ベストも2時間9分15秒に更新した。だがメブの当時の活躍にもかかわらず、2010年11月に、スポンサーであるナイキは、当時35歳になっていたランナーは市場価値が低いとして、2011年に満了となるスポンサー契約を更新しないことに決めた。おそらく企業側は、きわめて丁寧で当たりも柔らかく敬虔なクリスチャンなら、おとなしく受け入れるのではないかと考えていただろう。けれどもメブは、身長5フィート5インチ（約1メートル65センチ）、体重125ポンド（約57キログラム）の身体に冷徹な闘士の熱い心を秘め、新しい使命を抱いた――ナイキに、判断を誤ったと後悔させてやる（彼には新しいスポンサー、スケッチャーズがついた。そちらの営業部のほうが、市場のタイミングを読むセンスが上だったということだ）。レース当日のちょっとした不運な事故で、2012年のロンドンマラソンでは4位だったが、彼の最高の瞬間はその先に待っていた。それは2014年4月、爆発事件で3人が死亡し何十人もが重傷を負ったボストンマラソンから1周年の大会だった。人々の感情の高まる異様な雰囲気の中で、数日後に39歳の誕生日を迎えるメブは、これまでで最高のレースをした。多くの若手選手や有力候補の競争相手たちを退けて、帰化して国民となった国のレースで勝ったのだ。

それは、彼のキャリアのクライマックスではあったが、もちろん終局ではなかった。メブは、その後も２０１６年のリオ・オリンピックに出場し、雨天で滑りやすいコースの中、１５５人中33位でフィニッシュした。ゴール地点では、つるつるのアスファルトで滑って転びながらも手をついてゴールし、起き上がる前に腕立て伏せを数回やってみせて観衆を沸かせた。インターネットでは、「#mebpushups（メブの腕立て伏せ）」のハッシュタグがどっと増えた。けれどもそれは、マンモス・レイクスの10月のこの晴れやかな朝よりまだまだ先の出来事だ。この取材時の目標は、２０１５年のニューヨークシティマラソンで、３週間後に迫っていた。オリンピックの選考レースが翌年1月にあるため、この年のレースは例年ほど重要視されていなかった。マラソン選手は長期のサイクルでトレーニングをするため、たいていの選手が、フルマラソンは年に2、３回しか走らない。レースに出た後は長い回復期間が必要になってトレーニングのスケジュールを乱すおそれがあるため、アメリカのトップ選手のほとんどが、ニューヨークシティマラソンはもっぱら回避する選択をしていたのだ。けれどもメブは、そうしたくはなかった――彼はニューヨークの大都会の雰囲気が好きだし、エリート選手としてレースを楽しめるチャンスでもあることがわかっていたから。それで彼はこのレースを、本格的なイベントというよりも選考レースの調整のためと考えて出場することにした（結局は7位でフィニッシュし、40歳以上のランナーのそれまでの記録をほんの20秒ほどだが塗り替えた）。

今朝のメブのトレーニングに付き添っているのは、コーチのボブ・ラーセンだ。ラーセンはＵＣ

LAのクロスカントリー競走プログラムのベテラン名指揮官としてメブのコーチを務め、1990年代後半には多数のNCAA（全米大学体育協会）のタイトル獲得に導いた。以降、2人はずっと一緒にやってきている。ラーセン自身もランニング界のレジェンドであり、全米陸上競技の殿堂（The Track & Field Hall of Fame）入りをしている。『City Slickers Can't Stay with Me: The Coach Bob Larsen Story（口先だけのやつは続かない——ボブ・ラーセンのコーチ物語）』というドキュメンタリーフィルムも作られた。20年以上行動を共にした2人の関係は、コーチと選手というよりも親と子のようだ。ラーセンが「コーチ」として、レース日までに2ポンド（約0・9キログラム）落とす必要があると提案し、それが年長者からのアドバイスであって命令ではないとわかれば、メブはうなずく。「彼から助言はもらうが、決めるのは僕自身だ」と、メブは僕に言う。「僕にとって彼は、通り一遍のコーチではないんだ」

無酸素性作業の閾値を上げるテンポ・ラン

赤のTシャツに黒いキャップをかぶったメブは、ウォーミングアップとしてゆるくうねった砂利道をジョギングしながら進む。ラーセンと僕は白色のSUVに乗り込んで、テンポよく2拍子を刻む彼の白いハイソックスを見ながら、その後ろをついて行った。「簡単そうに見えるが、彼は1マイルを6分45秒とか6分30秒のペースで走っている」と、76歳のラーセンが言う。「私はもうそんなに速くは走れないがね。私は、今なら12分かな。本当に調子がいいときなら10分」。今日のトレーニング・セッションのテーマは、テンポ・ランと言われているものだ、と彼は説明する。わかりやすく言えば、ランナーは、維持できる最大限のペース、つまり限界を超えない程度でできるだけ速く、一度に30分とか60分を走るというもの。テンポ・ランは、閾値（境目となる値。ここでは、血中の乳酸濃度が急上昇する時点の負荷（走る速度）の値）を上昇させるよう生理学的な調節を行うことから、無酸素性作業閾値のランと呼ばれることもある。筋線維は食物をエネルギーに変えるために、異なる2つの分子過程を用いる。運動がある強度以下であれば、筋肉は炭水化物を燃焼させるのに、まず酸素を使う。これはエネルギー生産をほとんど無限に持続できる形態だ（50マイル（約80キロメートル）とかそれ以上の距離を競走するウルトラマラソン走者が最終的に足を止める理由は、睡眠を取らざるをえない場合が多い）。けれども、この方法によるエネルギー生産のスピードは、赤血球が肺から運んできた酸素を筋線維が取り出せる割合によって制限されてしまう。この限界を超えるために、筋肉は、酸素なしに炭水化物を燃焼させられる、別の分子経路を利用することができる。この、いわば無酸素性代謝にもマイナス面がある。乳酸を生み出してしまうのだ。乳酸の蓄積に比例して、筋肉は急速に疲労する。無酸素運動のこの副作用により、最も健康なアスリートでさえ、全力疾走できるのは一度に10秒、20秒程度なのだ。そのうえ、筋細胞が蓄積した乳酸をより有用な燃料へと変化させるためには、さらに酸素が必要だ。無酸素状態に移行すると、こうして酸素負債が発生する、つまり酸素不足の状態になって、それが解消されるまで、身体の有酸素能力が一時的に低くなってしまう。

有酸素性から無酸素性代謝への切り替えが勝敗を分ける

マラソン・レースは、有酸素性代謝と無酸素性代謝の切り替えをどうするかにすべてがかかる。レースを先行する賭けに出て早くに有酸素の作業閾値を超えてしまうと、レースの後半になって消耗が激しくなり、ライバルの追い上げに対抗できなくなるだろう。一方、有酸素状態を保ったまま先頭から大きく離されてしまった場合には、縮められない差をただ見つめて走るしかない——長い道のりを無酸素状態、つまり全力に近い速度で走る続けることは無理だろう。タイミングがすべてなのだ。ランナーたちは互いにどこで仕掛けるか、切り替えのカードを常にちらつかせて駆け引きするのだが、それが早すぎることもあれば、遅すぎることもある。

メブはそうやって、２０１４年のボストンマラソンで、彼にとって価値ある勝利を得たわけである。そのレースの前にもメブは2度、ボストンマラソンを2時間10分以内で走ったことはあったが、両方のレースとも、ちょっとした故障があって万全ではなかった。けれども２０１４年の大会時は、まったくの健康体だった。その一方で、彼は、これまでに対戦したことないような厳しい競争相手たちと勝負することになった。その朝に集結したランナーのうち彼以外の15名は全員、彼のベストタイムより良いタイムを出していたのだ。「資料を見ると、彼は2時間9分台のランナーで、ほかの連中は、彼より何分も速かったんだ。スタートラインに立った選手のいったい幾人が2時間5分以内の記録を持っているだろうか、というレベルだった」と、ラーセンは言う。「でも彼は、レースで何度も大きな決断を下してきた。だからこそ、彼がそこまでやるとは誰も思っていなかった多くのレースで、優勝したり上位につけたり成功してきたんだ」

メブが急いで決断しなければならなかったのは、ライバルたちに対してどれくらいアグレッシブにポジションを取るか、ということだった。レースごとに特別な戦略をたてるランナーもいる。メブは、どちらかというとその場で考えるタイプだった。「彼は、先頭を行くのも、中盤につけるのも、後ろから追い抜くのも、どれも楽々とやってのける。それら3つ全部を戦略的にできる選手はなかなかいないよ」と、ラーセンは言う。ボストンマラソンのコースは、先頭ランナーには厳しいと言える。コースは基本的にはずっと一方向に走るようになっているので、常に向かい風ということもありがちだ。メブは、当日朝に起きたときには、他の選手を風よけにして、後半の勝負所のためにエネルギーを温存するべく、レースの大半を他の選手の「すぐ後ろを走る」というプランを立てていた。けれども、ジムでウォーミングアップをすませた後、ラーセンが天気予報を再チェックすると、天候は穏やかになりそうだった。つまり、たとえメブが集団から飛び出して、自分の好きなように一定のペースで走っても大丈夫だろうと判断した——実際、彼は45分もすると集団から抜けて前に出た。有力選手たちは皆、彼が先を行くのを許した。メブが半年前のニューヨークシティマラソンで23位だったことからして——3年前にナイキが結論づけたように——危険な脅威にはならないと考えたのだろう。

レースを中継していたテレビ放送網のクルーたちも、同じ間違いを犯した。メブが1分以上リードしていたときでさえ、テレビのディレクターは、前回チャンピオンのレリサ・デシサと、前評判の高いエチオピアやケニアの選手たちが一緒に走る集団を追い続けた。シャトルバスに乗って、スタート地点からボイルストン・ストリートのフィニッシュ地点に向かっていたラーセンは、電話で情報をもらってメブの動きを追おうとしたが、なかなか情報がつかめなかった。「私はこういう電話を受け続けていたんだ——『メブはどうしたんだ？　棄権したのか？　だって、先頭集団にいないぞ』、と」。ラーセンはふり返る。「それでこう言ったのさ——『彼は、先頭集団の前にいるんじゃないかな』って。彼が、先頭集団の選手たちのペースより遅れてしまっているとは考えられなかったから」

この話をしながらもずっと、ラーセンは車を走らせていた。でこぼこの砂利道を3マイル（約4・8キロメートル）、メブのあとをついて行った後、僕たちは道をそれた。ラーセンがコーヒーと新聞を買うためだ（「ここじゃ、土曜の早い時間に買わないと、ロサンゼルス・タイムズは売り切れてしまうのさ」）。マンモス・レイクの小さな空港の向かいにある、外壁が薄緑色をした教会の前の路上で、メブと合流した。彼は、滑るように軽やかに駐車場へと走り込んできた。しだいにペースを上げて1マイル6分のペースで10マイル（約16キロメートル）を走り終えて、存分に汗をかいていた。トレーニングの次の段階ではアスファルトの上を走るので、ラーセンがメブに、より軽いシューズと水のボトルを渡す。メブは、汗でびしょ濡れになった赤いTシャツを脱いでラーセンに渡した。ラーセンはシャツをそのまま僕にほうり投げてから、僕がスタッフでないことに気づいたようだった（「おっと」。彼は肩をすくめた）。Tシャツを脱いだメブを見れば、彼の体重についてのラーセンのコメントを、メブがなぜ気にとめなかったのかがわかった。彼の体躯に少しでも無駄な脂肪があるなら、ピンセットでつまみ取りたいところだが、なるべく軽い身体が好まれるこのスポーツの標準から見ても小さいとはいえ、みごとなほどの筋肉で、小柄ながらのちょっとした自信めいたものものぞかせていた。

次の8マイル（約12・9キロメートル）は、僕たちはSUVに乗って、メブと抜きつ抜かれつしながらついて行く。1マイルごとに彼に追い抜かせて、スプリットタイムを計るのだ。これがテンポ・ランだ。目標は、だいたいレースのペースに近い値に決めて、できるかぎり長く、快適だが少々きついと感じるペースを保ち、それをおそらく8〜10マイル。メブは耳にイヤホンをはめ込んでいて、マイケル・ジャクソンなどを流しながら駆けていく。ラーセンと僕は2〜3分で1マイル走って、車を停め、路肩に描かれている色あせた1マイルごとの標識を見つけておかねばならない。僕たちが顔を上げる頃には、メブがもう近くまでやってきている、「5分5秒くらいだ！」。走り出す車の窓から、ラーセンが秘蔵っ子に向かって叫ぶ。

時間計測の合間に、ラーセンはボストンマラソンの話を続けてくれた。メブは前にいたんだ——彼はずっと前にいる、と2時間5分以内で走れるランナーたちもついに気づき始めた。あと4マイル（約6・4キロメートル）もない地点で、ケニアのエリート2人、28歳のウィルソン・チェベトと29歳のフランクリン・チェポウォニーが、ギアを上げて追い始めた。1マイルのタイムを20秒以上も縮めて、その差を30秒、そして20秒、10秒と縮めてきた。残り1マイルちょっとというところで、チェベトは6・2秒以内まで迫ってきた。彼は前年10月のアムステルダムマラソンで、メブのこれまでのパーソナルベストより3分も速い2時間5分36秒のコースレコードを出していた。観客のほとんどは、わかりきった計算をした——かなり若いし、どう見てもより速そうな選手が、射程内にまで快走してきている――メブはきっと抜かれておしまいだろうな、と。「6秒以内まで追いついてきたなら、抜くと思うよね。ここから、向こうの車までくらいだから」。ラーセンは、次の標識を見つけながら、そう言った。だが、テレビを見ながら――その時はもう、テレビ局のカメラもメブを追っていた――ラーセンの考えは違っていた。「私は言ったんだ、『メブはやつらを寄せつけないだろう』、とね」

たしかに、そのとおりだった。ゴールに近づいてきたとき、メブは肩ごしに後ろをちらっと見た。それで、レースはもう彼のものだとわかった。チェベトはそれ以上距離を縮められず、力尽きた。興奮する観衆の力を得て、メブは喜びのガッツポーズをし、そして十字を切ってからゴールのテープを胸で受けた。次の瞬間、彼は泣き出した。「テープが胸に触れたとき、僕はただ空を見上げて言うのが精いっぱいだった――神様、ありがとう、って」

接地時間が短いほど長く速く走れる

メブがもちこたえることを、ラーセンはどうしてわかったのだろうか? それは、いわばボディランゲージのようなものだった。メブからリードを奪うには、チェベトは彼の無酸素の作業閾値を超え、しかもそれを非常に長く続けなければいけなかった。疲れ切ったチェベトの身体機能には、もう酸素負債の蓄積、つまり酸素が不足していたのは明らかだった。一方、メブのほうは、コンパクトでゆがみのない、ほぼ完璧なフォームで走り続けていた。何よりも、彼の足が舗装道路を蹴る様子が決定的だった。ランナーは地面を押すことで前へ進む動きを生み出すので、ある程度の接地時間が必要だ（それと、重力というものもあるし）。けれども、地面はランナーに合わせて動いてくれるわけではないので、ランナーが地面に接触するたびに、実質的にはブレーキがかかることになる。地面に接触する時間が短ければ短いほど、一歩がより効率よくなる。メブのような一流の長距離ランナーでは、足が地面に着くのは1回0・2秒未満だ。

「彼のことを知らない人は誰でも、『まあ、彼はいつだって素晴らしい走りをするね』と言うだろう。でも私は、彼の足がいかに素早く地面から離れるかを知っているからね」と、ラーセンは言う。「こんなふうに」。そう言って彼は両手をパンと合わせて、きびきびとリズミカルにたたいた――ポン、ポン、ポン、ポンと。その音は、パワーを表す際にジョエルが胸をたたいたことを思い出させた。つまり、メブがボストンマラソンに勝ったのは、ライバルたちが残せなかったパワーを残したままフィニッシュできたからだ。もっと言えば、メブは若い選手の身体能力で走っていた一方で、負かされたライバルたちのほうが、もっと歳を取ったアスリートのような動きをしていたわけだ。

僕がそんなことを考えている間に、メブはまた僕らの横を軽やかに走り、テンポ・ランの7マイル目を終えた。ラーセンは正確に見ていた。僕の目にはメブは調子いいように見えたが、タイムは遅くなりつつあった。ラーセンは僕にはっきりと言った。やつの地面の蹴り方が、さっきまでとは違う、と。「疲れが出始めている。まだレースの準備ができていないんだ。調子良さそうに見えるんだがな。でも本番までまだ3週間あるから」

年齢とともに変化する身体

メブがゴールのテープを切ったとき、彼は、ボストンマラソンの80年以上の歴史の中で最年長の優勝者となった。加齢に関する生物学と生理学について知れば、そのことの意義がわかるだろう。誰でも子どもの頃に「ウサギとカメ」の寓話を読んだことがあるにしても、多くの観客、専門家やその他の人々が、若いライバル陣の誰かがメブを打ち負かすだろうと思うのには、それなりの理由がある。

歳を取れば、身体のあらゆる機能が目に見えて変化をきたす――裸眼で見えるものから、電子顕微鏡でしか見つけられないものまで。そうした変化の大半は、歓迎されざるものである。もちろん、まったく見かけ上だけのこともある――毛を生産する毛包のメラノサイト（色素生成細胞）が色素を作ることをやめれば白髪になるし、弾力性を出すコラーゲンを作る細胞の活性が弱まり、その下に堆積した脂肪がしなびていけば、皮膚にしわができる（もし幸運にも、しわを刻むことのないまま、魅力的なシルバーの髪色になれれば、俳優として薬のコマーシャルにでるという明るい未来も夢ではないだろう）。変化のなかには、スポーツのパフォーマンスにとってもっと深いレベルで影響をもつものもある。平均的なアメリカ人は、成人の初期から中年まで、年に1ポンド（約450グラム）ずつ体重が増えていく。アメリカ疾病予防管理センター（Centers for Disease Control and Prevention、CDC）によれば、最も早い肥満は20代から始まる。疫学者たちが言うには、高校や大学でスポーツをやっていた人で、仕事に集中するためにスポーツをやめたというのが重要な要因だそうだ（これは、若い成人世代には、その親の世代ほどには当てはまらないかもしれないが、それでも同じ傾向が見られるはずだ）。50歳を過ぎれば、いつかはその傾向は逆転し、体重は減っていく。けれども、その理由を説明すればさらに悪いニュースになるだろう。それはサルコペニアと呼ばれ、筋肉量の減少を意味する。たいていの人は40歳あたりからしだいに始まる。50歳を過ぎると、筋肉量減少の割合が脂肪量増加の割合を超える。70歳までには、やせた筋肉量のさらに15％が失われるだろう。残った筋肉量をキープするための何か特別なことをしなければ、それ以降は、生きているかぎり10年ごとにおそらく30％ずつ失われていくことになる。

ご想像どおり、筋肉が失われるということは、身体の強さがなくなるということを意味する。けれども、身体が弱くなるのはそれだけが理由ではない。ブリュッセル自由大学の研究者ステファン・ボードリーは、２０１４年に、筋収縮が起こる高齢者は、「拮抗筋のより頻繁な同時活性化」を経験し、その結果、関節の総回転力が減っていくことを発見した。「拮抗筋の同時活性化」とは、たとえば上腕二頭筋のカール（上腕を脇につけたまま腕の曲げ伸ばしでウェイトを上げ下げするトレーニング）をしようとすれば、三頭筋も、その動きに抗して同時にエネルギーを燃焼することだ。つまり、まるで歳を取ったことだけが問題ではないと言わんばかりに、あなたの筋肉が実はあなたに不利なように動き始める、というわけだ。

あなたの最もだいじな筋肉も、その力をいくらか失っていく。バリバリ元気な人でさえ、到達可能な心拍数の最大値は、一生を通じてしだいに低下し、成人になったばかりの頃には毎分２００回ぐらいまで上げられていても、その後は1年ごとに1拍ずつ減っていく。肺を形成している肺胞は、歳とともにたまってきた汚れで弾力が減っていき、身体の他の部位と同じように胸郭も柔軟性を少しずつ失っていくにつれ、肺活量も減少していく。血液をあまり速く送り出せない心臓、あまり多くの酸素を血流中に送ることができない肺、あまり力を出せない小さくなった筋肉——それらすべてが合わさって、スポーツ科学者が言う「最大酸素摂取量」、つまり活動中に酸素を使用する能力の最大値が、着実に小さくなっていくということなのだ。

身体をめぐるツアーを続けよう。あなたの骨は密度が減り、より骨折しやすくなる。これは特に、更年期を過ぎた女性にとって問題だ。50歳を超えた女性の約3分の1は、腰、背骨、前腕が骨粗しょう症になる。歳とともに、一度折れた骨はよりくっつきにくくなる。実際のところ、筋肉痛から捻挫、ただの切り傷や打撲等まで、どんな傷でも治りが遅くなる。生物学者は、こうなる理由のすべてを解明してはいないが、成長ホルモンの生産量が減ることと、修復を担っている特定の幹細胞の機能低下に何らかの関係があると考えている。ハードなトレーニングによる筋肉の損傷も、なかなか治らなくなる。顕微鏡でわかるレベルの傷が、バーベルを持ち上げたり走ったりする際にあなたが期待する筋肉改造のきっかけを作ってくれる場合もあるが、そうした有効な変化でも現れるまでには長い時間がかかる。つまり、年長アスリートがハードなトレーニングをした後のリカバリーには、より多くの時間が必要なのだ。さらに、食べたタンパク質を筋肉が新しい筋線維に変えることも難しくなっていく。同化抵抗性と呼ばれる、タンパク質の合成効率が低下する現象のせいだ。

45歳を過ぎると、変形性関節症——関節部分の骨が痛みを伴う炎症を起こす——がよく起こるようになる。そうした関節、特に膝の関節で、衝撃を吸収する役目の軟骨が摩耗して、再成長を助ける細胞の働きが悪くなると起こるのだが、これもまたその理由はあまり解明されていない。脊椎骨のクッション役となる軟骨もまたすり減っていく。50歳にもなると、たとえ兆候がなくても、椎間板の少なくとも1カ所が飛び出す人は多くなる。椎間板の異常と痛みに直接関係があるわけではない――どちらか一方だけの場合もよくあるのだ――けれども、たいていの人が、成人後にいつかは何らかの腰痛にみまわれるだろう。40代を過ぎれば、椎間板ヘルニアのリスクは小さくなる。明るい兆しに聞こえるだろう。残念ながらそれは、椎間板自体も小さくなるからだ。椎間板の縮小は、新しい形の痛みを引き起こしやすくするだけでなく、年がたつにつれて少しずつ背が縮んでいく理由でもある。

神経系も変化しつつある。反射神経は24歳頃が一番よく、そこからはゆっくりと遅くなっていく。それは、神経信号が伝わるスピードが遅くなっていくことと関係がある。末梢神経周辺のタンパク質でできた神経を守る鞘が劣化するので、刺激が効率よく伝わらないのだ。こうした余計な「経路上の妨害」も、バランスを取るという単純な運動能力を保つのにも、高齢者の場合は意識して努力をしなければならない理由のひとつである（あるいは、それほど高齢でない人にも当てはまる。目をつぶって片足で立って、よろめかずにどれだけ長くいられるか試してみるといい）。一般的に、感覚というものはしだいに鈍くなっていく。鋭い味覚や嗅覚、高い周波数の音を聴く能力を必要とするスポーツはあまりないだろう。けれども、向かってくる野球のボールやテニスのサーブの種類を読む能力は、大いに役立つ（かつてほど反応速度が速くなくなった場合には、さらに値打ちがある）。少なくとも、見え方は、中年には非常に関わりの深い変化——近くを見るのに老眼鏡が必要になるのは、たいてい40歳あたりから——であり、選手よりもコーチにとってより大きな問題となる。

こうした変化すべてを繰るメカニズムに注目して調べてみると、複雑な相互関連性やフィードバックのつながりなど、すべてが現れてくる。加齢の兆候の多くは、ホルモンの低下、特に男性ホルモンのテストステロンの低下につながっている。テストステロンが少なくなればなるほど、骨格筋（すなわち、循環系や消化系以外の筋肉すべて）を保つのも作るのもより難しくなる。骨格筋はたくさんのカロリーを燃やす。その筋肉を失えば、代謝速度が遅くなる。つまりは摂取したどんなカロリーも、脂肪として残りやすくなるということだ。脂肪細胞が女性ホルモンのエストロゲンとタンパク質を分泌し、それらが慢性の炎症やインスリン障害を増大させる。作家のビル・ギフォード氏が、2015年にアンチエイジング科学を探求した著書『Spring Chicken（若者たちよ）』で言っている。「加齢が私たちを太らせ、そして太れば加齢が進む」

加齢による変化は運動で回復できる

消化に悪そうなニュースが満載だ（消化と言えば、その機能も低下していく。寝る前にプロテインのシェイクを一気飲みするなら、胃酸の逆流を引き起こさないように祈っておこう）。だけど良いニュースもある。ここまでに列挙した大きな変化のほとんどは、頻繁かつ活発にエクササイズをすることで抑えたり、遅らせたり、好転させたりできるということだ。もちろん、髪の毛を黒いままに保ったり、遠近両用の眼鏡が必要にならないようにしたりはできない。けれども、加齢の最悪な兆候——認知機能の低下、筋力の消耗、骨の脆弱化、循環器障害——は、熱心かつ頻繁にトレーニングをしている人には同じようには起こらない。

しわのあるなしで言えば、熟年アスリートと大学生くらいの若者は見分けがつくだろう。しかし、もし身体の内部を見ることができ、分子レベルで何が起きているのかがわかるとしたら——どの遺伝子のスイッチがオンになっているのかオフになっているのかがわかったり、どんなホルモンや他のタンパク質が血液中を回っているのかを測ったり、神経系をめぐる信号の相互作用を数値化できたりするとしたら——両者の間には共通項が多いことがわかるだろう。マスターズの選手の体内の様子は、同年齢で座ってばかりいる人よりも、若い選手のほうに似ているはずだ。

2007年に発表された指針となる研究では、筋力トレーニングを始める前と後で、健康な成人の筋肉細胞内で何が起きているかに注目した。科学者たちは特に、ミトコンドリアに焦点を当てた。どの細胞にもある構成要素で、パワーを生む機能を有する。ミトコンドリアは、細胞核の46本の染色体とは異なる独自のゲノムを持っている。生物学者たちは、そのメカニズムのすべてを解明したわけではなかったが、こうしたミトコンドリアの遺伝子の発現方法——つまり、DNAから遺伝情報を転写して新しいタンパク質の生産に置き換える方法——に関する何かが、細胞の死や老化の中心的な役割をしていることを発見した。研究者たちは、14人の高齢者に、半年間の運動プログラムを実行させて、その前後で筋肉の生体組織検査を行った。どのようなタンパク質が作られているのか、また、そのタンパク質がもともとの筋肉細胞と比較してどのように違うのかが突きとめられた。

彼らは論文にこう記した――「運動トレーニングをした後では、転写機能の老化の特徴は、年齢と運動の両方によって影響を受けているほとんどの遺伝子において、若者のレベルにまで一気に戻った」。他の科学者たちも、運動によってつくられたタンパク質と、アルツハイマー病やアテローム性動脈硬化症のような加齢による病気のリスクの低下を関連づけている。つまり、基本的な生化学的レベルにおいては、運動が若さを回復させるということである。

もう一歩引いて、人々全体の健康という視点から見ても、このことはやはり事実である。数年前、ノルウェーのトロンハイムにあるノルウェー科学技術大学の研究者たちは、人の循環器の健康状態があらゆる死亡原因――心臓発作から不慮の事故まで――のリスクにどのようにつながるのかを数値化して、「健康年齢（fitness age）」という名称のコンセプトを作った。成人５万５０００人から得られたデータによると、人の最大酸素摂取量は、長寿を予測するのにきわめて有効な数値であり、それは、血圧、コレステロール値、喫煙履歴すらしのぐ正確な判断基準だった。ここで示されたのは、50代の典型的な持久系のトップ・アスリートである女性が、30代の肉体年齢を持っているらしいこと。つまり、彼女は、従来の平均寿命の表にある予測年齢よりも20～30年も長生きするということだ。この結果は、２０１１年の研究とも合致する。その研究では、質の高いトレーニングと養生を続けている70代のアスリートたちは、生理学上の測定値が40代と同じであると結論づけた。

心臓病は、世界の死亡原因の第1位であり、なぜ循環器系が強ければ長生きの可能性が増すのかということは、専門家でなくても理解できる。それよりも少しだけミステリアスなのは、運動が、脳の健康に強い効果があると思えるのはなぜか、ということだ。多くの研究が、ウォーキングのような控えめな運動でさえ、歳を取ってきた脳の灰白質の減少を抑え、実質的にアルツハイマー病にかかるリスクを減らす助けになることを示している。激しい運動ならなお良い。日常的に肉体に消耗を強いることは、いわゆる「スーパー高齢者」になることにつながるのだ。

僕たちの身体が運動にどのように反応するかを知れば知るほど、かつては害があるかもしれないと考えられていた部分も含めて、どれほど運動が有益であるかがわかってくる。かつては運動のマイナス面と考えられていたことが、実はマイナスではなかったのだ。長い間、走るのは心臓や肺の健康には良いが、膝の軟骨には悪影響を与えると、当然のように考えられていた。だから、40歳を過ぎた人たちにとっては、水泳やサイクリングのような身体に衝撃を与えにくい選択肢が良いとされてきたのだ。けれどもここ数年の研究で、それとは正反対のものをよしとする証拠が次々に示されてきている。軟骨に一定のパターンで繰り返し力を加えると軟骨細胞が刺激され、軟骨の形成が促進されることがわかってきた。ランニングもそうした運動であり、サイクル負荷と呼ばれる。縄跳び、スキーのモーグル、ウェイトを持ってのスクワットも同様の効果がある。水泳やサイクリングやウォーキングでは、同じ効果は得られない。たとえ走る人のほうが細身な傾向があるという事実を差し引いたとしても、走らない人より日常的に走っている人のほうが膝変形関節症の発生率が低い理由は、サイクル負荷によって説明できるだろう。

ドナルド・トランプ氏が、身体はバッテリーのようなものだと信じているから運動はしないのだ、と言ったという話は有名である。使えば使うほど消耗する、というわけだ。けれども、正しい比喩はこうだ。実際には、身体はバッテリーではなく銀行であり、運動はローンだから、貸せば貸すほど利息がついて返ってくるのだ。これなら、トランプもなるほど、と思うのではないだろうか。

耐久スポーツは研究の最前線

実は、運動の生理学についての知見や、アスリートはどのように歳を取るのかといったことは、その多くがメブのようなエンデュランス・スポーツのアスリートを研究することから解明される。その理由は、部分的にはロジスティクスの問題でもある。長距離ランナー、自転車競技者、ボートの選手などは、他のスポーツの選手よりも比較的研究しやすい。サッカーのフォワードとか総合格闘技の選手などの行動は、研究室内のセットで再現するのは難しいし、あまりにも動作の種類が多すぎる。一方、エンデュランス・スポーツは、そのままで自然な実験になる。レース中には、勝つためにどんな戦略や心理戦が行われていようと、計算はいたってシンプルだ。スタート地点とフィニッシュ地点、そして体重がわかっていれば、レースの間のパフォーマンスがどれくらいの仕事量であるかは、だいたい算出することができる。それに、もしあなたをトレッドミルやエクササイズ用バイクに乗せて、顔に呼気をとらえるマスクを装着すれば、酸素の消費量が測定できるし、その間にほんの少し採血をさせてもらえさえすれば、乳酸値とホルモン量を調べることもできる。

だが、僕たちが、持久系アスリートについてはよく知っている理由は他にもある。スポーツ科学のパイオニアの多くは自分自身が長距離スポーツのアスリートで、たいていは、自分の好きなものを理解したいという思いから、新しい研究分野を一から始めたりしているからだ。エンデュランス・スポーツ研究の開祖ともいえるデイビッド・コスティルは、インディアナ州のボールステイト大学の人間行動学研究所（Human Performance Lab）で長く所長を務めている。１９５０年代にオハイオ州でまだ大学生だったとき、コスティルは水泳部の競泳選手だった。卒業後、彼は高校で科学を教えながら、コーチとして水泳選手にも関わっていたが、自分の仕事のしかたに満足せず、大学に戻って生理学と体育で学位を取得した。１９６０年代の初めにはクロスカントリーのコーチに転身し、自身はマラソンを走りながら、ニューヨーク州立大学コートランド校で博士号を取得した。

その頃までには、持久系のトップ・アスリートたちとともに十分な時間を過ごしてきたコスティルは、自分が彼らのようなエリートではないことを悟った。生まれつきの特性に、どこか不思議な何かが混じって、チャンピオンになる人とそうでない人に分かれるのだ。自身のマラソンのベストタイムが平凡な3時間15分だったコスティルは、その「混じり方」の謎を解くことに燃えた。「どうして、こうした連中がみんな、私より速いのかが知りたかった」と、彼は打ち明ける。また、どんなトレーニング方法があれば、自分のような足の遅い者でも、限られた可能性を最大限に活用できるのかも知りたかった。だが、そうした疑問に答えを出すにはデータが足りなかった。

そうして、１９６１年のある日、コスティルの人生が変わった。これが映画の中で起これば、いかにも安っぽい展開と思われたことだろう。彼は、差出人のない郵便の封書を受け取った。中には、ボールステイト大学で新設された人間行動学研究所の所長職に空きポストがあると知らせるニュース記事の切り抜きが入っていた。誰が送ってきたのかは知る由もなかった。それが誰であれ、コスティル以上の候補者を挙げることはできなかったのだろう。ボールステイト大学での50年間で、コスティルは運動生理学に関する400以上の論文を発表し、その多くはこの分野での土台を築いた研究と考えられている。彼はあらゆることを調べた。選手はレースのどれくらい前からトレーニング量を減らすべきなのか、から始まって、無重力の中に何カ月もいると宇宙飛行士の骨や筋肉はどうなるのか、といったものまで。ジョギングや水泳、自転車漕ぎをしているとき、人間の体内はどうなっているのかを解明することに、コスティルほど貢献した人は他にいない（良くも悪くも、コスティルは、企業スポンサーの出資によるスポーツ科学研究が始まるきっかけを作った人物でもある。ボールステイト大学での最初の研究のひとつは、ランナーの脱水症状についてであり、当時、飲料の新しいブランドだったゲータレードから資金援助を受けたのだ）。

そうした研究を続けながらもコスティルはレースを続け、20年間マラソンの大会に出て、その後、週に70マイル（約113キロメートル）を走るという厳しい修練は膝に負担をかけすぎるとわかり、水泳に転向した（おそらく彼の軟骨細胞には、サイクル負荷が有益だというウワサがまだ届いていなかったのだろう）。40代、50代のマスターズ水泳選手権で、コスティルは、学生のときよりも速いタイムを記録した。彼の科学者魂はしだいに、年齢がパフォーマンスにどう影響するのかという疑問へと引き寄せられていく。研究を始めた頃の常識としては、身体能力のピークは10代の終わりから20代の初めで、それ以降は急速に下がるという考え方が定着していたようだ。けれどもそう考えられていたのは、それより上の年代でチャレンジしようとする人すらいなかったというだけだったのではないだろうか。「私がこの分野の研究を始めた頃は、30歳を過ぎてランニングに出かけるなんて、いかにも変人だったんだよ」。彼は僕に言った。以来、コスティルは十分すぎるほどのデータを見て確信した――

持久系アスリートのピークはもっと後年であり、歳は、かつて皆が思っていたよりもゆっくり取るものだ、と。「あらゆるものが、いわば、前に進んでいるんだ」と、彼は言う。「人間が一生で一番よく動けるのは、40代に入ってからだと私は思うね」

加齢について解き明かすためには、長期的な研究をするのが理想的だ。つまり、同じ被験者たちを長いスパンで追跡するのである。コスティルは、1960年代から同じ研究所に在籍しているため、そういった研究を行うのに他の人よりも好ましいポジションにいる。1990年代半ばに、愛弟子のスコット・トラッペとともに、54人のランナーを集めた。身体テストによれば、ワールドクラスのランナーから気晴らし程度に走っている人まで、達成度がさまざまな人たちである。コスティルは、25年前にも人間行動学研究所で、まったく同一条件で比較できるように彼ら全員にテストをしていた。「予想していたとおりに、長年の間には、ライフスタイルと体型において、いくつかの変化が起こっていた」と、コスティルとトラッペが2002年に出版した『Running: The Athlete Within（ランニング――アスリートのうちなるもの）』の中にさらりと書いてある（その後、恩師のあとを継いで研究所の所長となったトラッペは、スポーツ科学研究のリーダー的存在となり、コスティルは名誉教授となる）。けれども、25年の間ランニングを続けてきた人たちで、中年太りが始まっている人はわずかであった。そのグループのなかで、競技に出るようなランナーたちの体重は、25年で平均わずか4ポンド（約1・8キログラム）しか増えていなかったのに対し、健康のために走っていた人たちの体重増は、10ポンド（約4・5キログラム）だった。変化の最たるものは、走ることをやめた元マラソンランナーで、一般的なアメリカ人の標準と変わらず平均30ポンド（約13・6キログラム）も体重が増えていた。

さらに重要なことは、そのグループで真剣に走っている人たちは、驚くほど身体の健康状態をそのまま維持していた。体重変化を考慮した場合、追跡調査をしているマスターズに出場するレベルのランナーたちは、最大酸素摂取量がわずか7％しか減少していなかった。25年前の数値との差が2％以内という人も数人いた。レースのタイムでも同様の結果が出た。トラックやフィールドで、マスターズの競技は、40歳以上の誰でも参加できる。その年齢になると、長距離ランナーのタイムは、4〜8％増えると予想される。つまり、その差は、マラソンの世界記録2時間2分57秒〔2018年までの記録。その後、2時間1分39秒に更新〕と、マスターズの記録2時間8分46秒とで、わずか6分ということだ。最大酸素摂取量とレースのパフォーマンスは、もし安定して持続するならば、70歳くらいまではかなりゆるやかな低下になるだろう。そこからは、急速に落ちるのだが。

2種類の筋肉とアスリート寿命の関係

メブのような、オリンピックのメダルを持って帰る力のあるマラソン選手であっても、もちろん6分の差は非常に大きい。ここでもう一度、ボストンマラソンに戻ってみよう。記録の資料では、ベストタイムは彼のライバルたちのほうが5分くらいは速かったわけだ。マラソン以外のランナーたちは、40歳で若者の競争相手になれるなんて、きっとうらやましいと思っていることだろう。短距離選手なら、まずありえない。100メートル走では、世界記録とマスターズの記録の差は、男子で7％以上、女子では13％以上ある。その理由は、筋肉のつき方と関係している。コスティルとトラッペの研究（数ある研究のなかで）によれば、競技によって筋肉細胞の型が違うらしい。正式名ではないが、遅筋線維と速筋線維と言われることが多い。その名前のとおり、遅筋線維（あるいはI型筋線維）は、筋線維が比較的ゆっくり収縮するが、疲労もゆっくりである。速筋線維（IIaまたはIIx型筋線維）は収縮も消耗も早い。非常におおざっぱな言い方をすれば、遅筋線維と速筋線維の区別は、有酸素と無酸素の呼吸運動の区別と似ている。誰の筋肉にもこの2つが混じっているのだが、生まれたときから、その比率はまさにバラエティに富んでいて、その割合を変えることのできる人はそういない。エリート選手のレベルで言えば、瞬発的な動きを必要とする選手は速筋線維が多く、持続性が要求されるスポーツの選手は、遅筋線維の割合が高い傾向にある。ウサイン・ボルトのようなオリンピックの短距離選手なら、足の筋肉の80％が速筋線維ということもあるらしい。

鍵はここだ――速筋線維が優っているアスリートのパフォーマンスは、年齢とともに急速に低下する（生身の身体のパフォーマンスのこと。パフォーマンスのそれ以外の側面については改善することもあるが、それはのちほど）。短距離のアスリートはふつう、キャリア・ベストに達するのがマラソンランナーよりも5歳早く、前者は25歳、後者は30歳である。その理由は、サルコペニアは、遅筋線維よりも速筋線維のほうが高い率で起こるからだ。どうしてなのかは、あまり明らかにはなっていないが、仮説はこうだ。速筋線維は活性化する閾値がより高いために、それほど頻繁に活性化せず、その結果、使用しないことで萎縮しやすい傾向にある。トップ・アスリートでない僕たちのような者は、歳を取るにつれて、意識するしないにかかわらず、怪我とかライフスタイルの要因に呼応して活動を変更させていくことにより、より萎縮させるようだ。もしあなたが、毎週のバスケットボールの試合を短めのセッションに変えたとしたら、あなたの筋肉は遅筋線維が多くなるほうへと変わっていくだろう。「使いなさい、さもなければ失われる」とは、身体の健康に関するすべての領域で意味のあるモットーだが、筋線維に関してはまさにその言葉どおりである。

マンモスでトレーニングする理由

メブが、大きなレースの3週間前に、家族のいるサンディエゴの自宅を離れて、車で7時間もかかるここ、マンモスで何をしているかをまだ説明していなかった。僕が車を山に乗り入れたときに気づいたことが理由で、彼はここにいるのだ——山の薄い空気だ。持久系スポーツの世界で、１９６８年以前には、高地でトレーニングをする利点はまだ一般的には理解されていなかった。その年に、メキシコシティで夏のオリンピックが開催された。標高７３００フィート（約２２２５メートル）というのはマンモスもほぼ同じなのだが、その高さでは、標高が低めの地域からやってきたランナーたちは、がっかりするようなフィニッシュタイムしか出せなかったのである。

けれども、30年以上たっても、アメリカのクロスカントリーのたいていのコーチは、高地トレーニングを組み入れることにはまだ乗り気でないままでいたから、ボブ・ラーセンのような人たちはだんだん我慢できなくなった。ラーセンには、国際大会でメダルを獲得する選手の95％が高地で訓練をしたランナーだとわかっていたからだ。アメリカのランナーが高地トレーニングを敬遠していることが、もう何十年も有力なマラソン選手が輩出されていない事実につながっている、と彼は考えていた。「マラソン界で一目を置かれているような人の多くが、高地でのレースに出ないのであれば高地で訓練する必要はない、と言うんだから」と、彼は言う。「彼らにわからせねばならない。高地トレーニングが実際に役に立ったりしたら、低地にある大学とかを拠点にしている大方のコーチにしてみれば気まずいだろう。だから、高地トレーニングが解決策ではないという頑固な偏見があったんだ」

ラーセンは1999年に参加したセミナーで、これまでの研究から、低地に住んでいる人々が標高7000〜8000フィート（約2100〜2400メートル）の高地で数週間暮らしてトレーニングをすることで、最大の効果が得られるということを示した。その高さであれば、低い酸素濃度が引き金となって、腎臓がエリスロポエチン（EPO、赤血球生成促進因子）というホルモンを分泌し、そのホルモンが、骨髄がより多くの赤血球を作り出すよう促す（EPOについてはおそらく耳にしたことがあるだろう。ランス・アームストロングが、ツール・ド・フランスで7回連続で優勝したランの最中に使用していた薬のひとつだ。7連覇の記録を含む、ドーピング以降のタイトルはすべて剥奪された）。赤血球内のヘモグロビンは、肺から筋肉へと酸素を運ぶ役割を果たす。つまり、たくさんあればあるほど、無酸素性運動による酸素不足に陥ることなく、筋肉をよりハードに働かせることができるのだ。実際、標高7000フィート（約2100メートル）のところに住んでいるエチオピアのマラソン選手でさえ、赤血球生成を促すために高地トレーニングを利用しており、1万フィート（約3000メートル）まで歩いて上がる訓練を長期にわたって行っていることをラーセンは知っていた。

彼はまた、１９６０年代からスキー旅行でたびたび訪れていた、マンモスという場所のことも知っていた。ラーセンは、自身のＵＣＬＡチームを何週間かのトレーニングに連れて毎年来ていたが、２００1年に、もう1人のコーチ、ジョー・ヴィジルとともに、マンモス・トラック・クラブ(Mammoth Track Club）を創設した。アイデアはこうだ——エリート・ランナー数人に高地トレーニングを受けるよう説得し、彼らが出す結果を利用して、アメリカのランニング関係の他の組織をも味方に引き入れる。その結果やいかに。最初からのメンバーの中に、メブとマラソン選手のディーナ・カスターがいた。２００４年、アテネ・オリンピックのレースに向けて、２人はマンモス周辺で、グループランを先導して走る訓練をして数カ月間を過ごした。そうしてギリシアに行き、メブが銀メダル、カスターが銅メダルを獲得した。オリンピックの男子マラソンでアメリカ人がメダルを獲得したのは28年ぶり、女子では20年ぶりのことだった。「アテネから帰ってからは、アメリカ人選手は高地でトレーニングするべきだと説得するのが、ずっと楽になったよ」と、ラーセンは言う。そして今では、説得はさらに楽になっている。リオ・オリンピックでは、アメリカの長距離選手が7個のメダルを持ち帰った。１００年間で最高の成績だ。この結果を受けて、全米陸上競技連盟の会長は、『Runner's World』誌の中で、チームによる高地をうまく活用したトレーニングの成果によるところが大きい、と語った。

高地トレーニングは有効かつ高効率

エリート選手は、勝つために取り入れていることすべてにおいて、おまけなどは求めていない。けれども、高地トレーニングの場合には、ラーセンでさえ挑戦し始めたときには予想していなかった「おまけ」の特典があったようだ。それは、どうしてメブが41歳になってもトップのマラソン選手でいられるのか（そして、カスターはさらに2歳年上で、臀部の損傷のためにリオ・オリンピックのマラソン米国代表選考会は辞退したが、レースには勝ち続けている）を説明する手助けとなる。標高の高いところでトレーニングすることは、有効であるだけでない。効率もいいのだ。「高地でのトレーニングは、走る距離も短くてすむし、強度も低めでいいのだから」と、ラーセンは言う。メブでいえば、1マイル（約1・6キロメートル）5分のペースでテンポ・ランをすれば、ニューヨークやボストンやサンディエゴで同じ距離を4分30秒で走るランに匹敵することがわかっている。「低地でのトレーニングほど身体をいためつけなくても、同じ効果が得られるんだ」

ラーセンの見解は、データでなく経験に基づいているのだが、それが大きな意味をもっている。メブはそのキャリアを通じて、マンモスでそれこそ何千マイルも走ってきた。そうやって何度も、何マイルも走る訓練を積み重ねれば、心拍数を10％ほど抑えられる身体、つまりスポーツ心臓になる――そういうことではないだろうか。「心拍はそれほど強くなくてもいいから、少しだけゆっくりにできればね。そういう状態で何マイルも走れるようになるなら、長期的に見ても利点になると思う」と、彼は言う。

今、僕たちは、温泉からそう遠くない、ハクトウワシがよく魚を捕っているという小川に近いところで、道路の路肩に車を停めていた。もうひとつ別の砂利道で3マイル（約4・8キロメートル）のクールダウンをすませたメブは、地べたに座って、車から持ってきたストラップを使って、ハムストリングや足首のストレッチをしている。僕はメブに尋ねた――ここで走るのは、どんな気分だい？ ここで訓練したことのない人に、なんて言う？ やるべきだと思うかい？

挑戦するべきだよ、と彼ら2人ともが言う。「ただし、ごく軽いところから始めなければいけない」と、ラーセンが忠告する。「低地での通常のペースで始めたら、酸素が欠乏してしまう。標高の高いところでは、ペースを落としても空気を十分に取り入れられないからね」。ラーセンは話を続けた。「私たちは今、標高約7100フィート（約2160メートル）のところにいる。だが、十分な効果を上げるためには、マンモス・レイクスの標高8500フィート（約2590メートル）のあたりまで上がったほうがいい」

彼らに別れを告げて、僕は言われたとおりにする。僕は、週に2度走る程度のランナーであり、最後に走ってから4日たっているから、足は十分に元気なはずだ。ラーセンのアドバイスを心に留めつつ、僕は、ツイン・レイクスの周囲を回る小道から、ふだんよりも少し遅めと思うペースで始めてみた。すぐにも標高の高さを感じる。息が切れるというよりも、ずっと闘っていなければいけないようなズーンと重い感覚だ。空気が薄いというよりも、濃くなったかのように思えてくる。僕はそれでもなおペースを戻して、景色に集中した。都合のいいことに、景色は信じられないほど美しかった。小道は、ポプラとモミの木立の間を曲がりくねっている。左手では、タカが鳴きながら崖の表面すれすれに飛び、きらめく湖面をめがけて降りていく。折り返し地点まで来ると、肺はまだそう悪い感じはしないが、これだけ遅めのペースなのに、身体はいつものようには動かなかった。舗装道路をポンポンポンポンと軽やかに蹴っていたメブの脚とは違って、僕の2本の脚は、まるで酔っ払い2人がかわるがわる壁に寄っかかるみたいにふらついて、まだこんな途中なのにもうロスタイムに突入している気分だった。

僕は、ランニング用の衣服をもってマンモスに来た。メブを説き伏せて、ウォーミングアップやクールダウンのときに一緒に練習させてもらえたりするかも、という漠然とした期待をもっていたのだ。今、その考えが、現実といかにかけ離れていたかがわかった。実に素晴らしい1日で、僕は1マイル7分のペースで走って帰るはずだった。それなのに、そのペースでは2、3分間——パンクロックの元祖ラモーンズ特有の短い楽曲くらいの長さだ——でも走れたらラッキーだった。25分後、僕はその日のランを終えた——メブへのまた新たな全幅のリスペクトを感じつつ。それから、僕のスバルにも。

chapter 2

最も疲労を溜めない者こそがプロ

ヤロミール・ヤーガーは、中途半端なことはしない。チェコ出身の44歳、フロリダ・パンサーズのフォワードで、アイスホッケー界のスター選手だ。彼にとってのNHL25年目のシーズンも4カ月がたっている。コーヒーをやめるときだな、と彼は決めた。熱心なクリスチャンであるヤーガーは、四旬節〔イースター前日までの40日間、断食や懺悔を行う。個人的な楽しみを断つ場合もある〕に毎年違うものを断っていた。前年はダイエット・コーク。1日に5本かそれ以上飲んでいたのに、その時期になるといとも簡単に習慣を断った。そしてイースターが過ぎても、もうその味に未練はなく、再び飲むことはなかった。けれども、コーヒーは違う。「彼は、コーヒーが大・大・大好きなんだ」。パンサーズのストレンクス・アンド・コンディショニングコーチのトミー・パワーズが言う。好むと好まざるとにかかわらず、常にヤーガーに付き添うスタッフだ。「朝から晩まで飲んでたんだからね。少なくても日に10杯から20杯は飲んでいたはずさ」。パワーズは、真夜中に車を走らせて空港からフォートローダーデールまで帰ってきたときのことを覚えている。途中、ガソリンスタンドに寄った。もう深夜の2時を過ぎていたが、ヤーガーは店に駆けこんで、寝るまでの時間を乗り切る元気回復用にと、コーヒーを買ってきたのだ。「いわば中毒だったね」

けれども、ヤーガーは誓いを守った。しかも、いきなりスパッとやめたのだ。「最初の2、3試合は、ひどい気分だったよ。エネルギーがまったくないって感じで」。コーヒーを断って3週間のところで、彼は記者にそう語った。無理もない。カフェインは、運動能力を向上させる物質のなかでも、特に広く用いられている。その効果は絶大で、エンデュランス・レーサーが使用した場合のメタ分析によると、世界アンチ・ドーピング機関（WADA）が長年定めていた、アスリートの体内摂取限度ぎりぎりの量を使用すると、フィニッシュタイムに3％の改善が見られたそうだ（けれども、それではコーヒー摂取については、全員が常習者になってしまうとわかったことから、WADAは、2004年にカフェインを禁止物質からはずした）。一方、アメリカ精神医学会は、カフェイン摂取をやめると体力にかなり影響が出てしまうので、2013年に、ヘビーユーザーは中止後に上限3週間ほど禁断症状が続く可能性があるとの但し書きをつけて、制約物の公認リストにカフェインを加えた。ヤーガーにとっては、少なくとも日に1000ミリグラムの興奮剤を注射するのと同じ状態だったのだ。それがなくなって、彼が無気力になってしまっても無理はない。しかし、実際のところ彼が氷上でどうだったかって？　四旬節の間にプレーをした20試合で18点を挙げたのだ。それはレギュラーシーズンの彼の得点ペースを優に上回っていた。

ヤーガーの尋常でないトレーニング量

ヤーガー――チームメートは「ヤグス」と呼ぶが――は異常なほどストイックな男だ。個性が強い、というくらいでは控えめすぎる。彼には、基本的には毎日したいと思っていることがいくつかある。試合後に、45ポンド（約20キログラム）の重さのベストを着て、さらに足首にも重りをつけて、リンクの上でダッシュを繰り返すこと。6ポンド（約2・7キログラム）のメディシンボールを何百回も続けて壁に打ちつけて、シュートの練習をすること。そりに鉄板を何枚も積んで、それを引きながらダッシュすること。ウェイトマシンの重りのケーブルをスティックの先に付けて、力ずくでパックを引き離そうとするディフェンダーの気持ちになってみること。エクササイズ・バイクを思い切り踏み込んで、1分間漕いでは1分間休むのを繰り返し、力尽きるまで懸命に漕ぐこと。このどれも強制されてやるわけではない。ヤーガーが真夜中でもたびたび電話をかけてきて、カリキュラムにはないこうしたトレーニングの指導もしてくれないかと頼んでくるので、正直トレーニングを減らしたほうがいい、とパワーズが考えるのも無理はない。試合の最中ですら、ヤーガーは、その時に応じてコンディション調整のトレーニングを詰め込みたがる。次のピリオドまでの間でさえ、パワーズにメディシンボールを投げさせたり、抵抗をつけてのダッシュの練習の相手をさせたりすることもある。

ヤーガーがとうとう体力を使い果たすと、パワーズが、キ＝ハラ・レジスタンス・ストレッチング（Ki-Hara Resistance Stretching）というテクニックを使って、身長6フィート3インチ（約191センチメートル）、体重220ポンド（約100キログラム）の彼の身体にストレッチをさせる。ヤーガーは、股を広げて膝を折り曲げ、両足の裏を合わせて座る。パワーズがその両膝を下に押し、ヤーガーはそれに逆らって膝どうしをくっつけようと内転筋を使う。これは、パワーズが「エキセントリック・ストレンクスニング」と呼ぶ強化法で、ここで言う「エキセントリック」はヤーガーの気質ではなく、収縮している筋肉を伸長しながら力を発揮すること（伸張性収縮）で、懸垂から身体をゆっくりと降ろすときと同じだ（筋肉を収縮しながら力を発揮するのは、コンセントリック（短縮性収縮）という）。

ダラ・トーレス――5回のオリンピックに出場し、41歳のときには3個のメダルを獲得した水泳選手――も、キ＝ハラ・ストレッチを推奨していることでよく知られている。その背景にある考え方は、強さのない柔軟性は故障を招くだけだということ。自分が動かせる範囲内ならどこからでも強さを生み出すことができるはずだ、というのだ。「この方法なら、氷上で、思いがけず、これまでにしたことのないような体勢で身体を伸ばさなきゃいけないことになっても、筋力が十分強いからその姿勢を保てて、そこから縮めていくことができるんだ」と、パワーズは言う。ヤーガーは、ストレッチをしているときでさえ、どんどん強くなっているのだ（大リーグの打者で43歳のイチローが、よく似た方法を基本としたトレーニング・プログラムを続けている。ただし彼は、トレーナーに伸張性収縮への抵抗力になってもらう代わりに、日本製の特製マシンを使っているそうだ。7種類のマシンを一巡するのが、彼がやっている唯一の筋力トレーニングで、それを1日に3回もこなす。イチローはこれまでほとんど故障をしたことがない）。

疲れ知らずの超人的身体が生んだ記録

どれもすごいトレーニングのようだが、その成果については議論の余地はない。ＮＨＬならば、44歳でプレーするだけでもとんでもない業績だ。ゴールキーパーを除いて、今まで２人しか成し遂げていない。ミスター・ホッケーといわれるゴーディ・ハウが引退したのは、１９８０年に52歳の誕生日を迎えた直後、もう１人のクリス・チェリオスは48歳のときだった。生理学的にいえば、アイスホッケーは、マラソンを走ることとはそう違わないかもしれない。けれども、選手は、30〜90秒の「シフト」でリンクに出入りし、ゲームに入っている間はずっと激しくスケーティングをしている。他の選手と交代する頃には、心拍数は最大値の90％以上になっていて、筋肉の乳酸値が一気に上がり、ひどい酸素不足になる。アイスホッケーには、瞬発力を生み出せるよう筋肉が素早く収縮し、無酸素性運動に長けている、まさに強靱で健康な肉体が必要だが、それらは年齢とともに急速に衰退する。そして、そうなると、アイスホッケーの試合で起こるさまざまなことで身体に大きなダメージを受ける——乱暴なチェック（相手選手の動きを身体やスティックで阻止するプレー）を受けて壁に当たったり、殴られたり、ほとんど避けようのない臀部や鼠蹊《そけい》部の故障などだ。ある研究によれば、ＮＨＬのチームは、１チーム当たり平均して年にのべ２４２人の選手を故障で離脱させており、その故障率はメジャー・スポーツのなかでは最も高い。『Sports Medicine』誌が２０１５年に掲載した論文で、一般的なアイスホッケー選手のピーク年齢は28歳まで、と結論づけられているのもうなずける。

けれども、ヤーガーはただ生き残っているだけでなく、スター選手であり続けている。自ら得点し、パンサーズをプレーオフに導き、1シーズンで60得点した、これまでの最年長プレイヤーになっている。ここまで来るなかで、彼は、リーグではまだ歴史が浅いチームの若手選手の意識にも影響を与えている。たとえば、有望株の20歳のフィンランド人でセンターフォワードのアレクサンダー・バーコフ。ヤーガーのふつうとは違うトレーニングや独特の鍛錬方法――たとえば、エネルギーのレベルによって違うチャクラを開くために、異なるジャンルの音楽を聴くとか――まで見習ったりしている。「そうした若者たちは、偏見のない賢明な耳と目でもって、彼の言うあらゆることに進んで耳を傾けるだろう」と、パワーズは言う。

ひとつだけ彼らが真似しないであろうことは、彼よりたくさん働くことだ。NHLの組織としての契約では、選手たちはシーズン中に、最低でも月に4日は休みを取るということになっている。ヤーガーは、休むことを良しとしない。彼は休息を敵とみなし、決して容赦してはならないものと考えている。怠惰や無為を、自分の厳しい訓練すべてを反故にするきっかけにしたくないからだ。運動量を維持することがすべてなのだ。「トラック、しかも大型トラックのようなものさ」。シーズンの最後に、400万ドルで新規1年間の契約にサインした直後に、彼が言った。「突っ走っているときには、まあ進むんだよね――しかも、けっこう速く。でも一度止まったら、再スタートをきるのは難しい」。それは、まるで映画『スピード』のキアヌ・リーブスになったようなもので、さぞ疲れるだろうと思う。しかも彼は25年間、毎日スケート靴を履いてやっている。ヤーガーはそうしたいのだ。「身体的には僕は疲れることはないよ」。彼は、『South Florida Sun-Sentinel』紙にそう話した。しかもそれは、コーヒーを**断ってから**のことだった。

ハード・トレーニングは著名選手につきもの

ヤロミール・ヤーガーは無類の選手なのだが、同時にスポーツの世界にはよくいるタイプでもある。現役を長く続ける鍵は、時間が奪っていくものを補うために、1年1年、より一生懸命にトレーニングをすることだと信じている熟年アスリートだ。プロのチームならどこも、チームで最も健康状態が良く、そのポジションを狙っている若いチームメートたちにそういう姿を見せられて誇らしく思っているベテランがいるようだ。たとえば2015年の秋、NBAファイナルで成果を上げた上でトレーニングをするつもりだったレブロン・ジェームズは、準優勝に終わったために、記者には控えめに自慢をした。「僕の独自のトレーニング方法に、ちょっとはまってたんだ」と。31回目の誕生日が近づくにつれて、トレーニングを1日に3回に増やしたそうだ。「休憩を十分に取ったかって？　取ってないと思うな……、あと2カ月間のオフがあればなあ」と、彼は言った。「でも、絶対に良くなっている」。そして2016年当時、NFLのミネソタ・バイキングスのランニングバックだったエイドリアン・ピーターソンについては、同年のESPN局によるプロフィールには、31歳にしては大胆な夏のトレーニング・プログラムの詳細が書かれている。それには、屋内での何時間ものウェイト・トレーニングに励む前に、テキサス州東部の暑さのなかで300メートルを何度もダッシュするというのが含まれている。ピーターソンのようなボールキャリアー（アメフトで、攻撃でボールを保持している選手）で、30代になってまだ十分にプレーできている人はほとんどいない。けれども、記者はこう書いている──「彼自身、これだけハードにトレーニングをしているのだから、まだ活躍するぞと思っているだろう」

サッカーのアメリカ代表でミッドフィルダーのカーリー・ロイドは、自分の現役期間の後半も上り調子だろうと信じていた──ＦＩＦＡが世界最高の女子サッカー選手と認めたときは33歳だった。毎日、腕立て伏せを４００回と腹筋を８００回して、感謝祭やクリスマスでも1日も休まないことも含めて、厳しいトレーニング観を持っていた。ロイドのコーチ兼アドバイザーを長年やってきたジェームズ・ガラニスは、これを「彼女の歯磨きメソッド」と呼んだ──彼女にとっては「柔軟体操」である日課のトレーニングをサボるのは、朝に歯磨きしないで臭い息のまま一日過ごすのと同じくらい──つまり、ハードなトレーニングは歯磨きと同じくらい欠かせないことなのだ。２０１2年のロンドン・オリンピックの最中には、ロイドは、チームのトレーニングをしているだけでは十分なフィットネス・トレーニングができていないと判断して、朝の6時半に、借りていた家の芝生の上に水のボトルを置いて、コーン代わりにしてダッシュの練習をしていたんだ、とガラニスはふり返る。

アンドレ・アガシは、２００３年に男子プロテニス協会のランキングで、最年長で1位になった。当時彼は33歳で、ロイドと同じようなエピソードがある。『ＯＰＥＮ―アンドレ・アガシの自叙伝』に、この成績は極限トレーニング（パニッシング・ワークアウト）の結果だと書いている。それは、彼のストレンクス・コーチであるギル・レイエスが、彼の老いつつある傷ついた身体をグランドスラムの試合で5時間戦えるよう健全に維持するために考案したプログラムだった。「夕暮れにやっとのことで自分の車に乗り込むと、これから家まで運転して帰れないんじゃないかと思うこともよくある。ときには、もう試しもしない。エンジンキーを回す力もないときには、また戻って、ギルのトレーニングベンチに横になって身体を丸め、そのまま眠りに落ちるんだ」。アガシは、自分の優れたトレーニング——特に、脚と内筋のコンディションを整える——のおかげで、先天的な背中の不調を補い、自分より若い対戦相手より長く現役を続けられたと思っている。グランドスラムで優勝した8回のうちの4回は29歳以降に取ったが、それは、ほとんどのテニス選手が表舞台から姿を消し始める年齢だった。

ドナルド・ドライバーの無故障伝説

パフォーマンスの低下を避けたいためだけではない。2011年の夏、僕は、グリーンベイ・パッカーズのトレーニングキャンプの開催に合わせて、ウィスコンシン州へと出かけた。第45回スーパーボウルで優勝して半年がたったところだった。シーズン最初の練習が終わって、選手が三々五々フィールドを去るなかで、ライトの灯りの下に1人だけ残っているのが、36歳のワイドレシーバー〔フットボールで、攻撃ラインの数ヤード外側に並ぶレシーバー〕、ドナルド・ドライバーだった。蛾が周りを飛び回るなか、ドライバーはジャグス社のフットボール・マシンの前に立っていた。ジャージがめくれて、みごとに割れた腹筋が見えている。完璧なスパイラルのかかったボールを、次から次へとキャッチしていた。

彼が現役でプレーしていた期間は、その大半が、いわゆる無防備なプレイヤーへの危険すぎるタックルを禁止するルールがまだない時代だった。にもかかわらず、ドライバーは、これまでの12年間で、わずか6試合を除いてあとはすべて先発として出場した。そうしてNFLの最高選手となった。90%以上の選手が、現役の間に大きな故障をしてしまい、ワイドレシーバーは平均して、スナップ〔アメフトで、センターがボールをバックスに投げること〕の250回に1回は故障をする。ドライバーは1万回近くスナップをしており、それはキャッチにおいて常にチームのリーダーとなるのに十分な回数だった。

ドライバーのやり遂げた仕事のなかには、さらにすごい記録がある。最も大きくて足の速いワイドレシーバーは、ふつうはサイドラインでプレーをしていて、そこでは、1対1でタックルされることはめったにない。ナンバーワン・レシーバーにあるべき大きさはないが、ドライバーは電光石火のごとく、フィールドの中盤手前の位置で飛び上がってショートパスをキャッチした。そこは相手〔ディフェンス〕側の図体のでかいラインバックがいて、ボールを持っている選手にものすごい勢いで頭から突っ込んできて、セーフティ〔オフェンス側がボールを失って、ディフェンス側の得点になること〕を狙われる場所だ。ワイドレシーバーのスター選手のなかには、こうしたパスルートをわざと無視して、シーズン終了時の結果につながって問題になるようなことは避けようと「ビジネス的決断」をする者もいる。ドライバーは、そんな選択肢を考えたこともなかったよ、と言う。1999年のルーキーシーズンには、彼は、当時のパッカーズのナンバーワン・レシーバー、アントニオ・フリーマンからのアドバイスが、ずっと心に残っていた。「フリーがいつも俺に言ってくれてたよ、『おまえ、NFLで活躍したいなら、ミドルを突っ切らないと』、って」

ドライバーに、統計的にはありえそうもないくらい健康なコンディションでいられるのはどうしてかと尋ねたら、彼は、2人の名前を挙げた——神と彼自身。「俺は、それこそ身体を鍛え抜いたよ」と、彼は言う。ベテラン選手のほとんどが、30歳を過ぎたら軽くし始めるところだが、「俺は、もっとハードに、とひたすらトレーニングを続けたんだ」。そこまで熱心にやった結果、NFLでの最後のシーズンの前には、体脂肪が4%から2%に減ったそうだ。マラソン選手か自転車競技者くらいしか達成できない数値だ。「若いやつらにいつも言うんだ。『おまえらが寝ている間に、俺はトレーニングしている』、と」。ドライバーのこうした着想は、ジェリー・ライス——20シーズン試合に出て、これまでで最高のレシーバーと考えられている——から得たものだった。ライスには、ドライバーのようなずば抜けた直線ダッシュのスピードはなかったものの、現役を終えるまで、トレーニングにマニアックなくらい熱心だったことはよく知られている。オフシーズンには、ウインド・スプリント〔スパート時の呼吸能力を高めるための短距離スピードトレーニング〕、長めのランニング、ウエイトリフティングを週に6日続けるプログラムをこなしたらしい。

ドライバーのメソッドのなかには、ヤーガーの場合と同じように、最初はどこか疑問に思えるけれど、さらに詳しく知ってみると、スポーツ科学における学者のちょっとした知恵が見えてくるものもある。現役時代を通して、ドライバーは、試合やトレーニング中には、水を飲むと身体がたるんでスピードが落ちると思い込んでいて、飲まないことにしていた。「練習がすんだら、飲めるだけ飲むんだが、練習中は、身体に耐えることを訓練させているのさ」と、彼は言った。まるで迷信のようだ。現代の、ゲータレードがスポンサーになるような、水分補給のマニアみたいな人たちとは明らかに逆だ。けれども実際には、研究によると、ゆるめの脱水状態でのトレーニングは、正しく行うかぎり、身体が血漿量を増加させて耐久力を促進させるそうだ。

さて、ドライバー式のトレーニング。30歳を過ぎてから、しぶしぶスクワット・ラックを取り入れ始めたが、ドライバーは、重い荷重を持ち上げるのは決して好きではなかった。シーズンオフに自分でトレーニングをする際には、スプリント、アジリティ、はしごをすり抜けたりコーンの間を走ったりするようなフットワークの練習を中心とした、厳しい修練にこだわった。ドライバーは、こうしたエクササイズを、最小限の休憩をはさんで40分間ずつ行う。最近の研究では、このような高い強度と短時間の休憩を用いたトレーニングは、低めの強度でかなり多量のトレーニングを行った場合と同程度の最大酸素摂取量や、他にも効果の認められる数値を得られることがわかっている。プライオメトリックス・トレーニング〔筋肉の収縮とストレッチを素早く繰り返すことによる筋力増強トレーニング〕は、ドライバーが行っていたようなジャンプやそれ以外にも瞬発力の必要な動きを含むトレーニングで、バランスや自己刺激への適応能力や、空間認知能力を改善することによって、故障のリスクを軽減できるということが証明されている。ワイドレシーバーが試合に出られなくなる一番の原因が、足首の捻挫や下肢の負傷であるとなれば、このデータが強い裏付けとなる。プライオメトリックスは、１９７０年代からアメリカのアスレチック・トレーニングに用いられている。当時のトラック・コーチ、フレッド・ウイルトが考えついた造語だが、たいていは料理の付け合わせのようなものだった。ただ、ドライバーにとっては、それがメイン料理だったのだ。

シーズンオフのトレーニング計画をたてるときには、ドライバーは、故障を予防することについては特に考えていなかった。「とにかく、身体の調子を万全な状態でキープして、手本となるためにしなければいけないことしかしなかった」と、彼は言う。２０１３年に引退したときには、「俺は、健康な身体のまま、大きな怪我をすることもなく現役を退いた」、と。繰り返すが、それは本当に珍しいことなのだ。元選手の８割以上が、フットボールをプレーした後遺症として、日常的に痛みを体験していると言っている。カルヴァン・ジョンソンは、デトロイト・ライオンズの主力ワイドレシーバーで、ドライバーの所属するパッカーズとは、何年にもわたってシーズンに２回ずつ戦っている。ジョンソンは30歳で引退したが、その頃には、朝にベッドから起きて歩き出すのが大変になっていたという。ミシガン大学社会調査研究所が２００９年に行った調査によれば、ＮＦＬを引退したドライバーと同世代の選手の84％が、引退せざるをえなくなった主な原因は故障だと言ったそうだ。

故障は「加速した老化」とも言える

選手が激しい衝突を繰り返し受けるわけではないスポーツにとってさえ、故障はまず間違いなく、選手生命を短くする大きな要因だろう。どのスポーツにも、その種目に独特の外傷や使いすぎによる故障がある。たとえば、バスケットボールでは足首や膝の関節炎、テニスやゴルフでは肘の腱炎、水泳では回旋筋腱板（ローテーターカフとも言う）のインピンジメント（骨のぶつかり）や椎間板の変性など。オリンピックで4個の金メダルを獲得したスプリンターのマイケル・ジョンソンは、ダラス郊外に自身のパフォーマンス・センターを持っているが、加齢による衰えではなく怪我が、ほとんどいつもアスリートが引退を決意する際の最も大きな要因だと、僕に話してくれた。故障がしだいに頻繁になり、治るのにも時間がかかるようになって、勝つために必要なだけのコンディション調整をするのが、ただひたすら難しくなってくるのだ、と。

慢性的に故障をかかえているアスリートの場合、怪我が頻発するのは、実のところ、加齢が加速して身体に現れているのかもしれない。先にも述べたように、人間にはダメージを受けた筋肉の修復を行う特別な幹細胞があり、科学者たちは、こうした細胞の機能の低下が、僕たちの筋肉（および骨や腱や靭帯）の治りが年齢とともに緩慢になっていく理由であると考えている。彼らはまた、そうした細胞には、その仕事、つまり細胞分裂をして筋肉を修復させることの回数には上限があるとも考えている。同じ組織があまりに何度も傷つくと、もう完全には治りきらなくなってしまうのだ。たとえ身体の他の部分が無事だとしても、その部分はすでに老朽化してしまっているのである。

身体の状態が良いことと、耐久力があることとの関連は明らかである。なぜアスリートはよく故障をするのかについてさまざまな意見がある一方で、誰もがうなずくのは、基本的に身体に必要なコンディションを十分に整えずにスポーツをするからそのまま故障につながってしまう、ということだ。けれども、コンディションをうまく整えられる人たち——ヤロミール・ヤーガーやカーリー・

ロイドやドナルド・ドライバーのような人たち——なら故障の可能性がきわめて低いと、言ってしまえるのだろうか。これは、ニワトリと卵の問題だ——コンディションが非常にいいから健康なのか、それとも激しいトレーニングをできるほど健康だからコンディションがいいのか？　では、まったく逆の考え方をしてみたらどうだろう？

過剰なトレーニングは過ちである

人々の無駄な苦痛や衰弱を防いであげることが私のライフワークだ、と言うレイモンド・フェルハイエンは、同僚にはどうも人気がない。まさに我が道を行っているのだ。オランダ人は、礼儀正しさよりも正直さを信条とする国民であることにプライドを持っているが、フェルハイエンは、そうした民族の気質をめいっぱい持っていて、それが十二分に窺える。9月から5月まで、たいていの土曜日には、ツイッターに、ヨーロッパで非常に有名なサッカーコーチたちの愚かさや頑固さを並べたてる。彼が特に槍玉に挙げたのは、アーセン・ベンゲル。ロンドンのアーセナル・フットボール・クラブの監督として20年以上君臨していたフランス人だ。強力なディフェンスと臨機応変型のオフェンスが一般的であるリーグにおいて、アーセナルがスマートで攻撃的なプレースタイルで、長年にわたって名を挙げていたのはベンゲルのおかげだ。アーセナルでもうひとつ目を引いたのは、期待のシーズンに複数の主力選手が長期離脱したことで弱体化し、その後のシーズンも、不運な故障の多さが続いたことだ。ただし、フェルハイエンが、そのことと運は関係がないと考えて、ベンゲルの監督時代〔2018年まで〕にはことあるごとに言っていた。「アーセナルが体制的に怪我の多発するカオス状態に陥っていることは、自分にも何らかの関わりがある、とアーセン・ベンゲルが認めたなら、その瞬間から解決に向かうだろう」。彼は、ウェールズの若きミッドフィルダー、アーロン・ラムジーがまたハムストリングの肉離れを起こして足を引きずって歩いていたのを見て、プレミアリーグの2016〜7年シーズンの最初の週末にツイートした。「ベンゲルが外的な要因を責め続けているかぎり、何も変わらないだろう」と。

フェルハイエンは、このような意見を記者たちと共有していたのだが、彼らもやはりチームの言いなりになっていると思うようになった。記者たちはアーセナルとの関係を保ちたいがために、明らかなのに文句の出そうな事実を認めることには消極的だったのだ。フェルハイエンは今では、自分の見解は、ソーシャルメディアか自分のワールドフットボールアカデミー――サッカーのコーチのためのトレーニングを提供している――を通じて行うセミナーで述べるようにしている。「僕にインタビューする際に理解しておいてもらいたいのは、僕が主観的でなく客観的であるということだ」。彼は、僕に言う。「僕は自分の意見は言わないよ。現実に起こっていることをただ述べているだけなんだ」

フェルハイエンの客観的見解によれば、現実に起こっていることは、世界中のサッカーチームのほとんどが、選手に間違った方法でトレーニングをさせていて、その身体を傷つけ、パフォーマンスを低下させて選手生命を短くしている、ということだ。肉体的に疲労困憊する激しいスポーツのために選手に準備させる方法が、練習のルーティンもトレーニングもそのスポーツに相応して激しくすれば、それに比べたら試合は楽に思えるだろう、という見当違いの考えから行われている。どんな試合よりも激しく時間も長いトレーニングだと承知の上で、選手たちにやらせているから、そのせいで、チームは消耗した選手をずっと生み出し続けることになる。そんな選手たちは、フィールドのなかで最高のプレーをするよりも、担架でフィールドから出ていく機会のほうが多くなってしまう。これは、年長プレイヤーにとっては特に深刻な問題である。過剰なトレーニングと故障を繰り返せば、ただ引退が早まるだけだ。

あなたがスポーツ界で出会うたいていの人たちと同じように、フェルハイエンも、最初の夢はアスリートになることであり、トラックスーツを着てサイドラインに立つなかの1人になるつもりではなかった。10代のゴールキーパーとして、彼は、もう少しでオランダのユース代表チームに入るところだったが、臀部に慢性の滑液包炎が見つかってその夢をあきらめた。彼は長い間、自分や他のゴールキーパーがなぜ、90分間の試合で常にキーパーの3倍走るミッドフィルダーたちと同じトレーニングを求められているのか、ずっと疑問に感じていた。そういう意味では、試合中のほとんどの時間はジョギング程度の走りをするミッドフィルダーがなぜ、歩くかダッシュをするかどちらかであるストライカーと同じトレーニングをするのかも不思議に思っていた。

そこでフェルハイエンは、腫れあがった滑液包をかかえながらも学校にとどまり、運動生理学とスポーツ心理学で学位を取り、指導者の階級を昇り始めた。彼は、オランダの低いカテゴリーのプロリーグから、韓国やロシアの代表チームまで、あらゆるレベルのチームで働いてきたなかで、理解しかねるようなこともたくさん見てきた。シーズン前のトレーニングキャンプでは、ヘッドコーチは選手たちをとことん追い込み、午前も午後も練習させて、休日はほとんど取らせなかった。トレーニング・セッションには、いわゆるミニゲームが組み込まれていることが多く、3人または5人のチームで互いに練習試合をする。各選手がより多くボールに触れるのでスキルの向上にはいいが、一方、同じ理由で実際のゲームよりも激しいものになる――プレーに切れ目がないのだ。プレイヤーがトレーニング中やシーズンの最初に故障をした場合は、コーチが、トレーニング不足だからと非難するのがお決まりだ。

それは、フェルハイエンが考えていることとはまったく違っていた。ほとんどの選手は、自分たちの仕事ができる以上の身体の強さとスタミナがあった。彼らに欠けていたのは**はつらつさ**だった。彼らは、まるでワールドカップから帰ってきたばかりというくらいに疲れて、シーズンに入っていたのだ。これは大袈裟な表現ではない。優秀なサッカー選手は、実際夏休みやその他の休暇は、自国の代表チームでトレーニングやプレーをして過ごす。同じように、上位のクラブチームも、チャンピオンズリーグのような特別な大会があったりして、シーズンを通しての試合数が多くなる。そうして彼らは、もともと他の選手よりも少なかった「休暇」を切り上げて、また所属チームへと帰っていく（ラムジーがハムストリングの肉離れを起こしたのは、その夏に、ウェールズが欧州選手権（ＥＵＲＯ）の準決勝まで勝ち上がるのに大いに貢献したあとだった）。フェルハイエンの客観的な見解によれば、最悪なのは、故障から復帰したプレイヤーの処遇だった。その期間は戦列から離れていたわけだから――コーチは、「調子が戻っていない」と言う――チームの他の選手に追いつくため、いつもの負荷にさらに上乗せをして追加のトレーニングをさせる。その結果、さらに消耗し故障しやすくなる。「もう、本当にショックだったよ」と、彼は言う。「僕が選手だったら、こんなやつらは訴えているだろう」

サッカー選手たちの「故障対策」

理論上は、サッカーでの負傷は比較的対処しやすいものだ。たしかに相手選手との接触は起こるだろうが、アメフトやアイスホッケーやラグビーのように、それがゲームの要というわけではない。故障の大半は接触で起きるものではなく、また、接触しないで柔組織に起こる故障は防ぐことができるというのが、スポーツ医学の信条である。多大な運動量で動く場合には、身体に大きな負担をもたらすが、危険因子がなくなれば、サッカーは健康証明書をもらえるくらい安全かもしれない。プレーは関節を打ち砕くアスファルトや硬材の上ではなく、負担の少ない芝生で行われる。サッカーのプレイヤーは適度に均整の取れた体格であり、極端に太いとか細いとか、筋肉がムキムキとかでもない。のびのびと手足を伸ばして動く。つまり、野球のピッチャーや水泳選手のように、関節と靭帯と筋肉の集まった同じ部位に、まったく同じやり方で何度も何度もストレスをかけるというわけではない。野球、テニス、フェンシングのようなスポーツでは、身体の使う側と使わない側の間に非常に大きな不均衡ができてしまい、5～10％以上の不均衡は、かなり高い確率で故障と結びつく。けれどもサッカーは、(現実にはそうとも限らないかもしれないが)両脚を使えるのが理想である。

それでも、サッカーを観戦する人なら誰でも、故障がつきものであることは知っている――レフリーの気を引こうと地面でのたうちまわるような「フリ」でなく、本当の怪我を。ヨーロッパの最高峰UEFAチャンピオンズリーグの選手を7年間調査したところ、平均的なプレイヤーは1シーズンに2度故障をし、治るのにかかる平均日数は18日だった。同じ故障が再発した場合には24日かかる。また、1チーム25人で考えると、シーズンを通じて平均8〜9人が、治療に1カ月以上かかるような深刻な故障をする。NFLの選手が、何よりも前十字靭帯の断裂を恐れ、ホッケー選手が股関節脱臼の心配をするように、サッカーにもサッカー特有の故障がある――ハムストリングの肉離れだ。サッカーでの故障の12％近くがこれである。別の調査研究では、アイスランドのプレイヤーでは、28歳を過ぎると、ハムストリングの肉離れを起こすリスクが、年に40％に上がるとされている。試合の最中では、接触および非接触のどちらによる故障も、選手たちが疲れてくる後半に起こりやすい。

2015年、プレミアリーグの平均的なプレイヤーは、1シーズンに200万ドル以上を稼ぐ。つまり1週間で5万7000ドルで、ベストプレイヤーならば、その何倍も手にするだろう。ベンチに座っている選手に、何百万ドルも払いたい経営者はいない。役に立たないハムストリングのせいで、来年の契約を棒に振りたいプレイヤーもいないだろう。故障を避けたいという誰しもが抱く強い願いが、奇妙な練習方法を生み出してしまうのだ。ジエゴ・コスタ、ロビン・ファン・ペルシ、フランク・ランパードは人気の高いサッカー選手だが、セルビアのセラピスト、マリヤーナ・コヴァチェヴィッチから馬の胎盤（プラセンタ）を使った治療を受けたと言われている。早く治癒するというのだ（コヴァチェヴィッチのウェブサイトでは、彼女が施術に用いる「オリジナル・ジェル」の中身が実際は何かについては隠しているが、こう約束している――「施術の間に使用するものはすべて、完全に天然のもので、いかなるドーピング検査にも引っかかりません」)。サッカーチームのACミランで行われていたことについても、同様の奇妙な噂が長年にわたって渦巻いていた。2000年代の初め、ACミランは、パオロ・マルディーニのような30代に入った選手などの落ち着いたラインナップで、2003年のUEFAチャンピオンズリーグでの優勝も含めて好調な数年間を走っていた。メディアはこぞって、チームのメディカルディレクターの功績を指摘した。ジャンピエール・ミアセマンというベルギー人のカイロプラクティック療法士で、ミラン・ラボと呼ぶ施設で施術をした。ミアセマンは施術については秘密主義を保っていたのだが、彼がわざと漏らした詳しい中身は、興味をそそられる摩訶不思議なものだった。ミッドフィルダーのクラレンス・セードルフの慢性股関節痛は、親知らずを抜くことで治したと言うのだ。ミアセマンはまた、このような方法を用いることで、クラブ内の故障を90%減少させ、薬の使用を92%減らしたとも言った。「科学的根拠に基づく医学では認められてはいないが、私にはそんなことはどうでもいいんだ」と、彼はある記者に語った。

もっとありきたりなのは、マンチェスター・ユナイテッドやFCバルセロナのようなクラブだろう。スポーツ医学に基づいたハイテクな施設に何千万ドルもかけ、医師、理学療法士、柔組織専門の療法士、栄養士、そしてその他にも、ハムストリングの故障やその他の慢性的症状を食い止めるためのスペシャリストたちもいて、いわばちょっとした医師団を雇っているようだ。その体制には何の問題もなさそうだ。あるとすれば、トップの選手たちは、故障中には、クラブのメディカルチームを補完するために各自で雇っている専用の健康管理チームとともに過ごす時間のほうが多そうなことだ。アーセナルのファンなら誰でも知っているのではないだろうか。

フェルハイエンによれば、まったく賛成できないそうだ。選手たちの健康を維持するためにスポーツ科学を取り入れようと考えているチームはたいがい、やっていることの本質をわかっていないために、反対のことをしている、と彼は言う。原因を無視して症状だけをたたこうとしているのだ。世界でもトップのサッカーリーグにいる選手たちは、身体の調子が十分でないとか、治療がうまくいっていないという理由で、長く戦列を離れているわけではない。故障が長引くのは、間違った種類のトレーニングを、間違った時期に間違った量でしてしまうから。そうすると、彼らの筋肉もしだいに弱り、速い動きができなくなって脆弱になる。

研究の成果がサッカーに通じない?

すべてのトレーニングの根底にある基本的なコンセプトは、プログレッシブ・オーバーロード(漸進性過負荷)と呼ばれるものだ。第二次世界大戦後に、負傷兵のためのリハビリ計画をたてた軍医のトーマス・デロームが考案した。筋肉は、慣れていないストレスを感じると、その反応で多少弱まるが、その後に以前よりも少し強くなる、とデロームは気づいた。間隔をあけて適切なストレスを徐々にかけて、筋肉が常に適正量だけ試されるよう十分にゆっくりとその量を増やしていけば、それぞれの筋肉の最高値までその強さを積み重ねることができる。特定の時点でのパフォーマンスのために最大限に利用するプログレッシブ・オーバーロードのトレーニング計画を立てることを、ピリオダイゼーションと言う。

デイビッド・コスティルのような人の仕事のおかげで、僕たちは、エンデュランス・スポーツで、ピリオダイゼーションのトレーニングがどのように役立つのかをよく知ることができる。たとえば、マラソン選手は、レース前の数週間でしだいにトレーニング量を減らしていけば、最高のパフォーマンスができることがわかっている。走りをしだいに速く、短い時間にしていくことで、エネルギーを生み出すグリコーゲンが筋肉に蓄積され、レース終盤の「蹴る力」に必要なより速い動き出しに再び適応できる筋肉にするのである。

けれども、サッカーなどのチーム・スポーツは、エンデュランス・スポーツとはほとんど共通点がない。メブがマラソンを走るときには、何カ月もかけてトレーニングの強度や量をしだいに増やして、レースの日にコンディションのピークをもっていくようにする。しかし、サッカーのシーズンは何カ月も続く。どのコーチも、自分のチームには、シーズンのスタート時にコンディションのピークくらいにはなっていてほしいと思うだろう。その時点から、故障とか、試合と試合の間に休ませる必要などもあるから、ただ現状を維持していくだけで必死だ。『Sports Medicine』誌に掲載された１９８８年のアイスホッケーの調査によれば、平均的なアイスホッケー選手は、シーズンを通じて無酸素性運動の能力がいくらか伸びたことがわかったが、一方で、有酸素トレーニングでは変化がなく、実は筋力はいくらか低下したというのだ。その調査を報告した研究者たちは、シーズンの合間に、「チームに応じて計画された筋力維持のプログラム」をチームで採用するよう勧めている（いわば、壁に向かってメディシンボールをスラップシュートするようなものだろうか?）。

さらには、サッカー、アイスホッケー、バスケットボールのような、止まったり走ったりを繰り返すスポーツは、生理学的なレベルでの忍耐が求められるスポーツとはまったく違うし、それぞれのスポーツで成長していく選手の体質も違う。これまで見てきたように、長距離ランナーは、ゆっくりと収縮する、つまりタイプI型の筋線維を主体に筋肉を作り上げている。平均的なサッカー選手は、速い収縮と遅い収縮の筋線維が半々に近いくらいで、最も必要とされるプレイヤー――リオネル・メッシやアリエン・ロッベンやクリスティアーノ・ロナウドのようなフォワードの選手は、いきなりの速攻でディフェンダーに体当たりされる場合もある――には、「遅い」より「速い」収縮の筋力が必要だろう。収縮の速い筋線維の割合が多いアスリートは、捻挫をするリスクも高くなる（実際、デンマークのサッカー選手を調査した研究によれば、故障をしたせいで若くして消耗してしまうために、プロのレベルでは、速筋線維の多い選手の比率は少ない）。彼らはまた、激しい運動から回復するのにより長い時間がかかる。なぜなら、速筋線維は無酸素性の呼吸に最大限に利用されてしまい、あまりたくさんの血液が回ってこないのだ。フェルハイエンは、瞬発力のあるアスリートをチータと比較する。チータは、1度にわずか1分間しか、トップスピードで獲物を追いかけることができず、その後は1時間休まなければならない。チータの筋肉は70％もがIIx型――すなわち超速筋線維でできているのだ。

もし、瞬発力が抜群にいいプレイヤーに、持久系のアスリートのようなトレーニングを、回数も運動量も多くしてやらせてみれば、非常に違った反応が現れてくるだろう。しだいに調子が上がっていくどころか、漸進性過負荷の法則の恐ろしい合わせ鏡のように、疲労がどんどん蓄積していくのだ。「もし、調子がすこぶる良くなったとしても、疲労度が激しいのであれば、パフォーマンスはひどいものになるだろう」と、フェルハイエンは言う。そして、最悪なのはひどいパフォーマンスではない。極端なケースでは、自然と増していった疲労が、オーバートレーニング症候群へと進んでいく。アスリートのエネルギーレベルが下がり、睡眠や免疫機能にも障害が起きるひどい状態になる。オーバートレーニング症候群から完全に回復するには何カ月もかかる。それに、故障をするリスクもある。「身体に疲労が蓄積すると現れてくる兆候のひとつとして、神経系の働きが緩慢になる。脳から筋肉への信号の伝達が遅くなる」と、フェルハイエンは説明する。「着地したり回転したりする際には、脳から、足首とか膝のあたりの筋肉に信号を送って、関節を安定させなければならない。もし疲れてしまっていると、信号の到達が遅く、おそらくは間に合わないだろう。すでに着地したり回転したりしているのに、関節周りの筋肉はまだ収縮できていない。膝や足首は無防備というわけだ。そうすれば、足首の靭帯とか前十字靭帯が切れる可能性だってある。そうしたら、誰もが言うんだ、『ああ、運が悪かったね』と。そうじゃない、原因は疲労の蓄積なんだ」

フェルハイエンにしてみれば、こうしたことはすべて明白なのだ。サッカーの世界では、誰にでもわかりきっていることなのだ、と彼は言う。ただし、選手の健康に責任を負っているプロフェッショナルの非常に多くが、そのほとんどがサッカー選手以外の研究――ランナーや自転車競技の選手についてでは、研究室での研究がしやすい――から引き出されたスポーツ科学を学んできたのだ。コーチたちは、有酸素時の耐久力テストでその健康状態を測ったり、ストップとスタートを繰り返す競技のアスリートの代わりに、遠距離ランナーの採血記録と比較したりと、実際にプレーしなければならない競技とはまったく違うスポーツで戦えるように選手たちを調整してきたのだ。「こうしたスポーツ科学者は、サッカーに関する手がかりを持っていない。サッカーの試合は見たことあるだろうが、彼らは見ているものを理解していない」と、彼は言う。「これまで行われてきた決まったアプローチは、理論から実践だった。私は、実践から理論へと進んできた」

練習量を減らすと選手が好調に

そうして、彼は、持論を実践へと移したのだった。２００８年欧州選手権では、予想外に準決勝まで行ったロシアの代表チームのコンディション調整を監督し、２０１０年のワールドカップでは、自国開催以外では初めてグループステージを突破した韓国のチームでも同様のことをした。２００９年には、マンチェスター・シティFCで主任トレーナーになって、クレイグ・ベラミーのリハビリを手伝った。現役12年のベテランで、調子の良いときは、プレミアリーグで非常にダイナミックに得点すると恐れられたプレイヤーの一人だが、シーズン38試合の半分すら故障なしで過ごせたことはなかった。フェルハイエンのケアの下で、ベラミーは1週間に1ゲームと制限されて、初めてシーズンを通して出場することができ、43試合連続して故障をしなかった（その状態は、次のクラブ、カーディフ・シティFCへ移り、1週間に2試合出場を課せられるとすぐに終わることになる。ベラミーはすぐにハムストリングの断裂を起こしてしまったのだ）。フェルハイエンがベラミーのために考案したトレーニング――1週間に1ゲームに制限するとともに、練習中のトレーニングの負荷を大幅に減らす――が、瞬発性の高いプレイヤーであり、かつ30歳を過ぎている彼にとっては推奨のトレーニング基準だったのだ。フェルハイエンは、マンチェスター・シティFCの全選手について、シーズン前のトレーニングを1週間に5セッションに減らした。これまでチームの選手たちは、その2倍のトレーニングをしていたので、フェルハイエンは、これだけのトレーニングでも必要とされるコンディションが得られることを納得させなければならなかった。プレミアリーグのチームは、ゲームが中4日とかの間隔で行われることが多く、少ないときには2日間の場合もある。さらに、フェルハイエンはデータ分析を行い、休養日のばらつきは試合結果に大きな影響を与えることを示し、欧州サッカーリーグの試合スケジュール変更を後押しした。また、選手のコンディションを見るのに利用する標準的なシャトルラン（通称「ビープ・テスト」）の形式を変えて、試合のプレーが止まる短時間になぞらえて、短い休憩を複数回はさむようにした。もっと重大なことは、故障から復帰したばかりの選手に、「試合勘」を取り戻すためには、追加のトレーニングを課す代わりに、その回復期間を区切り、最初は他の人たちよりもトレーニングを少なくしておいて、しだいに増やして追いつかせたということ。彼は言うのだ——私が行ったところではすべて、柔組織の故障が減り、年長の選手は若い頃の調子を取り戻した、と。

フェルハイエンのチームが達成したことで、彼に対する信頼がどれほど大きくなったかを知ることは難しい。アシスタントコーチでは、選手のプログラムを完全に取り仕切ることはないし、ベテランコーチとしても、数カ月以上同じ場所に留まることはめったになかった（たとえば、マンチェスター・シティでは、監督がマーク・ヒューズからロベルト・マンチーニに代わったシーズン半ばで解雇された）。けれども、ヤン・エクストランドというスウェーデン人の内科医が、レベルの高いサッカーでの故障について大がかりな調査を行い、監督ごとの故障率は、たとえ違うチームに行ったとしても、その監督の務める間は比較的一定であり、チームごとの故障率は監督が交代すれば変わってくる、と結論づけた（例外として、ほとんどの監督が、新しいチームを率いる際には、選手の故障の頻発を経験している。エクストランドは、新しい監督は自分自身のチームを築きたいから、選手により激しいトレーニングをさせるし、選手の側も、新しいボスにアピールしたいから、より一生懸命にやってしまうのだ、と考えている）。フェルハイエンがツイッターで、アーセル・ベンゲルを頑固で時代遅れと言って攻撃した際、無礼な物言いは申しわけないとは思ったかもしれないが、彼が大御所を名指しで非難したこと自体は間違っていない。

それでも、世界中で、ベンゲルのような監督が、選手たちを限界ぎりぎりまで追い込み続け、実際に選手たちが壊れると、驚いてみせる。業界の慣習的なものもあるだろう。たいていのコーチは元プレイヤーであり、知恵を引き出してくれるような正式な教育はほとんど受けていない。彼らの知識のすべては、自分たちが教えられてきたことなのだ。また、ファンなど周りの目もあるだろう。コーチが選手を故障で欠いたなら、たいていのファンは運が悪いと言うだろうが、もし彼がトレーニングを減らして、昔ながらのハードなトレーニングをしているチームに負けたなら、ファンはコーチを責めるだろう。しかも、スポーツ界では、エキスパートは人間の身体の限界を超える能力をもつのではないかという、ある意味魔法的なことを信じているところがある。世界最高のアスリートは、取りつかれたようにトレーニングをして戦うことのできる人たちである、と。そして彼らは、周囲の専門家たちも自分と同じようにできると期待するのだ。つまり、アスリートもコーチも、「先入観にとらわれた使命」という心理的な状況の犠牲者なのだ。選手を休養させるというシンプルな対応で良いところを、追加のトレーニングや外科的な治療をするようにと、積極的な対応をしてしまうのである。「プレミアリーグが最悪だ。どのクラブも、使えるお金が莫大だから」と、フェルハイエンは言う。「イギリスのサッカーは、スポーツ科学に乗っ取られている。どのチームも、スポーツ科学部門に何百万ドルもの大金を使っていて、しかも、質より量だからね。金に余裕のないクラブのほうがけっこう有能でクリエイティブなんだって、必ずわかるよ。お金って、持ちすぎていると、必要もない車を買ったりするでしょ」

アメリカでも似たりよったりだ。「多いことはいいことだ」が、実質的には国のモットーだから。「アメリカでは、スポーツでは、トレーニングですべてが解決できると思われている。みんなそう思っているし、そういう文化なんだ」。フェルハイエンは、特にNFLを叱責する。シーズン前に、コーチが選手たちをボロボロになるまで走らせるからだそうだ（そのくせ、ケーブルテレビHBO局の、NFLのトレーニングキャンプを映したドキュメンタリータッチの番組『Hard Knocks（ハード・ノックス）』は楽しみに見ているらしいが）。「NFLの時代錯誤的なレベルは、実にショックだよ」と、彼は言う。「シーズン前に、選手たちはこうして徹底的に打ちのめされる。そうすると、次々に前十字靭帯をやられていく。ひどいもんだ。アマチュアの集団か、って。」

「しかもそれは、客観的な事実なんだ」と、彼はつけ加える。「これは、僕の個人的な意見じゃない。君ならわかってくれるよね」

バスケットボールに根付いたフェルハイエンの手法

けれども、彼の辛口批評もまったく無駄というわけではなかった。欧州サッカーがフェルハイエンを受け入れるのには時間がかかるかもしれないが、フェルハイエンのイズムは、大西洋の向こう側、つまりＮＢＡでは根付いたのだ。バスケットボールは、サッカーに劣らず故障がつきもののスポーツだ。２０１５〜６年のシーズンでは、「In Street Clothes」という、プレイヤーの健康状態を追跡して統計を取っているブログによると、平均的な選手は故障で12試合以上離脱している。欠場した選手のなかには、「トコジラミ」とか「睾丸の重傷」といった雑多な原因もカウントされてはいるが、チームの公式記録によれば、足首や膝の捻挫が欠場の最も多い原因だった。

実際には、ある重大な意味において、故障はひとつの要素以上のものになる。バスケットボールのチームは、一度に5人がコートに入り、名簿には15人が登録される。もっと登録者数の多い他のスポーツと比べてみてほしい。サッカーのチームなら、フィールドに入る11人と控えも含めて25人かそれ以上。ホッケーのチームなら、一度にリンクに入れる6人を含めて23人が登録される。ＮＦＬでは、ポジションの固定化が厳しく、しかも消耗の程度が呆れるほどひどいので、チームで53人の登録が許されている。つまり、バスケットボールの中心選手の故障は、数字的に見ても、他のメジャーなどんなスポーツよりも深刻なのだ。

けれども、こうした事実は、２０００年代の初めまでは基本的には机上の空論にすぎなかった。

サンアントニオ・スパーズというチームが、故障をしない強運を持ち始めたのだ（それよりもずっと前から始まっていたのかもしれないが、2005年に、連盟が、反則すれすれのプレーを押さえるために故障の報告方法を変更したため、その前後を比較することは難しい）。年々、NBAの最古参チームのひとつとして登録されるスパーズが、画期的に良い状態を維持していた。ファンタジースポーツ（仮想スポーツ。実在のリーグスポーツから自分で選択した選手からなるチームを結成し、その選手たちの実際の成績や試合結果が反映されて、それに応じて賞金が獲得できたりする）では、儲けるためにチームや選手の成績の数値をやたら分析する、いわばデータ「オタク」がいるのだが、彼らの間では、あるシーズンの状況が極端に良かったり悪かったりするチームは、翌年にはふつう中間くらいに立ち戻る、と考えるのが通例となっている。けれども、スパーズはそうではなかった。過去10シーズン、毎年リーグの平均以下の故障数だったのである。そんなに長い間、選手の出場時間を失わなかったチームは他にはない。

そのことでは、スパーズのファンは、長い間チームのヘッドコーチだったグレッグ・ポポビッチに感謝してもいいだろう。彼は、フェルハイエンが20年間にわたって、欧州サッカーの監督たちに訴え続けたが説得できなかったことを、そのまま実行していたのだ。つまり、プレイヤーに、疲労を蓄積させせない努力をするよう指導し、時々は休息を与える。そういう方法なら、反対するのは難しいように思うだろう。けれども実際は、大きな論争になったのだ。主力選手を、プレーオフのために休ませようと、シーズン終盤の重要でない試合から外しておくという作戦は、ポポビッチのような考え方の人たちにはふつうに受け入れられる一方で、シーズンを通して考えると、そういうことをするのは、スポーツマンシップに欠ける非常識なことだと考える人も多くいたのだ。ポポビッチは時々、そういう批判をかえって小馬鹿にしているようだった。たとえば、スパーズが当時36歳のティム・ダンカンを登録からはずす理由づけに、故障報告書の欄に「高齢」と書いたりして。2012年のNBAコミッショナーのデビッド・スターンは、ポポビッチが、3人のスター選手を含む4名の選手を12月の遠征から早めにホームへ帰したとして、スパーズに25万ドルの罰金を課した。スターンの言い分は、スター選手を見たいとお金を払ってくれたマイアミのファンたちにひどいことをした、ということだった。けれども、ポポビッチは懲りなかった。このやり方ですでにチャンピオンシップを4度優勝していたので、選手のプレーを少なくしたほうがより良いプレーができることをずっと証明してきたことになる。それは、2013～4年シーズンは、ホームのサンアントニオでのチャンピオンシップ最終戦でも勝利したが、スパーズの選手で1ゲームに30分以上出場した選手は一人もいなかった。

ポポビッチの成功を、チームの元選手のひとり、スティーブ・カーが気づかないわけがなかった。彼は、引退してテレビのコメンテーターになる前に、スパーズで2度優勝していた（しかも、ブルズでも3度）。カーは、2014年に、ゴールデンステート・ウォリアーズのヘッドコーチとして再びリーグに戻ってきたとき、かつて学んだコーチの哲学を携えてきたのだ。スパーズと違って、ゴールデンステートには、年長プレイヤーはあまりいなかった。スター選手は、ステフィン・カリー、クレイ・トンプソン、ドレイモンド・グリーンのような若手だったのだ。けれども、チームは最近、シリコンバレーのベンチャーキャピタリストたちによって買収されたところで、彼らは、テクノロジーと多量の分析を用いて、活用できる細かな利点を見つけ出せると考えていた。

ウォリアーズが、努力が実ってNBAの最高記録73勝をあげた2015〜6年のレギュラーシーズンに、チームの監督を務めていたのは、フィジカル・パフォーマンスおよびスポーツ科学の責任者、ラクラン・ペンフォールドだった。オーストラリア出身のペンフォールドの指導経験は、オーストラリア・ルールによるサッカーとラグビーの合同チームの指導と、オリンピックの陸上競技選手のトレーニングだった。彼は、オーストラリア・サッカーのときから、選手を戦略として休ませることの意義を評価していた。「12試合でプレーしたなら1週間は休み、それからまた10試合プレーする。エネルギーを必要とするプレイヤーの差は、休養した1週間のあとに顕著に現れるんだ」。けれども最初の頃は、そのセオリーを取り入れるのはチャレンジだった。彼は、アスリートたちが競技よりもはるかに多くのトレーニングをし、彼らがいつピークを迎えるのかのコントロール権をコーチたちが握っているようなスポーツの現場に慣れていたのだ。NBAの濃密なスケジュールでは、ペンフォールドがプレイヤーたちとともに働ける時間はほとんどない。一緒にいられるのは、試合、移動、ケア、リカバリーの間くらいだ。だから、その優先順位を決めることが常に課題だった。

「トラックやフィールドでは、こうして4カ月単位のプログラムを作るので、何をしたらいいかが正確にわかるんだけどね」と、彼は話を続ける。「2日ごとに競技に出ているときには、そうできないだろ。状況は変化する。すぐに反応できなければならない。週に4試合でプレーするなら、それまでの時間割はもう使い物にならない。だから、15人にそれぞれ個別の試合サイクルにあった時間割を作っておかねば」

そうした試合サイクルのトップでいるために、ウォリアーズは、カタパルトというオーストラリアの会社のテクノロジーを利用している。アスリートのジャージの内側に取り付ける小型のセンサー装置を作っている会社だ。装置の中の加速度計が、プレイヤーの方向、スピード、動きの量をデータ化し、それがコーチにとって意味のあるデータとなり、その分析がプレイヤーの「トレーニング負荷」に反映される。いきなりトレーニング負荷を減らしてしまうと、プレイヤーは診断しづらい故障や病気になるおそれがあるし、いきなり増やすのも、怪我をしやすくする。数多くの研究で、多量または強度の高いトレーニング中の急なジャンプは、怪我につながりやすいことが示されている。オーストラリアンフットボール（楕円球形のボールを用いて1チーム18人の2チーム間で行われるフットボール。日本ではオージーボールとも呼ばれる）の選手についての調査によれば、アスリートに、特定の1週間に「急激な負荷」をかけると、それが「慢性的」、つまり1・5倍以上の負荷が平常となり、リスクは2倍以上になるそうだ。2年間のデータでも、同様の分析がされている。プレイヤーの「急激な負荷」が2倍になると、非接触による故障が5～8倍になるという結果が出ているのだ。「負荷を週単位で大きく変更する（強度、期間、頻度を急に増やす）のは、アスリートに、故障のリスクを大幅に増大させることがわかった」と、２０１６年に国際オリンピック委員会の同意を得た論文の著者が結論づけている。ペンフォールドは、カタパルトのデータは、故障したプレイヤーのトレーニング開始を検討するのに特に役立つ、と言う。競技に早く戻りたいがために、あまりに急速にトレーニングを増やすことのないよう納得させるために。

最小のトレーニングで最大の効果を

カタパルトはまた、チームとしてのウォリアーズのトレーニングをも変えた。カーが選手だった1990年代は、「コーチは僕らをただひたすら走らせていたんだ」と、彼は言う。けれども、SportVUと呼ばれる頭上カメラのトラッキングシステムからプレイヤーの加速度計のデータが送られて、試合中の動きがとらえられると、走ることがいかにエネルギーの浪費だったかをカーは確信した。試合中の選手たちの行動の85％近くが、後ろに戻るか、横にすり足で動いていることがわかったので、ウォリアーズのコーチ陣は、そのことを反映させて、選手たちのトレーニングを変更したのだ。カー以外のコーチたちは、選手たちがいかにハードなトレーニングをしているかを自慢していたのだが、カーはむしろ、無駄なダッシュをしないことを自慢したかった。

カタパルトに加えて、ウォリアーズの選手たちには、練習時にジャージの中に心拍数のモニターをつけて、1日ごとの回復力を測った。安静時の心拍数が高い場合は、肉体的な疲労を意味し、心拍数の変動が減少すれば――基本的には、刺激に応じて、心拍数がどれだけ上下するかということだが――神経系の疲労を反映している。「疲労を生むことなく効果を出すことができる最小限のトレーニングは何か、ということなんだ」と、ペンフォールドは言う。

最小限のトレーニング――それは、心強いアイデアだ。生産性のカリスマ、ティモシー・フェリスが2010年に書いた『The 4-Hour Body』（『「週4時間」だけ働く。』田中じゅん訳、青志社、2011

年）』と、ジョンソン&ジョンソンの研究者たちによって開発されたインターバル・トレーニングのアプリ、「The 7-Minute Workout」のおかげもあって、きついトレーニングで身体を傷めている人たちにも浸透していくことだろう。フェリスはまた、「最小限の効果的服用」というフレーズも流行らせてくれた。運動生理学に応用するために、トレーニング器具「ノーチラス」の発明者、アーサー・ジョーンズが薬理学から借用した言葉だ。一流のスポーツ科学者たちは、フィットネス・トレーニングの最小限で効果的な用法についてよく話をするが、同じ理由からではないにしても、何百万人もの人が、「The 7-Minute Workout」をダウンロードしている。彼らは、運動する時間を別の目的に費やしてもいいし、マラソンのために気の進まないジム・トレーニングに時間を割かなくても気にしない。彼らが気にかけているのは――他のどんなことよりも、どんどん興味を持ち始めているのは――疲労の蓄積を避けることだ。リカバーできるよりも速いスピードで疲労を蓄積させれば、アスリートのパフォーマンスは悪くなり、故障も多くなり、引退も早まってしまうことだろう。

なぜ人はハード・トレーニングを称賛してしまうのか?

かつてコーチたちが考えていたのは、選手が故障することなくどれだけの負荷に耐えられるかについてだったが、今では、賢明なコーチは、パフォーマンスを低下させることなくどれだけ少ないトレーニングで効果を上げられるかに焦点をあてている。けれども、その考え方にはある問題がある。僕たちの思い描くトップ・アスリートたちに一致しないのだ。エイドリアン・ピーターソンがテキサスの太陽のもとで300メートルを走ったり、カーリー・ロイドがクリスマスの朝に腕立て伏せや腹筋運動をして過ごしたりしているかと思うとワクワクする。ドナルド・ドライバーが、「おまえらが寝ている間に、俺はトレーニングをしているんだ」と言うのを、ヤロミール・ヤーガーが、「身体的には、僕が疲れることはない」と言うのを聞けると嬉しい。それは、スポーツにおける正しい秩序を望む僕たちの気持ちを満たしてくれる。僕たちはアスリートに、チャンピオンシップのトロフィーを愛でるのと同じように、アスリート本人が最も望んでいるであろうできるかぎり長い現役時代を享受してほしいと思う。そのことが僕たちに感動を与え、そしてその感動こそが、トップ・アスリートではない僕たちが、トップ・アスリートたちからもらいたいものなのだ。「苦痛がなければ、進歩はない」は、失敗作のレシピだったかもしれないが、ジムの壁に貼る標語としては見栄えがする。「ほどほどに鍛えよ」では、あまり格好良くないかもしれない。

それはまた、スポーツウェアや飲料メーカーによるメッセージとも符合する。なにせ、自社製品をひいき目でアピールする既得権益があるのだから。2015年に、ナイキはバスケットボール用の新しいシューズ「Kobe X Blackout」を発表した。その名前は、キャッチコピーによれば、コービー・ブライアントの「伝説的なトレーニング・ルーティン」から取っている。ブライアントは時々ジムに行って、blackout——つまり、意識を失うまでそのトレーニングをすることもあると言っているところから引用しているらしい。

けれども、シューズが登場したときには、ブライアントは36歳で、もう長い間、意識を失うようなセッションはしていなかった。彼のトレーナー、ティム・ディフランチェスコによれば、「みんな、いつも、有名な彼の『意識を失うほどの』トレーニングのことを話したがるんだ」と、ディフランチェスコは自身のブログに書いている。「それよりも僕が感銘を受けたのは、彼の現役時代の後半になって知ったことだ。彼は、非情なまでに一貫してハードなトレーニングをしてはいたが、消耗しきってしまう前にその日のトレーニングを切り上げるタイミングも、いつもわかっていた。吐くまでトレーニングをするのでなく、『また明日もトレーニングできる』くらいにすること。長く続く成功に必要なアプローチは、堅実なものであるべきだ」

僕たちは、ブライアントのような長い選手生命は、苦痛を耐え抜いた結果得られたものであるという神話にはまっているため、目の前につきつけられていた証拠すら見ようとしていない。アーセン・ベンゲルは、健康状態が良くないプレイヤーだけが故障するという自身の信念に固執していたが、それと同じように、僕たちもまた、目の向くところだけを勝手に選び取って、だいじなことには気づかないままでいる。他の誰よりも長くハードにトレーニングをしたことを私たちが褒め讃えているような選手こそが、実は誰よりも疲労を避ける必要があるのだ。ドナルド・ドライバーはオフシーズンに、ハードなプライオメトリックスのトレーニングをノンストップで行っているかもしれないが、一度に40分しか継続せず、週に3回だけだ。それは、彼がもう何年も続けている、毎年6カ月間の独自トレーニングである。カーリー・ロイドは、「柔軟体操」中毒かもしれないが、ワールドカップのようなメジャーなトーナメントで上位にいるし、競技大会に向けて足をリフレッシュさせるために、慎重にトレーニング量を減らしている。メブは、うまく追い込んでいるが、彼の考えと経験が最も役に立つとわかるのは、トレーニングのどの時点でもう一度走れば逆効果になるかを知っていることである。「境界線はね、ごく細いんだ。そのほんのちょっと下くらい、トレーニングがほんの少し足りないくらいがいい」と、彼は言った。

じゃあ、ヤロミール・ヤーガーは？　かつては、日に20杯もコーヒーを飲んでいたのが想像できないくらいで、今は、「俺の身体は全然疲れないよ」と言う。どんなものでも、どれくらいまでなら摂取していいかを気にかけてはいるようだが。けれども、こうして節制を守って、今の彼がいる。パンサーズのストレンクス・コーチであるトミー・パワーズによれば、深夜のトレーニングはチームのふだんに計画されているトレーニング・セッションの代わりであり、追加トレーニングではないとのことだ。パンサーズでは、朝にジムでトレーニングをする選手もいるが、ヤーガーは、何十年もしてきた試合のほとんどが夜だったので、自分の身体は、朝にハードな運動をする準備はできていないようだ、と言う。長年、マインドフルな瞑想をしてきたヤーガーには、いつやめるかを知らせてくれる心拍数の変化をとらえるアプリは必要ない。「彼は、自身の内なるシステムによって、いつ、どのように行うかがわかっている」と、パワーズは言う。「望んでいる結果を得たいなら、そこにいてしていることをワクワクして楽しまなきゃね、と僕に言うんだ」

ヤロミール・ヤーガーを見ていると、僕たちが見たいと思っているものがわかる——トレーニング習慣があまりにマニアックなので、あの年齢ではとてもできないはずだと言われてきたことを無視しているアスリート。実際、彼は、並外れた体躯と俊足を持ち、身のこなしが巧みなことに加えて、過度になることなく、いつ、どれくらいトレーニングをしたらいいかがわかっており、それがすごくうまくいっている。「彼は、他の人たちならバランスが取れているとは思わないようなバランスを持っているが、それこそが彼にとってはだいじなんだ」と、パワーズは言う。

chapter 3
異なるトレーニングの組み合わせで得られる効果

どうやるかなんて考えるな。やれ、やれ、やるんだ。ひたすらやれ！

「もう十分にやったと思ったら、そこからさらに1000回やれ」

サンフランシスコの西の端っこにある、煌々と明かりのついた格闘技専用の小さなジムで、相手の腕を最も素早くとらえるというレッスンが続いている。教えているのは、黒い髪の坊主刈りの頭に、小柄だががっしりした体格の男だ。彼の名前はカルロス・〝サパオ〟・バン（Carlos "Sapao" Ban）、世界柔術選手権で3度、チャンピオンになっている。彼は、ハウフ、ヘンゾ、ハイアンのグレイシー兄弟――ブラジリアン柔術として知られる格闘技を創案し、アメリカに導入したグレイシー一族の子孫――のもとで格闘技を学んだ。同じくグレイシー一族のホイスは、アメリカの究極の格闘技大会であるアルティメット・ファイティング・チャンピオンシップ（UFC）の初期の頃に、圧倒的に強い敵に対してその柔術を使ったのである。フロアマットの上でカルロスを囲んで半円状になって座っているのは生徒たちで、男8人と女1人、20代初めから40代半ばくらいまでの年齢で、

「ギ」と呼ばれる頑丈な白い綿製の柔道着のような柔術衣を着て、白か紫か茶色の帯を締めていた。

紫帯のサーファー

その一人、アレックス・マーティンズの帯は紫色だった。ブラジリアン柔術の伝統を守って、一度も洗ったことはない。彼は実のところビッグウェーブの競技大会に出るサーファーであり、地元でサーフボードショップも開いている。このジムへはもう5年間、週に2、3回通っているが、それは、ここから数百メートル離れたオーシャンビーチにやってくる波のぐあいに、多少なりとも影響を受ける。8週間前、マーティンズは、マーヴェリックス・インビテーショナルという招待選手のみの競技大会に出場した。マーヴェリックスはサンフランシスコから海岸線を車で南へ半時間ほど行ったところで、オフショア・ブレイクが来ることで有名だ。同大会は、ビッグウェーブ・サーフィンという市場規模の小さなスポーツを楽しめる大人気イベントのひとつで、北米で開催されるのはここだけだ。良いコンディションになるという予報が出たときにだけ開催されるので、11月から3月までのシーズン中、いつになるかは数日前にしか発表されないし、まったく開催されない年もある。このイレギュラーなイベントにレギュラーな選手がいるとしたら、マーティンズがその一人だ。彼は冬じゅう、起きるとマーヴェリックスのブイの様子をライブで見られるウェブカメラをチェックし、乗るのにいい波かどうかを確認する。朝に波が来ていなければ、ホームグラウンドであるオーシャンビーチで波に乗る。ここも、肌寒い霧と凍えるような海水に耐えられるサーファーたちにとっては、ワールドクラスのスポットなのだ。

けれども今年のサーフシーズンはもう終わってしまった。今は4月で、荒々しいうねりとなって海岸に襲いかかっていた極寒の冬嵐は、そのエネルギーを失ってしまっていた。広く吹き渡る風は今や南風となり、整然としていた波が途切れ途切れのさざ波となって泡立っている。これからの数カ月は、サーフボードの修理をするときと、妻と2人の幼い息子たちと一緒に家で過ごすとき以外は、柔術とヨガとトレーニングがマーティンズの日課となる。サパオと同じく小柄でがっしりした体躯で、潮風にさらされた顔に、吸い込まれそうなアイスブルーの瞳をしたマーティンズは45歳、今日のクラスの最年長受講者だ。けれども、サーファーは彼だけではない。他にも、「ギ」の下に明らかにラッシュガードを着こんでいる受講者がいる。マーティンズは、サパオが披露する型をもう一度熱心に見つめる。組み合う相手にアームバーと呼ばれる技でホールドに持ち込む。脚で練習相手の胴体を押さえ、相手の肘が脱臼しそうになるくらいに腕を胴体から引き離すのだ。

生徒がしばらくの間アームバーの練習をすると、今度は、サパオはそれを防御する方法を演じてみせる。攻めようとするアシスタントをくるりとかわして、逆に相手の身体を斜めにつかんでクレイドル・ホールドに持ち込む。それから、さらにもっと複雑な連続技が続く。「エビ」――押さえつけられないようにするために、片側に向いて胎児のように丸まった状態になって相手のはがいじめを避けてなんとか抜け出し、そして膝から下で相手の首をしめつける。その攻めと守りの動作を追い続けようとするのは、3Dのパズルを解こうとしながら、一方で自分がパズルのピースになって解かれまいとするような、頭をひねる問題である。ある時点で、マーティンズと練習パートナーはもつれあいながら、どちらがどうするかということを話さなければいけないのだが、なにせ身体を押しつけあっているのに、顔は離れている状態なのだ。

「すべては技術の問題で、力ずくではダメだ」と、サパオが教える。「君たちは、考えるのでなく、見ていることを真似る必要がある。意味がわからなくても、それでいいんだ。初心者はそう感じて当然だ。君たちにはそのことを学ぶ時間がたっぷりあるんだから、心配はいらないよ」

クラスは次のパートに移る。今度はスパーリングだ。サパオは、生徒たちにペアを組ませて5分間戦わせ、各々ローテーションさせる。マーティンズは、生徒でただ1人の女性と組んだ。上にずりあがった柔術衣の間から、うっすらと妊娠線が見えた。クラスで一番大柄な男とも戦ったが、立ち上がると彼は、自分より15センチは背が高いに違いなかった。対戦はすべて同じようなリズムで行われる。長いピリオドで、互いにゆっくりと組み技をかけながら、相手の意図を探ったり、微妙なポジショニングの調整をしたりしつつ、一方が仕留めようと一気に緊張を高めて仕掛けては、またもう一方がし返して、というのを繰り返す。最後のラウンドの頃には、ジムの空気は汗でムンムンしてくる。息の荒くなったマーティンズは、白帯の生徒と戦っている。彼の目は1キロメートル先をも睨みつけているようだったが、手は、無防備な腕や足をつかみに行こうとまさぐっていた。

「息が聞こえんぞ」と、サパオが叫んだ。「ちゃんと息をしていないと、すぐに疲れてへばっちまうぞ。まだ降参したくないだろ？　降参させたいだろ。呼吸が肝心なんだ」

その言葉は、マーティンズには必要なかった。

マーティンズとマーヴェリックスの出会い

彼が練習している柔術はブラジリアン柔術であり、アレックス・マーティンズ自身もブラジル出身だ（彼の名字は、ポルトガル語では「マーティーンズ」と後ろにアクセントがある）。ブラジル北東部にあるレシフェで生まれた。赤道から500マイル（約800キロメートル）のところにある熱帯の町で、10代のときにはプロが使うサーフィン会場で競技に参加していたが、家庭の経済的な事情で続けることが難しくなった。23歳でカリフォルニアに移住し、英語があまり喋れなかった彼は、皿洗いやピザの配達をして生計を立てていた。最初の数年は、サーフィンを再開する時間もお金もなかったし、レストランの仕事は時間が遅くて、夜明け前にサーフィンする「ドーン・パトロール」に加わることとは難しかった（熱心なサーファーたちは早い時間に練習をする。時間が遅くなると温まった地面から立ち上る空気が低気圧を作り、海から冷たい空気を引き寄せて、結果的に陸へ向かう風が大波を消してしまうのだ）。

けれども、2001年にはもう十分に暮らせるようになっていて、サーフィンを再開していた。カリフォルニア北部の冷たくてパワフルな大波は、彼が育ってきた場所のものとはまったく違っていた。まもなく友人たちから、マーヴェリックスでのサーフィンに行きたくないかと誘われた。けれども、彼は行かなかった。そこが世界で最も危険な大波の生じる場所のひとつであることを、彼も知っていたのだ。マーヴェリックスでは、ふつうの人でなく、大波を求めて世界中を飛び回るようなビッグウェーブのえり抜きのサーファーたちでさえ死亡事故を起こしていた。2011年には、ハワイ出身のサイオン・ミロスキーが亡くなっている。彼はモーターボートの牽引なしにはどのサーファーも乗れなかった最大のウェーブに乗ったことで有名なサーファーだったが、50フィート（約15メートル）の大波に乗った午後遅くに、サーフボードから落ちて溺れた。1994年12月に、そこで溺れた最初のプロサーファー、ハワイ出身のマーク・フーのあとを追う形となった。

サーフィンはどこでやっても危険はつきものだ。サメや、カミソリのように鋭いサンゴ礁だけでなく、自分の足首の安全紐が巻きつくこともある。海底の砂地に突っ込んで首の骨を折ったり、ウェーブの衝撃の強いゾーンで泡立つ流れにはまって、身体にボードが激しく当たったりもする。けれども、マーヴェリックスは比べものにならないくらいさらに危険なのだ。半マイル（約800メートル）ほど沖にある海底の断裂地形が、ウェーブの外側の端では中間よりも急に速度が増し、中間のところではボウルの形がV字形になる。そのボウルからうまく脱出することができないと、1カ所に集中した津波に匹敵する波を体験することになる。しかもそれだけではない。波の収束点の水面下は、コルドロンと呼ばれる大釜のような状態になる。海底面に穴ができ、波が後退するとそこが吸盤のような役割をして、水を、そして次にサーファーも水底に引きずり込む。

マーティンズはそのことをすべて知っていたから、関わりたくなかった。彼は興奮して熱中するようなタイプではなく、9時にはベッドに入る仕事熱心な中年パパだった。サーフィンに惹かれるのは、それが挑戦だからであって、危険な思いをすることではなかったのだ。友人たちがマーヴェリックスでのサーフィンに誘ってきたとき、彼は、同行はするが挑戦はしないと決めていた。いつものマーヴェリックスからすれば小さい波だった——「たったの」20フィート（約6メートル）で、よく生じる40フィート（約12メートル）や50フィート（約15メートル）ではない——が、マーティンズはショルダー（浜辺でくだける波の静かな部分）のところから、そのピークに挑戦する友人たちを見ていた。けれどもずっと見ていると、しだいに惹かれていく自分に気づいていた——マーヴェリックスに乗れるようなサーファーになるというより、ここでサーフィンをしたい、と。

　問題は、どうやってやるかだった。マーヴェリックスは、カリフォルニアの他の砕波よりも断トツに恐ろしい。本物に備えてたびたび練習ができるようなマーヴェリックスの「ライト版」、つまり補助輪付きの自転車みたいなバージョンはなかった。「僕にとっては、オーシャンビーチでのサーフィンからマーヴェリックスへ行くというのは、いわば、『クレイジー』だったんだ」と、マーティンズは言う。「若い人たちが、ウェーブに乗っては落ちていくのを見て、『オーマイゴッド！どうか死なないでくれ』と思っていた。僕は、あんな失敗をひとつでもしたら生きては帰れないと思っていたんだ。そのための準備もできているとは思わなかった、肉体的にも精神的にもね」

　マーティンズは、１９７５年にマーヴェリックスの大波に挑んで成功した最初のサーファー、ジェフ・クラークが、柔軟性を築き、体幹を鍛える方法としてヨガを提唱していたのを読んだことがあったので、ヨガのなかでも運動に近いアシュタンガ・ヨガのクラスを取り始めた。ヨガの訓練では、マインドフルネスという精神面でもためになることがわかった。マーティンズは、巨大な波を通るときには、一瞬でも焦点がぶれることが命取りになるんだ、と言う。アシュタンガ・ヨガのインストラクターの資格も取ったが、２０１０年にショップを開いてからは、レッスンを受け持つことはやめた。また、週に３回、サイモン・ファーザーズと一緒にトレーニングを始めた。サイモンはニュージーランド出身のパフォーマンス・コーチで、バランスを必要とする身体の回し方と、パワーを体幹と四肢の間でいかに効率よく移動させるかに重点をおいた、サーファー用のコンディションョン調整プログラムを提供していた。

「ビッグウェーブに乗りたいなら、ただサーフィンをしているだけじゃだめなんだ」と、マーティンズは言う。「僕がやっていることは全部、身体を鍛えてあの場所で乗りこなしたいがために始めたようなものさ」

年長者がマーヴェリックスを制している

マーティンズが地元でサーフィンをしていて注目され始めた頃、1999年からジェフ・クラークたちが運営していたマーヴェリックスでの競技大会に初めて招待された。2003年には補欠として指名されたが、その後は、2006年に24名の招待者のうちの1人として招かれた。50フィート（約15メートル）のウェーブで開催された初のパドルインサーフのコンテストと言われる2010年の大会では、準決勝ラウンドまで進んだ。3年後に、これまでで最高の順位、決勝戦で4位に入った。その時、マーティンズは42歳。たいていのスポーツでは、ピークにしては遅い年齢であるし、しかもだいたいのスポーツなら、サーフィンほどの強い身体状態とリスクに対する強い忍耐力の両方を必要とはしないだろう。

けれども、ビッグウェーブ・サーフィンは、ふつうの常識ではまったく計れない例外だ。年長のアスリートたちは、ただ留まっているだけではない。むしろ、彼らがこのスポーツを支配しているのだ。２０１６年にマーヴェリックスの招待席についたサーファーのちょうど半数が40代で、そのうち5人はマーティンズよりも年上だった。それには財政事情も関係する。サーフィンの賞金やスポンサー契約の金額の大半は、短いボードを使うスモールウェーブに出るサーファーのところへ行く。マーヴェリックスのような巨大な波の場合は、ただ立っていることだけでも、サーファーのあらゆる細かな技術が要求されるのに対し、スモールウェーブでは、観客が親しめるような、もっと複雑で見せ場となるような技術を披露できるし、波も確実にたくさんやってくるのでイベントのスケジュールもたてやすい。ビッグウェーブのサーフィンは、いわばニッチなスポーツなのだ。心理学者なら、こういうスポーツをする人たちは、本能に突き動かされているのだ――なんて言いそうだ。そして、ビッグウェーブ・サーファーたちは、エリートですら本業を持っていることが多い。今年のマーヴェリックスでのマーティンズのライバルたちには、映画監督、造園家、雑誌出版者、地質学者が1名ずつと、医療関係者2名が含まれていた。

けれども、そんな事情も変わってくるかもしれない。ビッグウェーブのサーフィンにもお金が流れ始めている。２０１４年には、カルテル・マネジメント（Cartel Management）というスポーツ・マーケティングのエージェントがマーヴェリックスの大会のスポンサーとなり、12万ドルの賞金を提供したのだ（3年後には、カルテル・マネジメントは破産申請し、コンテストの将来はまた未知数となってしまったが）。この年は、26歳のニック・ラムが優勝し、賞金3万ドルを手にした。マーティンズは、ラムとあと2人の上位者とミッドラウンド・ヒートを戦ったが残念な結果となった。その2人はともに30代前半だった。真のビッグウェーブ・スペシャリストにとっては、並のウェーブで自分を目立たせるのはけっこう難しく、この日、マーティンズは早めのエグジット（敗退）に甘んじた。彼は、マーヴェリックスの競技大会に若い人たちが集まることを期待している。マーケット担当者たちがビッグウェーブの魅力に気づき始めているし、賞金によって、若者がたくさんいるプロ連盟からの参加者を惹きつけてくれそうだからだ。

けれども、賞金額が少ないことだけが、年長者がマーヴェリックスを牛耳っている理由ではない。マーティンズの見解では、最大で最高に難しいウェーブを攻略するには、一定レベルの経験とコツが必要なのだが、20代のサーファーのほとんどがまだそこまでは達していないのだ。他のエクストリームスポーツと同じように、ビッグウェーブのサーフィンも、命知らずの人にしか向いていないように思われている。しかし実際には、マーティンズのように人より長く続けられる人は、危険覚悟の上であらかじめきっちり計算し、準備を入念にしているのである。向こうみずなタイプは長く続かない。飛行士についてのこんな格言がある――「高齢《オールド》なパイロットはいるし、大胆《ボールド》なパイロットもいるが、オールドでボールドなパイロットはいない」――これは、装備や天候にも十分すぎるほど気を遣うという意味で、ビッグウェーブのサーファーにも等しく当てはまる。

10メートル級の大波が生む恐怖心

楽しみでサーフィンをする人たちでさえ、自分の趣味を中心に生活を組み立て、車にウェットスーツを常備し、うねりのある海の周辺で休暇を過ごすプランを立てたりすることはよく知られていて、半ば呆れるほどだ。けれども、マーティンズはまさに別次元、さらにその上を行く。彼は、早くに就寝したり、食習慣を整えたりするのと同時に、ヨガや筋力トレーニングをして、サーファーとしての寿命を確かなものにしている。彼がサンフランシスコに来た当初は、毎晩、夜中に夕食としてピザを好きなだけガツガツ食べるというライフスタイルしか想像できなかった。「僕はプロのサーファーじゃないけれど、まさにプロのような生活をしているよ」と、彼は言う。

そういった備えをすべてきちんとしていても、マーティンズは恐怖心を決して忘れない。マーヴェリックスでのシーズンごとにね、と彼は言う。「本当に恐くて逃げだしたくなる日が3日や4日はあるんじゃないかな。『待て待て、ここで一体何やってるんだ?』ってね」。ワイプアウト（転覆）はどんな場所でも避けられないし、嫌なものだけれども、マーヴェリックスでは、そんな程度のことじゃない。水上バイクのパトロールや膨張式の救命胴衣のような最新の安全な道具を使っていても、ただひたすら恐いんだ。「ビルの高さほどもある波を想像してごらん。水の力っていうのは――ちょっと説明できないな」。マーティンズは言う。落下すると、波とともにとても深いところまで沈んでしまうから、目も開けられないし、見るにしても明かりがない。「大波はまさにバイオレンスだから、ここでは人は簡単に死んでしまう」

2014年は、競技大会の3日間にマーヴェリックスの大波が現れた。マーティンズは、30フィート（約9メートル）はありそうなウェーブのなかに漕いでいったが、急激にふわっと持ち上がるのがわかった。動きがあまりに速すぎて、弧を描く水の壁が頭上に盛り上がって崩れ落ちてくる前に、フェイスを横切って広めの面のショルダーに上がることができなかった。彼は、ボードをスロープに向けてしのごうとしたが、たまたまエアーボーンの波に入ってしまい、オーバーハングから落下した。いわば「空中落下」だ。そのあと横滑りをしてバランスを失ってぐらつき、前のめりになってボードから落ちた。水に激しくぶつかったので、彼はまるで平らな石になったようにはじかれた。そして顔を上げると、早く滑って逃げ切ろうとついさっきまで考えていた波が、頭上に崩れてきた。その衝撃で、彼は、拳で殴られたようになって海面下に潜り込み、どんどん深く沈んでいった。サーファーが、「パウンド」と呼ぶやつだ。これが起きたときは、波が去るまで、抵抗せずにじっとしているようにと教えられている。そのあと、足で蹴って水面まで出てくるのだ。じっとしていれば、消費する酸素もそれだけ少なくてすむ。「抗ったら、それはもう死につながるんだ」と、マーティンズは言う。「うろたえないこと。その最中には波は君を離してはくれないからね。力を抜いて、パウンドを受け入れる。でも、そのウェーブでは、パウンドは永遠に終わらなそうに感じたんだ」。パウンドがおさまる前に、波がマーティンズを奥深くまで引きこんでしまい、水面まで上がってこられないうちに、次のウェーブが襲いかかってきた。「いわゆる、『ツーウェーブ・ホールドダウン』というやつだ」と、彼は言う。それは、サーファーが一番恐れているものだ。サイオン・ミロスキーもそれで溺れたと言われている。ウェーブというのはふつう、4〜5回続けてやってくるので、マーティンズは、リスクを減らすために、1回目か2回目のウェーブはわざと見逃すことも多いと言う。もう1回来ていたら、彼は生き延びられなかったかもしれない。「あの時ばかりは、死ぬかもしれないと思ったよ」と、彼は言った。

幸いにして、次の波はそれほど強くなかったが、それでも、マーティンズが明るいほうへ向かって足を蹴ったとき、膝がねじれていることがわかった。水にぶつかり、水中でもみくちゃにされたときに、ひどいダメージを受けたのだ。陸に上がってからMRIを撮ると、前十字靱帯と膝内側側副靱帯が断裂し半月板が割れていた。外科医は、膝蓋骨の腱を切り取り、それを前十字靱帯のところに移植して縫合した。もう一度サーフィンができるようになるまでに、1年かかったそうだ。

その体験や、他にもそこまでひどくはなくてもやはり事故になったこともあったから、マーティンズはここで柔術のクラスを取っている。ヨガも続けていたが、サーファー仲間から柔術がいいと聞いて習い始めたのだ。ただし、ヨガは、ボード上のパフォーマンス向上に役立つのに対して、柔術は、ボードから落ちたときの対処に役立つ。マーヴェリックスでの事故は、ボウル状になった水の中でボコボコに殴られているようなもので、それは言い換えればまさに、ずっと大きくて強い敵が、その体重をかけて床に押しつぶしにくるのと戦っているようなものだ。いずれにしても、訓練を受けていなければ、とっさにパニックになってもがいてしまう。どちらにおいても、それは最悪の行為なのだ。あっという間に悪い事態になってしまう場合は次の2通りのみ。1つ目は、四肢のうちのどれかの自由がきかなくなる可能性だ。これがレスリングで起これば、アームバーや足固めを決められてやられてしまう。マーヴェリックスという洗濯機みたいな状態のなかでそうなってしまうと、最終的にはマーティンズと同じ病院行きになってしまう（マーティンズは、前十字靱帯が断裂したとき、「誰かが僕の足をつかんで、こんなふうにしたみたいに感じた」と、ひねるような動作をしながら言った）。2つ目は、酸素が切れることだ。波につかまってしまったサーファーは、心拍数を下げて波が途切れるのを待たなければいけない。同様にフォールを狙うレスラーも、攻撃が始まるのを待つ間にできるかぎりのエネルギーを保とうとする。レスラーは呼吸を再開しなければならないが、サーファーのほうは、呼吸を再開するその反射的な行動に抗わなければならない。結局は、どちらもまったく同じことをしている――酸素不足になることを避けているのだ。

サパオが訓練する弟子のなかには、総合格闘技の選手もいる。マーティンズは彼らに言う。傷つけあう目的で、他のファイターとひとつの囲いのなかに入るなんてクレイジーだ、と。「そうしたら、彼らが言うんだ。『あんたこそクレイジーだ、俺が痛めつけられたら、レフリーが試合を止めてくれる。海にはレフリーはいないじゃないか』、とね」

身体の僅かな不均衡も正すクロストレーニング

これまで見てきたように、エリートのアスリートが、そのスポーツのピーク年齢を過ぎても活躍し続けているのは、トレーニングを増やしているからではなく、効率よくトレーニングをしているからだ。つまり、彼らは、不必要な疲労を蓄積させることなく、必要とするコンディションとスキルを磨くためのピリオダイゼーション〔目標とする試合に向かってトレーニング課題を分類し、時期を区切って段階的にかつ計画的にトレーニング内容を変えていく方法〕を用いている。従来どおりのピリオダイゼーションでは対応しにくいスポーツでは、特に取り入れられている。けれども、ワールドクラスのレベルを求めるアスリートにとっては、健康を維持しつつ、かつ若々しく元気でいるというのは、ほんのスタートにすぎない。どんなに些細でも役に立つことなら、見つけ出して利用することが必要になってくる。熟年のアスリートにとって、それは、身体に余分なほつれやほころびを出さずにできるかぎり効率よくトレーニングできるような、革新的なトレーニングスタイルを見つけることを意味する。そこで、クロストレーニング〔数種の運動やスポーツを組み合わせて行うトレーニング法〕が取り入れられるのだ。

アレックス・マーティンズの柔術修練は、現役でいられる期間を最大限に延ばすために、アスリートがクロストレーニングを活用した最たる例である。50フィート（約15メートル）のウェーブ、サメ、引き波、水中の丸石など、ビッグウェーブでのサーフィンにとって危険極まりないものがない状態で、本番の最も危険になった場合に備えて練習することができる。たいていの場合、クロストレーニングの良さというのはもっと平凡なものだ。アスリートは、自身の健康状態を違った観点から改善し、新しい運動パターンを磨き上げ、ふつうなら衰えてしまう筋肉を鍛えたり、何よりも、毎日のトレーニングのなかでありがちな、たたいたりねじったり曲げたりの同じ動作の繰り返しをそれ以上することなくトレーニングの量を増やしていくことができるのだ。

クロストレーニングにより、有用な新しいスキルが生まれる場合もある。NBAでMVPを2回取って41歳で引退したスティーブ・ナッシュは、オフシーズンは、子どもの頃に最初に好きになったサッカーのためにとっておいた。現役の最盛期、ナッシュが、他のポイントガードなら気づきそうもないパスコースが見えていたのは、時々違うスポーツのゲームを実践していたからだった。彼は、コート上で、サッカーならではのトリックを成功させることすらあった。アメフトでは、ミネソタ・バイキングスの花形コーナーバック、テレンス・ニューマン選手が、5年にわたって同じポジションを守っている最年長の選手として2016年のシーズンをスタートさせたが、チームのオフシーズンのトレーニングは控えて、バスケットボールのピックアップゲームをすることに終始している。バスケットボールのコートでディフェンスをするにはフットワークが必要で、それはそのままワイドレシーバーの動きに置き換えられるのだ。スキーの滑降競技の選手、ボディー・ミラーは、ロープを使う競技であるスラックラインのように、ロープをピンと張った上を歩く練習をしたところ、それが時速85マイル（約136キロメートル）でスラローム（回転滑降）する際のバランスを維持するのに役立ったと言う。アメフト、クォーターバックのドリュー・ブリーズは、サンディエゴの自宅近くの太平洋で、スタンドアップ・パドルボードに立ち続けるというトレーニングをしている。

「1万時間の法則」とクロストレーニング

クロストレーニングは、もちろん熟年アスリートのためだけのものではない。実際、ここ数年は、低年齢での専門化や年間を通じての参加機会を増やすために、若者たちのするスポーツにも大きな動きがある。ESPN局の番組をよく見ている人にはおなじみの唯一のスポーツ外科医で——ブリーズ、ジャック・ニクラウス、マイケル・ジョーダンなどあまたの有名人を手術した——75歳を越える整形外科医のジェームズ・アンドリューズ博士が推奨するもので、ここ数十年のトレンドに対抗するものだ。つまり、クラブチームやアカデミーが増えて、体育の授業や学生アスリートが消えていくなかで、貴重である大学スポーツ奨学金に期待して、親が子どもに早くからひとつのスポーツを熱心にさせる傾向があり、そのせいで、かつては大人の本分だった、身体の使いすぎによる故障が若い世代でも起こるようになってしまったのだ。リトルリーグのピッチャーは、側副靭帯（UCL）を痛めるし、中学校のミッドフィルダーは、新しい前十字靭帯を必要とする。UCSFで、若者も大人のアスリートも診る整形外科医のニラヴ・パンデャは、それは短期間でも生じてしまう、と言う。「我々が気づいたのは、大人への成長過程にあるこうした子どもたちが、スポーツに対して燃え尽きてしまって、もっと大きくなったときに運動をしたくなくなることです」と、彼は言う。「スポーツが、ただ外に出て遊ぶものではなくなり、ひとつの目標になってしまっている。子どもたちには、若いときには健康でいさせるだけでいいんです」

けれども、若いときから専門化するのにも理由がある。エリート・レベルのスキル、つまり返還なしの奨学金を勝ち取るか、高校からそのままドラフトされてプロになるかというレベルまで上達させるためには、集中して何千時間も練習する必要があるのだ。社会学についてわかりやすく書いている作家のマルコム・グラッドウェルが、心理学者K・アンダーズ・エリクソンの研究から引用して、その著者『天才！ 成功する人々の法則』（勝間和代訳、講談社、２００９年）で、「1万時間の法則」というこの考え方を広めた。ただし、エリクソン自身も、練習した時間を専門の技術にそう明確に換算する方法はない、とも言っている。どんな場合でも、何かでワールドクラスになろうとするならば、何年もの練習が必要だというのは正しいだろう。けれども、一度そこまで達成したなら、そこに留まるためには練習をかなり減らせる。エリクソンはそのことを、より時間効率が良い練習という意味で、「メンテナンス・プラクティス」と呼んでいる。1996年の論文で、彼と共著者のラルフ・クランプは、熟年のプロのピアニストは、若いライバルと比べて、週のうちにピアノに向かう時間が半分以下で同じレベルのパフォーマンスができると報告した。年長ピアニストが10・8時間に対して、若者は26・7時間。ピアニストの例は、歳をとってもスキルは保てるということを示すわかりやすいモデルケースとなっている。加齢による肉体的な衰えが、アスリートに比べればパフォーマンスへの影響が少ないからだ。けれどもジャネット・スタークスというスポーツ心理学者は、マスターズ陸上競技のアスリートたちを見て、スポーツにおいても同じ結論に達したそうだ。彼らは、若いときには週に20時間以上トレーニングしていたのに対して、今は週に6時間半のトレーニングで自分の年齢にちょうどいいパフォーマンスのレベルを維持できていることを発見した。新しいことを学ぶよりも、これまでのスキルを繰り返すほうが時間が少なくてすむというのも、ひとつの理由だろう。しかしスタークスは、マスターズの選手たちが、自分のトレーニングの時間をより効率よく使っているためだということにも気づいた。上級者であれ初心者であれ、若いアスリートは、「十分習得しているスキルを繰り返すという、余裕が持てて心地よい方法を選ぶ」のがふつうだ、と。言い換えれば、彼らは、すでに得意であることを披露することに時間をいっぱい使う。それに比べてマスターズの選手たちは、「治療的な意味合いが強い」トレーニングに焦点をあてることが多く、「まだ確かではないスキルを習得したり磨いたりするための努力に時間を費やす」ことを厭わないのである。

オクサナ・チュソビチナ選手も、その方法で成功した。ウズベキスタン出身の体操選手で、41歳の時に週に15〜18時間のトレーニングをして、２０１６年夏のリオ・オリンピックに出場し、跳馬で入賞した。ライバルのかなり多くが、18歳前後の若さで、彼女の2倍は練習をしていた。チュソビチナは『ニューヨーク・タイムズ』紙にこう語っている――「大人の目線で考えてみる」と、年齢と闘うことは、困難というより余計簡単になった、と。「私は、前より賢くなってるわ」と、彼女は言った。「自分を『駆りたてる方法』がわかったの」。それでも、ジムに15時間いるというのは、ブルガリア出身のヨルダン・ヨブチェフのトレーニングと比べたら途方もなく長い。彼は、なんと「1週間」に90分の練習に限定し、それでロンドン・オリンピックに出場してつり輪で入賞した。当時39歳だった彼は、それが手術をして治した肩が耐えられる限界だった、と語った（「体操は骨の折れるスポーツ」と、彼は、『タイムズ』紙に語っている）。

まったく練習をしないアスリートでさえ、若い頃のインテンシブ・トレーニング（猛特訓）の恩恵をある程度保持している。必要な箇所の神経と筋肉のパターンが神経細胞にぴたりとはまり込むほど、何千時間もトレーニングをしてきたからだ。デイビッド・コスティルが、自分の指導するランナーたちを人間行動学研究所に呼び戻して、25年後に再検査をしてみると、驚くべき結果が出た。すっかりトレーニングをやめた人たちに、トレッドミルの実験をしてみたのだ。控えめの運動強度で1マイル（約1・6キロメートル）8分のペースを維持するためにハーハーと喘ぎながら、循環器の能力の90％以上を働かせなければいけなかったにもかかわらず、彼らのバイオメカニクスは、何十年も前にエリート選手だったときと変わらない結果を見せた。「これらのランナーたちは、太って体型が変わっていたが、トレッドミルの上で走っているのを見れば、彼らが走る才能をもっていたのだとわかる」

少なめの練習時間にするなら、スキルを自分のものにできるまで時間をかけるよりも、そのスキルをただ繰り返し練習できるほうが、年長アスリートにとっては大きなアドバンテージになる。そのことについてはあまり触れられてこなかったが、そうすれば、余った時間を別のこと――リカバリーのケアとか、可動域のトレーニングとか、試合の映像を見るとか――に使える。サイクリング・コーチのサー・デイヴィッド・ブレイルズフォードは、アスリートが追加で行うもののことを、「ワン・パーセンター」と呼ぶ。1パーセントの違いがパフォーマンスでどんなに多くの差を生むか、という意味だ。ブレイルズフォードのチームは、２００４年から連続３大会のオリンピックで合計18個の金メダルを獲得し、ツール・ド・フランスで4度の優勝をしている。彼の言う、「わずかな違いを積み重ねて集団で勝ち取る」というアプローチ方法に従った結果だった。それは、バイクに乗るライダーの姿勢から、レース中の夜に使用する寝具や、手の洗い方（と同時に、真偽のほどはわからないが、禁止薬物の使用）に至るまで、あらゆることを共有していた集団だったのだ。

熟年アスリートこそクロストレーニングを活用すべし

通常のトレーニングを補ってクロストレーニングを取り入れるというのは、わずかな違いを積み重ねて大きな財産を得ることと言えるかもしれない。ボブ・ラーセンは、40代に突入してもメブ・

ケフレジギがアメリカ人ランナーのトップをキープできたのは、何より彼が「第2のトレーニング(ancillary training)」と呼ぶ訓練に熱心に取り組んでいたためだと信じている。「男子も女子もみんな、何マイルも走ることに労力をつぎ込もうとする。週に200マイル(約320キロメートル)走ればチャンピオンになれるとわかってるんだったら、そりゃ、週に200マイル走るさ」と、ラーセンは僕に言った。「でも、彼らはそんな余計なことはしないだろう。だって、それが自分にとって効率がいいとは思ってないだろうからね。彼らの多くにとって、それは『ミッシングリンク』のようなもので、ひたすら走ることと、熟達することはつながっていない。メブは、良いと言われればそれをするだろうし、しかも、際限なくずっと続けるだろう」。メブは、週に4、5回、「エリプティゴー(ElliptiGo)」――エリプティカル・マシンのように操作する屋外用のバイク――を使った走るトレーニングを増やした。水中ランニングもやった。プールでひたすらジョギングをするのだ。トップクラスのマラソン選手としてはかなり珍しいのだが、体調が良いときでさえクロストレーニングを取り入れた。けれどもクロストレーニングは、故障してしばらく走れなかったときには、特に非常に役に立ったのだ。「彼は、まるでトラックにいるのと同じように、すごく懸命にトレーニングをしていたんだ。そして2週間のうちにはプールから出て、もう体調もすっかり回復して、ものすごいスピードで走っているよ」。ラーセンは、メブの練習についてそう語った。

サーファーのレイアード・ハミルトンは、水中では衝撃が和らぎ、かつ抵抗が強くなるという理由で水中ランニングを取り入れている。しかも、極限のプール・トレーニングにするために、彼自身が開発して特許も取ったXPTというトレーニング方法を用いて、さらにレベルを引き上げた。

海底の大石を引っ張るという古代ハワイアンの怪力男たちの競技からヒントを得て、ハミルトンは、マリブとハナレイの自宅にあるスイミングプールの水底で、ダンベルを使ってトレーニングをしている。ビッグウェーブのサーファーで、個人スポーツの枠を超えて真の名声を獲得した数少ないうちの1人であるハミルトンは、足首は5回骨折し、縫った傷は1000針にでもなりそうなほど年中怪我が絶えなかった経験から、大柄な身体を維持する方法としてXPTを考案した。「俺たちは、ガンガンやっているっていう感覚がないとトレーニングじゃない、って信じ込まされているんだ」。彼は、僕に言った。「一日が終わるときに、こんなのよりもっとハードにやれる、まだ力が余っていてへとへとにはなっていない、と思う。俺がやっているのは、そういうトレーニングなんだ。まだまだやりたいって思う」

ハミルトンは52歳で、まだサーフィンをやっているが、もう競技には参加していない。その代わりに、また別のボードスポーツにエネルギーを注いでいる——スタンドアップ・パドルボーディング、ウィンドサーフィン、カイトサーフィン。「やっぱり情熱に突き動かされるところが大きいかな」と、彼は言う。「俺は、同じリング、つまり海の上でできるいろんなスポーツを生み出していきたいんだ。それが、俺をワクワクさせ続けている。『戦い抜いて最後は勝つ！』と言う言葉、ずっと気に入っているんだ」と、彼は言い足した。「もし一番最後まで立っていられたら、それ以上のことはない。もうそれだけで勝ちさ」

もし誰か、「戦い抜いて最後は勝つ！」という言葉の理解者がいるとしたら、ハミルトンの仲間のビッグウェーブ・サーファーであるアレックス・マーティンズだろう。彼は、ブラジルにいた23

歳の頃はいいサーファーだったが、トップクラスではなかった。もしそうであれば、サンフランシスコに移って皿を洗ったり、英語を習ったりせずに、そこでプロのままでいただろう。若いときに成功するのは生まれながらの才能なんだ、と彼は言う。持つ者と、持たざる者。けれども、何年もたつと、才能だけに頼っていた人は、道端に転がり落ちる。体調を維持できなくて怪我をするか、必要なトレーニングを最小限やるのさえ嫌になるか、または、あまり才能はなくても懸命にトレーニングをしていたライバルにとうとう追いつかれてやる気をなくすか。「まあ、公平なのかもな」と、マーティンズが言う。「俺は、自分が超天才サーファーだとは思っていない。自分は、懸命にトレーニングをやってきたほうのタイプだと思っている。俺がまだこうやって続けているのは、サーフィンのために本当に一生懸命にやってきたからだと思う」

一生懸命にやってきた――だから、42歳になってもサーフィンの最高の日をエンジョイできたのだ。彼はやめる気もないし、やめる必要もない。「45歳になってもなぜ俺がまだ続けているのか不思議に思うかい？　正直言えば、俺は、まさに今が一番いい状態だと思ってるんだ。20代の頃には、こんなに何でもできてはいなかったと思う。

みんなが言うんだ、マーヴェリックスに乗るのはいつやめるつもりなんだい？　ってね。答えはこうさ。マーヴェリックスのほうが、もうやめろと言ってくるまで、だ」

chapter 4
脳をだましてトレーニングの効率化を図る

ブリティッシュコロンビア州ヴィクトリアにあるハイテクのパフォーマンス・ラボ——小柄で美しい34歳の女性が、一風変わったトレッドミルに乗って走っている。腰から下が、トレッドミルと一緒に、透明なビニール製の球体にすっぽり入っているのだ。彼女の名前はヒラリー・ステリングワーフ、カナダでトップクラスの中距離ランナーである。この3月の朝から5カ月後、彼女は、自身の2度目にして最後のオリンピックのカナダ代表選手となる。メダルはとれないにしても、参加するだけでもう、カナダじゅうの女性アスリートを代表して十分に勝利したことを意味するだろう。2014年に第一子を出産してから1年半は育児に専念していた。復帰できる段になって、カナダからのオリンピック有望選手に資金提供している機関が、故障から復帰までの期間は12カ月間しか認められないとして、彼女への支援金の支払いは再開できないと言い出した。ステリングワーフは、妊娠出産を故障として扱うことは女性差別だと訴えて、勝訴した。

そうして彼女は今、リオに間に合わせてワールドクラスのスピードまで上がるように、コーチ陣が計画したピリオダイゼーションの時間割でのトレーニングに復帰している。けれども、2カ月ほど前のクリスマスの頃に膝のどこかをひねってしまい、治るまでに数週間を要した。彼女の主任コーチ、デイヴ・スコット＝トーマスは、4000キロメートル以上離れたオンタリオ州グエルフにいる。しかも、ここヴィクトリアで彼女のトレーニングを見ているコーチには、その健康状態を余計に注意しなくてはならない理由があった——彼はトレント・ステリングワーフ、ヒラリーの夫だったのだ。彼は、カナダスポーツ研究所のパシフィック支部で、イノベーション、リサーチ、生理学を担当する責任者であり、カナダの最先端スポーツ科学の研究者の一人だ。彼自身も高校時代には花形の陸上選手であり、おそらく僕がこれまで会った中で最も自分の仕事を愛している人物だろう。言い間違いがすごく多い人物なのでよくこんなふうに言ったりするのだが、規格外と言っていいほど親しみやすい性格だから、角は立たない——「君は高校の化学を覚えている？　炭素の分子量は12なんだよ（実際は「原子」量）」

ペースは下げずに低負荷の運動をする

今朝、ヒラリーはすでにロードワークをいくらか終えていた。郊外にある自宅からカナダスポーツ研究所パシフィック支部までの2マイル（3・2キロメートル）のジョギングだ。けれども、2日後には5キロメートルのロードレースがあるので、トレントは彼女に無理をさせたくない。「ご存じのように彼女は年長アスリートだから、負荷をトータルでどれくらいにするかは、ちょっと知恵を働かせる必要がある」と、彼は言う。「だから、反重力トレッドミルでのランニングなどで埋め合わせるんだ」

それが、7万5000ドルするこの奇妙な形の器具だそうだ。アルターGというカリフォルニアの企業が作ったもので、トレントが動かしてみせてくれた。ヒラリーは、カヤックの防水スカートのようなゴム製の輪にウェストをはめて、下半身を膨らむ風船のようなものの中に入れ、ファスナーで密封する。「これですぐに、10%の免荷ができる」と、彼は言う。風船の中の空気圧でヒラリーの身体が持ち上がり、彼女の実際の体重105ポンド（約48キログラム）よりも軽い94・5ポンド（約43キログラム）の負荷でトレッドミルができるようになるのだ。トレントは、コントロールパネルのボタンを押した。空気のシューッという音がしてから、風船がきしむ。「今、負荷を通常の80%まで免荷している」

「あらっ！」。スカートが彼女をさらに持ち上げると、ヒラリーが声を上げた。「宇宙を走っているみたいよ。こんなに免荷しても奇妙な感じにならないのは初めてだわ」

中距離の選手は、少なくとも北米ではあまり注目されない。オリンピックで人気のトラック競技は、100メートル走の短距離であり、一方、ニューヨークシティやボストンマラソンといった長距離走も、何百万人もの観客を動員する。その中間の長さのレースには、同じだけの注目度はない。けれども、ランナーたちに、最もタフな種目は？　と尋ねると、たいていの人が、400メートルとか800メートルとか、ステリングワーフの専門である1500メートル、と言う。この3種目はどれも、マラソンの苦しさとスプリントの緊張感を併せ持っている。そこで、生理学の出番だ。

マラソン選手は有酸素で走れる身体に頼るところが大きいし、短距離選手には無酸素性の運動能力が必要だが、中距離の選手は、レースのほとんど最初から最後まで、両方のエネルギーシステムを調整して走らなければならない。彼らは、僕がヴァーサクライマーで体験した、脳と身体の中で影響を受けずに休ませておける部分がどこにもないという状態と同じ目に遭っているのだ。ステリングワーフが1500メートルを走るとき、彼女の最大酸素摂取量は115〜120%で、血液内の酸素すべてが筋肉に送られるので、ひどい酸素負債を起こす。レースは約4分間続くが、ヒラリーはそのほとんどの時間、「もどしそうになった時のように、カーッと暑くてむかむかした感じで、そんな状態のまま強引に走り続けるのよ」と、淡々と言う。彼女が1500メートル走を生活のための仕事にでき、しかも楽しめているのは、ただ、彼女が「魔性の精神」を持っているからなんだ——そう話すのは、彼女が敬服している夫だ。夫自身もマイルレースの選手として競技で走っていた経験があった。

おわかりかと思うが、中距離ランナーの全盛期は、たいていは短距離選手よりは遅く、長距離選手よりは早いのだが、ヒラリーは、彼女の競技での許容範囲である年齢の上限ぎりぎりのところにいる。神経と筋肉の点から見ても、中距離走は、短距離と長距離のあいだのどこかに位置している。エリートのマラソン選手の筋肉がほとんど遅筋線維で、エリートの短距離ランナーはほとんどが速筋線維だとしたら、ヒラリーのような優秀な1500メートル選手の筋肉は、ふつうなら、その中間の筋繊維、つまり、IIa型の筋線維でできているはずだ。ヒラリーがトラックを走る際には、スプリンターと同様のスパイクを履き、地面に接触する時間は平均0・12秒でスプリンターのそれとあまり変わらず、1分間に205〜210ステップを踏む。レースの4分間という果てしない時間を通じて、スプリンターのバイオメカニクスが持続できればできるほど、走りもどんどん速くなる。そこのところを、アルターGが手伝ってくれるのである。

「今までは、故障したランナーがいたら、プールで走らせたり、自転車やクロストレーナーを漕いだりするようなトレーニングをさせていた」と、トレントが言う。「けれども、そのようなトレーニングでは、ここで見たのとは比べものにならないくらい動きがゆっくりになってしまうんだ」。プールでは毎分205ステップは踏めないし、クロストレーナーでは、グラウンドを力強くポンポンと踏むトレーニングはできないだろう。それは致命的になる。なぜなら、ある目的のトレーニングをしている時には、どうしても何か別のトレーニングを控えることになるからだ。ヒラリーのような中距離ランナーは、低サイクルリズムでのランニングを多くすると、そのリズムでの運動を助ける神経経路は強化されるが、高リズムの維持を助ける神経経路を弱めることになる。それは、有酸素での状態をうまく機能させることが成功につながるメブのようなマラソン選手にとっては、値打ちのある取り引きかもしれない。しかし、レース全体を速い歩調で進む選手にとっては、足の運びが少しでも遅くなるのは、大きな問題だ。アルターGでは、それが起こらない。地面に接触している時間は、本質的には同じままだ。かわりに、歩幅は、抵抗が少ないせいで長くなる。ヒラリーは、通常の1週間のトレーニングでは約10万歩を走り、地面を蹴る強さは、各ステップで50キログラムの体重の4倍の力で地面を蹴る。10％の免荷をすれば、総計200万キログラムの力を、骨、靭帯、軟骨、腱が吸収せずにすむのだ。「だから、これは、とても特別なタイプのクロストレーニングを提供してくれるんだ。神経系を傷つけずに、神経へのエネルギーの入力とサイクル頻度の点ではランニングに近いトレーニングができる」と、トレントは言う。「プールや自転車でそれを真似ようとすることは、やめたほうがいい。ゆっくりすぎるんだ」

高強度の運動は短期集中で

ヒラリーのトレーニングすべてがスピード重視であるというわけではない。それどころかまったく逆なのだ。いつもの1週間に彼女がやっているランニングの約80%は、レースのペースより格段に遅い。健康なアマチュアのゆったりとしたペースくらいである。ヒラリーのトレーニング・プログラムは、エンデュランス・スポーツにおいて、新しいけれど急速に広まりつつあるポラリゼーション（二極化）というコンセプトを中心に構成されている。これは、そもそもスティーブン・サイラー（Stephen Seiler）というノルウェーのスポーツ科学者の研究に根ざしたもので、筋線維の異なる2つのタイプの適合性を促すことを目的としてトレーニングを二極化している。長くてゆっくりとしたトレーニングはミトコンドリア（細胞の一部で、これもまた炭水化物を有用なエネルギーに変える働きをする）の数の増加を促し、さらに、短い間隔の激しいトレーニングは、ミトコンドリアの増加最大値をさらに高める。研究では、トレーニングを二極化させることで、短間隔の強トレーニング、すなわち乳酸性閾値のトレーニングだけに特化したトレーニングプランよりも、最大酸素摂取量の増加、パワーの最大出力、そして体力を消耗するまでの時間のすべてが速くなるのだ。

この方程式は、なじみ深さが半分、わかりにくさが半分、といったところかもしれない。ここ数年、フィットネスの世界では、強度を意識することが大いに評価を得てはやりのようになってきている。短時間のきついエクササイズには驚くべきメリットがあるとする新しい研究報告が山ほどある。特に、ふだんはそういった運動をしない高齢者や、身体を動かす習慣のない大人にとって良いと言う。強度を高くすることで効果をあげるには、あまり多くやりすぎる必要はまったくない。2014年の研究では、太り過ぎの成人が、週に3回、高強度のサイクリングを1分間したら（プラス9分間のウォーミングアップとクールダウンで、合計で週に30分間のエクササイズ）、肺の機能が12％増え、血圧が著しく下がったという報告もある。けれども、その短時間にきわめてハードに動かなければならない――最大酸素摂取量が80％以下になる程度の強度では、確実な効果はガクッと減ってしまうのだ。かといって、40％で2分間やっても同じ効果は得られない――高い適応能力をさらに強めるようなシステムを限界ぎりぎりで用いるには、ほんの少しの「服用」が特別な意味をなす。雑誌の記事やテレビのモーニングショーや、『The 4-Hour Body』のような本、『The 7-Minute Workout』のようなアプリでは、高強度のトレーニングは特効薬のように説明されていて、高強度インターバル・トレーニング（HIIT）を何らかの形で提供するフランチャイズのフィットネスジム――クロスフィット、オレンジセオリー、バリーズ・ブートキャンプ――が、この業界で最も速く成長を遂げている。

HIITは、パワーと持久力を構築しエネルギー代謝をあげるには驚くほど効率の良い方法であり、推奨する人たちは、年長アスリートには特に値打ちがあると言う。61歳のサイクリストであるネッド・オーヴァーレンドは、彼の著書『Fast After 50（50を過ぎたら高速で）』の中で、50代でレースに勝つ秘訣は、自転車でハードに短時間走るトレーニングをしたことだ、と言う。「トレーニング量を減らせば、強度の強いセッションに向けて休みを余計にとるし、休むことによってまた、よりハードにトレーニングできるということがわかった」。中年のランナーはどうやってスピードを保てばよいかと尋ねられて、メイヨー・クリニックの研究者マイケル・ジョイナーは、『ザ・ニューヨーカー』誌にこう語っている──「『秘訣』が2つあります。インターバルをとることによって最大酸素摂取量をキープすることと、怪我をしないこと」

まさにそのとおりで、平均的なフィットネス熱愛者にも当てはまる。その他に大勢いる気まぐれ健康愛好家には向かないだろうが、ＨＩＩＴは実際に効果的な方法である。けれどもオリンピックの中距離ランナーにとっては──あるいは、競技に長い時間をかけ、何度もスプリントを繰り返す、走りに緩急をつけるアスリートにとっては──二者択一の質問にはなりえない。運動量も重要である。そして強度を高めることは、リスクも高める。「コーチとしては、常に3つの要素を意識している」と、トレントは説明する。「私がこのトレーニングから見つけ出したい刺激と適応は何か、リカバリーの計画はどんなものか、後遺症はなにか。つまり、パフォーマンスを向上させるか、または維持するためには、これをどれくらいの頻度でする必要があるのか、ということを考えるんだ」

ハードなインターバル・トレーニング──たとえば、４００メートル走を繰り返すとか──からは大きな成果を得られるが、アスリートが再び完全なパフォーマンスができるまで十分に疲れを解消するには、リカバリーに3日間は必要である。特に、ヒラリーのように30歳を超えた、すなわち年長のランナーは、週に2〜4回のハード・トレーニングだけなら、疲労が危険なレベルまで上がることはないだろうが、それだけでは彼女が必要とする有酸素ベースを維持するトレーニングとしては十分ではない。それで、二極化が解決法となる。そうしたハードなトレーニングを、きわめて強度が低くて量の多いトレーニングで補うのだ。そのトレーニングは、たとえ疲れ切った状態でも行うことができ、そのトレーニング自体でまた疲れが増えるということはない。つまり、とことんラクにやるというわけで、エリート・ランナーなら、当然もどかしい思いをするだろう。ヒラリーは、かつてケニア人のランナーたちと一緒にトレーニングをしたときのことをふり返る。ケニア人ランナーたちが低い強度のトレーニングであまりにゆっくり走るので、集団になって走り、先頭に飛び出さないでいるのは大変だった、と（無理もない。メブは、ハード・トレーニング後に、昼間に高地でリカバリー・ランをしている間、1マイル（約1・6キロメートル）7分30秒で走り始める。それは、そうゆっくりとも言えないが、実際のレースのペースより50％も遅い。もし僕が、同じ程度にトレーニングを二極化したなら、僕の走りの80％は早歩き程度になるだろう）。15分で5キロメートルを走る人が、その3分の2のスピードで走って意味があるのだろうか、と思うだろう。だが、そんなふうに考えてしまうのはおそらく、レイアード・ハミルトンが言っていたように、「僕たちはトレーニングをガンガンにやってこそ勝てるんだ」と、信じるように慣らされているからだろう。

二極化と呼ぶにしても呼ばないにしても、このやり方は、エリート選手はどのようにエクササイズをするのか、僕たちのような者はどのようにするのかの、おそらく最大にして唯一の違いを際立たせる。エリート選手たちは、自分のトレーニングから得たいものが何であるかを正確にわかっており、すべてのトレーニングが、より大きな、論理的な戦略の一部であって、一度限りのものではないということだ。エリート選手でない一般の人は、走るにしても、自転車を漕ぐにしても、泳ぐにしても、コーチがついていないならば、またはプロのトレーニング・プログラムから借用したものをやっていないのであれば、たぶん閾値トレーニングに近いものをやっているのだろう。けっこう長いと感じる間、けっこうハードだと感じるものを続けている。あるいは、HIITの流行に乗っているのかもしれない。もしそうなら、研究結果からはおそらく、非常にハードなトレーニングと、あまりそうでないものとの両方——ふだんのトレーニングよりも速くやり、そして次には、そうすると決めたときに、完全にはリカバリーできていないので、できるだけゆっくりとやること——を提案されるだろう。たとえもしあなたが、「ゆっくり練習する日々」つまり「リカバリー・ラン」を混ぜ入れているつもりでも、その提案にはまだかなっていない。もし、その「ゆっくり練習する日々」が、少し違和感を感じるほどにまでゆっくりでないならば、それは十分にゆっくりしていることにはならないだろう。もしあなたが、1週間に2回しかトレーニングをしない人ならば、最高の強度のトレーニングはおそらく良い方法だろう。しかし、もしプログラムをもっと増やしたいけれど、故障や疲労によって妨げられているか、あるいは、あなたの成長が停滞期に入り、理由が分からないという場合なら、トレーニングの二極化はその答えとなりうる。

マジックテープを巻いて脳をだます？

ステリングワーフ夫妻に会って2週間後、僕は、ハンティントンビーチの大通りにあるショッピングセンターにスバルを入れた。ロサンゼルスとサンディエゴの間で、特徴のない低地の町だ。ほとんど飾り気のない、道路に面した小さなオフィスの中で、中年男性2人が、折りたたみ式のテーブルのところに座れと誘っている。そのうちのひとりが、僕の両腕の上腕二頭筋のすぐ上のあたりにマジックテープのストラップを巻く。それをトースターくらいの大きさの器具につなぐと、ストラップが血圧計の腕帯のように膨らむ。あっという間に僕の両手は、刺激を感じて感覚がなくなっていきそうになる。手のひらが、まだらに紫色になってきた。

「チクチクするような感じがあるでしょう、それは、新しい毛細血管が形成されているんです」と、若いほうの男が僕に言う。元チャンピオンの水泳選手でコーチのスティーブン・ミュナトネスだ。「毛細血管に血が通ったか、チェックしてみて」。僕は指先で反対の手の平の肉厚な部分を押してから、離した。血液が一気に戻って、白色の輪がすぐにピンク色になった。「今やっているのは、いわばウォーミングアップのようなものです」と、彼は言う。「血管壁に圧力を加えて、それから離します。内側からウォーミングアップをしているんです」

僕はもう一度、毛細血管のチェックを受けた。今度は、白色の箇所がなかなか消えない。「充血していますね」。年上のほうの男が言う。ここを興したリチャード・ハーストンだ。「何か作業でもしているみたいに、腕が重たく感じ始めるでしょう」。たしかに重くなってきた。何もしていないのに。でも、これから何かさせられそうだ。

ミュナトネスは、アームバンドを器具からはずすと、僕に手を曲げて、拳を握って、開いて、というのを繰り返すようにと指導する。僕は始める。こうした「ハンドクランチ」を15回か20回やる頃には、前腕がソーセージのように硬く感じてきた。めったに行かないロッククライミングのジムにでも行ったみたいに。「これを、『血管への呼び水（priming the pump）』と呼んでいます」と、ミュナトネスが言う。「そこに、乳酸がたまっているんです」

僕は、ハンドクランチ25回を3セットすることになった。3セット目をしている間、ミュナトネスが専門家の目で僕を見ている。「それで精一杯なら、それでいいですよ」と、彼が言った。僕はちょっと戸惑った。ぎゅっと拳を握った時と同じように辛そうに見えたのだろうか？（実際、辛かったのだけれど）

僕たちは次のエクササイズに移る。二頭筋カールだ。まだ手に何も持っていなかったが、ミュナトネスは僕に、ウェイトは要らないと言う。腕が上に来たときに、きゅっと力を入れればいいらしい。もう一度、25回を3セット行う。僕は定期的にトレーニングをしているが、そのほとんどはウエイトを使っている。小さなウェイトとか、レジスタンスバンドを組み合わせている。二頭筋カールで重いダンベルを使っていたのは、もう何年も前のことだ。こうしてウェイトを持たずにカールを15回したところで、かつての時と同じように腕が疲れてきたのを感じた。僕は、別のことにも気づいた——皮膚に、そばかすのような小さな赤い点々が突如あらわれたのだ。「それは、点状出血です」と、ハーストンが僕に言う。毛細血管から漏れた血液が、小花みたいに見えるのだ、と。「約12パーセントの人がなりますよ。女性とか、色白の人が多いですが」。1日くらいで消えると言う。もし僕がこのトレーニングを繰り返し行ったら、もう一度くらいはなるかもしれないが、「そのうちに、血管壁は、身体に加わるそういった負担に適応していくでしょう」とのこと。

最後のエクササイズは、上腕三頭筋伸ばしで、これもまたウェイトは使わない。今回は、2回目のセットまでも行かなかった。僕の腕はもうだめだった。「明日は、ちょっと痛くなるかもしれませんよ」。強度の高いウェイトリフティングをした後と同じようにね、とミュナトネスは、アームバンドを緩めている僕に声をかけた。

「でも、違うのは――」と、ハーストンが口をはさむ。「その感覚は、筋肉が切れたせいではありません」

日本生まれの加圧トレーニング

僕がいま試したのは「加圧トレーニング」だ。日本のエクササイズ研究者の佐藤義昭が発明し、50年以上かけて技術を向上させてきたものの最新のバージョンである。日本の野球選手やアメリカのボディビルダーは、加圧トレーニング――あるいは総称として、血流制限とか、オクルージョン・トレーニングとも呼ばれる――を何年も行ってきたが、その適用の安全性や効果が標準化する新しいハードウェアのおかげもあり、ようやくプロスポーツの主流に参入しつつあるところだ。アルターGとともに、加圧トレーニングも、良質のトレーニングによる刺激――つまり、調節を望ましい方向へと進めるような刺激と、疲労や怪我や繰り返し起こるストレスの原因となるものとを区別することによって、アスリートのトレーニングをより効率よく効果的にしようと求めて開発された、数多くの新しい技術のひとつである。クロストレーニング、ポラライズド（分極）トレーニング、高地トレーニングのように、このようなテクノロジーは、若いアスリートよりもさまざまな制限に影響を受ける年長アスリートに、特に効果が期待できる。

話によると、1966年のある日、アマチュアのボディビルダーで科学者だった佐藤は、正座したままで数時間を過ごして、長時間の法事か何かを終えたところだった。彼はその後の何時間か、ウェイトリフティングをした後とまったく同じようにふくらはぎが痛いことに気がついた。佐藤は、その痛みは、膝を曲げることが、足から戻ってくる血液の循環を遮断することと何か関係があるのではないかと考え、腕や脚にひもやホースを巻きつけて、同じ効果が出るか、いろいろな方法で実験を始めた。推測したとおり、部分的に血流を制限した状態で――手足の末端まで血液を送っている深いところを流れる動脈でなく、血液を心臓に戻している浅いところを流れる静脈をきつく圧迫して――エクササイズをすると、筋肉が膨らむ。研究が自身の身体での実験から本格的な医療研究へと進むにつれて、その理由がしだいにわかってきた。

段階的に負荷をかける従来のモデルでは、筋肉は、筋線維に小さな亀裂を生じさせるほどの激しいエクササイズに反応して大きく強くなっていく。そのような顕微鏡レベルの細かな傷が、ハードなトレーニングをしてから2日間の疲労と痛みの主な原因だった（だから、筋肉痛にならないようにと大量の抗炎症薬を服用するような治療も、あまり効果がなかったのだ)。佐藤が推測したこと、そして彼の研究が実証したことは、新しい筋肉を成長させるのは、小さな亀裂そのものではないということだった。それは、筋肉の成長を促す別のプロセスの単なる副産物だったのである。そのプロセスとは、毛細血管が伸びて広がることだと、彼は確信した。毛細血管は、あらゆる生体組織を満たす髪の毛ほどの細い血管で、壁が薄いために酸素も栄養素もすぐに通り抜けてしまう。手足に血液をとじこめることによって、佐藤は、その部分の血圧を上げ、毛細血管をいつもより膨張させた。それをすぐに心臓まで戻さずにしばらく貯めておくことによって、組織は血管収縮によって放たれる乳酸や一酸化炭素を含む化学物質に浸されることになり、新しい筋肉の形成が促される。要するに佐藤は、身体をだまして、高強度のエクササイズに耐えているところだと思わせたのだ。いや、厳密に言えば、実際に耐えているのだ。「実際には何のエクササイズなのかと言うと、血液を手足まで流し、筋肉を収縮したり曲げたりして、血管を拡張させたり収縮させたりすることなのです」と、ミュナトネスが言う。「私が走ったのか、ウェイトを上下させたのか、ただここに座っていただけなのか、脳は知りません。知っているのは、筋肉細胞からの、『この筋肉が運動したよ』というシグナルを受け取ったということだけなのです」

「もし、筋肉を壊さなくても、脳が同様の化学的な反応を起こせるのだとしたら、筋肉をより強く大きくするために筋肉を壊す必要はないんです」

筋肉に亀裂を入れるほど強いトレーニングをせずに筋肉を作ることを考えるのは、非常に大きなメリットがある。ひとつには、トレント・ステリングワーフがずっと気にかけてきたようなリカバリーの計画が、ほとんどなくて済む（僕の腕は、翌日にはたしかに痛かったのだが、ウェイトを持ち上げた場合に消耗するような感じとはまったく違っていた）。さらには、手術後の患者や高齢者といったウェイトを持ち上げる強度の負荷に耐えられない人たちでもまだ、筋肉組織を維持したり作ったりできるということだ。32歳のチュニジア人の水泳選手、ウサマ・メルーリは、２００８年と２０１２年のオリンピックで金メダルを獲得しているが、リオへの準備中に肩に怪我をしてからは、加圧トレーニングを利用し始めた。リハビリをしているときに、バンドを着けて泳ぐことで、プールでのトレーニングを劇的に短くすることができた。「彼は大柄なので筋肉を維持する必要がありますが、加圧トレーニングならできるんです。身体には余計なストレスを何もかけずにすみますからね」と、ミュナトネスが言った。

ニューヨーク・シティFCのゴールキーパー、ジョシュ・ソーンダースは、２０１３年に骨接ぎと靱帯の再建という前十字靱帯の手術から合併症を起こした後に、まったく同じ方法を利用した。ソーンダースは、ジム・ストレイ＝グンダーセンというスポーツ科学者から加圧トレーニングのことを教えてもらった。ストレイ＝グンダーセンはアメリカ・スキー＆スノーボード協会のアドバイザーとして、ボード・ミラーの椎間板ヘルニアを世界選手権に間に合うように回復させるために、これを使ったことがあった（もともとはアルターGを作っている会社で働いていたが、後に、チーフ・メディカル・オフィサーとして加圧グローバル社に移った）。もう1人の加圧トレーニング推奨者はジョン・サリヴァンで、心理学者でニューイングランド・ペイトリオッツをはじめプレミアリーグのさまざまなチームでのスポーツ科学アドバイザーを務めている。ミュナトネスが言うには、実質的には身体のどんな現象も解決するのは脳の役割であることを理解している心理学者および神経学者のほうが、ストレンクス・コーチや生理学者よりも、加圧トレーニングの基本原則を理解するのが早いそうだ。

加圧トレーニング、アメリカに渡る

今、加圧トレーニングがアメリカで大人気なのは、ミュナトネスがスキルを独自に組み合わせたことが大きく貢献している。エレクトリカル・エンジニアであることに加えて、彼は海水域水泳のチャンピオンであり、52歳のときに、バタフライ200ヤード(約183メートル)を2分7秒で泳いだ。アメリカ・マスターズの同年齢グループより9秒も速い記録だ。2001年には、ミュナトネスは日本に住んで日立製作所で働いていたが、そのときにはボランティアで、アメリカの水泳代表チームのコーチもしていた。同年の世界選手権でチームが東京にやって来たときに、日本語の会話と読み書きができる唯一のコーチだったのだ。大会が終わった後で、日本のコーチの1人が彼に佐藤博士を紹介した。当時53歳、二頭筋がフォームローラーみたいに大きな男だった。佐藤はミュナトネスに、自分が一生をかけている仕事について話をした。ミュナトネスはこのときに、日本のアスリートたちが1970年代から加圧トレーニングを採用していること、そうして1992年には自国のオリンピック委員会が、佐藤のスポーツへの貢献に対して栄誉を讃えていたことを知った。加圧トレーニングの効果を示した100以上の論文を個人または共同で執筆しており、同分野の人たちからも評価を得ていたのだ。ミュナトネスは佐藤に、そのトレーニングが非常に有用なのに、日本人以外のアスリートに実質的には知られていないのはどうしてか、と尋ねた。「そうしたら彼は、『理由は2つあります。私は英語をしゃべらないし、海外へも行かないから』と言ったんです」と、ミュナトネスはふり返る。「『わかった、僕がやりましょう』と言いました」

そうして、2人は一緒に働くことに合意した。その時点まで、加圧トレーニングは基本的には口伝えの技術で、佐藤ともう1人の専門トレーナーしか、正確な圧力で縛ることはできなかった。ミュナトネスは、自身のエンジニアとしての技術を駆使し、空気を入れられるバンドを使って同じ効果が得られる器具を開発し、いろいろなプロトコルやユーザーを記録できるソフトウェアも作った。2014年には、「Kaatsu International（加圧インターナショナル、以下 Kaatsu 社）という会社を作り、日本以外でのこの技術の市場開拓に力を入れた。

トップ・アスリートが大きな市場になると考えたが、これが生まれた場所、つまり日本では当初、加圧トレーニングはスポーツのパフォーマンスのためでなく、ヘルスケアのための道具と考えられていた。日本は平均寿命が長く、移民も少ないので、世界中のどの国よりも高齢者人口が多く、65歳以上が人口の4分の1を占める。日本政府は、22世紀医療センターという機関を通して、進みつつある少子高齢化をどうにかできそうなもの――たとえばゲノム医学から、人を介護する機能を持つ家庭用ロボットまで――のイノベーションをサポートしているのである。高齢者が独立して暮らし、高額な医療費を回避できることが一番の努力目標なのだ。「日本は常に長寿に関しては先へ先へという意識がありますが、それは必ずしもより賢明だからではなく、社会のニーズがそうさせているんです」。他のレジスタンス・エクササイズができないほど身体が弱い人でも、加圧トレーニングの基本的な有用性は体験できる、とミュナトネスは言う。「静脈と毛細血管を弾力のある健康な状態に保ち、濡れた歩道でつまずかない程度の丈夫な身体はキープできます」。日本の医師たちは、心臓の手術を受けた患者に、切断した心臓の血管を蘇らせるために、手術室を出るとすぐに加圧バンドを付ける――そんなことさえ始めているのだ、と彼は言う。

ミュナトネスの言葉が奇妙に予言的であったことが、あとでわかる。僕たちが会ってから数週間後、自宅にて、彼は重度の心臓発作に見舞われた。病院へ向かう救急車の中で瀕死の状態だったのだが、彼はステントを入れる緊急の開胸手術を受けた。手術後、まだ昏睡状態にあるときに、担当の心臓外科医がアークティック・サンと呼ばれる治療法に従い、彼の体内温度を低めの91・4°F（約33℃）に保つために、冷たいジェルパックを用いて微温状態にした。心臓が止まっていた間の低酸素状態による脳へのダメージの可能性を抑えるためだ。ミュナトネスは、外傷性健忘症で、まる1週間の記憶がなくなっていたが、1カ月のうちには意識も戻り、また水泳を始めた。ミュナトネスはすでに何年間も、ほぼ毎日加圧トレーニングを行っていたのだが、そのせいで心臓発作を起こしたということであれば、血管の健康のためのツールとしての加圧トレーニングへの彼の信頼が揺らいでしまう可能性もあっただろう。でも実際には、主治医に完治を告げられると、ミュナトネスはすぐにトレーニングを再開した。加圧トレーニングを疑うどころか、むしろ、回復期間中の筋肉の消耗を避けるためにも必要だと考えていたそうだ。「これまでも加圧トレーニングを信頼していましたが」と、彼は言う。「今では、とても役に立つし健康にもいいと100%わかっています。しかも、私はたった数カ月前には、家で顔から倒れてしまって、その後はすっかり弱り切っていたんですから」

軍やNASAでも利用されている

アメリカでは加圧トレーニングは、プロスポーツやオリンピックの種目以外でも、早くに目をとめたいくつかの組織が導入している。その1つは軍であり、60セット以上を2000〜5000ドルで購入し、統合特殊作戦司令部の各支部で使用している。NFLやNBAのチームと同様に、軍も精鋭部隊を健康に保つ方法を見つけることに常に腐心しているので、理由も同じようなものだ。米軍のエリート部隊、第101空挺師団の落下傘部隊は、トレーニングやその他の費用に約800万ドルを投資しているし、海軍では特殊部隊SEALの人員入れ替えには、1000万〜1500万ドルをかけるそうだ。SEALの隊員のほとんどは学士号を持ち、トレーニングにも年数が必要だから、戦闘員になれる年齢は平均して30歳くらいらしく、同年齢のアスリートとまさに同じように、身体の使い過ぎによる故障やパフォーマンスの低下を起こす傾向にある。軍はずっと、スポーツ科学に何か良い知恵はないかと探し続けていたが、その努力を、9・11アメリカ同時多発テロ以降にさらに強化した。ペンタゴンは否応なく2つの戦争に巻き込まれ、その中では、戦車と飛行機、あるいは軽度の訓練を受けた小銃兵の大部隊よりもむしろ、地上での特殊作戦の部隊員たちが矢面に立った。今では、整形外科的な怪我、栄養学、人の行動能力への学術的な研究の多くは、鍛錬を必要とする戦闘員――つまり「タクティカル・アスリート」の健康改善に関心を持つ国防総省から資金援助を受けている。アメリカスポーツ医学会の年次大会など規模の大きな会議では、チームのロゴが入ったトラックスーツと同じくらい、濃いオリーブ色の陸軍の制服を見かけることが多いのだ。

ハーストンは、2015年にパールハーバーで、特殊部隊に指導をしているという25名のフィットネスのトレーナーたちのために、加圧トレーニングのデモンストレーションを行った。というのも、特殊部隊は戦地で配置についている時間が長いので、とんでもない量の柔軟体操をこなすといった、どこでもできるエクササイズのプログラムを好む。ハーストンは、観衆のうちのざわついている数人から、疑っている気配を強く感じていた。そこで、いかにも元気そうに見えて、最も懐疑的な雰囲気を醸している トレーナーを1人選んで、いつものトレーニング方法について尋ねた。彼はこう答えた――10マイル（16キロメートル）のランと1マイル（1・6キロメートル）の泳ぎ、それから150回の懸垂と、日によって1000回か2000回の腕立て伏せだ、と。ハーストンは、彼にバンドをつけさせ、力強いあっぱれな腕立て伏せを披露させた。「彼は36回やったかな」と、ハーストンはふり返る。「地面から腕を立てられなくなり、あとの24人は、想像どおり彼をくそみそにけなしていました。彼のほうは、面白くなさそうな顔をしていましたね。僕のほうを見ようとしなかった。そうして、バンドをはずして下がっていきましたが、そのあとに戻ってきて、こう言ったんです――『これで僕は、1日に1時間から1時間半の時間の節約ができたというわけですか？』」

NASAもまたKaatsu社のトレーニングツールを数セット購入した。おそらく次の10年のうちには実現するであろう初の火星までの有人飛行計画に間に合うよう、宇宙飛行士が、宇宙でなるべく長く健康をキープできるより良い方法を探しているのだろう。無重力では、人の筋肉量と骨密度はあっという間に落ち、循環系の働きが悪くなる。もうなじみのある話ではないだろうか？「無重力での生活は、高齢者の生活に非常によく似ている」と、宇宙の生活での健康上の課題に関するNASAの入門書に書かれている。「宇宙飛行士と同じように、高齢者もあまり重力に抵抗をしていない。彼らは身体をあまり動かさないことが多く、それが、筋肉の萎縮、骨の退化、血液量の低下の悪循環の引き金となるのだ」。消耗を遅らせるために、宇宙飛行士はアルターGと逆の機能をもつ器具を使って走る。重力の役割の代わりをするバンジーコードを取り付けたトレッドミルである（実は、NASAのエンジニアでバイオメカニクスの専門家であるロバート・ウェイレンが、最初に重力変換可能なトレッドミルのアイデアを開発したのは、この目的のためだった。ウェイレンの息子ショーンが、負荷を減らすことにも利用できると気づいたのは、後になってからだった）。けれども、それではまだ不完全だった。加圧トレーニングみたいなもののほうが、完璧に近そうだと考えられる理由があった。NASAでは特に、血流の制限により、頭蓋内圧亢進によって眼球がゆがんで悪化した宇宙飛行士の視力の改善を期待している。四肢で血流を抑制すると、頭や胴体の血圧が下がり、理論的には眼球が回復する可能性がある。NASAは今、その効果についてテストをしているところだ。

もし視力回復が本当に叶うのであれば、加圧トレーニングの「FDA（アメリカ食品医薬品局）認可外適応症」の長いリストにもう1項目加わることになるだろう。高負荷のエクササイズは人間の成長ホルモンの分泌を刺激するが、加圧トレーニングにも同様の効果があるのだ。これを利用するN

ＦＬのチームでは、シーズン中に増えていく選手の指の骨折やちょっとした怪我が、バンドを使用すると治りが早いという報告がされている。同じ理由で、糖尿病患者やその他の人たちのふさがらない傷口の治癒も早める。四肢の血流を制限するというのは、脳を軽い低酸素状態にすることであり、高地トレーニングと多分に似た方法で、エリスロポエチンの分泌と新しい赤血球分子の生産を引き出す。関節への負荷を減らすために加圧トレーニングを利用しているアスリートは、高負荷エクササイズの利点のひとつである骨密度の増加という効果は得られないと思うかもしれないが、日本で公表されている研究によれば、加圧トレーニングでも、実際に骨密度は増加していると示されている（日本ではすでに試験を通して公開されている加圧トレーニングの効果のいくつかが、アメリカではまだ再現されていないので、Kaatsu社としては、米国内でのマーケティングを制限せざるをえない）。

そのような健康関連の製品の売り込みとなると、自然と、昔懐かしい特許医療製品を売り歩く巡回セールスマンの長々しい宣伝文句を思い出す——**「これは便秘を解消し、思考力も改善でき、しかも下半身の強壮回復もできるんですよ！」**。けれども加圧トレーニングの支持者たちは承知している。「私たちが売り込むことは、たった1つなんです」と、ハーストンが言う。「筋肉を作ること」——健康を考えるとき、必要とするのはただそれだけなのだ。結局、寿命を延ばし、免疫機能を回復させ、良いホルモンを分泌させて悪いホルモンを抑え、睡眠を改善し、代謝の速度を上げる魔法の薬はすでにあるのだ。それは、エクササイズ。しかもそれは、筋肉を作るのにもかなり役に立つ。ただ、こういうことだ——生理学的に言えば、エクササイズは、いわゆる身体を鍛える「エクササイズ」でなくてもいいのである。

脳を直接刺激してだます

2006年、ダニエル・チャオ（Daniel Chao）とブレット・ウィンガイアー（Brett Wingeier）は、脳の各箇所に電流を流して刺激を与えるとどうなるか、ということに興味をもった。チャオは神経科学の修士号をもつ内科医、ウィンガイアーは生体医工学の研究者だ。2人は医療機器メーカーの同僚であり、そこは、クローズドループの神経刺激装置――てんかん発作を起こす人の脳に埋め込む極小の装置――を最初に開発した会社だった。装置は「ニューロペース」と呼ばれ、心臓のペースメーカーとほとんど同じ働きをする。それが初期発作に関連する生体電気のエネルギー活動パターンを検知したときに、微量の電流が流れて脳の活動を正常化し発作を防ぐ仕組みだ。ニューロペースは、珍しくすんなりとFDAからの認可を受けた。その利用者を長期にわたって追跡調査すると、埋め込み後1年よりも5年後のほうが発作が少なくなっていることがわかった。装置は脳を正常にするだけでなく、実際には脳に自己矯正を教えたことになる。身体に耐性ができるにつれてしだいに効果が失われてしまうような、発作時に服用する薬とは違っていた。

この体験があって、チャオとウィンガイアーは、バイオテクノロジー産業は、神経刺激に備わる能力のほんの表面をこすった程度だったのだと確信した。薬はニューロペースと同じように効果があるために、てんかん患者の大多数が、脳の手術を嫌って、結局は薬に頼っていた。大きな可能性をもつ製品にするには、体外からの電流が、髪の毛や頭皮や頭蓋を通って流れるものでなければならないという点で、チャオとウィンガイアーの考えは同じだった。2人は、tDCS（経頭蓋直流電気刺激法）の効果に関するあらゆる研究を調べて、文献を読みあさった。アメリカ国防高等研究計画局、略称ダーパ（DARPA）が、何年間もtDCSの実験をして、スナイパーやパイロットが、雑然とした背景の中からカモフラージュしたターゲットを見つけ出す能力を上げるのに役立てているそうだ。健康な人や脳卒中を起こした患者が、tDCSを受けた後に細かな運動のスキルが速くできるようになったという論文もあった（「対象者が高齢であればあるほど、この改善の現れ方がより著しかった」と、『Neurobiology of Aging』誌に掲載されたその論文の著者は記している）。

チャオとウィンガイアーは電流を脳のいろいろな箇所――知覚の入力、言語の処理、記憶を受け持つ部位など、それぞれのエリアに電流を流せるヘッドセットの試作品を作った。2人は、自分たちのやっていることは正しいと確信するために、読んだ論文に書かれていた研究を再現することにした。その後に、自分たち独自の新しい探求を開始し、偽薬効果を排除するために、対照群には「疑似」電流――皮膚をチクチク痛ませる程度には強いが、脳に刺激を与えるほど強くはない――を使ってみた。衝撃的だったのは、彼らが見つけた最も重要なデータが、運動皮質についての実験から出たことだ。運動皮質は骨格筋をコントロールしている。tDCSを大脳のその分野に10分間使用してみると、人体は、より筋力を生み出し、新しい肉体的な能力をより速く習得できることがわかった――まさにどんぴしゃり、それは2人が追求していたものだった。そして、将来の希望が見えたのだ。名コンビは2014年1月1日で医療機器メーカーを辞職し、サンフランシスコを拠点にしてヘイロー・ニューロサイエンス（Halo Neuroscience）社をスタートさせた。

最初は、予定していたとおりの装置を作ることだけに焦点をあてていた。開発の初年度には、どんな人が顧客になるかということすら考えていなかった、とチャオは語る。彼は熱心なサイクリストではあるけれど、2人とも、エリート選手という背景があったわけではない。「会社を作ったときには、プロのアスリートを相手にするなんて、そんな大それた野望もなく、考えてもいなかったんだ」と、彼は言う。だが2016年3月に、最初の製品ユニットをプレセールするより前でありながら、その「ヘイロー・スポート」はもうすでに、メジャーリーグやNBAの複数のチームが利用していたし、その夏までにはすでに5カ国で、オリンピックに出るトラック競技のアスリートが、リオに向けてのトレーニングに使用していた。

tDCSでは、チャオが「ニューロプライミング（神経刺激）」と呼んでいる効果が働く。弱い電流がニューロンの活動閾値を下げるので、刺激によりうまく応じて「発火（電流が流れている状態）」できる。「神経科学にはこういう古い格言があるんです――『ともに発火するニューロンは、ともに結びつく』。ニューロプライミングは、あなたの脳をより柔軟にする（可塑性を高める）のを助けます。そしてニューロプラスティシティ（神経可塑性）によって新しい回路が作られていく。新しい回路を作ることが、すべてを可能にします。新しい言語もギターの弾き方もすべてこうして学ぶんです」

もし加圧トレーニングが、筋肉の生化学的な環境を変えることによって脳をだましてトレーニング効果を高めるというなら、tDCSはその逆だ。脳の運動ニューロンがより興奮すれば、筋肉へより強い刺激を送り、本来ならできないような強さで縮ませる。しかも、柔軟性が高まっている状態なので、筋肉がどんなことをしようとも――より強いパワーを生もうと、あるいは新しいスキルを繰り返そうと――、その後には、神経が刺激されない状態でももっと再生できるようになる。脳はそのまま、以前にできなかったことをできるという筋肉の記憶を保持する。「たとえば、ゴールデン・ゲート・パークで私が懸垂しようともがいているのを見かけたとします。あなたが私に、10ポンド（約4・5キログラム）軽くなるような補助をしてくれたら、私は懸垂ができるようになるでしょう」と、チャオは言う。「私たちは、その10ポンド分の補助なんです」

ヘイローの有効性を示す重要な証拠は、USナショナル・スキー&スノーボード・チームの7名に対して行われた、4週間の試験調査から出ている。7名のアスリートは、スキージャンプの選手たちだ。スロープから飛び出す瞬間のために特別に訓練を受けている。スムーズに、しかも均斉をとりながら急激な動きをするのに、とんでもない量の力を生み出さねばならない。「いわば、最高の状態で発射台から飛び出さなければならないわけです。しかも、台の表面との摩擦を減らしたいので、動作のクオリティも求められるんです」と、チャオは言う。身体が傾いていたり、ぎこちない動きでジャンプをしたりすると、転倒しやすい。選手は、強度を検知できる2万5000ドルもする板で試技をするが、それは1秒間に1000回もの測定値を出すことができる。4週間にわたって調査した結果、7人全員の筋肉量が増加し、エントロピー、つまり望ましいパターンからの逸脱が減少して、改善が見られた。しかも、ヘイローのヘッドセットを利用したスキーヤーは、疑似ヘッドセットを使った選手たちより、推進力で13%、スムーズさで11%上回った。

ニューロプライミングのトレーニングによる神経の「ノイズ」、つまり信号の乱れの急速な減少は、型にはまった動きを繰り返したり、リハーサルをしたり、精度をあげたりすることに特に役に立つ。というのは、いつでも同じ方法でできるからである。NBAのステフィン・カリーが、遠い位置から打つスリーポイントを得意としているのは、どんな状況においても——スペースが空いて1人になったときでも、ファウルを受けて倒れそうになったときでも、正確に46度の角度から放つという型が決まっているからである。トリニダード・トバゴ出身のハードル走選手ミケル・トーマスは、リオの前に何カ月もヘイローを用いて、パーフェクトな歩幅とジャンプを見せた。「ハードル走は、うつぶせに倒れることが多いスポーツなんだ」と、トーマスは言う。「ミスの量を減らせて、ただいつもやって来たとおりのことができるなら、上出来のレースになる」

加圧トレーニングと同様に、こうした話はさっさとおしまいにしたくなるだろう。あまりにうますぎる話じゃないか——スパムメールのフォルダーに入っている「在宅で1日に5000ドル稼ぎませんか」というやつのスポーツ科学版みたいなものだ。「どのような医療介入も、ほとんどが身体を余計悪くする」と話すのは、ハーバードで研修した内科医のマーカス・エリオット。サンタバーバラで、P3というハイテクを使うパフォーマンス・クリニックを経営している(彼については、もう少し後で登場する)。「電流を脳に通せば、より早く習得できて、よりパワーを生み出せるという考え方は、どうも不自然な感じがして、ふつうは、大丈夫なんだろうかと思うでしょう。でも、こんなふうにうまくいくという文献は、けっこうたくさんあるんですよね」。科学者たちが人間の生物的ミステリーを解明してくれるのだから、僕たちも、何が信用できるのかという考えをアップデートせざるをえないだろう。

chapter 5
身体の「癖」を科学して怪我を減らす

スーパーボウルの2度目のタイトル獲得に向けて、ペイトン・マニングは残っている最後の力をすべて出し切りたかった。それで、マッキー・シルストーンにSOSを送ったのだ。

マニングの所属するアメリカンフットボールのチーム、デンバー・ブロンコスは、これまでの2シーズンは期待できるところまで迫っておきながら、2014年にはシアトル・シーホークスに敗れ、2015年には彼の古巣であるインディアナポリス・コルツにプレーオフでノックアウトされた。39歳のマニングは、これでスーパーボウルに再度出場すれば、NFLのチャンピオンシップでプレーする最年長のクォーターバックになることはわかっていた。そうありがたくもない話だが、彼はもうそういう立場に置かれ始めていた。NFLには、マニングの一番のライバル、ニューイングランド・ペイトリオッツのクォーターバックであるトム・ブレイディも含めて、歳を感じさせない超人的な選手たちがいる。マニングは決してそうではなかった。4度の手術で頸椎の神経痛からは解放されたが、先発のシグナルコーラー〔クォーターバックのこと〕のなかでも、投球力の強くない選手ということになってしまった。しかも前シーズンは、大腿四頭筋を痛めたままで終えることになった。プレーオフのときには、その故障のせいで足がスムーズに動かず、簡単にターゲットとなってパスラッシュを食らった。

けれどもマニングは、スーパーボウルでもう一度優勝すれば、引退後の皆の記憶への残り方が違うこともわかっていた。これまでの戦績全体で彼よりいい選手のなかで、ただ1人、サンフランシスコ・フォーティナイナーズのクォーターバック、スティーブ・ヤングだけが、個人として複数のチャンピオンシップの記録を持っている。マニングは、プロフットボールの殿堂入りがすでに確実視されていたのだが、スーパーボウルで2度優勝したあかつきには、これまでで最高のクォーターバックは誰かという話題のなかで、少なくとも名前があがるようになるだろう。マニングの試合運びが、フィジカルで圧倒するようなものでなかったことは幸いだった。彼も理想的な体格――身長6フィート5インチ（約1メートル96センチ）、体重230ポンド（約104キログラム）――ではあったが、特段にパワーのあるパスをするわけでもなく、機敏なスクランブラーでもなかった。彼の強みは、常にディフェンスの動きを読み、プレーコールを調整して相手の脆いところをうまく突き、素早くボールを投げる球離れの良さだった。同世代のスーパースターからトロフィーを奪おうと、デンバー・ブロンコスのゼネラルマネージャー、ジョン・エルウェイはリーグで最強のディフェンス陣を集めた。エルウェイ自身、これまでのスーパーボウルで最年長クォーターバックとして優勝を果たしたレジェンドだった。エルウェイは勝利の好機をつかむために、マニングに、史上最速のクォーターバックと評されるマイケル・ヴィックのような活躍をしてほしいわけではなかった。マニングに求めたのは、ボールをダウンフィールドのサイドラインめがけて十分に遠くへ投げ、敵方のディフェンスに本気でテリトリーを守らせ、スクリメージ・ラインのほうへ逃げさせないようにする技だけだった。

けれども、オフシーズンに入っての6週間、マニングはそれだけのことすらうまくできるかどうか自信がなかった。それで彼は、シルストーンにメールを送ったのだった。「お会いしたいのですが、いいでしょうか」、と。さほど唐突なわけではなかった。もう長くニューオーリンズに住んでいるシルストーンは、市内のガーデン・ディストリクトで数ブロック先に住んでいるマニングの両親、アーチーとオリヴィアとも親しくしていた。大舞台のスーパーボウルでシアトル・シーホークスに敗れ、がっくりきて混乱している様子のマニングを見て、シルストーンは、彼の父親アーチー（ニューオーリンズ・セインツの元クォーターバックだった）にメールを送り、個人的にもマニングのためにできることは何でもすると申し出ていたのだ。「息子さんに、このような終わり方をしてほしくないのです」と、彼は書いていた。

その年と、翌年のポストシーズンにも失望を味わった後、マニングはその申し出を受ける気になったのだった。シルストーンは、アリゾナ州の野球場で、マニングからのメッセージを受け取った。そこは、シルストーンが、メジャーリーグの審判に向けたコンディショニング・プログラムを実施している場所だった。マニングが、ニューオーリンズで1カ月間、一緒にトレーニングをしていいかと尋ねてきたのだ。「私は、『いいよ、ただ、君のことすべてを教えといてくれないとね』と言ったんだ」と、シルストーンはふり返る。

現役延長のプロフェッショナル

　彼以外の人からこんな言葉を言われたなら、ずいぶん無遠慮だなと思うかもしれない。けれどもマニングも両親も、シルストーンの経歴をよく知っていた。40年以上にわたって、トレーナー、コーチ、そして分類しがたいオールラウンドのパフォーマンスのカリスマであり、フットボール、野球、ホッケー、テニス、ボクシング、その他いろいろなスポーツのアスリートを、プロでも大学生でも、それこそ何千人も指導してきていた。そのなかで、彼が他の人より抜きんでているという評判を上げていった事柄がある——それは、そのスポーツでの年齢の限界まできている選手の現役生活を、あと数年つなぎとめる手助けをする、ということ。しかも、単に余生を過ごさせるというのでなく、活躍させるのだ。まずは野球——セントルイス・カージナルスのショートで、後に殿堂入りを果たしたオジー・スミスが初めてシルストーンのところにやって来たのは1986年だった。当時31歳で、シーズン後半になって、「戦闘疲労（combat fatigue）」を訴えた。スミスの望みは、あと3年がんばりたいということだった。シルストーンの指導で15ポンド（約6・8キログラム）分の筋肉をつけたスミスは、打者の打球をすべて自分のテリトリーに誘い込むかのように活躍し、その後10年間プレーを続けた。次にフットボール——デトロイト・ライオンズのレフトタックルを担うロマス・ブラウンには、逆のアプローチ方法を採用した。膝への負担を軽減するために282ポンド（約128キログラム）まで体重を落とさせ、その結果彼は18シーズンにもわたり現役で活躍することになった。そして、テニス――２０１６年6月、シルストーンはロンドンへ飛び、セリーナ・ウィリアムズとマンツーマンでトレーニングを行った。ウィリアムズは、３年連続のグランドスラム大会に臨んでいるところだったが、信じられないほど低いシードに落ちてしまっていた。シルストーンは、不定期ではあるが、何年にもわたってウィリアムズとトレーニングをしてきていた。選手になったばかりの若い頃には、その抜きんでた才能に見合うだけの安定した体力がまだできていなかったので、心臓を強くするために、彼女をプールに入れ、水を入れた水差しを頭上に持ち上げて歩かせたりもした。２０１６年の1月に全豪オープンの優勝を逃したウィリアムズは、３月にパームスプリングスでシルストーンと合流する予定をキャンセルしていて、不運は全仏オープンにも続いた。けれども、ロンドンでシルストーンとともに1週間のトレーニングをした後には、ウィリアムズは自分のフォームを取り戻して、34歳でウィンブルドン優勝を果たし、グランドスラム優勝回数を最高タイの22回として、四大大会で優勝した最年長記録を樹立した。そして、翌年1月の全豪オープンで23の数字を加えることになったのだが、後になって、妊娠中ながらプレーをしていたことを公表した。

「私は、『現役延長の達人（the career extender）』と言われているんだ」と、シルストーンは言う。彼は謙遜するタイプではない。これまでトレーニングしてきたアスリートたちの成功という手柄を本人たちと分かち合うことを遠慮はしないし、生理学や栄養学のようなトピックでは、その分野の専門家よりも詳しいと公然と自負している。「自分でも十分に成功していると思っている。何かが見えなくて判断を誤ったことなんて一度もない」と、豪語する。65歳になっても、たいていのクライアントより自分のほうが身体の調子がいい、と言い切る。「プロの連中と一緒に走っているからね。ときには、彼らは私と走るのを嫌がることもあるくらいだ。私自身、奇跡的な回復をして、この抜群の体調を維持しているからね。オジー・スミスがこう言ったよ。『あのマッキーってやつは、5人にトレーニングをさせても、その一人一人と一緒になって自分もトレーニングして、そして勝っちゃうんだよ』、って」

本人自ら、マニングやウィリアムズのような選手に服従を強いたわけではなさそうだ。白髪に、驚くほどソフトで澄んだ声をしたやや小柄な体躯に、ブルーのTシャツとカーキ色の短パン姿の彼は、トレーニングのプロというよりは、早熟な12歳児のよう。ぺたんこのお腹でまっすぐ立つ姿勢だけが、彼の職業がわかる唯一の特徴だ。今にも雨が降りだして嵐がやってきそうな低いルイジアナの空の下で、アイスティーを飲みながら、シルストーンはどうやってマニングを彼自身が到達すべきところまで導いたのか、ひととおり説明してくれた。

マニングの現役を延長するレシピ

生理学的に見れば、NFLのクォーターバックという仕事は、特に要求されることが多いものではない。少なくとも、マニングのような正統派ポケットパサー（ラインマンに防御された「ポケット」からパスを出すクォーターバック）にとっては（ラッセル・ウィルソンのようなスクランブラー〔ポケットにとどまらず、自ら走り回るクォーターバック〕や、控えのバックのキャム・ニュートンのような選手にとってはまた別問題だが）。最大酸素摂取量の高いものや、シングル・レッグのスクワットよりも、体幹の強さやバランスを鍛えるようなソフトめのもののほうが重要だ。ブレット・ファーヴ――2010年のスーパーボウルに出られていれば最年長クォーターバックになるはずだった――から、現役時代最後の5年間に行っていたトレーニング方法について聞いたことがある。トレーニング室でウェイトを軽くすること、走る代わりに自転車を漕ぐこと、そして体重を落とすことだった、と話してくれた。「俺はトレーニングのプロではないし、プロのトレーナーも雇わなかったんだが、重いウェイトを上げるのは疲れるだけだと感じたから」と、ファーヴは言った。「ウェイトリフティングには、ただもう飽き飽きしていたんだ」

けれども、マニングにはそれほど呑気にかまえている余裕はなかった。ファーヴは、まさに鉄人と言われただけあって、現役20シーズンの最後まで、故障で試合を欠場したことはなかった。一方マニングは、鉄というよりはまさにガラスだった。シルストーンは、彼のメディカルファイルを読んで全身精査をオーダーし、3人の外科医に診察させた。「私は言ったんだ、『さあ、ひとつでいいんだ、ひとつでも命中すれば抜け出せるだろう。じゃあ、プランを立てよう』、とね」。シルストーンは、マニングをエクササイズ・バイクに乗らせて、心拍計を装着して一定間隔ごとのスプリントをさせた。トレーニングフィールドでは、マニングにハーネスを付けてバンジーコードを装着し、アメフトのボールを持って5ステップ、続いて7ステップ後方へ下がるシミュレーションをさせた。コードを使って、最初は速度を上げないように、それから速度を速めるようにする。マニングには、セリーナ・ウィリアムズ用に考案した肩の故障を防ぐメニューを適用した。セリーナも、試合後にバンジーコードの抵抗を利用して、後ろ方向へのさまざまなストロークを訓練している。

マニングが投げるのを見て、シルストーンは、このクォーターバックの最大の問題点を突きとめた。ボールを放つときに身体がまっすぐに立ちすぎているのだ。「背を高くして投げると、足のパワーが失われてしまうんだ」と、シルストーンは言う。椅子から立ち上がり、スターバックスから出た歩道のところで、どういう意味かを実演してくれた。ボールが手から離れる際に、クォーターバックの膝が固まる様子を真似てみせる。「肩にすべてをあずけて投げていることになる。だから、投げる格好になったときには」――彼は、運動選手らしいかがみ方で腰を落とした――「足を曲げて、しゃがむんだ」。マニングの背の高さはいつも武器だった。ばかでかいラインマンたちに囲まれていても、その上から見渡せる。けれども、彼がそういうプレー〔ラインマンたちに守ってもらいながら、パスを出す〕をし始めた頃から、フットボールのプレースタイルが変わった。オフェンスがフィールドに一気に散らばって、ウィルソンやドリュー・ブリーズのような小柄なクォーターバックが成功しやすくなった。同時に、ディフェンスも小柄で素早い選手が増えたため、クォーターバックには、これまでよりずっと小さな「窓」にボールを投げ込む能力が求められるようになった。マニングは、今のゲーム仕様に合わせて、投げるモーションを作り直す必要があった――それも、39歳にして。

ところが、シルストーンの「処方箋」はこれだけだった――「角材」。太さ4インチ〔約10センチメートル〕、長さ4フィート〔約1メートル20センチ〕の角材をＤＩＹセンターのザ・ホーム・デポで買ってきて、「平均台」にした。イシドール・ニューマン・スクールは、マニングが１９９０年代初めに代表チームの先発クォーターバックとして在籍した3年間で、34対5という勝利記録を残した場所であり、その体育館で、シルストーンはマニングを平均台の上に立たせ、落ちないように気をつけながら、その軸に沿ってボールを投げるよう指示した。シルストーンは、その投球を受けるために、体育館のはるか向こうの隅にいて、マニングが足をまっすぐにして投げるとすぐにふらついて、何度も平均台から落ちる様子を見ていた。なんとか平均台にとどまろうとすると、投球が弱くて不安定になる。「君自身が最大の敵だな」。シルストーンは体育館の向こう側にいるマニングに言った。マニングはしだいに、モーションのあいだじゅう足を曲げた状態をキープして、バランスを維持できるようになった。まもなく、平均台の上にとどまるだけでなく、グラウンドでやっていたときよりももっと強いボールを投げられるようになっていった。故障した肩からではなく、胴体を主動力として足と腰からパワーを引き出せば、腕のモーションはただ振り切ればいいだけだった。球を受ける側のグローブに、回転のかかったボールがパシッとおさまって少々痛いくらいだった。シルストーンは体育館の向こう側に向かって「どうだい？」と尋ねかけた。問いかけを2度繰り返すと、マニングがやっと認めた。「簡単なことなんですね」。その月末に、マニングはデンバーのトレーニングキャンプへと向かった——その角材を持って。

まったく「簡単なこと」ですんだわけではなかった。数字的には、2015年のシーズンはマニングのキャリアのなかで最悪の結果に終わった。古傷に加えて、長引きそうな負傷をいきなり何度かしてしまい、そのうえ、ポケットでまっすぐ立ちすぎてパスが浮いてしまう癖を何度もやってしまい、それをインターセプトされてしまうケースがあまりに多すぎた。けれどもシルストーンは驚かなかった。彼のところに来るアスリートで、そう簡単に問題が解決する人はめったにいないのだ。もし簡単に治るのであれば、シルストーンを必要とはしない。「私は彼らを、人生の岐路に立たせているんだ」と、彼は言う。マニングは、グリーンベイ・パッカーズ相手の第8週のパフォーマンスではかつての彼のように活躍し、やっと型が決まってきたかなと思った矢先に、右足の足底筋膜を断裂し、その後の3試合では足を引きずっていて、これまでにないくらい悪い状態に見えた。結局は5週間欠場し、ちょうどプレーオフに間に合って復帰、そこで長年の強敵であるトム・ブレイディを打ち負かして、2度目のロンバルディ・トロフィーを掲げている。それらすべてを、シルストーンは見ていた。マニングの悪い癖が戻って、腰を落として投げないで足が固まってしまうのを見るたびに、彼はマニングにメールしてこの一語を放った――「角材!」

現代テニス界の両極を表す二人

2人のアスリートを思い浮かべてみよう。1人のほうの動きは、プラトンの立体ともいうべき肉体の優美さが表れている――なめらかで、慎重で、無駄がなく、つまり無理をしていない。もう1人は正反対だ――性急で、無理をして、やたら落ち着かない。どちらのほうが、キャリアが長く見えるだろうか？　実際には、思い出す必要はない。ロジャー・フェデラーとラファエル・ナダルの映像をちょっと見ればいいだけだ。

メジャー大会で17回もタイトルを獲得したという名誉をもつフェデラーは、これまでで最高の男子テニスプレイヤーと誰もが考えているが、熱狂的テニスファンの間では、その記録と同時に美しさでもそう判断されている。フェデラーは美しいテニスをする。どのストロークも、まるでテニスの教本から飛び出してきたようで、それぞれの打ち方のお手本になる。筋肉隆々のパワープレーをする選手が相手でも、十分に間合いを取って打つが、決して必要以上には激しくはない。羽根のように軽やかなボレーやドロップショットは、初期の頃のテニスを思い起こさせる。フットワークも抜群で、必要なときに必要な場所に彼を送る。ハードコートで、他の選手の靴底がパンとかキーッと音を立てるなか、フェデラーの靴のなんと静かなことか。彼のステップはまるでダンサーのように軽やかだ。彼が左右どちら側にも同じように動けるのは、子どもの頃にテニスよりもサッカーをよくしていたからだ。「たいていの人には弱点があるものだが、フェデラーにはないよ」という、アンドレ・アガシの印象深い一言に尽きる。けれども、フェデラーのプレーやスキルについての究極の賛辞は、2006年に作家故デイヴィッド・フォスター・ウォーレスによって書かれた雑誌記事だ。ウォーレス自身もジュニアで全国ランキングの上位に入るほどのプレイヤーだったそうだ。「神聖なる体験としてのロジャー・フェデラー」というタイトルで、フォスター・ウォーレスは以下のように書いた。

ロジャー・フェデラーはたぐいまれな、卓越したアスリートの一人であり、ある意味では自然界の法則からかけ離れた存在とすら思える……彼に向かっていくボールが、実際よりも一瞬だけ長くとどまっているように見える。彼の動きは、運動的というよりしなやかだ。アリ、ジヨーダン、マラドーナ、グレツキー（アイスホッケー選手）と同じように、相手となる男たちよりも存在感が小さくもあり、大きくもあるように思われる。ウィンブルドンでは、いまだに全身白のウェアが要求されるが、そんななかでは特に、彼は当然のごとくこう見えてしまう（と僕は思う）——肉体はあるが、どこか光のような「創造物」。

テニスの専門家たちだけが正しく評価できるフェデラーのもうひとつの才能は、その持続力である。２０１６年６月に膝の故障で全仏オープンを欠場したのは、17年近く出続けているグランドスラムの大会で初めてのことだった。コート上でなく、双子の娘たちのために浴槽に湯を入れていたときに起こした半月板損傷だったが、手術を受けたのは現役中で初めてのことだった。ここまで故障の少ない選手は前代未聞だ。ＡＴＰ（男子プロテニス協会）のツアーでは、他のどんな選手よりも多い、数百試合のプレー経験があるが、それでもフェデラーは、故障で試合途中に棄権したことが一度もない唯一のトッププレイヤーだったのだ。２００３年から２０１６年まで、世界ランキングのトップ8から外れたことがなく、たいていはトップ4に入っていた。

この記録はいつの時代になっても、フットボールのファーヴや野球のカル・リプケン・ジュニアの連続出場記録と同じように、たくましい偉業として評価されることだろう。けれども、テニスというスポーツがかつてより実戦上のあらゆる面において体力的にはるかに厳しくなっている今の時代に、テニス史上で最強のプレイヤーがプレーしているというのは特筆すべきことだ。１９７０年代後半には、メジャー大会のすべてが、芝かクレイのコートで行われていた。バイオメカニクスの観点から言えば「弾性の高い」コート表面だが、つまり、たとえばアスファルト、コンクリート、硬材などよりも、プレイヤーの足への負担が少ないのである。全米テニス協会の白書によれば、「弾性の高い」コート表面は、「負荷がかかりすぎて起こるタイプの故障の機会を少なくすることにつながる」。けれども、1980年代の終わりまでに、アスファルトコートがツアーに広く使用されるようになっていた。また、芝とクレイの時代は、プロ選手のほとんどが、スイートスポットの小さなウッドフレームまたはメタルフレームのラケットを使用していた。そのため、すぐにポイントにつながるサーブ・アンド・ボレーのスタイルでプレーをしていたのだ。それが、カーボン・ファイバーのラケットに合成繊維のガットを張ったものが急速に広がり、プレースタイルも変わっていった。その2つの組み合わせ、特にボールをとらえやすいガットが一般的になってきた頃が、ちょうどフェデラーが頭角をあらわしてきた1990年代後半で、これまでよりもボールに、よりトップスピンをかけられるようになってきていた。トップスピンがかかると、ボールはネットを越えてから急速に落ち込むので、ロングボールを使わなくてもショットにより強いパワーを込めることができるし、また、枠外に外すことなく鋭いクロスショットを決めることができる。戦術として、ベースラインから強烈なショットを打つことが、サーブ・アンド・ボレーにとって代わり、15回か20回の長いラリーが珍しいことではなく、あたりまえになった。テニス、特に男子テニスの5セットで競われるメジャー大会は、持続力とコートのカバー力の競い合いでもあり、選手は、スキルだけでなく体力も試される。

テニスのシーズンは、消耗との戦いだ。「たいていのテニス選手は、どこかしらある程度の慢性的な故障をかかえていて、トレーニングやマッサージや抗炎症薬などでなんとかしのいでいるんだ」と、ジョン・ヤンデルは言う。ヤンデルはコーチでもあり研究者でもあって、選手のメカニズムを解明するためにビデオをスローモーション再生して分析している。ベースラインまで届くような距離の長いラリーは、以前より横への走りが多くなるということ。それより見落としがちなのは、試合のなかで垂直方向への動きもずいぶん増えているということだ、とヤンデルは言う。スピンのかかったショットは、より高くバウンドするためだ。「プロテニスでは、フォアハンドで打つ場合、そのほとんどは、片足か両足は地面から浮いている」と、彼は説明する。「ボールの回転数が多いと、高くバウンドしたボールを胸や肩の高さでとらえることになり、そのためには飛び上がらなければならない。負荷をかけて飛び上がり、空中で打って、その後ハードコートに着地するんだ」。

しかも試合ごとに何百回も。テニス肘と呼ばれる前腕の腱の炎症は、筋肉を繰り返し緊張させることによって起こり、名前が示すとおりテニスによくある故障ではあるが、実際には、テニスで起こす故障の大半は脚と足首だ。「テニス脚」という症状はあまり知られてさえいないが、サーブしてラケットを振り切ってから片足で着地をすると、ふくらはぎの肉離れを起こしやすい。同じ理由で、椎間板ヘルニアもまたプレイヤーの間で多発している。フェデラーでさえ例外ではないのだ。

ナダルのプレースタイルの代償？

現代テニスが必要とするものを、ラファエル・ナダル以上に完璧に体現しているボディを誰も想像できないだろう。鍛え上げた腕と太腿で、彼がパワーで打ちこむテニスの時代の申し子であることがわかる。彼のテニスは、圧倒的なディフェンス力の上に作られている。彼以外に、あれだけ広いコートをカバーし、届きそうもないほど遠くに打ってくるショットを追いかけられる選手はいない。また、ナダルほど、ボールをとらえるガットのハイテク能力を最大限に活かせる選手もいない。彼独特のフォアハンドのストローク——牛追いの鞭をふるうか、投げ縄を回すような動き——によって、ボールは多大な角運動量を与えられ、彼のラケットを離れるときには、毎分3200回の速さで回転する。平均的プロ選手が生み出す回転よりもプラス約40％も速いし、フェデラーよりもプラス20％速い。それだけスピンがかかるから、ナダルのフォアハンドはバウンドすると上方に跳ね上がり、たいていの選手が好むストライクゾーンから外れて肩より上の高さで打たなければならなくなる。それが、フェデラーが、2人の直接対決の3分の2で負けている主な理由だ。

けれどもナダルは、故障という厄介者を退けて成功したフェデラーのようにはいかなかった。テニス選手としてのキャリアが始まったほぼ最初の頃から、脚、膝、背中、手首、肩の故障とのつきあいに長い時間を費やしながら、健康を維持するために努力をしてきた。ナダルにとっては、13は最もありがたくない数字だ。負傷欠場することなしに連続してグランドスラム大会に出場できた回数が、フェデラーの連続65回に対して、13回どまりなのだ。

ナダルの全力を込めた集中力と並外れたストロークと、肉体的な脆弱さとには何らかのつながりがあることは、テニスを物理学的に考えられる人にとっては難しいものではない。2005年、ナダルがまだ20歳にもなっていない時点ですでに、アガシは、ナダルがどの試合もあれだけ激しくコートを走り回り続けるなら、選手生命は短いものになるだろうと予言していた。「身体が現金化できないほどの小切手を切りまくっている」と表現した（ナダルに試合で負けた直後だったから、少し言葉が過ぎるきらいがあるが）。ヤンデルは、スピンの強いナダルのフォアハンドは、相手をひるませて後退させる類の武器だ、と指摘する。堅い素材でできたラケットでボールに強い回転をかけると、手や前腕の小さな筋肉に、とてつもなく大きなねじりや振動の力が伝わるのだが、その筋肉はさらに、そこから打ち出すショットに力を集中して、正しい方向へと定めてボールを打ちこまなければならない。「そのショットに込められたエネルギーはどこへ行くと思う？」と、彼は尋ねる。一方、それだけのスピンを生み出すのに使われたエネルギーは、ボールを前へ押し出すエネルギーではないので、ナダルは、他のトッププレイヤーと同じペースで打つなら、よりハードにスイングしなければならないのだ。

けれども、見てわかることと立証できることは別物だ。テキサス州立大学のバイオメカニクス部門の教授であるデュエイン・クヌードソンは、教授自身が「カミカゼ・ゲーム」と呼んでいるナダルのプレースタイルでは、フェデラーの軽やかで敏捷な流れるような動きのそれとはまったく異なる故障のリスクがあると見るのはもっともだ、と同意する。けれども、そうした考え方は、クヌードソンが考える「職人気質の思考（craft knowledge）」、つまり感覚的なものに基づいたものであり、科学的ではない。フェデラーとナダルを二分するものについては、「試合を録画し、彼らの身体の動きをデジタル化し、スピードを記録することは誰もしていないし、もししていたとしても過去をふり返っての比較になり、そこからどんな原因も効果も推論することはできないだろう。だから、役には立ちそうにないエビデンスなんだ」と、彼は言う。

クヌードソンには、きっとわかっているのだ。彼は全米テニス協会のスポーツ科学委員会のメンバーとして、先に引用した白書、つまりテニス技術や故障防止のための指導マニュアルの作成に携わってきた。そのマニュアルには、疑わしい事実も含まれている。たとえば、「サーブを打つ際に、膝を10度以上曲げなければ、同じサーブ速度に達するには、肩に23％以上、肘に27％以上大きな負担がかかる」とか。これでは、膝を十分に曲げないプレイヤーは、最終的には肩や肘を故障するというふうに読み取れてしまうが、実際の内容は、科学的に立証されているなら安心できるというクヌードソンの見方からはほど遠い推論である。これを裏付ける実証はないからだ。研究者が、ある動作パターンと生じた故障とを最終的に関係づけることができた例は、がっかりするほど少ないとクヌードソンは話す。せいぜい、ある種類のトレーニング・プログラムが、特定の故障の回数を減少させた程度であり、たとえば、前十字靭帯の断裂を防ぐためには、ハムストリングの強化が役立つことはわかっている。

クヌードソンは、個々のアスリートについて、その動き方と故障との関係性は理解していると言い放つ人がいれば、もうそれだけで疑わしいと考える。そんなふうになされる主張のほとんどは、同領域の専門家からの学問的な研究による支持の評価が十分ではない、と彼は言う。アメリカでは、NIHすなわち国立衛生研究所が、基礎医学研究のほとんどをサポートしているのだが、そのNIHは、スポーツ科学への助成金を認めそうにはない。バイオメカニクスの研究に政府の資金援助を得るには、ふつうは、クヌードソンなどの研究者が、パーキンソン病のような運動障害との関連性を示したり、国防総省からのお墨付きを求めたりしなければならない。「テニス肘の何が国民の健康の関心事になる？」と、クヌードソンはため息をつく。「だって、テニス肘だよ」

その議論は難しい。けれども、エリート選手の動きと故障とパフォーマンスの間の関係を引き出すことに、学術界ではあまり進展が見られていないからといって、他の誰もが進歩していないというわけではない。

動作の効率性を検証する

トニー・アンブラー＝ライトは、ある1枚の写真を、彼のエクササイズ・サイエンスを専攻している大学院生たちによく見せている。２０１２年2月、ＮＦＬのスカウティング・コンバインが行われた際の、クォーターバック、ロバート・グリフィン3世の写真だ。毎年行われるこのイベントは、スカウトたちが、ドラフトの数週間前に、大学フットボールの花形選手たち候補者がさまざまな運動能力を披露するのを見る場だった。前シーズンにハイズマン賞を獲得したグリフィンは、39インチ（約99センチメートル）の垂直飛びがどういうものであるかをやってみせる。どんなクォーターバックと比べても最高に高いジャンプだろうし、その年にコンバインに招かれた３２８名の選手のなかでも8番目の高さだった。集まったコーチやスカウトたちにとっては、グリフィンに対するドラフト前の評判を確認することとなった。まさに特別なアスリートで、その瞬発力は、どんな試合でも得点に結びつく脅威となる。その評価に、並のクォーターバック以上のスキルがフルセットで備わっていることと合わさって、グリフィンは、アンドリュー・ラックに次いで全体2位指名になるだろう（その後の3巡目の75位指名で、シアトル・シーホークスは、ラッセル・ウィルソンという別のクォーターバックを採ることになる。グリフィンと同じタイプの選手だが、ジャンプの高さは5インチ（約12・5センチメートル）低く、40ヤード（約36・6メートル）を走るのに5分の1秒余計にかかる。つまり、グリフィンはそれだけ特別な選手だったということだ）〔NFLのドラフトは、NFLのチームが順に1人ずつ選手を指名し、それを7巡目まで繰り返す〕。

けれども、この写真では、グリフィンはジャンプをするために足に力をためてしゃがんでいて、飛んではいない。膝どうしをくっつけているので、おかしな格好のスクワットになっている。このX脚の格好は「外反」と呼ばれて、前十字靭帯断裂の危険要因として知られている。これは、この不測の怪我に関する情報としては信頼できるもののひとつである。「膝は、そもそもは、蝶番関節だということを理解していただきたい」と、アンブラー＝ライトが言う。「回転する動作も少しならできなくはないですが、結局のところは膝にとってはあまり良くない動きなんです」。実際に、グリフィンは、大学2年のときに右膝の靭帯を断裂し、コンバインの11カ月後のプレーオフ中にもう一度やってしまう。けれども、アンブラー＝ライトに言わせれば、その写真は、NFLのスカウトたち全員が、「危険信号」をどういうわけか見落としてしまったことを示しているだけではない。動作と故障と選手寿命の関係を説明するためのだいじな「鍵」となるのだ。

僕はこの写真を、Fusionetics 社というスポーツ医療およびパフォーマンス関連会社のアトランタ本部のコンピューター画面で見ている。ここはアンブラー＝ライトの職場だ。Fusionetics 社は、2000年から2015年までNBAのフェニックス・サンズでスポーツ医学の責任者を務めていたマイケル・クラークというフィジカル・セラピストが、2012年に始めた会社だ。バスケットボールでリーグが故障について正確な統計を取り始めてから、サンアントニオ・スパーズが最も健康的なチームだ、と僕が言ったことを覚えているだろうか。その同じ期間に、怪我のために減った1人当たりのゲーム出場数が同じくらい少なかったチームがもうひとつあった。それがフェニックス・サンズであり、サンアントニオ・スパーズと同じように、毎年、年長のプレイヤーを中心としたチーム作りをしていた。フェニックス・サンズに在籍していたこともあるスティーブ・ナッシュは、ロサンゼルス・レイカーズで現役を終える前にMVPを2度獲得してリーグを牽引《けんいん》し、脊椎すべり症という先天的な脊椎の状態で、背中や足に慢性的な神経痛をかかえていたにもかかわらず、38歳でオールスターゲームに選出された。グラント・ヒルは2007年にフェニックス・サンズに入団した当時は35歳、現役の若い頃にはしつこい足と足首の故障持ちということが知られていたが、フェニックス・サンズでは出場可能な286試合のうち283試合でプレーをできるまでになった。平均的なチームと比べて、サンズは故障で離脱した選手たちへの給料に充てる支出額が1シーズンで700万ドル少なく、それはスパーズよりもさらに優秀な記録だった。

フェニックス・サンズの成功は、クラークと、予防的療法とトレーニングについての彼の方法論によるところが大きい。Fusionetics として彼が商標登録しているシステムであり、NBA所属の半数のチームと、少数のNFL加盟チームも採用している。コービー・ブライアントは、非常に苦しかったNBAの最終年を切り抜けたのは、Fusionetics の訓練プログラムのおかげだと言っている。背中、肩、アキレス腱を傷めて、もはや離脱は免れないかという危機にあったのだ。アマーレ・スタウダマイアーも、良くなるどころか悪化するかもしれない膝の軟骨の手術を受けた後、ハイレベルな状態にまで回復できたのは、クラークのプログラムのおかげだ、と僕に話してくれた。

そのシステムの根幹には、「動作の効率性」という考え方がある。運動のどんな動き――ペイトン・マニングの投球、ラファエル・ナダルのフォアハンド、ロバート・グリフィンの垂直飛び――にも、いわゆる「運動連鎖」と呼ばれるものが含まれている。この言葉は、身体の別々の部位が協力して動きを生み出し、関節や連結組織を経由してエネルギーを他の箇所へと伝えていくことである。正しく機能している運動連鎖は、カール・マルクスの理想社会のようなものだ。つまり、能力に従って身体の各部位から、必要に応じて別の部位へと伝わるということ。脚や胴体の大きな筋肉は重要なパワーを提供するし、末端の小さな筋肉はそのパワーを受け取り、それを使って細かく制御される行動へと移す。フェデラーのようなアスリートは、時速130マイル（約209キロメートル）のサーブを難なく打っているように見えるが、実際に見えているのは、継ぎ目のない運動連鎖なのだ。けれども、その連鎖の鎖が切れた場合、パワーのスムーズな移動が遮断されて、弱い筋肉とそこにつながる組織が誤差を埋めるためにいつもよりもハードに働かなければならなくなる。ペイトン・マニングがボールを持って「戦闘態勢に入った」のに、投げたボールは、ばたつくアヒルみたいになってすぐ落下してしまった、というのがまさにそれだ。「動作の効率性」というのは基本的にはただ、アスリートが、するべきさまざまな動作すべてを行う際に、運動連鎖がいかにスムーズに機能するかということなのだ。

クラークが最初にNBAの選手たちと仕事を始めたとき、すこぶる健康なのにいつも故障をしている選手や、健康であるはずのときでさえあまり十分には動けていない選手がいっぱいいることに気づいた。昔の選手たちと比べて、ずっと動けるし、最大酸素摂取量も高いはずなのに、それを質の高い動きに活かせていなかった。クラークが彼らを調べてみたところ、ほとんどすべての選手で、足首や腰の可動域が狭くなっていることがわかった。２つの状態の交錯――きわめて良い健康状態と、相当に狭まった可動域――が、各チームでストレンクス・プログラムやメディカルケアを最新式のものにしてもなお、ＮＢＡでの故障率が増え続けている理由なのではないかと、彼は考えた。動きの乏しいボディに強すぎる力を付け足すのは、「トヨタのボディとブレーキにフェラーリのエンジンをつけるようなものだ」と、クラークは説明した。なんとかしなければならない。

クラークの調査で、これほど多くの選手に動きの不具合が見つかったのには理由がある。テニスと同じように、バスケットボールは肉体的にもハードであり、ＮＢＡの選手の生活は残酷といっていいほどで、故障から回復する十分な時間もほとんどない。バスケットボール選手は、１ゲームが済んで１日かそこらは、下半身の関節の動く範囲が一時的に30％も落ちるらしい。適切なリカバーあるいはケアをしなければ、シーズンを通して、そしてシーズンからシーズンへと、そうした不具合が積み重なっていく――試合に出れば出るほど、ふだん見せている動作の可動範囲がしだいに制限されていく。アンブラー＝ライトによれば、バスケットボール選手においては、足首が最悪の問題箇所なのだそうだ。硬材のフロアの上でジャンプしたり着地したりを一夜に何十回、そして、毎夜毎夜繰り返すと、ふくらはぎは慢性的に硬くなってしまう――生理学的に言えば、「筋肉の高緊張」である。硬くなったふくらはぎの筋肉は、足首をむこうずねのほうに、つまり背面（甲）のほうに曲げにくくする。足首の捻挫は、バスケットボールでは最も多い怪我だが、治った後でもまたさらに筋肉が硬くなってしまうことがある。バスケットボール選手の大多数は、足首の関節が非常に限られた範囲でしか背屈できない。「20度が理想的と見ているんですが、エリート選手は常に5度かそれより小さい」と、彼は言う。「ゼロ以下のことだってあります。つまりは、問題だと言う意味でもマイナスなんです」

アスリートの身体の全部が優秀な訳ではない?

僕たちがトップ・アスリートのことを考える際、ふつうは、一般の人よりもすべてが優れている肉体の人間を想像する。けれども実際には、いくつかのだいじな点で、その身体機能が、健康的な一般人よりも劣る場合がある。たとえば、彼らはいつも疲労や故障に耐えている。高いレベルで競争しているアスリートの生活は、健康で魅力的とは言いがたい。過度のトレーニング、試合、十分な休息なしの遠征ばかりの上に、怪我も多すぎて治す十分な時間がないままに、その原因となった身体のストレスをまたかかえる。動作効率のテストをしてみると、「トップ・アスリートのなかには、大方の一般人のクライアントよりも悪い数値が出る選手もいるかもしれません」と、アンブラー＝ライトは言う。だからと言って、もちろん、レブロン・ジェームズ以上のバスケットボール選手が、楽しみで試合をやっているような素人のなかから出てくるわけではない。つまり、彼らは同じ制限を乗り越える必要などないということだ。「プロ選手の場合は、その埋め合わせに長けているわけだから、問題ないんです」と、アンブラー＝ライトは言う。「彼らが優れているのは、そういうところなんです」

けれども、埋め合わせというのは、悪魔との取り引きだ。身体運動学のサイエンスには2つのキーワード——可動性と安定性がある。関節は、想定される方向全部に動ける場合には可動性を持つと言い、想定されるときにだけ想定される動き方のみする場合に安定性があると言う。可動性と安定性のどちらかが欠けても、運動の連鎖が壊れる原因を引き起こす可能性がある。バスケットボール選手が、シュートを打つためや、リバウンドボールを妨害するためにジャンプする際、太腿や臀部に力をためるので、膝はフロアのほうへ下げる必要がある。もし足首が曲がらなければ、膝は、身体を低くするために別の方法を見つけなければならないということになる。たとえば、互いの膝の方に向かって下げる——つまり、外反の姿勢だ。それが埋め合わせである。足首が少し硬いだけであれば、アスリートは、無視したり気づけなかったりすることが多い。けれども、それが前十字靭帯断裂やハムストリングの肉離れにつながるリスク要因であると知っていれば、硬くなった足首はまったく新しい意味をもってくる。

動作の障害を特定して取り除く

こうしたことのすべてを実際に見せるために、アンブラー＝ライトは僕に、Fusionetics の評価テストを受けさせてくれた。ファンクショナル＝ムーブメント・スクリーンに一般人用の変更を加え、一連のエクササイズ――スクワット、腕立て伏せ、プランク、ランジ――で、僕の強度と柔軟性の限界がわかるようにデザインされていた。アンブラー＝ライトは、フォームにあまり集中しすぎないようにとアドバイスしてくれる。まずはスクワット。「あなたの身体がやりたいようにすればいいんです」――僕が、知識として知っているとおりに、つま先の真上に膝をキープするために緊張しているのを見て、彼が言った。「これは、どの筋肉が硬くなりすぎているか、十分に働かない可能性があるかを探るためですから」。腕を頭の後ろに上げて、ゆっくりと一度だけスクワットをすると、アンブラー＝ライトは僕を、1インチ（約2・5センチメートル）の厚さのボードにかかとを載せさせて立たせた。そのほうがずっと楽にスクワットできるようになった（「あなたの足首を、ちょっとだけ自然にはいかない範囲まで動くようにしただけです」と、彼は説明した）。そして次に、僕がテーブルの上に寝ると、アンブラー＝ライトが僕の手足をあちこちに曲げさせて、その都度、分度器のような器具で関節の角度を測り、タブレットPCに結果を入力した。

テストが済むと、僕の結果がテレビモニターに映し出された。人体の輪郭に、レッド、イエロー、グリーンのフラグが、各部位に付けられている。フラグのほとんどが赤だった。それが良くない印ということは、身体運動学の学位などなくてもわかる。レッドは、完璧である100（すなわちグリーン）と、まあ良いという75（イエロー）のところが、50以下の運動効率であることを意味している。僕の全体的な運動効率は41・3というがっかりな数値だった。僕の肩、臀部、左足首はすべてレッドで、動作範囲の狭さが、故障のリスクの高さとつながっていることを意味していた。そのことに、そう大して驚きはしなかった。いたって健康なときであっても、僕はそう柔軟性のあるほうではない。身体的なことを言えば、僕は父親似だ。運動しようなどとはめったに思わなかった人で、たくさん着こんでピチピチになったスノーウェアで、よちよち歩く子どものような姿が目に浮かぶ。それに、このテストのときには、僕は、回旋筋腱板に張りがあったり、椎間板ヘルニアからくる左足の筋肉の衰えが長引いていたり、あちこちの故障でリハビリをしている最中だったのだ。けれども僕は、首の動きなど意識したことがなかったので、その数値の悪さに驚いた。そう言われれば、頭を回すときに、ゴム製のバットマンスーツを着たマイケル・キートンと同じような動きになる。問題があるのは特に、故障している回旋筋腱板の側だ。そちら側の数値は、完全にゼロだった。これらは関連があるのだろうか？　「全部つながっているんですよ」と、アンブラー＝ライトは言う。

それでは治療を。アンブラー＝ライトは、手を使って20分間の深部組織へのケアを始めた。親指と指関節と肘を用いて、僕の臀部、肩、ふくらはぎのあちこちのスポットを強く押し、そこの筋肉が逆らうことをやめて柔らかくなるまで押し続ける。それから、いわゆる筋活性（マッスル・アクティベーション）を僕に施した——たとえば、彼が、僕の両膝を5～6センチ離した状態で押さえておき、僕のほうは両膝を合わせようと力を入れる。「もし関節の片側が硬くなっているのであれば、その関節の反対側がかなり衰えてきます」と、彼は説明する。「まずは硬くなっている筋肉をほぐし、それから強さのバランスを取り戻すために、その関節の反対側の筋肉を活性化させます。硬くなった筋肉をほぐしても、新しく動くようになった範囲でコントロールするすべを身体に教えておかないと、また硬くなってしまうんです」

最後に、アンブラー＝ライトは、僕のためにプログラムを組んでくれた——僕の肩、足首、臀部の可動域の安定性の改善を目的とした、毎日10分間のストレッチとエクササイズだ。エクササイズは比較的簡単で、ジムでなく、フィジカル・セラピストのところでするようなもので、抵抗は少し入れるかまったく入れないで行う。それでも1週間に計70分行えば、その効果は故障するリスクが減るだけではありません、と、アンブラー＝ライトは断言する。もっと走ったり、もっと重いウェイトを持ち上げたりしなくても、足が速く筋力が強くなるでしょう、と。問題のある部位の動きが制限されている今の状態は、サイドブレーキをかけたままで走っている車のようなものだからだそうだ。「アスリートのゴールは、できうるかぎり効率よくすることであるべきであり、つまりは、最小限のエネルギーを使って、最大限の成果を得るということなんです」と、彼は説明した。

それは一考の価値がある。アスリートも、歳を取るにつれて動きも少し遅く、体力も落ちてくる。筋肉の衰えがその一因で、それは避けられるものではないだろう。けれども、長年にわたる損傷やそれに対する埋め合わせが積み重なってきたこともまた一つの要因だ。筋肉は、必要であるかぎりパワフルなままでいる。そのパワーがあれば、運動連鎖を衰えさせる方向に行くことはない。筋肉機能の低下は、ゆっくりにすることはできるが止めることはできず、ハードにトレーニングをして防ごうとしても、歳を取った筋肉はトレーニングの合間の休養もより多く必要になるから、それもまた難しい。一方で、動作に起こった不具合は、解決しやすい問題である。ウェイトを増やしてスクワットをするよりも、ふくらはぎや足首のストレッチをするほうがずっと少ないがんばりですむし、したあとのリカバリーの必要もない上に、同じだけの機能回復効果が得られる。あらゆるアスリート、特に年長のアスリートにとっては、より速くより強くなるための最短の道は、すでに持っているが使えていなかったスピードと強さを利用することかもしれない。「もっと大きく、もっと強く、もっと速く、もっとエネルギッシュになるようなことはしないで、と言っているのではないんです」と、アンブラー＝ライトは言う。「でも、間違ったプログラムでそうしたトレーニングをして、身体に良くない動きをさせれば、パフォーマンスは制限されてしまうでしょう」

身体動作のパターンを科学するＰ３社

マイケル・クラークには申しわけないが、マーカス・エリオットほど、バスケットボール選手がどのような動きをするのかを科学的に考えた人物はいない。彼が調査した選手の多さからも、そう言えるだろう。彼は２０１２年にＰ３社を設立して、リーグの招きでＮＢＡのドラフトにエントリーしている大学の選手を１人ずつ評価していったのだ。彼が、学生たちをどのように調査したのかも有用だ。エリオットは、カリフォルニアにある自身のクリニックで、被験者の身体に小さな反射点を取り付け、３万ドルかけて備えたプレートの上でジャンプやランジやその他の動きをしてもらった。彼らの動きによる地面反力〔地面に力を加えた場合に、地面から受ける逆向きの力〕の強さが測れて、12台の赤外線ハイスピードカメラが、身体の各部位の正確な動きを三次元でとらえる。それから、ソフトウェアのアルゴリズムでそれらのデータすべてを処理する。エリオットと彼のチームは、選手の動きの質を、同レベルの人のそれと比較して検討し、改善の余地がある点、隠れているか、もしくはこれから起こりそうな故障の兆候がある点などを示した。「プロの選手のデータをこのレベルまで集めた者はいないだろう」と、エリオットは言う。「世界中どこにもね。ありえないことだ。私たちが始めたのは、まったく新しいことだったんだ」

P3社（名前は、Peak Performance Project の頭文字からきている）でのモーションキャプチャーのシステムは、ハリウッド映画やコンピューターゲームで、俳優の動きをコンピューターが生成したキャラクターに変換する際に使われているのと同じ技術である。アスリートの動きを数学の原理で表し、物理学の言語で分析できることは非常に大きなことだ。というのは、エリート選手たちは、単に自身の弱点の埋め合わせがきわめて得意なだけでなく、彼らは専門のオブザーバーに対してさえ、自分の動きをごまかしてみせることができるという意味でも天才なのだ。「だから、私たちは、選手の動きをスローモーションのビデオでよく見るんだが、その動きは一見、均斉が取れているように見える」と、エリオットは言う。「そのあとで数字を見ると、均斉の状態からは大きく外れていることがわかる。目ではわからないんだ。我々人間のセンサー・システムは、このレベルの解析ができるようには作られていない。つまり、私たちは、人の感情をくみ上げて、その人が信頼に足るかどうかを判断する能力には長けている、そうでしょ？　私たちはそういうことは得意なんだ。でも、その人がジャンプをする際に、どのように負荷をかけたら均斉が崩れるかを判断するのは、あまり得意じゃない」

エリオットと僕は、彼のクリニックの、フォースプレート（床反力計）とカメラを組み合わせた装置が設置された奥の部屋で、色鮮やかなモニター画面の列を背にしてこの会話を交わしていた。P3社は、ロサンゼルスから海岸に沿って車で1時間ほどのところにあるのどかな街、サンタバーバラの日当たりのいい通りにある。熱心なサーファーでもあるエリオットは、牧歌的な生活を求めて家族とともにここに移住した。こんなところへでもクライアントはやって来てくれると信じて。そして、実際にそうなっている――バスケットボール選手だけでなく、フットボール選手、スノーボード選手、棒高跳びの選手とか、まさにあらゆる人が来ている。通りを渡れば、スタンドアップ・パドルボードをレンタルできる店がある。少し歩けばビーチで、水平線に、点々とパラセーリングのパラシュートが見える。クリニック自体も、ちょっとした贅沢なホテルのスパのような雰囲気だ。フィットネスの若いスタッフたちは、スタイリッシュな黒のスポーツウェアを着ていて、エリオット自身も、48歳だが、彫りの深い顔立ちに無造作にくしゃくしゃにしたヘアスタイルで、まるで恋愛ドラマに出てくる、現実にはいなさそうなイケメンの外科医といった感じだ。実際に彼は医師であり、ハーバード大学の医学博士号を取得している――ただし、休暇には、クリーブランド・キャバリアーズのスター選手カイル・コーバーと、海でパドルボード競争をしたりして過ごす、「チャレンジ精神」の旺盛なドクターではあるが。

そんなちょっと憎らしくなりそうな暮らしぶりだが、そうならないのは、エリオットには何よりもまず、辛い思いをしている人たちを助けたいというきわめて真摯な思いがあるからだ。彼を医学へと導いたのは経験であり、それが財産となった。17歳のときに、エリオットは高校のフットボールの試合でワイドレシーバーとしてプレーをしている最中に、低い位置でのタックルを受けて片膝の靭帯すべてを損傷した。「まるでギターの弦のように、プチプチプチと次々に切れる音が聞こえた」と、彼はふり返る。怪我のせいですっかり落ち込み、それが翌年もずっと続いた。けれども気を取り直したときに、彼はふつうの学生から、使命をもった人間へと変わったのだ。「この思いに集中したおかげで、乗り越えられたんだ」と、彼は言う。「大学時代には、遊びほうけたりはしなかった。ただもう、できるかぎりいろんなことを学ぶのに必死だったんだ。何かをしなきゃというより、これ以上多くの人には起こらないようにするという確信が欲しかった、ということかな」

多くの人が埋め合わせ動作をしている

Fusionetics社が基本的には、効率的な動作の障害となるものを特定して取り除くことに取り組んでいるとしたら、P3社のほうは、関連はあるにしても、また違った現象――しっかり身についてしまっている動作パターン――に焦点をあてていると言えるだろう。「我々が集めた膨大な量のデータからは、顔にビンタを食わされたくらい驚く発見があったりするんだが、そのひとつに、古傷に対する埋め合わせのパターンというのがある」と、エリオットは説明する。「どのスポーツでもそうなんだが、プロのアスリートはもともと動きがいいし、うまくプレーしていたりするかもしれないけれど、実はきわめて特殊な異常があり、このまま続けるわけにはいかないような動作パターンが見えてしまうことがある。ここ数年のかなり最近の怪我が原因の、新しい動作パターンであることもよくあるんだ。身体をよく動かす人ならほとんど誰でも、過去になにかしら怪我をしていて、それが今も何らかの故障を引き起こしている」と、彼は続ける。「我々一般人は、30代後半や40代になるまでは、埋め合わせのパターンなるものをそう考え出したりはしない。けれども、プロの場合は、自ら負荷をかけたりするがために、埋め合わせのパターンがずっと早くにできてしまう場合がある。そうすると、プロのアスリートであれば、もっとずっと短期間に、あらゆる埋め合わせをしてしまうことになる。選手の身体のシステムからそうした埋め合わせのパターンを除いて、悪化したり、選手生命を短くしたり終わらせたりする故障を起こさないようにすることが、まさに、アスリートがその現役生活をしっかり全うできるようにする鍵のひとつなんだ」

そのことを説明しようと、エリオットは、デトロイト・ピストンズのセンター、アンドレ・ドラモンドのビデオをセットした。２０１２年のＮＢＡドラフトで全体９位の指名を受けた選手だ。「もし我々が長期にわたって、彼を健康な状態で維持できるなら、当面の試合で最高の選手になるだろう」と、エリオットは言う。「彼は、身長７フィート（約２メートル13センチ）近く、体重は２９０ポンド（約１３２キログラム）ほどもあるのに、小柄な選手みたいによく動くんだ。肉体派の野生児といったところかな」。スロー再生で、ドラモンドが垂直に飛び上がるドロップジャンプ（台の上から軽く飛び降り、着地と同時に飛び上がるジャンプ）をしている。18インチ（約45センチメートル）の高さの箱の上に立つところから始まり、飛び降りて、膝を曲げて着地し、それから、流れるような連続技で、できるかぎり高く飛び上がる。この動きをするドラモンドのボディに、各部位に働く力の向きがさまざまであることを示す色別されたラインが、デジタル処理で重ねられる——圧縮されたり、ねじれたり、変形したり。画面の半分では、２本の脚が強化板に伝える衝撃の強さを、グラフの２本の線で示している。その２本のグラフは数値が近く、しゃがんで着地するところと、天井に向かって飛び上がり出すところでピークを作る。そのピーク時の衝撃こそ、我々が求めているものだ、とエリオットは言う。左右の足の振り幅とタイミングでは、ドラモンドのピーク時の左右のずれは5％以内だった。ＮＢＡの選手では、ずれの標準値は14％なので、ドラモンドは「素晴らしく均斉が取れている」ことになる。

エリオットはもう1本のビデオをセットした。僕が見せてもらえたのは、被験者の匿名性を維持するために、生身の人間の画像でなく、プレイヤーをスケルトン（骨格）として表したバージョンだ。エリオットによれば、バスケットボールの大学生プレイヤーとして最高の選手の1人で、ドラフト抽選で指名されてＮＢＡのキャリアを始めている人物とのことだった。そのスケルトンがドラモンドと同様のドロップジャンプをするが、衝撃強度のグラフはまったく違っていた。着地したときの力は右側では急に上下しているが、左側は低い値でドーム状に推移している。「この人は、意識していなくて、まるでふいに着地した、という感じだよね」と、エリオットは言う。「しかも、ここへ来たときには、自分はまったく健康だと言っていたんだ」

動画のスロー再生で、不一致の原因がわかる。着地の際に、ジャンプする人の左足のかかとは地面にまったく着いていない。一方、ジャンプの低い地点では、ボディの右側が極端に圧縮されて、足首がぐっと縮み、右膝がちょっと外側にぐらついて、その後に戻ってきて中心軸を越えて外反足になっている。「負荷のすべてが右側にかかっているのがわかるだろう」と、エリオットは言う。「これでは続けられない。このままでは、プレーを続けていけないだろう」

この一連のジャンプを記録してから、エリオットは、それを選手本人に見せた。彼は、まったく健康だと言っていたけれども、実は膝の痛みがあったことを告白したそうだ。加入するチームには言わずに、こっそりMRIを撮っていたほどだった。MRIでは重大なダメージが示されていなかったが、エリオットが全容を引き出したところによると、大学4年のときに、左足裏の筋膜炎の悪化を辛抱強く治したということだった。足は、ずっと前に完治していた。「痛みもまったくなく、瘢痕《はんこん》もないし、その故障がわかるようなはっきりした跡はないそうだ」と、エリオットは続ける。「でも、生物力学的な観点からすれば、その全体にあるんだ。その名残が、彼全体にね」。エリオットは、そのルーキーがジャンプのしかたを学び直し、さまざまな欠陥を治すためのトレーニング・プログラムを作った。このジャンプによるテストをしてから5週間以内に、40%だった左右の足の強度差が、NBAの標準範囲内である10%にまで下がった。

動かせる範囲をただ見るよりも、動作パターンを見るほうが意味がある。というのは、人間の身体は、車とは違うのだから。機械は型にはまっているものだ。もし車輪がひとつずれているなら、まっすぐに付け直せば、車輪の接地面が不均等になることはもうないだろう。けれども人間には、習慣も癖もあるし、感覚記憶もある。もし、効率の良い動きを制限していた機械的な束縛をすべて取り除いても、そうした束縛の下で発達したり、または、最初にその束縛を生み出したりした神経筋のパターンを記憶していなければ、アスリートは、同じ問題を何度も繰り返すことになるだろう、とエリオットは考えている。

さらに言えば、異常な動作パターンのすべてが、明らかに埋め合わせに基づいて出来上がったわけではない。バスケットボール選手のドロップジャンプを何百も分析した後、エリオットと研究チームは、選手の少なくとも3分の1が、残りの選手とはまったく違うパターンの動きを見せたことがわかった。ジャンプは、異なる2つのフェーズからなる。伸張性のフェーズは、筋肉を伸ばして負荷がかかっている状態で、短縮性のフェーズは爆発的に力を出すために筋肉を縮めている状態。けれども、ジャンプをした選手のうち、この少人数のほうは2つのフェーズの違いがはっきりしなかった。むしろ、四頭筋とふくらはぎの筋肉が伸び続けてスクワットする間、胴体を引き上げるために臀筋と背中の下方の筋肉が縮んで、2つのフェーズが重なりあっていた。エリオットは僕に、サンプルとして1人の被験者のビデオを見せてくれた。「この選手は、お尻からジャンプをして、膝から着地しようとしているんだ」と、彼は説明する。彼らは、このグループの人たちを「混合型(blenders)」と名付けた。治療適用リストとジャンプのデータを相互に照らし合わせると、研究者たちは、混合型の人は、他のタイプのジャンプする選手(「順応型(yielders)」)より3倍も背中の故障をかかえがちであることがわかった。データは、原因から経過をたどって結果を見ることのできる研究というより、むしろもう結果が出てしまっているものだったために、エリオットは、これは偶然ではなく相互関係があることは確かだ、としか言えなかった。けれども、混合型ジャンプが背中の故障を引き起こすと断言できないのであれば、背中を故障した結果として混合型ジャンプになる、とも一概には言えない。「それが埋め合わせのパターンだと言うことができるかどうかさえわからない。ただ、3分の1の選手がそのように動いたというだけなんだから」と、彼は言う。「でも、少数派の動きはある程度は役立っているのではないかな。こうして速くジャンプできているのだからね」

P3社での仕事は、厳しい実証に基づいた科学から離れて、直観力と専門知識の領域へと入っていった——デュエイン・クヌードソンが、「職人気質の思考」と呼んだものだ。混合型ジャンプのメカニズムが背中の故障を引き起こすという、確固たる証拠はないかもしれないが、エリオットは、データには、その問題に取り組むのに十分な説得力があると信じている。彼の3Dモデルにおける力方向の収束点から、混合型ジャンプが背骨の椎間板に良いわけがないと確信できるのだから、そこからアスリートをトレーニングしたらどうだろうか？ 「この問題の背後には、誰もが自分に当てはめて考えなければならない明白なニュートン物理学が多少なりとも存在している」と、彼は言う。「2度も椎間板切除術を受けたとしたら、それには理由があるんだ。原因もなく適当に起きたわけではなく、何らかの物理学に基づいているはずだから。人にはその人特有の身体の使い方があり、それは、その人が自分の身体のシステムをどのように組み立てるかが関わってくるんだ」

もしP3社のしていることが、不完全な証拠や理論をもとにした方法論でアスリートたちを扱うという犯罪だと言うのならば、伝統的なスポーツ医学体系もそうだろう。アスリートでない人が椎間板ヘルニアになった場合、エリオットはこう指摘する。10件のうち9件は、その主治医かフィジカル・セラピストは、体幹を強化するエクササイズを指示するだろう。それは単なるまじないではない。背中の痛みと腹筋の弱さに関係があるという研究はたくさんある。けれども、それは、基本的にはごく一般的な健康アプローチであり、大多数の人たちのためになるだろう最も簡単なアドバイスである。個人のレベルでは、もしその個人がトップ・アスリートである場合には特に、ごく一般的なアプローチは機能しない。彼らの身体には、また非常に違う要求がなされる。ふつうの人に、ふつうの場合には良い解決法であっても、貴重な商売道具であるアスリートの健康をそれにゆだねるわけにはいかないのだ。

1960年代より前には、レベルの高いスポーツでは、ウェイトリフティングは、たいていのアスリートが避けるべきトレーニング方法であるというのが通説だった。筋肉を痛めるか、硬直させやすい——筋力が緩慢になり、かつ柔軟性を欠くようになる、ということだ。けれども、NFLのチームや他のスポーツ選手が、ストレンクス・トレーニングを始めて素晴らしい結果を出すようになり、肉体に関する幅広い研究によって、うまく組み立てられたストレンクス・プログラムが、故障を引き起こすよりも防ぐ助けになるということが示されると、そんな偏見は急速にすたれていった。それでもエリオットは、マイケル・クラークと同じように、過剰な筋肉強化は、真のトップ・アスリートにはほとんど必要でないことが十分にわかるほど、多くの事例を見てきた。トップ・アスリートたちの大多数は、自分たちのスポーツでのトレーニングをするだけで十分なのだ。問題は、その動きの質である。「腹筋がシックスパックになっていないバスケットボール選手なんて、めったにいない」と、彼は言う。背中の痛みをかかえている混合型に関して、彼はこう言う——「体幹を強くすればいいわけではないんだ——着地するたびに腰椎を大きくずらしてしまうので、どれだけ腹筋やブリッジをやって鍛えても、腰椎を長持ちさせる見込みはないだろう。だいじなのは、自分の身体の声を聞いて、身体にそのとおりにしてもらうためにはどう準備をしたらいいかを考えること。今のところ、私たちはまだ、そうした自己洞察に関する情報を得るほど十分に多くの人たちの調査はできていない」

chapter 6
遺伝的要因は肉体の運命を決めるのか？

「これ、見てくれよ！」スチュワート・キムは興奮していた。「サイコーにいいニュースか、サイコーに悪いニュースか、どっちかだ」

スタンフォード大学のキム教授は、遺伝と加齢の関係を研究している。パロアルト市にある研究室で、コンピューター画面に映し出されたＤＮＡデータの興味深いバッチに目が釘付けになっていた。それは、一塩基多型、つまり、人間の健康的な加齢や長寿と関連があるとされているＳＮＰのリストだった。ＳＮＰ〔Single Nucleotido Polymorphism、日本語では複数形で「スニップス」と言う〕とは、ヒトの遺伝コードである30億もの塩基対のなかで1塩基が変異した多様性のことである。キム教授ほか、同分野の研究者たちは、人口の少なくとも１％に起こる多様性１０００万例以上を特定し、それらが、癌やアルツハイマー病のような遺伝的に影響される病気に対する罹病性や、身長やカフェインに対する耐性などの形質的変異に対する感受性にどのように影響するかといった謎を急いで解明しているところだった。

今回、キム教授の興味を引いたのは、目の前にあるデータの奇妙な反復パターンである。遺伝性疾患がなければ、人は各々の親から染色体一式を受け取っているはずだから、1つのSNPは、DNAを形成する有機分子である2種類のヌクレオチドからなる。DNAには4種類のヌクレオチド(アデニン、シトシン、グアニン、チミン)があり、A、C、G、Tの4文字で表され、ほとんどのスニップスは、そのうちの違う2文字で構成されるのだ。けれども、キム教授が画面の中に見た配列図では、スニップスは「同型接合」、つまり同文字の組み合わせ——AA、GG、TT、CC——だったのだ。もし対立遺伝子、つまり遺伝子変異体が何らかの有益な機能、すなわち病気に対する何らかの防御作用を与えられているのであれば、その同じものが2つあるというのは、最高にいいニュースになりうるんだ、とキム教授は言う——が、増加リスクと結びついた場合は、同型接合では悪影響も2倍になるということだ。キム教授は、自身の研究分野に広く精通し、まさに取りつかれたように熱心だ。「趣味なんだよ、いろんな遺伝子研究から、いろんな病気を調べるっていうのがね」——などと、ついでのように言っているが、いくら彼でも、既知の1000万通りのヒトのスニップスすべてと、その影響についてのリストを頭に入れておけるわけがない。それならば、とりあえずキム教授が言えることは、DNAサンプルを提供した人が誰であれ、健康で長生きできるチャンスが平均よりかなり高いだろう、ということだ。あるいは、平均よりかなり悪いほうかもしれない。とにかく、必ずどちらかなのだから。

23andMe の遺伝的要因検査

そのサンプル提供者というのは、当然ながら、僕だ。だから、今はちょっと緊張している。

今回のインタビューへの準備として、5週間前に、数ミリリットルの唾液をプラスチック製の小さな容器に入れ、23andMe という会社に郵送しておいた。パロアルトのキム教授の研究室から南にすぐのところ、カリフォルニア州マウンテンヴューに本社がある。23andMe は、200ドルで僕のスニップスを分析して報告書を送り返してくれた。きわめて愉快ではあったが、僕にとってはほとんど役に立たない内容だった。僕は、今は絶滅してしまっているネアンデルタール人がふつうに持っていたDNAを、ホモ・サピエンスの3分の2よりもたくさん持っていることと、明るい光にさらされた際にくしゃみを引き起こす遺伝子変異体を持ち合わせていないということがわかった。肝心の、歳を取ることが、運動能力的にもそれ以外のことでも、僕にどのように影響を与えるか、ということはわからなかった。

ところが偶然にも、23andMe の創始者アン・ウォイツキは、健康的に歳を取ることと肉体的に健康であるということに、異常なまでに夢中になっていた。キム教授にインタビューする数カ月前、開業したばかりの彼女のオフィスで会ったとき、ウォイツキはジョギングパンツ、ジップアップのスウェットの中はタンクトップ、足にはランニングシューズといういでたちだった。ジムから帰ったばかりなのではなく、会議が終わったところだった。トレーニングウェアが彼女の制服なのだ。

「私はね、いつでもすぐにランニングできるようにしているのよ」と、彼女は言った。そのランニングというのは、ロスアルトスにある自宅との行き来に、「エリプティゴー」――ルームランナーと自転車を融合進化させたジョギングマシンで、陸上のメブ・ケフレジギ選手もクロストレーニングに使っている――で30分間走るという意味だ。このジョギングマシンに乗っている間が、彼女にとっては1日2回のトレーニングに加えて、瞑想の時間なのだそうだ。いつも途上で、最低でも1つは素晴らしいアイデアが思い浮かんでから、オフィスに到着するらしい。勤務時間中でも、4階のオフィスへの行き来には階段しか使わず、従業員がエレベーターに乗るのを見るとイラッとするそうだ。「うちはヘルスケアの会社なのよ。たったの4階分じゃない」と、彼女は言う。ジム用のウェアだけでなく、スポーツウォッチも見せてくれた。両手首に1つずつ。どちらがより正確に心拍数を記録するかをテストしているのだと言う。

インタビューの数週間前、ウォイッキは、階段で息が切れたことに気がついた。心拍数を調べると、今までと同じ正常な波形を示していたので、主治医に血液検査をしてもらったところ、「極度の貧血」で鉄分の補給が必要とわかった。それこそが、ウォイッキが２００６年に23andMeを創業したときに考えていた、「自ら訴えることのできる」データドリヴン型のインサイトなのだ。ウォイッキの当時の夫で、グーグルの共同創業者セルゲイ・ブリンが、自身の検査で、慢性型の進行性神経系疾患であるパーキンソン病の発症率が50%となる突然変異体を遺伝によって受け継いでいることが明らかになったと公表していた。インタビューのなかで、ブリンは、自身の厳格な養生法による体調管理――体操、ヨガ、ダイビング――によって、健康を維持できるチャンスを増やせると信じている、と語った。さらに彼は、パーキンソン病の研究者たちに何千万ドルもの寄付をし、また、長寿の科学研究をする「カリコ（Calico）」という新しい企業にも、グーグルから資金を提供している（僕がウォイッキにインタビューをしたときには、彼女とブリンは離婚した直後だった。数カ月後、彼女は、ニューヨーク・ヤンキーズのスーパースター、アレックス・ロドリゲスと交際を始めた）。

しかし、まもなくＦＤＡが乗り出して、23andMe に対して、ブリンの人生を変えてしまったような情報を、利用者に提供することにストップをかけた。さらに２０１３年、ＦＤＡは、パーキンソン病や癌などの病気に対する遺伝的危険因子について、23andMe が顧客に公開することを、２つの理由を挙げて正式に禁止した。１つ目は正確さの問題である。ゲノム全体の配列ではなく、23andMe が実質的に行ったのはスニップスの任意抽出による検査であり、その他については、知識に基づいてはいるが蓋然性に頼った推測で補われていた。乳癌を引き起こすＢＲＣＡ１（乳癌感受性遺伝子Ⅰ）の変異を誤って陽性と判断してしまう場合がある。顧客が乳癌の予防措置として乳房を切除してしまうかもしれないことを考えると、23andMe の方法では偽陽性率があまりに大きい、と監督担当者は言う。２つ目に、理解するための判断材料が足りない顧客のために、担当医が、複雑な医学データを解釈して伝えることになっているというその役割を簡便化していることも問題が大きいとみなされた。当該局との長い交渉の末、23andMe は、一定の書式での健康に関する報告書を再び発行できるようにはなったが、将来健康であるか病気になるかの予想が含まれる報告書は、どんな場合でもきわめて慎重に発行しなければならなくなった。

23andMe で将来の予想ができないのであれば、個人の遺伝子的な運命について知っておくべき何かがあるかどうかを探るために、僕は別のルートをたどる必要が出てきた。僕のなかでの疑問点はこうだ――加齢の科学について僕らが知っているすべてのこと、そしてその過程において遺伝子という遺産が果たすとてつもなく大きな役割から、アスリートとしての年齢の重ね方について、我々は何を学べるだろうか？　あるスポーツでは絶頂期が25歳である一方で、他のスポーツでは40代前半になってもワールドクラスの活躍をし続けていられる理由を説く鍵が、我々のDNAの中にあるのだろうか？　僕の身体はなぜ僕独自の方法で歳を取っていくのか、どれくらい長く自分が丈夫で（たいていの場合は）痛みを感じることなくいられるのかについて、遺伝子の中にヒントはあるのだろうか？

遺伝子にみる寿命と選手能力の関係

僕が話を聞くべき人物はスチュワート・キム教授だと決めるのに、それほど考える必要はなかった。リストに挙がった候補者は、そう多くなかったのだ。寿命と選手能力の両方を深く掘り下げて研究している遺伝学者があまりたくさんはいなかった、と言ってもいいだろうか。「それはきっと、私しかいませんよ」。最初に会ったときに、キム教授は僕にそう言った。

スタンフォード大学の発生生物学部門の教授であるキムと大学院生のチームが、彼の研究室でゲノム配列決定とゲノムワイド関連解析〔GWASと呼ばれる。ヒトゲノム全体をカバーする1000万カ所以上のSNPのうち、50万～100万カ所に注目して専用のプログラムで処理し、特定の病気や性質との関連を統計的に調べる方法のこと）を利用して、さまざまな老化プロセスをコントロールするコードの情報をつかもうとしている。彼らは、きわめて小さな線虫C・エレガンスを使って、老化が生物にどのように現れるかを研究しているのだ。この線虫は、単純で再生が速いので、100歳やそれ以上の年齢の人について扱う研究室では理想的な実験材料となる。110歳を超えた人はめったにいない——最新の調査では、アメリカでわずか22名だ。「100歳になった人が、どうして100歳になれたかを解明しようとしている。寿命を左右するものが何であるかを解明するために、モデルとなる生物を使ってるんだ」。キム教授は、研究室を訪ねた僕にそう話した。

トップ・アスリートが、平均して僕たち一般の人よりも長生きであるということは、もうはっきりしている。どれくらい長いかというのは、スポーツの種類による。研究によれば、プロの野球選手は、同時期に生まれた他の人たちよりも、予測では4〜5年長く人生を享受できることがわかっている。フットボール選手は6年、ツール・ド・フランスのサイクリストは8年長く寿命を楽しめる。エンデュランス・スポーツや、エンデュランスとパワーの両方が必要なスポーツの選手（たとえばサッカーやバスケットボール）は、ウェイトリフティングのような純粋にパワーだけを必要とするアスリートよりも長生きだ。残念ながら、プロのフットボールでは脳震盪の危険性が明らかになる等、アイスホッケーやフットボールやラグビーのような激しくぶつかりあうスポーツでは、長寿効果は下がるという結果だ。スポーツのなかでも、フットボールのラインマンのように体格指数（BMI）の高い選手は、BMIが低い選手より寿命が短い傾向にある。

こうしたことは、そう驚くにあたらない。我々は、健康体でいることが長生きに大きな影響があることを知っているし、その職業が、他の人よりも高いレベルで健康でいることを要求されるものだと考えれば、理にかなっている。さらに興味深い質問は、より長生きのアスリートが、より長く最良の健康な身体を謳歌しているかどうか、ということだ。そこで、再びロジックの登場である。老化現象を調べる研究者の間では、長寿は、その生物の全人生を通じてゆるやかに老化していった結果であって、人生の終盤だけ老化が遅くなるわけではない、という考え方が信用されつつある。その仮説を信じるひとつの鍵として、「生殖」がある。平均寿命より長く生きる女性は、同世代の女性たちよりも遅くに思春期と出産を経験した人が多いようだ。

また、成熟が遅ければ遅いほど、スポーツで偉業を成し遂げることが多くなるということも明らかにされている。インディアナ大学が２０１３年に発表したトラック競技の選手に関する研究では、ジュニアおよびシニアのエリート選手は、はっきりと2つのグループに分けられる。20歳前に肉体的なピークに達した選手はふつう、その後はトップ選手としては続かない（研究者のリポートでは、最高の若き才能の育成を担うアメリカのスポーツ協会が、早期のパフォーマンスへの過剰投資には慎重になるべきだと言ったとのこと）。プロのアスリートが遅咲きでありがちなら、そのことは、彼らが長生きの傾向にあることと関係あるのだろうか？　そして、その他の条件がすべて同じであるなら、遅咲きの選手は、早熟で短命な選手よりも、選手生命もより長く維持できる、と言えるのではないか？　最大酸素摂取量や筋肉の収縮速度のような運動選手としての能力が低下するペースは、老化による総合的な機能低下のペースによるものだろうか？　それとも、特定の遺伝子によるものなのだろうか？

そういった類の疑問に、キムは興味を抱いた。けれども、スポーツのパフォーマンスと長寿の関係についての研究にもっと多くの科学者が参戦するまでは、それらはまだ疑問のままであり続けるだろう。選手寿命とパフォーマンスとの間のどんな関係も、その2つを結びつけるメカニズムの存在も、厳密に言えば仮説である。「ゆっくり歳を取って長生きする人は、アスリート人生も長く続くかもしれない、とあなたは思うかもしれないが、それを立証するようなデータは得られていないんだ」と、彼は言う。

キム教授自身も、2008年まではその等式の片側しか見ていなかった。その年に、彼はジム・コヴァチとランチをともにし、それが2人の運命を変えた。コヴァチは、ニューオーリンズ・セインツとサンフランシスコ・フォーティナイナーズでラインバックとしてプレーをして引退した人物だ。当時は、サンフランシスコからゴールデン・ゲートブリッジを渡ってすぐ北側のマリン郡にあるバック研究所（Buck Institute for Research on Aging）の所長だった。キムは、その研究所の科学諮問委員会の委員だった。2人は、キムの専門分野である遺伝学が、ニューオーリンズ・セインツが1979年のドラフトで全体93位にコヴァチを選んだ理由でもある体格やスピードのような、運動選手の特性にどのように影響するかについて語り合った。コヴァチは、もしキム教授が分析をするつもりがあるなら、NFLの仲間100人を集めてサンプルを提供すると申し出た。「それは、もしチームで最も大きくて強い選手たちを集めてきて、一般の人と比べたとしたら、彼らが遺伝子的に大きくて強い理由を明らかにしてくれる遺伝子を見つけられるだろうか？　という発想からだった」と、キムは言う。彼らは、遺伝学者をもう1人つかまえた。デューク大学のハンティントン・ウィラードだ。そして、23andMeを説得して、100個の「スピット・キット」――僕が試した、唾液を調べる検査キット——を提供してもらい、遺伝子型を調べてもらった。

遺伝的特質を本人がどう受け入れるか

唾のサンプルを提供してくれるフットボール選手なら、すんなりと集まった。けれども、結果を意識するよう彼らを納得させるのが、この実験の難しい部分だということがわかった。科学者は、アスリートの運動能力の元にあるもの——つまり遺伝子——についていくらでも興味を持つかもしれないが、アスリートの側にしてみれば、それはどうでもいいのだ。キムがこれに気がついたのは、シンシナティ・ベンガルズの先発ガードだった男性の検査結果の一件があってからだ。驚いたことに、DNA検査によれば、彼には、αアクチニン3（αACTN3）というタンパク質——それは速筋線維の中に存在する——を作るための対立遺伝子が欠けていた。ワールドクラスのスプリンターは、ほとんどの場合、ACTN3遺伝子で瞬発系の2つのコピーを持っているが、一方で、エンデュランス・スポーツのエリート選手は、持久系の2つのコピーを持っている場合が、他の人よりもかなり多い（我々のほとんどは1つずつである）（ACTN3遺伝子は速筋線維に存在するタンパク質を作るための遺伝子で、瞬発系の選手はそれを作るRR型、持久系の選手は作らないXX型の2つのコピーを持つ場合が多く、一般人はRX型で1つずつのことが多い）。NFLのラインマンたちは、3〜8秒の間に瞬発力を発揮してプレーするので、マラソンよりスプリントにずっと近い。キムはそのガードの選手に、君の遺伝的なプロフィールでは、別のスポーツのほうがより合っているだろうと提案した。「けれども、彼は気にしなかった。彼は、自分がどれだけ強いか、どれほどたくさんベンチプレスができるか自分でわかっていたから、遺伝子がどうであれ関係なかったんだ」

遺伝子情報で怪我のリスクを回避する

けれどもキムにはアスリートたちに、まだわかっていないこともある、と伝えたいことがあった。キムは、アスリートの運動能力のマーカー（ある特質をもった個体に特有のDNA配列）を探すことに加えて、彼らの遺伝子型の報告書と、スポーツによくある一般的なさまざまな故障のリスクを平均以上または以下にすることに関わってくるものとしてフラグ付けされたスニップスとを、相互に参照してみた。そのあたりの説明をする段になると、ほとんどの選手が背筋を伸ばして座っていることに気がついた。そして、質問をし始めた。なかでもホビー・ブレナーが、最も関心を持ったようだ。1981〜93年、ニューオーリンズ・セインツでタイトエンドをしていた選手だ。ブレナーは、靱帯と腱のコラーゲンの主成分であるタンパク質を生成する遺伝子COL1A1が珍しい型をしていたのだ。人類の12％では、配列上、通常の人ならシトシンがあるところにアデニンの分子が現れる（すなわち、コードがCの代わりにAになる）。この遺伝子の変異体がコラーゲンの形となって、靱帯や腱を太くしたり強くしたりして、断裂しにくくするのである。そして、靱帯断裂は後の人生での変形性関節症になるリスクが高まることと関係するので、変異体COL1A1遺伝子は関節症に対する予防にもなっているようだ。キムはブレナーに、「君は、抵抗性対立遺伝子の多型コピーを1つだけでなく2つも持っている。それはつまり、フットボールで最も恐い怪我である前十字靭帯損傷のリスクが極端に少ない2％以下の人の1人なんだよ」と、伝えたそうだ。

シンシナティ・ベンガルズのガードの選手が、どれくらいのウェイトのベンチプレスができるかを自分でわかっていたのと同じように、ブレナーもちろん、自分がひどい捻挫をすることもなくNFLの12シーズンを乗り切ってきたことをわかっていた。けれども、それは単なる幸運なのだとずっと思い込んでいた。将来も健康でいることを考えて、30代初めで引退する決断を下したのだった。プロのフットボール選手の誰もが、リーグを引退して数年後には鎮痛剤を常習するようになり、ほとんど家から出られなくなったやつもいるという話を聞いているから、自分もそんな1人になるのではないかと心配していたのだ。「50歳になったときに、自分で歩いていられるのかどうかがわからなくて」と、ブレナーはキム教授に話した。「関節について誰もが心配する原因が、僕の場合は人より少ないとわかっていれば、あともう数年はプレーできたかもしれないな」

ブレナーと話したおかげで、キムは、エリート・アスリートの心配事がスピードや強さやどれだけ遠くまで幅跳びができるかという能力ではなく、怪我のリスクであることがわかった。怪我は自分ではコントロールしにくいと、ほとんどの選手が感じていたからだ。「トップ・アスリートでいるのに大切なのは、パフォーマンスではなくて、怪我をしないことなんだ」と、彼は言う。「怪我を避けることが、良いプレーをすることと同じくらい成功の秘訣なんだ。でも、どこを怪我するのかは、遺伝子が影響するというのに、そのことを知らない。アスリートたちは、自分の最大酸素摂取量や心拍数や脚力の強さについては全部を正確に把握している。彼らが見えないもの、知らないことは——その弱点がどこからきているのか？　ということかな。そして、もしその弱点の元がわかったなら、その心配を取り除くためにはどうすれば良いだろうか？　ということも」

寿命の生物学的メカニズムの研究が続いている一方で、ブレナーとの会話以来、キム教授は、負傷するリスクのある遺伝子に関する世界最先端の研究者の1人として、意義のありそうな周辺部分にも目を向けた。２０１６年の秋にキム教授と話をしたときに、彼の研究所は、特定の対立遺伝子とさまざまなスポーツによる負傷とのつながりを立証する論文4つをちょうど発表したところだった。そのひとつでは、10万人から集めたデータから、野球の投球動作とかバレーボールでスパイクを打つなどの、腕を頭の上に上げる動作をするスポーツに携わる人が、回旋筋腱板を負傷するリスクが30％高くなるマーカーを見つけた。回旋筋腱板の腱炎は、野球の場合に最も一般的な怪我だ。メジャーリーグのクラブでは、投手の故障のリスクを減らすことができるとうたっている専門家やデジタル・テクノロジーに、毎年何百万ドルもつぎ込んでいる。投手の肩や肘の故障を30％減らせるウェラブルセンサーやその他のテクノロジー、あるいはそうした故障を予見できるもっと優れた方法があるならば、どの野球チームもこぞって買うことだろう。

こうした知識はたしかに非常に値打ちがあるので、プロスポーツの世界では、遺伝子検査をどのように取り込んでいくのかが注目されている。オールスターでリリーフ投手を務めるような選手が、回旋筋腱板の損傷を起こしやすい遺伝子を持っているとわかれば、そのチームはセリーナ・ウィリアムズやペイトン・マニングのためにマッキー・シルストーンが作ったような予防的ストレンクスニング・プログラムを、選手に受けさせることもできるだろう。ただ一方で、その情報から彼は、故障者リストに入る可能性のより少ない投手よりも価値が低いとみなされて、契約交渉の際に不利になる可能性もある。そのために、選手会は遺伝子科学には警戒している。多くのスポーツで、選手会はウェラブルセンサーすら採用を渋っている。得られたデータが、アスリートの交渉の際に暗に影響するのではと懸念しているのだ。DNAデータは、プレイヤーの現在の身体状況やパフォーマンスだけでなく、変わりようのない運命をも映し出すので、よりデリケートで重要なものである。遺伝子検査をするのがあたりまえになる前に、「我々は、倫理的および法的な意味合いについて真摯に考えたほうがいいだろう、特にプロスポーツでは、契約が大きな意味を持つからね」と、キム教授は言う。「集団で交渉して合意を得るのがいいと思うね。アスリートが守られるし、差別されないですむ。誰も、『ガタカ』〔映画のタイトル。Ｇａｔｔａｃａは、遺伝子の基本塩基の頭文字を表している。遺伝子操作で優劣を決める近未来を描いている〕の世界が現実になるのを見たくないでしょ」

資金力のあるチーム・スポーツが、選手の健康状態のチェックと遺伝的プライバシーとのバランスの取り方への理解を深めている間に、キムは、スタンフォード大学のクロスカントリー・チームと一緒に、ＤＮＡのデータが、エンデュランス・スポーツのアスリートが怪我を避けるのにどのように役立つかを調べていた。ランニングは、キムの仕事のなかでは比較的心配がいらない領域だ。始めるにあたって費用が少なくてすむし、プロのランナーならふつうは個々人で競うため、遺伝的な秘密が利益不利益の問題になりかねない「チーム」もない。「だから、この情報の使用が倫理的な意味でも多少クリアしやすいんだ」と、キム教授は言う。

スタンフォード大学のクロスカントリーの選手にとっては、疲労骨折ほど心配な怪我はない。チームメンバーのなんと40％が、シーズンにかけて疲労骨折――急性の外傷よりむしろ使いすぎによって起こる細かな骨の亀裂――を経験している。筋肉と骨はトレーニング量が増えるにつれて強くなっていくというのが、負荷をしだいに増やしていくことの意義なので、理論上は疲労骨折は防げるはずである。でも実際には、長距離ランナーはふつう、もろもろの理由が合わさって、シーズンを通して骨量を落としてしまう。ひとつには、エネルギーのバランスがある。体重を増やせば速度が遅くなるので、長距離ランナーはなんとか超軽量をキープしようとして、カロリーや栄養を、消費する分だけ十分に摂取するのに失敗してしまうことが多い。特に、血液中のカルシウムが少なくなると、骨のカルシウム分が落ちてスカスカになってしまう。エンデュランス・スポーツのアスリートで、十分に食べていない人は特にオーバートレーニング・シンドロームに陥りがちで、蓄積されていく疲れが内分泌の機能を壊し、トレーニングの合間の身体回復や再生を妨げてしまう。オーバートレーニング・シンドロームの特徴であるストレスホルモンのコルチゾールが上昇し、さらに骨の破壊が進むのである。女性アスリートでは、無月経つまり生理のサイクルがなくなることが多い。エンデュランス・スポーツの女性エリート選手の20～60％が、体脂肪の極端な低下による月経周期の中断を経験している。更年期以降の女性にとって骨粗しょう症が深刻なリスクになるのと同様、無月経を経験している女性アスリートは、骨のミネラル成分が早くに失われてしまう。「使いすぎとパフォーマンスのバランスなんだ」と、キム教授は言う。「走れば走るほど、もっともっと、どんどん速く走れるようになるだろうが、きっと全員が故障してしまうだろう」

個人間の骨密度のばらつきの80％までもが、遺伝子的な違いで説明できる。もし、クロスカントリーのコーチが、教えているランナーの誰の骨が遺伝的に強くて、誰のが脆い傾向にあるのかを知っていれば、前者には走る量を最大値にして、後者には、予防的な特別のコンディショニング・プログラムを設けて、激しい訓練はやめておくというトレーニング計画をたてることができる。「それぞれの個人について限界点がどこかを知っておいて、限界ぎりぎりまで高めてトレーニングがしたいわけでしょ」と、キム教授は言う。自分の遺伝子を知っても、それが限界点を教えてくれるわけではないが、少なくとも、限界点到達が平均より早いか遅いかというようなことはわかるかもしれない。クロスカントリーのように、選手の40%が毎シーズン限界点まで行ってしまっているようなスポーツでは、限界点を予測することはきわめて説得力のある知恵だろう。

DNAデータは、いつもこうしてユーザーに優しいわけではない。アスリートだけでなく多くの人に影響を与えるので、骨粗しょう症の遺伝的性質については、自治体が資金提供する何十もの研究の対象になっている。何十万人もの人口がある自治体では、その研究についてもかなりよく理解されるようになってきている。この実証は値打ちがあるものだが、これはアスリートでなく一般の人たちを対象とした研究なので、スポーツへの適用性は確かではない。キムがスタンフォード大学のランナーたちに行った調査研究は、更年期の祖母世代で骨密度が低下するのと同じ遺伝子要因が、トップ・アスリートに疲労骨折も引き起こすということの立証を目的としている。けれども今のところは、ただの仮説にすぎない――「まだ確信からは乖離している」と、彼は表現した。「だいたいにおいて、スポーツ医学のような科学は、病気に関する科学よりは立場がずっと弱い」と、彼は言う。スポーツ医学の問題について大量のデータをとりたいのであれば、その時には、最も手っ取り早い方法として、「類比」から始める場合もよくあるそうだ。

アスリートは長寿か短命か?

その類比には、スポーツと年齢という複雑な相互関係についての暗黙の見解が含まれている。統計的には、トップ・アスリートは他の人よりも長生きすると示されている一方で、彼らはまた急速に老化を経験するとも示されている。矛盾するようだが、彼らは最も健康に生きながら、早い時期から老化していくという状態になるのである。身体に積み重なっている極度のストレスが、何十年か後の高齢になったときに、衰え——脆い骨、関節炎、痴呆——を経験する原因になることも多い。「ある意味では、アスリートは他の人よりもずっと速く歳を取る——彼らは、80歳でなく40歳でもう老人だからね」と、キム教授は言う。長寿の研究をする生物学者にとっては、その二面性が魅力ある課題なのだ。

そのことが、僕が最初にキム教授にたどりついた理由に立ち戻らせてくれた。一般人として歳を取ることが、アスリートとして歳を取ることとどのように比較されるのかを読み取りたかったのだ。僕はもう40歳に近づいているので、パフォーマンスするにはもうピーク年齢——といっても、それほど大したものではないけれど——の終わりにかなり近づいてしまったのだろうか? あるいは、ホビー・ブレナーのように、自分は、標準的な40歳よりも少しだけ長いアスリート寿命をもらえたと思ってもいい理由があるだろうか? キム教授は親切にも、23andMeのウェブサイトからダウンロードしてきた僕の遺伝子情報、60万対のスニップスを解釈しようと申し出てくれた。彼に言われるとおりに、それら60万対のヌクレオチドを含むテキストファイルを、彼がこの目的のために作ったウェブサイトに読み込ませていった。そうして、ビデオ画面を見ながらその結果を話し合った。

まずはだいじなものから始めた――前十字靱帯断裂のリスクだ。僕の結果を示す表では、前十字靱帯故障の見込みが大きくなるか小さくなるか、つまり影響がある9つの遺伝子がリストアップされていた。そのほとんどは、靱帯のもとになるタンパク質を作ったり維持したりする役割を担っている。青い棒グラフは、リスク・ファクターとして認められるスニップスの存在を検査した700人と比較して、僕はどうであるかということを示していた。「君は、なかなかいいよ!」。キム教授が指摘する。「ちょうど真ん中だから」。重要なのは、rs180001のところに、僕はACの遺伝子型があることだ。このスニップスは、タンパク質COL1A1遺伝子の一部であり、Aは珍しい抵抗性対立遺伝子で、より多くのコラーゲンや靱帯をより強くする物質を作ってくれる。ホビー・ブレナーのように2つのA対立遺伝子を持ってはいないが、1つを持っている12%の人のうちに入っているので、キム教授が「なかなかいい」と言ってくれたのだ。

実際、かなりいいみたいなのだ。COL1A1は腱の主成分でもあるから、僕の珍しい「らしい」遺伝子型は、アキレス腱の断裂のリスクも少し低くするとのこと。「断裂をまったく起こさないというわけではないが、けっこう大きな違いがあるんだ」と、キム教授は言う。前十字靱帯断裂の場合、先の棒グラフの片側の端の人たちは、反対側の端の人たちの2倍の可能性がある。断裂がひどい外傷から起こることもあると考えるならば、より注目すべきである。マーカス・エリオットが高校でフットボールのキャリアを終わらせることになった、低い位置でのタックルのような例もある。断裂を予防するようなコラーゲンの余剰がなかったのだ。

僕がいつも奇妙だと思っていたことがある。僕は、向こうみずに身体を力いっぱいぶつけることで、足りないスキルを補っているような、どちらかといえば優雅でないアスリートであるにもかかわらず、スポーツで最もよくやる怪我、たとえば単に足首の捻挫などがまったくなかった。それは、COL1A1のおかげなのですか、と僕は尋ねた。「ある意味ではね」と、キム教授は答える。「君の靭帯を見てみたら、平均よりも分厚いのかもしれない。かなり珍しいんだよ」

次に、骨密度の遺伝子を見てみた。これもまた、僕はだいたい真ん中で、キム教授は、僕の疲労骨折のリスクは「低めの平均」と判断した。なるほど。それから、対立遺伝子の詳細なリストを見てみる。カルシウム、ビタミンD、マグネシウムなどのさまざまな栄養素をどのように生成するかに影響を与える遺伝子、テストステロン（男性ホルモンの一種）の生産や、血圧をコントロールする遺伝子もある。僕にはACTN3遺伝子のコピーが1つあり、それは速筋線維になるタンパク質を作ってくれる。僕の赤血球の中には、ふつう以上に多くのヘモグロビンがあるらしい――キム教授のデータベースにある600かそこらのDNAのなかで最大値――が、赤血球自体は並はずれて小さいそうだ。「君の身体の赤血球量でどれだけ酸素を運べているのかということは、ちょっと興味深いね」と、キム教授は少し謎めいた発言をした。全体的な僕の遺伝子的特徴は、パワーを使うアスリートと持久力を使うアスリートの中間であり、どちらの要素もあるが、どちらにもエリートになれそうなほどの濃密な特徴はないということだった。

それから、僕たちは寿命に影響をする遺伝子へと迫ってみた。「これを見て！」キム教授が驚く。僕はまったく長寿の家系の出身ではないので、同型接合体のスニップスが全部、たとえヘビの目と遺伝的に同じだとわかったとしても、全然ショックではない。けれども、なにごとかと少々戸惑った後、驚きとともに安心したのは、キム教授が、今見ている君の遺伝子配列は望ましいものである、ときっぱりと言ってくれたからだ。僕は、安堵のため息をついた。僕の遺伝子では、アスリートとしては平凡に運命づけられているのかもしれないが、でも少なくとも、これからの何十年も、平凡なアスリートでいられるチャンスは平均以上あるらしい。それで十分だ。

chapter 7
精神の落ち着きとともに増す安定性

サイクリストのキャサリン・ペンドレルは、リオ・オリンピック——メダルを獲得することになる——のレースを想像したときには、脳裏にありとあらゆるシナリオを描いてすでに戦っていた。トラックがぬかるんでいたり、スタートが遅れたり、脚が痙攣を起こしたり、チェーンが外れたり——いかなる不測の事態にも対応できるよう繰り返しトレーニングを行っていた。少なくとも自分ではそうしたつもりだった。ところが、スタートの号砲が鳴ってわずか数秒後にクラッシュしてしまったのだ。そして変速機が作動しなくなり、その後にもう一度クラッシュした。マゾヒストしか想像できないような不運の連続である。そうは言っても、クロスカントリーのマウンテンバイク・レースに勝利するには、ちょっとしたマゾヒズム以上のものが必要なのだ。

35歳で世界ランキング14位のペンドレルは、ブリティッシュコロンビア州のカムループスの自宅からブラジルへと飛んだ。自身のメダル獲得と、きっとカナダチームの優勝さえありうる、という希望も現実味を帯びてきていた。けれども、そうした希望が過度の期待に変わらないようにしようと決めていた。４年前のロンドンでの教訓があったから。

２０１２年の夏季大会はペンドレルにとって2回目のオリンピック参加であり、世界ランキング1位とワールドカップ優勝というタイトルを同時に保持して、その競技の大本命として乗り込んだ。それに、北京オリンピックでデビューしたときには、比較的無名の選手でありながら第４位に入って人々を驚かせたのだから、表彰台に上がらなければ期待外れということになる。

ペンドレルを襲った極度のプレッシャー

だが、結果は期待外れというのも控えめな言い方だったとわかった。ペンドレルは、レースが始まるときに、この数週間悩まされてきた軽い倦怠感がまだまとわりついているのを感じたが、アドレナリンが出始めれば元気を取り戻せると考えていた。レースの早い段階で飛び出してリードをしたときにはそう思えたのだが、90分間のレースの中盤に来て、スタミナが持たなくなってきた。「身体が言うことを聞かなくなったのよ」と、彼女は僕に言った。「まるでね、『うわー、パワーがなくなっちゃった。足がこれ以上速くは動かないわ』、という感じだったの」。結局、彼女は9位に終わった。

その後の辛い日々に、何がいけなかったのかを分析して、ペンドレルは、自分がプレッシャーに潰されたのだということがわかってきた。いろいろな期待のせいで、栄光のチャンスよりも失敗の恐怖のほうが大きくのしかかってくる精神状態に追い込まれていたのだ。常に意識の奥底にある不安のざわめきが、身体にストレスホルモンを溢れさせ、それがエネルギーを吸い取って回復を阻んでいたのだ、と彼女は確信した。「それが、メダル候補としてオリンピックにいくことの厳しさね。自分では気づいていなくても、それで疲れちゃってたんだわ。メダルを取ろうと真剣になるあまり、自転車競技の楽しさを奪われてしまっていたのよ」

僕がペンドレルと会ったのは、リオで雪辱を果たす5カ月前だったが、明らかに今度は、楽しむ気持ちを抑えるつもりはなさそうだった。僕たちは、バンクーバー島のヴィクトリア郊外にあるベアマウンテンのカフェでおち合った。彼女はそこで翌朝に、カナダカップ・シリーズの初回イベントに出場する予定だった。すでに２０１５年世界選手権大会で上位5位入賞してオリンピックの出場資格を得ていたので、ペンドレルにとってこのレースは、主に自分の仕上がりぐあいを試す機会であり、また地元のサイクリング・コミュニティを支援するためでもあった。明るくかつリラックスした様子で現れた彼女は、ブロンドの髪をポニーテールにして、右の親指に添え木をしていた。その前の週末に、自転車で曲がろうとした際に濡れた岩の上でスリップして指先を骨折した、となんともないように説明した。「関節まではいってないから、関節を固定しておけば大丈夫なの」と、彼女は言った（これは後に、正しくなかったことが判明する。僕たちが会ってから数週間後に、外科医が、ペンドレルの骨はうまく接合していないので、安定させるために金属ピンを入れる必要があると判断したのだ。さらに、ピンを入れた箇所が感染したために、2度目の手術が必要になった）。翌朝レース会場に着くと、まず最初に見かけたのがペンドレルだった。彼女はサドルの上から僕に声をかけ、怪我をした手を振りながら、満面の笑みでペダルを漕いで通り過ぎていった。

ペンドレルの事故は彼女のその後には影響しなかったが、彼女に考えさせる機会となった。親指の骨折は、先の2度の鎖骨骨折に続いて、彼女のキャリアでわずか3度目の怪我だ。3度の怪我はすべて30歳を超えてから起こっている。それで初めて、年齢が、自分のレースをする能力を制約するものになるかもしれない、と考え始めたのだ。客観的に見れば、ペンドレルはまだ自転車競技の年齢カーブの最後のところには来ていない。友人でありライバルでもあるグン＝リタ・ダーレ・フレショ――世界チャンピオン6回、ノルウェー出身――は、42歳でまだ世界2位にランクされている。国際自転車競技連合の女子トップ10の平均年齢は32・6歳だ。しかし、ダーレ・フレショとペンドレルは、自転車競技のトップ・アスリートの標準からすれば遅めの参入者であり、レースを始めたのは20代の初めだった。

ペンドレルは、ニューブランズウィック州のハーヴェイステーションという小さな村で、自転車ではなく乗馬をして育った。サイクリングは、自宅を離れて大学に行ってから、兄の勧めでフィットネスとして始めただけだった。それが、彼女世代のサイクリストたちに多い共通項だ。本格的なマウンテンバイクは、1978年に北カリフォルニアで初めて作られたが、クロスカントリー・サイクリングがオリンピック種目となったのは1996年になってからである（ダーレ・フレショは、アトランタでの初レースで、38秒差で銅メダルを逃した）。ビッグウェーブ・サーフィンに高額の賞金とスポンサーの資金援助がついたことで、年齢層の高かったスポーツに若い競技者を引き寄せられたように、マウンテンバイキングの注目度が増してきたことが、若き才能を大量に生み出すこととなった。

「今は、22歳でも42歳の人たちと同じくらい優秀な人たちがいる。だって、今の22歳なら、もうすでに10年くらいは自転車に乗っていてもおかしくないんだから」と、ペンドレルは言う。リオの前の数カ月、ペンドレルは、実際に、愛好家たちが成長株として注目している20歳そこそこの2人の噂をたくさん聞いていた。スイスのヨランダ・ネフとフランスのポーリーヌ・フェラン＝プレヴォだ。「そのことを、ちょっとだけ意識するようになったわ」と、ペンドレルは認める。けれども結局は、年齢差は取るに足らないことだと自分に言い聞かせた――彼女は依然として、どんなレースであっても世界一速い女性になる力があったのだ。「年寄りじゃないのに年寄りと自分で思いたくはないから、雑音はシャットアウトしなければ」と、彼女は言う。「問題じゃないことは、あえて問題にしたくないでしょ」

他の人たちもそのことを問題にしないように、ペンドレルは、リオ後の自分の予定についてはあいまいにしておくという戦略をとった。本当のところは、これが自分にとって最後のオリンピックになるだろうと思っていた。彼女の身体の状態は、依然としてワールドクラスだったが、モチベーションのほうは1週間ごとに上がったり下がったりし始めていた。「自分をそれほど厳しく追い込むためには、本当にそうしたいという気持ちがないとね。10年、15年とやっていれば、年齢にかかわらず、だんだん難しくなると思うわ」と、彼女は言う。けれども、どんな引退話をも断ち切るために、彼女は少なくとももう1シーズン続けることを約束し、その後については未定としておいた。

瞬発力は必須の能力ではない

僕にペンドレルを紹介したのは、トレント・ステリングワーフだった。彼はトップクラスの生理学者であり、またカナダ・スポーツ研究所の研究開発部の長として、ペンドレルのオリンピックへの準備を指導していた。ステリングワーフと一緒に、僕もレースコースの中央付近のぬかるんだ草地から、彼女のカナダカップのレースを観戦した。4・5キロメートルの不規則なループは我々が立っていたあたりから始まり、こぶの多い丘を曲がりくねって登り、選手たちは連なるヘアピン・ターンへと導かれてから、ベアマウンテンの側面に沿って立つ木々のなかへと消えていく。森から再び現れると、急に下降したトレイルで草地に戻る。途中に、丸太で作られたラフな階段が横切っている。選手たちのスキルに加えて度胸を試すようデザインされた「見せ場」のひとつだった。周回を重ねる選手たちを見守るうちに、彼らの明るい色彩のスパンデックスが、泥と、ときには血の染みでどんどん汚れていく。ステリングワーフの説明によれば、こうした90分間のクロスカントリーのマウンテンバイク競技は、生理学的には、たとえばハーフマラソンなどよりはサッカーの試合に似ているところがあるそうだ。ほとんど一定の状態で走るロードレースと比較して、急降下、急旋回、ジャンプはいずれも、いきなりパワーを爆発させる能力が必要だ。「ものすごい瞬発力が必要なときがあるんだ」と、彼は言う。「相手を引き離すときや、フィニッシュするときのスプリントなどね。歳を取って失うのは、主にそういう力なんだ」

コーヒーを飲みながら、ペンドレルは僕に、爆発的なパワーを失っても大して影響はない、と言った——もとより、彼女はそれほどそういうパワーを持っていなかったのだ。「私がここのナショナルチームのキャンプにいるなんておかしいでしょ。だって、私は、20秒間のスタートダッシュやスプリント・フィニッシュではチームの女子の誰にもかなわないのよ。でもレースで私に勝ったことがある子は1人だけなの」。ペンドレルの成功は、驚異的な有酸素運動の能力に基づくものであり、それは、消耗することなく1キロメートルずつ着実に進んで行く能力だった。「瞬発力はそれほどないけれど、2〜5分間続けるパワーは十分あるから問題ないの」と、彼女は言う。「弱点をある程度カバーできるわ」。レースでのペンドレルの戦略は、レース中ずっとペースを主導し続け、ラストスパートでは彼女に追いついてこられないほど相手が疲れ切っていることに賭けるというものだ。そうやって自分の弱点を打ち消すようにしている。「私は懸命に走って前に出て、最後に他の誰もダッシュできる力が残っていないような厳しいレースにするの」と、彼女は笑って言う。それは本質的にメブ・ケフレジギが2014年のボストンマラソンを勝つために使った戦略と同じだった。ただペンドレルは、それをサプライズの要素なしで、何度も何度もやっているだけだ。ベアマウンテンのこの涼しい3月の午後でも同じであり、だから彼女が1位でフィニッシュしても誰も驚かない。

そして、このことが、5カ月後にリオで起こることの注目度を高めた。湿度の高い気温90°F（約32℃）の日、ペンドレルは、レースのペースを主導しようと考えていたが、600メートルのオープンコースのループから最初の4・8キロメートルの周回に移ろうとしたところで、自転車と身体の接触事故で転倒した。「後れを取った選手たちには、長い長い辛いレースになることでしょう」。NBCのコメンテーターが、転倒した選手たちをざっと眺めながら軽い口調で言う。さらに悪いことに、自転車に戻ったペンドレルは、衝突のせいで変速機が故障したことに気がついた。フラッグマウンテンというコース最大の丘を、一番大きなフロントギアのままで登らされる羽目になった。テックゾーンで急いでメカニックに変速機を直してもらったが、25位まで下がってしまう。ペンドレルは一瞬、自分が戦意を喪失しかけているのを感じた。でもそれから、彼女の気持ちは、同じような位置から盛り返して4位に入った２００８年の北京オリンピックのレース時へと瞬時に戻った。この前の5月に、悲惨な1周目を跳ね返して80秒差を詰めてネフに次いで第2位に入った、フランスのラ・ブレスでのワールドカップの記憶も呼び起こした。自分がリオに来た一番の目的は、決して、輝く飾り物を家に持って帰ることではないんだと、自分自身に言い聞かせた。誇れるレースをすること、だったのだ。先行する選手たちが、1人残らずそこから先に完璧なレースをしたとしても、彼女の目的はまだ完全に達成できる範囲にあると考えていた。

2周目にフラッグマウンテンに上ったとき、その高さのおかげで、ペンドレルはこの先の走路をはっきりと見渡すことができた。そして、先頭集団が、心配していたほど遠く離れてはいないのがわかって元気が出てきた。全力を挙げて走り、彼女は、消耗している選手を1人ずつ抜き始め、ついには3番目の位置まで来た。後続の選手はたまたま同郷のエミリー・バッティだったが、余裕の25秒差だった。28歳のバッティは、母国では、レースで勝つのと同じくらい、サイクリング雑誌のビキニ姿のピンナップ写真で有名だった。ペンドレルはフィニッシュに向かって漕ぎ続けていたが、あと200メートルのところでジャンプの判断を誤り、空中で横に流れた。またもやクラッシュ。ペンドレルはなんとか急いで立ち上がって自転車に飛び乗り、フィニッシュに向かって猛烈にペダルを漕いだ。首を伸ばして後ろから迫ってくるバッティを見てみる。ペンドレルは、2秒差でフィニッシュラインを超えた。「もし、あと100メートルあったなら、私が確実に取っていたのに」と、バッティは、カナダの『ナショナル・ポスト』紙にこぼした。彼女の抜きんでたパワーならば、それはきっと間違いなかっただろう。けれども、だからこそペンドレルの第3位のメダルが、彼女にとってよりいっそう嬉しいものになった。「あんなアクシデントもあったパフォーマンスなのに、大満足よ。完璧にはほど遠かったけれど、ああいうこともあるのね」

アスリートの身体は機械ではない

卓球からトライアスロンに至るまでどんなスポーツであっても、長期間トップ・アスリートでいるためには、たぐいまれな肉体とそれを最大限に活用できるほど一貫して十分に健康であることが必要だ。そして、これまで見てきたように、両方の要素は、遺伝的な性質から強い影響を受けている。トップ・アスリートの肉体に求められるものはきわめて厳しくて容赦ないので、パフォーマンス・サイエンスの世界の専門家たちは――お気づきでないかもしれないが――機械にたとえる言葉をデフォルトとして使っている。「トヨタのボディにフェラーリのエンジン」――Fusionetics 社の創設者マイケル・クラークが、機動性に欠ける元気なアスリートを評して使っていたこの言葉に似たような表現を、10個以上は聞いたことがあるはずだ。「錆びついたフェラーリが、新品同様のホンダを負かすのはふつうだろう」と、元レッドソックスのゼネラルマネージャー、ベン・チェリントンは言った。けれども、「フォーミュラ1の車は、フォード・フォーカスよりも念入りな手入れが必要だろう」と、トレント・ステリングワーフは指摘する。「もし一生の間に1台の車を運転しないといけないとしたら、アスリートが自分の身体を大切にするのと同じようにだいじにしなければならない」。これはＥｘｏｓのジョエル・サンダースの発言だ。さまざまな言い方を挙げていったらきりがないが、ポイントはいつも同じだ――アスリートは自分のハードウェア（つまり、身体）で決まるのだ。

しかし、人間は自動車ではない。一番大きなモーターと一番スムーズな動力伝達装置を持っている者が、いつも勝つとは限らない――短距離走や重量挙げのような、身体の強さを純粋に表現すると思われているスポーツでさえ。機械と違って、人間にはアイデアもあれば、気分や感情にスキル、性格もある。人間は計画し、戦略をたて、思い描き、熟慮することができる。意志の力で最高の瞬間に自らを導いたり、精神集中した状態になったり緊張しすぎたり、お互いを威圧したり元気づけたりする。アスリートは、歳を取るにつれ、そうした肉体的なものでない部分や経験が、成功か失敗かの決定要因になることが多くなる。同様に、アスリートのその仕事に対する精神面や感情面での熟達が強ければ強いほど、選手寿命が長くなりやすい。

スポーツを心から楽しめるかどうか

たしかに、キャサリン・ペンドレルの筋骨隆々とした脚と強力な心肺機能は、彼女をリオのスターティングラインに立たせるには役立った。けれども、彼女が表彰台に立てたのは、そのおかげではない。なにしろ、彼女が競った相手の多くも、メダルに届くだけの身体的なツールは持っていたのである。ペンドレルのパフォーマンスをよく調べてみれば、熟年アスリートが、予想される肉体的なピークをとっくに過ぎていてもワールドクラスのパフォーマンスが達成できるような、心理学的かつ経験的知識に基づいた戦略が結集されているのがわかる。

まずは、彼女が言っていた、自分のやっていることから何ものにも「楽しさを奪わせない」という言葉を考えてみよう。それは、なんとなく思いつきで言った言葉ではない。彼女に関するかぎり、「楽しさ」は、ロンドンでの平均以下のできばえと、リオの人生一番のレースとの違いを生んだ。ブラジルへの準備中にもう、「私は最高の舞台でパフォーマンスをすることが楽しみなんだと、心に留めておこうと決めていたの」と、彼女は言った。「笑顔のときがいつも、ベストのパフォーマンスができるから」

このような心情はしかし、使い古された常套句のようにも聞こえかねない——注意力をそがれそうな興味をそそる発言は絶対にしないようにと、メディアへの対応を教えられたアスリートが言う空々しい決まり文句みたいに。どんな種類のスポーツメディアを見ていたとしても、おそらくその類のことは、何千回とまではいかなくても何百回は聞いたことがあるだろう。僕のようなグリーンベイ・パッカーズのファンなら、２０００年代に何度となく聞いたジョークがある。パッカーズの試合中のどこかで必ずコメンテーターのひとりが、クォーターバックのブレット・ファーヴがいかに「そこいらにいる大きな子どものよう」であるかを、決まり文句のようにコメントするのだ――彼は、チームメートたちに雪玉を投げつけたりしていつもめちゃくちゃはしゃいでいたからだ。ファーヴが、２９７試合連続先発出場というとてつもない偉業を達成した際、当然僕はいつものようにその要因を尋ねたのだが、彼もまさにそこのところを考えていた。「プレーするのが好きだったからね」と、彼は言った。「正当な理由で欠場してもいいケースはいくらでもあった。ボールを投げるほうの手の親指を骨折したときは、もし欠場したとしても誰もとがめだてはしなかっただろう。なんせ親指を骨折してるんだからね！　でも自分はプレーしたかったし、プレーするのが好きだったし、絶対にやってみるつもりだった。誰にでもやるべきときがあって、俺にはその時がそれだったんだ」

２番目に好きなアクティビティはトラクターに乗ることだ、と言う誇り高き労働者であるファーヴと正反対のスタイルのアスリートと言えば、優雅なコスモポリタンであるロジャー・フェデラーをおいて他にいない。けれども、フェデラーが自身の天才かつ鉄人的な偉業について語るとき、このスイスのレジェンドもまったく同じことを言う。30歳の誕生日以降の何度となくあったインタビューで、フェデラーは自身が長く続けられるのは、ずっと変わらないテニスへの愛のおかげだと言った。彼の話を聞いていると、彼もまた、「そこいらにいるただの大きな子ども」なのだ。「僕は、壁や戸棚やガレージのドアを相手にプレーして育った。今でもそうやって楽しんでいるよ」と、2015年の全米オープンの準決勝でスタン・ワウリンカを破った直後のオンコートのインタビューで、そう語った。グランドスラムを7度制覇して、今はコーチ兼テレビ解説者となっているジョン・マッケンローは、フェデラーほどテニスを愛している人には会ったことがないと言う――マッケンローはおそらく、これまでの40年間の偉大なプレイヤー全員に会っているはずなのに。フェデラーは、他のテニスプレイヤーが最も過酷と思うこの職業の側面――トレーニング、毎日の練習、移動の日々――をも前向きに受け止める。負傷した膝のリハビリでさえ有意義な時間だったと言い切る。どんな種類の怪我も、彼にとっては目新しかったのかもしれない。「そういったいつもより厳しい時期も、とびきり面白いもの、そして、ある意味では楽しいと思えるくらいのものだと見ているんだ」。彼は、半月板の怪我を治した後でそう語った。

なんだ、そんなことはあたりまえだ――あなたはそう思うだろう。**試合をしたりジムに行ったりして一生を送る人は、本当に楽しんでやっている**、と。けれども、スポーツ心理学者にしてみれば、フェデラーやファーヴやペンドレルの仕事についての話しぶりは、あたりまえでもお決まりでもない。プロ・アスリートの大半は、そのようには考えない――彼らはそれほど長くそのスポーツを続けるわけではないし、現役の間もそれほど良いパフォーマンスをするわけでもないので、彼らの声を耳にすることがあまりないせいもある。「楽しむことは、本当にきわめて重要な要素だ」と、ジョンソン・エンド・ジョンソン・ヒューマン・パフォーマンス研究所の共同創設者ジム・レーヤーは言う。レーヤーは、スポーツ心理学者として30年以上、テニスのスター選手のジム・クーリエ、モニカ・セレスやホッケー選手のエリック・リンドロス、スピードスケートのダン・ジャンセンなどのカウンセリングを行ってきた。彼はその仕事をするなかで、アスリートは、いつも大きな喜びを感じていることが、長きにわたって成功できる最大の原動力になっているということを確信するようになった。「楽しむ姿が、おそらく自分自身を一番よく映し出す鏡なんだ」と、彼は言う。「私はいつも、アスリートがどれほど練習を楽しんでいるか、どれほどジムでのトレーニングを楽しんでいるか、どれほど次の段階に進むことを楽しんでいるかを見ているんだ」

楽しいと純粋に感じられるのは、驚くほどまれなことなのだろうか――おそらくそうなのだろう。なぜなら、若いアスリートをエリート選手になれる人とそうでない人に分ける最初のフィルターのひとつは、安易に満足を得られる生活よりも厳しい犠牲を強いられる生活を選ぶように自分を律せられるかどうか――熟達までに必要な1万時間の練習（あるいは、もっとかかるとしても）をこなし、食事と睡眠も管理された形で取り、全パフォーマンスを後で分析して、間違っていたところすべてを理解しようとする――なのだから。オリンピックチームを目指す若い体操選手や水泳選手の生活には、遊び心や自ら何かをする余地はほとんどない。けれども、たとえ試合を1日24時間の仕事として扱う能力が、最初の頃の成功には不可欠だったとしても、楽しむという精神を育んでいく能力は、それを消し去ろうとする力がどんなに働いたとしても、その選手のキャリアのなかで、後になったら等しく重要になるはずだ。「私たちは、『一生懸命働いて働いて働き抜く』という清教徒的な厳格な労働倫理を持っているけれど、それが、楽しむという気持ちを殺してしまいかねない」と、フェニックス在住のスポーツ心理学者ジム・アフレモウは言う。プロの選手やオリンピック選手たちと幅広く仕事をしてきた彼は、こう続ける――「世界のベストプレイヤーたちは、一番ハードに働くが、同時に、一番楽しんでもいるんだ」

5度目のスーパーボウルに勝った後、トム・ブレイディは自分の成功についてこう説明した――「フットボールをプレーすること以外で好きなことは、フットボールをプレーするための準備をすることかな」。そうしたハードワークのすべてを、目的達成のための手段というよりむしろ、それ自体を楽しむべきものとして考えられるのがトップ・アスリートの優れた認識能力なのだが、そのことは正当に評価されていない。そういうスキルを磨けない人たち――すなわち、ウェイト・トレーニングのセッションやランニングの繰り返しや、続けざまに行われる遠征試合のことを、最終的にもらえる報酬につながるから、その途中でしかたなくやる代償くらいにしか考えない者は、そのスポーツの最高のレベルに到達することはできるかもしれないが、きっと長くは留まれないだろう。彼らはつまるところ、心理学者が「内因性動機づけ」と呼ぶもの、つまり、やっていることを楽しむというだけの意味なのだが、それがしだいに薄れていってしまうのだろう。

「もし、ひたすらタイトルを獲得して、できるだけ多くのお金を稼ぐためにプレーをしているんだとすれば、それは楽しくないだろうね」と、レーヤーは言う。「でも、もし自己表現の手段として、勝っても負けても感謝と喜びの気持ちを持ってやっていて、そしてその選手のなかにその気持ちを感じられたら――どんなスポーツでもかまわないんだが――非常に長きにわたってプレーを続けることができるだろうと思う」

「内因性動機づけがだいじだということは、研究からも実際にはっきりしている」と、アフレモウも認める。落ち込んだ選手が、不調が長引いてみじめな気持ちになってどうしようもないと言うのを、アフレモウは臨床診療でよく見るという。「私はこう答えるんだ——『もし楽しんでいないのなら、うまくプレーできるわけないんじゃない?』と」。アフレモウが考える「内因性動機づけ」の最高の理想はマイケル・ジョーダンだ。引退から1度ならず2度までもカムバックし、40歳までプレーをした。ジョーダンは、練習でも試合と同じように激しく競争したがったことでも有名だ。練習試合では、より厳しいチャレンジを求めて2軍の選手たちともチームを組みたがった。ジョーダンが、オフシーズンにも非公式試合や、誰とどこででもプレーする権利を認められるという、いわば「love of the game」契約条項にこだわったNBAで初めてのプレイヤーでもあったことは偶然ではない、とアフレモウは言う。ジョーダンはおそらく、フェデラーがテニスを愛するのと同じレベルでバスケットボールを愛した数少ないプレイヤーの一人だろう。「成功した選手はみんな、自分がやっていることを愛しているんだ」と、アフレモウは言う。

しかし、「やっていることを愛すること」だけではすまされない。内なる動機づけ100%だけで成り立っているトップ・アスリートなどは存在しないだろう。どんな有能な競技者にも尺度は必要である。そこで、目標という意識が生まれてくる。

目の前の目標を定め、時にその場で再設定する

目標を決めるということには、リスクも伴うだろう。意欲的な目標は、アスリートを新たなレベ

ルのパフォーマンスに向けて鼓舞する場合もあれば、もし達成できなかったり、恐れをなすほど高い目標に感じてしまったりしたら、逆効果にもなりうる。年齢的な肉体の衰えを感じつつある年長の競技者には、注意深い目標の選定がより重要になってくる。「一定のレベルでのパフォーマンスができることに慣れているアスリートにとっては、もうそれができなくなったとわかったときには、モチベーションだけでなく、確立していたアイデンティティまでもが傷ついてしまうおそれがある」と、NBAのダラス・マーベリックスでパフォーマンス心理学の責任者を務めるドン・カルクスタインは言う。結果として、最高水準の熟年アスリートは、よく練られて微妙に調整された目標設定のしかたを考え出すようになる。つまり、希望と現実をうまく調和させて、かつ達成のための複数の道を用意するということである。

そのようなアスリートは、特定した1つの成功のビジョンを設けることは決してしない。ペンドレルが1周目で後れを取ったとき、最初にしたのは、どんな順位やタイムでも、自分にとっていいオリンピックにすることはできるんだ、と思い出すことだった。この考え方は、2012年の屈辱的な経験から生まれたものだった。当然金メダリストになるだろうと思われてロンドンに行ったときには、「私は完璧でないといけなかったの、それ以下では不十分。そんな妥協を許さない気持ちでは、不測の事態から立ち直る余裕なんて持てなかったわ」と、彼女は言う。「確実なパフォーマンスと思われていても、あっという間に脱線して、ひどいものになってしまうこともあるのよ」

ペンドレルの話は、心理学者やコーチが、「結果志向というよりプロセス志向」と呼ぶもののひとつの例である。結果に重きをおいても、結果を完全にコントロールすることは決してできないという問題がある。もし、あなたが今シーズンでベストのレースをしたとしても、第2レーンの選手が、その日に生涯でベストのレースをするかもしれない。プロセスを結果から切り離すことを学ぶのは、アスリートにとってきわめて重要なスキルである、とジャック・グロッペルは言う。ヒューマン・パフォーマンス研究所を、ジム・レーヤーと共同で創設した人物だ。「私はみんなにこう言うんです——自分が主導権を握っているときには、ガッツリ正攻法で攻め、そうでないときは、自分自身を優しくなだめながらいけばいい、って」

臨床心理学者エリック・ポッテラットは、アメリカ海軍で20年間勤めていたが、その間に主に教えていたのは、予期していない失敗をいかにして大惨事の悪循環に陥らせないですませるか、ということだ。ポッテラットの授業には、生存（Survival）、回避（Evasion）、抵抗（Resistance）、脱出（Escape）コースというカリキュラムが組まれていた。ＳＥＡＬと称される海軍特殊部隊とその他エリート特殊工作員が受講しなければならないこの過酷なプログラムは、最悪の不慮の事態——捕虜になって拷問を受けるとか、砂漠で立ち往生するとか——に備えさせるためのものである。後にＳＥＡＬ——秘密の水陸両用部隊で、その功績にはウサマ・ビン・ラーディンの殺害、マースク・アラバマ号の船員の海賊からの救出が含まれる——の心理学担当初代責任者として、ポッテラットはメンタルタフネス・トレーニング・プログラム（the Mental Toughness Training Program）なるものを開発した。

自分がコントロールできるものだけに焦点を当てる

最も屈強な戦士たちに、強靭であることを詳細に講義するというのは、それだけでも少なからず胆力が必要だろう。SEALに入隊するだけでも、候補者は「地獄の1週間」と呼ばれるものに耐えなければならない。その試練とは、眠ることを過度に制限されたり、氷水の中に長時間座らされたり、腕立て伏せを何千回もさせられたりするなどだ。そういうことすべてをやった後で、ご立派な心理学者から強靭であることとは、という話を聞くことを想像してみてほしい。ポッテラットは痩せ型で中背なので、『ゼロ・ダーク・サーティ』〔ウサマ・ビン・ラーディンの殺害に至る経緯、作戦に挑む特殊部隊を描いた2012年のアメリカ映画〕に出てくるごつい髭面の殺し屋の1人と間違えられることはないだろう。しかし彼には、自分の言いたいどんなことにでも人を惹きつけて傾聴させるような、静かなる威厳があった。2016年に海軍を引退して以来、彼はアスリートに関心を向け、専門的なパフォーマンス・プログラムの監督者としてロサンゼルス・ドジャーズに加わった。僕はポッテラットに、レッドブルのロサンゼルス本部で会った。彼はそこで、エナジードリンクがスポンサーとなっているアスリートたちを相手に、プレッシャーがかかる状態でのパフォーマンスについてのワークショップを指導していた。参加者には、山スキー選手のミッシェル・パーカーやオートバイレーサーのアーロン・コルトンなど、致命的な事故がまれではないスポーツで競技する者が数名含まれていた。彼らは、SEALが生きるか死ぬかの状況でいかに冷静でいられるかということには、単なる教養として以上の関心を持っていた。ポッテラットがホワイトボードに大きな円を描き、アスリートたちに、競技中にプレッシャーを感じる原因となるものを挙げるように言うと、彼らはノートにどんどん書き出していった。アスリートたちの回答を、ポッテラットは、円の外側に書き出す――「雑音」、「他の人の意見」、「他の人の失敗」。円の内側には、「私がコントロールするもの――1．私の心構え、2．私の努力、3．私の行動」、と書いた。パフォーマンスあるいはミッションが予定から乖離し始めたとき、それが雪だるま式に増大して大惨事になってしまわないようにするための鍵は、自分がコントロールできるものに焦点をあて、それだけに集中することだ、と彼は言った。彼がSEALに教えたマントラ――つまり、おぞましい事態になったときに唱える呪文は、「自分の円の中に留まれ」だった。

ペンドレルが、レースをだいなしにしかねなかった1周目の間に落ち着いて楽観的でいられたのは、自分の円の中に留まったからだった。けれども、彼女はその他にも、同じくらい大切なことをした――困難なことになると思っても決して落ち込まないように、急遽自分の目標を再調整したのだ。レースを始めたときは、こんなふうに成功するだろうなと思い描いていた――初めからリードし、ペースを決め、最後のダッシュは回避する。けれども彼女はそれは脇に置いておき、目標を、変わってしまった状況に対してより現実的な別のものに変えた。つまり、追いかけていたニンジンが遠くなりすぎてしまったとき、彼女はもう1つ別のニンジンを用意したのだ。

逆境のなかでモチベーションを保つために柔軟な目標を用いた教科書的な事例としては、メブのロンドン・オリンピックでの経験を見るといい。メブは、どのレースに出る場合にも段階的な目標を決めている、と言った。まず第1に勝つこと。それができなければ、上位3位までに入って表彰台に立つこと。それもできなければ、上位10人に入るか自己ベスト記録を達成すること。しかし、2012年のマラソンの中盤には、その達成可能な目標すら手が届かなくなりつつあった。ロンドンに到着したとき、それまでの数カ月間怪我と戦ってきた彼の健康状態は万全ではなかった。早めの給水所で、メブは自分の水のボトルに手を伸ばしたが、同じアメリカチームの別の選手ライアン・ホールのボトルを渡されてしまった。アメリカのエリート・マラソン選手は、失われた炭水化物と電解質を厳密な比率で補填するように、個別に調整されたスポーツドリンクで水分補給する。最初メブは、ホールのボトルから飲むのは気が進まなかった。胃の調子を崩すかもしれないと心配したからだ。最終的には、脱水を避けるためにあきらめて飲んだのだが、その心配が当たってしまった。急な腹痛に襲われ、そのうえ左足にまめもできて、21位まで順位を下げた。来るニューヨークシティマラソンのために身体を温存すべく、今回は途中で棄権することも考えた。

けれどもメブは棄権しなかった。代わりに、目の前にある最も控えめな目標、つまり完走に注力することにした。勢いを取り戻し始めて、ほんの少しだけ目標を格上げした——前に出つつあった日本人選手、中本健太郎について行くことにしたのだ。中本の後ろについて、10位内に割りこんだ。その時点で彼は、レース前の希望の少なくとも1つを達成できるとわかったので、安心して気を緩めることもありえた。しかし彼は、コーチのボブ・ラーセンとの会話を思い出していた——コーチはメブに、上位10位のなかで1つでも上の順位を勝ち取るようにと鼓舞していたのだ。最近、世界アンチ・ドーピング機関は選手の血液と尿の標本を将来の分析のために冷凍し始めた——今はまだ発見されていない手法で検査できるようにするためだ。2004年のアテネ・オリンピックでは、何人かの走者は、冷凍標本から、最初の検査をすり抜けた禁止物質が発見されたためメダルを剥奪された。だから、たとえ5位、6位でも、最終的にはメダルにふさわしいということになるかもしれない、とラーセンは気づいていたのだ。あと残り3マイル（約4・8キロメートル）のところで、メブは、高くなった足場の上で彼に向けて指を6本立てて叫んでいるコーチを、ちらっと見ることができた。メブは6位にいた。これまでにないほど苦しい思いをしながら、最後の15分に残された力のすべてを使い果たして4位に入った。エミリー・バッティとは違って、メブは、メダル圏の次点でのフィニッシュに大喜びだった。今になっても、あれは自分でも全力を出し切ったと考えている。ラーセンも同じだ。「私は以前にも、メブが何もないところから何かを生み出すのを見たことはあるが、あれはすごく劇的だったね」と、彼は僕に言った（そして、もし彼の前の3人の走者の1人が、何らかの将来の薬物検査で引っかかったりしたら、さらにもっと劇的なことになるのだろう）。

年長アスリートがもともとの目標を達成できそうにないとき、現実的な目標についての方向づけを考え直さなければならない、と言うと、より低いもので折り合いをつけることを学びなさいと言っているように聞こえるだろう——肉体の衰えに応じて、野心も抑えるべきだ、と。けれども実際には、まったくその逆である。複数の段階の目標を設定し、状況の変化に合わせて常に評価をし直すということは、**その瞬間**に可能なことより以下では決して満足しないということではないだろうか。それは、トロフィーやメダルという栄光に手が届かないときに、棄権する言い訳として完全主義だから、などと言わないほうがいい。あるいは、もしかしたらそれは完全主義を旨とすることかもしれない。ただし、努力の完全主義であって、結果のではない。つまり、「自分の円の中に留まる」という意味での完全主義なのだ。それこそが、スポーツに喜びと自分自身の内に持っている褒賞を抱いて取り組む熟年アスリートにそうあってほしい考え方だと思う。どんな不運な状況でも力を尽くすことやめたりはしない――なぜなら努力のひとつひとつが恩典なのであり、今後どれだけ努力を続けられるかわからないのだから。

年齢を勘案した記録を測る

動機づけに、柔軟な目標や相対的な目標を使うという考え方は、年齢別の競争であり、年齢ごとに記録を調整することが重要なマスターズのスポーツでは、きちんと基準が設けられている。アスリートは運営組織の世界マスターズ陸上競技協会（WMA）が管理している基準表を使えば、たとえばゴルフなら、高いハンディをつければ下手なゴルファーも、ハンディのない実力あるゴルファーと同じコンペでグリーンを回れるのと同様に、自分の成績を、異なる年齢グループの競技者のそれと比較することができる。たとえば僕の23分という最近の5000メートル走のタイムをWMAの計算機に入れてみると、1分以上短縮された――すなわち、僕が18～29歳の「最盛期」ならば、それだけ速く走れただろうということだ。年齢で調整することは、アスリートが毎年同じタイムを維持するだけでも、あるいは、遅くなっていても予想していたほどタイムが落ちなければ、実は「より速く」なっていっていることを意味する。それは、心理学的な観点からすれば、たいへん大きな意味がある。航空会社パイロットで、オリンピックマラソンの予選を通過したこともあるデイヴィッド・ウォルターズは、ＷＭＡの計算式を使って１９８８年のオリンピック選考会で自己生涯ベストの2時間19分56秒の記録で走って以来、25年たって挑戦した。２０１５年シカゴマラソンで彼は2時間45分26秒でフィニッシュした。それは60歳としては2位に20分以上の差をつけた最速のタイムだった。それだけでなく、年齢による調整をした後では１９８８年の記録よりも3分速かったと評価された。「この歳になると、がんばっても結局は後退していくものだから、新しい動機づけを見つけていかないとね」と、後になって彼は言った。「来年は、たぶん今ほど速くないのはわかっているけれど、それでもまだ、自分を限界まで追い込むことに楽しさを見出せるんじゃないかな」（あなたも、知らず知らずのうちに、年齢調整による目標を使っているかもしれない。「40が近いわりには悪くないな」などと、サッカー場で若い連中を追い回したあとで、僕もよく言ったりするのだ。自分に甘すぎる自尊心が、実は僕のだいじな動機づけのツールになっていたなんて、誰も知らなかっただろうね）

目標設定がパフォーマンスを向上させる理由

目標を設定することは、熟年アスリートが若者に優る最大かつ具体的なアドバンテージのひとつ――感情のコントロールがうまいこと――において大きな役割を果たす。スポーツ心理学者のアンディ・レインは、イングランドのウルヴァーハンプトン大学で、気分がパフォーマンスに与える影響を研究している。レインによれば、若いアスリートは、パフォーマンスの前と最中に影響を及ぼす不安や怒りなどの激しい感情に煩わされることがよくある。これらの感情はただ不快なだけでなく、多くの点で不利にも働いてしまう。ひとつには、余計な感情に見舞われるアスリートは、しばしばそれらの感情をどうやって克服するかということに著しい時間と労力を費やしてしまう。克服法は、瞑想のようなありきたりなものから、ラファエル・ナダルが試合の日に行う10以上もの迷信的な儀式のような奇妙なものまで、さまざまである。余計な感情が現実の身体的なエネルギーまで消費してしまうと示すデータさえある。『Applied Psychophysiology and Biofeedback（応用心理生理学と生理的自己制御）』誌に掲載されたある研究論文では、競技をするサイクリストたちが、10マイル（約16キロメートル）のタイムトライアルに相当するパフォーマンスを、呼気を集めるマスクをつけた状態で固定式バイクで行った。研究者たちは、そのうちの何人かには、正確にパフォーマンスを反映したフィードバックを見せて、その他の人たちには、彼らを悩ませるためにパフォーマンスが悪く見えるように作られた嘘のフィードバックを見せた。パワーの発生量や終了タイムは、2つのグループ間で違いはなかったが、嘘のフィードバックを受けたグループの被験者のほうが酸素の消費量と乳酸の生成量が多かった。研究者たちは、前向きな感情が、パフォーマンスの代謝コストの減少と関係があると結論づけたのだ。

技術的なパフォーマンスとなると、後ろ向きな感情が有害な効果を及ぼすということが、より明らかになりやすい。ストレスと不安は、筋肉を必要以上に緊張させ、そうなると筋肉は思うように連携できず複雑な動きを妨げられてしまう。「それは、スポーツにおいては命取りなんだ」と、アフレモウは言う。いわゆるクローズドスキル（閉鎖スキル）――プレーの流れのなかでの反応でなく、アスリート自身がコントロール可能な、予想される環境のなかで発揮されるスキル――において特に問題になる。ゴルフの打球、テニスのサーブ、バスケットボールのフリースロー、サッカーのペナルティキックなどは、すべてクローズドスキルであり、それを行うアスリートには考えてプランを立てる時間があるわけだが、それは同時に、余計な感情が湧き起こってくる時間もあるということだ。そうなった場合には、いきなり筋肉の連携が障害をきたし――つまり硬くなってしまうというのがよくある結末である。ゴルファーたちは、「イップス」と呼ばれる不思議な現象があると言う。パッティングする際に突然襲ってくる震えや痙攣で、2フィート（約60センチメートル）のパットなのに、ホールを通り越して20フィート（約6メートル）も転がしてしまう。イップスについて説明しようとすると、たいていは覚醒、つまり生理学上の興奮ないしは不安の状態ということに焦点がいく。覚醒は、少しなら集中力や自覚の高まりをもたらしてくれていいのだが、過ぎると、身体が硬くなるリスクが高まってしまう。

歳を取るほど感情が安定する

感情を制御するメカニズムの研究に力を注いでいるレインが、良い情報をくれた。アスリートは、歳を取るにつれて不快な感情に見舞われることが少なくなり、しかも不快さの度合いも軽度になるというのだ。全般的にとは言えないが、長年高いレベルでずっとパフォーマンスを続けているアスリートは概して、試合前と試合中に「余計な心理的状態になること」を回避するのがうまくなる、とレインは言う。「そもそも年長の人たちには余計な感情が少ないのか、それともそういう感情をなるべく早い段階で抑えて、何らかの行動が取れるのかはわからない」と、彼は話した。「それを判断するには、どれだけ早く感情を抑えて、激しくなるのを防げるかを詳細に分析する必要があるのだが、実際に激情が起こるのを抑えたのかどうかを知るのはなかなか難しい」。不快な感情を軽くする方法としては、気晴らしになることをする、ポジティブな独り言を言ってみる、考え方を再考してみるといったことが含まれるだろう。特に独り言は、驚くほど具体的な効果のあるきわめて有効な手段であることが、次々に行われている研究で示されている。2013年のある研究論文では、2週間独り言のトレーニングを受け、ネガティブな考えを見つけ出してポジティブな考えに置き換えることを学んだサイクリストは、そうしたトレーニングを受けなかった被験者たちよりも、疲労で消耗するまでの時間が18%長いことがわかった。

けれども、いかなる治療も予防には及ばない。レインは、目標設定のスタイルの違いが、少なくとも何人かの熟年アスリートにとっては、はなから感情的に苦しい立場に追い込まれないようにするのに役立っている、と信じている。ランナーとトライアスロン選手についての大がかりな研究で、若いアスリートは自己ベスト記録の更新といった困難な目標を掲げる傾向があることを、彼は見てきた――たとえば雨であるとか、起伏の多いコースだとか、目標を達成できそうもない条件がある場合でも。けれども熟年アスリートは、もっとうまく現実的な目標設定をする。それは驚くことではない、とレインは言う。「目標達成を目指すという経験は、年長の人たちのほうがもちろん多くしてきているし、その経験によって予想の修正もできるわけだから」。けれども、そうした現実的な目標設定が大切なのだ。なぜなら失敗をすれば——特に、コントロールを誤ったという感覚と一緒になって、失敗したという感情がより強くなった場合には——次々と起こる結果に連鎖していくからだ。短期的には、失敗したという感覚が強すぎると、不安や動揺を引き起こして、身体が硬くなる可能性を大きくしてしまう。中期的には、ストレスや気分の落ち込みが、睡眠や回復を妨げて、さらにパフォーマンスを悪くしてしまう。最悪のケースでは、キャリアを短くしてしまう場合もある、とレーヤーは言う。「アスリートのなかには、何日も食べず、眠らずに過ごす者もいる。ひどいプレーをしたのだから、自分で自分を罰しないといけないと思うんだ。そのようなアスリートは長く続かない」

テニスでは感情のコントロールがひときわ重要

テニスほど、感情の抑制が重要なスポーツはない。身体を酷使しながら、孤独であり、プレッシャーを受け——そういったことが混在した状況で戦う。何よりもまず、純粋に持久力が必要なスポーツでもある。男子のグランドスラムの試合では、マラソンの2倍である4時間続く場合もまれではない。試合のなかで、各プレイヤーは、複雑なクローズドスキルであるサーブをおそらく100から200回くらいは打たなければいけない。それに比べて、心理的に最も難しいスポーツと言われることもあるゴルフでさえ、男子ツアーの平均的プレイヤーは、1ラウンドは約70ストロークで終わる。

そしてゴルファーは話し相手にキャディーがいる。ダブルスの試合は別にしても、テニスプレイヤーはこの上ない孤独な状況で戦う。回顧録『ＯＰＥＮ―アンドレ・アガシの自叙伝』（川口由紀子訳、ベースボールマガジン社、２０１２年）の中で、アンドレ・アガシはこのように表現している。

ボクサーだけがテニスプレイヤーの孤独を理解できる――それでも、ボクサーにはセコンドとマネージャーがいる。ボクサーは、敵でさえある意味では同伴者であり、ときには組み合ったり不平を言ったりする相手である。テニスでは、敵と向かい合って打ち合うが、決してさわったり話しかけたりしないし、他にも誰もいない。コートにいる間、テニスプレイヤーは、コーチに話しかけることさえルールで禁じられている。みんなは時々、同じくらい孤独な存在として陸上競技のランナーをあげるが、僕は笑わずにいられない。少なくともランナーは敵を感じ、匂いを嗅ぐことができる。かれらは5、6センチしか離れていない。テニスでは、選手は孤島にいる。男女がプレーするすべての試合のなかで、テニスは最も独房での監禁状態に近い。

そしてテニスコートは、独房のように精神が乱れやすい場所だ。このスポーツで上位にランクされる人たちは、10代や20代のときに、コート上で錯乱するほどの動揺を経験してあがいた後だからこそ、世界のトップ10に届いたという例が山ほどある。フェデラー、アンディ・マレー、ノバク・ジョコビッチ、セリーナ・ウィリアムズ、アガシは、素晴らしい才能あふれるプレイヤーとしてデビューしながらも、しだいに感情を抑えるようになって、ライン判定が自分に不利だったり、ショットが不調だったりしても、むっとする程度か、あるいはあきらめてしまうかするような数少ないプレイヤーだ。それに比べて、スタン・ワウリンカの存在がある。先に述べたプレイヤーたち――身体やスキルの上達でグランドスラムのタイトルを獲得し始めた頃には自分の中の「悪魔」を消し去った選手たち――とは異なり、このスイスの強打者は、プロになってから丸10年もの間、引き続き感情の崩壊にどう対処すべきかということで悩まされてきた。彼は3つのことで有名になった――テニス界でも最も身体の強い選手の1人であり、おそらく世界で最も美しいバックハンドの持ち主であり、そして強いプレッシャーのかかる状況で平常心を保てなくなる選手であること。そんな彼がついに自身の精神をコントロールできたとき、必然的に成功へと駆けあがったのだ。

ワウリンカの転換点は、2013年に新しいコーチ、マグナス・ノーマンがついたことだった。自身が元世界2位であったノーマンは、引退後に「Good to Great（優秀から偉大へ）」というテニス・アカデミーを設立していた。彼のコーチングが、ワウリンカの試合に影響を与えることとなった。彼のおかげで、ワウリンカは試合中に自分を落ち着かせ、再び集中する方法を見い出せたことが大きかったのだ。ノーマンが後に言ったのだが、彼がコーチにつく以前は、ワウリンカは「厳しい試合になると、ちょっと神経質で、かつちょっと気弱」に見えたそうだ。具体的に言うと、ワウリンカは2種類のメンタル的な過ちを犯しがちだった。肝心のチャンスのときには「ゴリ押し」し、つまりやりすぎてしまい、そして、チャンスを棒に振ったときには、必要以上にがっくりきてしまう癖があった。どちらも、過剰な「覚醒」とつながっていた。ノーマンはワウリンカと共に、決して興奮しすぎたり落ち込みすぎたりしないように、彼が覚醒（興奮）するレベルを抑えるようトレーニングを積んだ。効果はてきめんだった――2013年、ワウリンカは初めてグランドスラムの準決勝に進んだ。28歳で、大方のプロテニスプレイヤーがとっくに最盛期を過ぎている年齢だった(28歳であることについて、アガシはこう書いている――「どの記事も、『ほとんどのプレイヤーが引退を考えている年齢で…』というありきたりな表現をしているが」、と)。だが翌年、彼は初めてメジャー大会で優勝し、そしてそれから続く2年、いずれの年もその偉業を繰り返し、30歳を超えてからグランドスラムで複数回優勝したテニス史上3番目の男子プレイヤーになった。

ワウリンカの最も劇的な瞬間は、2016年の全米オープンのときにやってきた。彼は、ディフェンディング・チャンピオンで世界ナンバー1のジョコビッチと決勝戦で対戦した。コートに出ていく5分前には、ワウリンカはロッカールームに座りながら緊張で震えて、涙まで出てきそうなほどだった。試合が始まると、事態はますます悪くなる一方だった。第1セット、ワウリンカはジョコビッチを攻めてタイブレークには持ち込めたのだが、そこでたったの1ポイントしか取れなかったのだ。それは、チャンスをふいにしてしまう典型的なパターンで、ワウリンカの感情の「クリプトナイト(スーパーマンの力を無力化してしまう物質)」だった。第2セットでも、すぐにもジョコビッチに4-1のリードを許してしまう。ジョコビッチは最も安定したプレイヤーであり、しかも決勝に進むまでの6試合のうち3試合で相手が棄権していたこともあって、元気いっぱいだった。それが、強固なディフェンスと、ベースラインぎりぎりで長いラリーをするという彼好みのスタイルでプレーをするのに大いに味方していた。

絶望的に見えたが、ワウリンカは、ひどく消耗するなかで、考えもしなかった強みに気づき始めたのだ。ジョコビッチに、前に後ろにと揺さぶられるにつれて、それまでワウリンカを悩ませていた神経の緊張が消えて、気持ちが落ち着いてきた。気持ちにばかり行っていた集中力が、いったん脚へとシフトすると、得点が入り始めた。ビッグポイントを取るたびに、彼はコート際の支援者席に座っているノーマンと視線を合わせ、黙って自分のこめかみを指さした。そのジェスチャーは一種の独り言だった、と後にワウリンカは語った。自分自身に、前のポイントではなく次のポイントに集中すべきことを思い出させるものだったのだ、と。結局は、精神的に崩れていったのはジョコビッチのほうだった。ジョコビッチは、通例にないタイミングでメディカル・タイムアウトを要求して物議をかもしたが、それは、避けられない「負け」を遅らせるだけの結果となった。

ジョコビッチは試合後の記者会見で、一体何が起こったのかと質問された。彼の答えで、ワウリンカがほんの3年前には、才能豊かなスキルと恵まれた肉体の持ち主だがプレッシャーに弱いとみなされていたのに、そこからいかに完璧な変身を遂げたかということがわかった。「彼は、ビッグマッチで最高のプレーをする選手だ」と、ジョコビッチが言ったのだ。

若さゆえのエモーションが過大評価されている

若さゆえ、と言われる特徴——熱情とか楽観主義とか恐さ知らずとか——を考えて、そういったことが、スポーツでは精神的なメリットになるだろうと思われがちだ。たしかに、そういう場合もある。けれども、それらは同じくらいに、デメリットとして働くこともある。熱情が爆発すれば、ラケットを叩き壊すような発作的な怒りとか、害の大きなパフォーマンスになる心配もある。楽観主義と自己信頼は、自分自身に過剰な期待をしすぎ、しかも性急になりすぎる原因になる。その期待が達成できなければ自分を責めてしまうし、または、必要な準備を怠ってしまうことにもつながる。若々しい熱意と回復力には、もちろんいいこともある。しかし、多くの人々は、そういった特徴の価値を過大評価し、年齢とともに増えていく特徴の価値は過小評価する。たぶんそれは、若くあり続けたいという、我々の社会の強迫観念にも似た考え方とか、そこにうまく乗っかってくるコマーシャルのうたい文句のせいだろう。あるいは、多くのスポーツで主に活躍しているのが若者であるのを見て、勘違いをしているのかもしれない——若者が成功する原因として、若さはその一部でしかないのに、それがすべてと思い込んでいるのだ。おそらく、熱情や強い願望やひたむきさといったものが一番大切だと信じるほうが、現実よりもロマンティックで魅力があるからだろう。

テニスの試合の間のテレビコマーシャルを見ていると、選手がみんな拳を振って「カモーン（さあ、こい）！」と叫んだり、空に向かって吠えたりしている。つまりは、テニスはより高みを欲する者たちの戦いであるという意味を含んでいるのだ。けれども、スタン・ワウリンカがビッグトーナメントでなかなか勝てなかったのは、高みを目指していなかったからではない。どちらかと言えば、彼は熱く燃えすぎた。感情を抑えて弱火にすることを学ばなければならなかったのだ。ワウリンカは、自分の熱情を安定して和らげる必要があったのだが、まさにその安定性というのが、熟年の競技者には備わっている、どうということはないがきわめて大切な資質なのだ。ボストンマラソンのあの日、世界最速のランナーたちがほんのわずか長めに気を緩めていたときに、メブが先頭に立つことができたのは、熱情ではなくて、その安定性のおかげだったのだ。「多くのアスリートは何でも正しく行い、いつでも準備ができていると思うかもしれないが、実際は試合に行くと不発に終わる。メブは、健康なときは、少なくともいい線までくる。大きな大会で、自分の持っているものを最大限出せるというのも、才能のひとつだね」と、ボブ・ラーセンは、競技者としてのメブについて語った。

安定性があること、体系だった計画や目標設定をするコツ、自分の能力を現実的に把握すること、健全なものの見方――これらは、どれもあまり魅力的には聞こえない。「困難だけれど達成可能な目標を立てろ」が、ランニングシューズの宣伝文句の「不可能はない」や「ただやるのみ」に取って代わることは当分ないだろう。けれども、そういったことが、往々にしてアスリートに長期にわたる成功を決定づけたり、熟年アスリートを予想以上に活躍させたりする資質になる。これが正当に評価されていないのは、そのような資質は、スピードや敏捷性など、他のより明確なアスリートの特性が衰え始めるまでは、あまりよく目に見えてこないからだろう。

しかし、熟年アスリートがいっそう成功しているなかで、そういった特性はだんだん見逃せなくなるだろう。特に、テニスほどそれが顕著なスポーツはない。２００６年のＡＴＰの大会では、勝ったプレイヤーの平均年齢は24歳だった。それが、２０１６年までに29歳近くにまで跳ね上がったのだ。その10年間で、30歳以上のトーナメント優勝者の数は、０人から14人にまで増えた。28歳を過ぎてグランドスラムで勝ち始めたワウリンカは変わり種かもしれないが、彼と同等のランクは30歳過ぎのプレイヤーだらけだ。彼らは、自分たちは成熟したからこそ、20代のときには失敗して負けていた試合に勝つことができるようになった、と言う。「その歳で前より才能が高まるわけではなく、自分の才能を最大限に引き出す方法がわかっただけなんだ」と、33歳までプレーしたアメリカのジェームズ・ブレイクは、ATPのウェブサイト（「Why 30 Is The New 20 On The ATP World Tour（ATPワールドツアーでは、30歳がなぜ若々しい20歳のようになれるのか？）」と題された記事）で語っている。「プレッシャーの扱い方がわかる」、「困難に直面しても、昔より少し冷静でいられる」と、元世界ナンバー1のアンディ・ロディックも認める。あなたにも覚えがあるだろうか？

chapter 8

試合の速度を決めるのは身体ではなく心

ジェームズ・ガラニスは愛弟子のことで悩んでいた。アメリカの女子サッカーで一番のプレイヤーだが、速すぎるのだ。

2012年——オーストラリア出身のサッカーコーチで、ニュージャージー州中部で青少年クリニックを運営しているガラニスが、カーリー・ロイドとトレーニングをしてきて、もう10年近くになっていた。あの日——練習の後、カーリー・ロイドの父親スティーブンが、サイドラインのところにいた彼に近づいてきて、娘には助けが必要なんですと言ったのだ。カーリー・ロイドは当時20歳だったが、ちょうどU-21の代表チームから外されたばかりだった。シニアチームを目指したいのなら、君のプレーには大きな欠陥があって修正が必要だと言われたのだ。ひどいショックを受けた彼女は、もうサッカーをやめようと思っていた。もっと低いカテゴリー(当時の女子にとっては、いずれにしろほとんどなかったに等しいが)で辛うじて生計をたてていくよりは、ふつうの仕事に就こうか、と。彼女の父親は、そこでもう一度挑戦してみるようにと娘を説得し、ローカルな人材をプロに育てると評判だったガラニスに評価してもらいなさいと話したのだった。

最初に会ったときに、ガラニスは、彼女に数々の基本練習をやらせてみて、21歳以下のチームのコーチが彼女を外したことは間違っていなかったとわかった。ロイドは、クラブチームの試合や草サッカーで中心となって育ってきた者の天性の器用さは持っていたけれど、その技術は、パスのトラップやコントロール、速いドリブルなどの基本的なスキルすら、粗削りだった。さらに悪いことに、体力も哀れなほどなかったので、ランニングの訓練だけでくたくたになった。持久力を試そうとグラウンドの周りを走らせても、12分しか持たなかった。最悪だったのは、ロイドはこうしたことが自分の責任だとは少しも思っていなかったことだ。ガラニスが、ロイドの悪いところを指摘するたびに、ラトガース大学の1部リーグのチームでプレーしていた彼女は、なんとかしてそれをコーチかチームメートのせいにしようとする。ガラニスは、技術や体力をどうにかする前に、その性格を直さないといけないと考えた。「そこが、僕の違うところなんだ」と、ガラニスは言う。「僕は、選手を脚から上へではなく、頭から下へ作っていく。コーチを受け入れられる状態にするんだ」

ガラニスは彼女に、「指導料はいらないが、条件はただひとつ、言い訳はしないこと」、と言った。もし2人で一緒にトレーニングをするなら、彼女はすべてをそこに賭ける必要があった。「ふつうの人は9時から5時まで働くよね。そして5時には仕事を終える。そしてビールを飲む。何でもしたいことをする」。彼はロイドに話した。「ここ以外の世界の人は毎日スイッチをオフにできるが、君にはオフにできるスイッチはない。君のオフスイッチは、君のキャリアの最後に使う。それは35歳かもしれないし、36歳かもしれない。これからは、スイッチはオンのままで、君がシューズを脱いで現役を引退してしまうまではオフにならない」

ロイドはこれまでコーチたちに可愛がられて育ってきた——コーチたちは、チームを勝たせてくれる優れた才能のある選手を担当することが嬉しかっただけなのだが。けれども、ガラニスに厳しく言いつけられて、彼女はがぜん燃えてきた。それで、その条件に同意したのだった。毎日一緒にトレーニングを始めてみると、ガラニスは、課題が自分の考えていたよりもずっと大きなものだということに気がついた。ロイドの体力テストの成績の低さは、これまでの怠慢のせいだけではないことがわかった。彼女は、循環器系の機能が基準値より低かったのだ。もし、彼女が国際的なレベルのサッカーをプレーしたいなら、チームメートよりも相当多くの基礎体力強化トレーニングを常にしなければならないだろう。ガラニスは彼女に、90分のランニング、400回の腕立て伏せ、1000回の腹筋運動を含む訓練プログラムを課した——もちろん毎日。それだけの量をこなしても、彼女が代表チームの標準体力に達するのに2年近くかかった。

けれども、その訓練が、別の意味でも大きかったのだ。ロイドを見れば見るほど——改善したいという彼女の内から湧き起こる意欲から、脚でボールを扱う天性の才能を呼び覚ます能力にいたるまで——ガラニスは、彼女が一世代に1人しかいないような天才プレイヤーになる資質を持っていると信じるようになっていった。おそらく、それ以上かもしれない。師匠と弟子は、無謀とも思える案を練った——世界一のサッカープレイヤーになるための、3段階からなる10年ごしの計画だった。「女房でさえ信じてくれなかったよ」と、彼はふり返る。「彼女は僕を見ながらこう言ったよ、『この人は完全に頭がいかれているのよ。ニュージャージーのこんな片田舎で見つけた子を、世界一にしようと思うなんて』、とね」

しかし、まさにその通りに事が運んだのだ。

第1段階は、2003年から2008年まで続いたのだが、その目標はガラニスの言葉で言えば、「足がかりをつかめ」ということだった。彼とロイドは、不注意に敵にボールを取られるような効率の悪いパスの受け方など、彼女のスキル上の欠点を解消するとともに、体力を平均まで引き上げた。ロイドは、あいかわらず気持ちの上でのミスをしがちではあったけれど、フィールドでもハードにプレーをし、ボールを欲しがって守備をおろそかにするという悪評を払拭した。ロイドはすぐにも、21歳以下の代表チームのポジションを取り戻した。2005年には、23歳の誕生日の6日前にシニアチームでのデビューを果たした。

第2段階は、予定より早くスタートした。目標は、アメリカのベスト女子プレイヤーとして認められることだった。実際にロイドは、2008年の終わりに、すでにそれを十分に達成したと言えるだろう——アメリカ合衆国サッカー連盟主催のU.S.サッカー・アスリート・オブ・ザ・イヤーに選ばれたのだ（同時期にその名誉を受けた男子は、ゴールキーパーのティム・ハワードだった）。それはロイドが、オリンピックで、ブラジルとの決勝戦で決勝点を挙げてアメリカチームを金メダルに導き、また代表チームの試合すべてに先発した年の締めくくりの表彰だった。さすがにガラニスの妻も、夫の目に狂いはなかったと認めないわけにはいかなかった。

第2段階が幸先良かった一方、第3段階はその真逆だった。ロンドン・オリンピックへの準備中に、ロイドは、USWNT（アメリカ女子代表サッカーチーム）の監督、ピア・スンドハーゲから衝撃的なニュースを聞いた――ロイドはベンチに下げられたのだ。ロイドのポジションであるセントラル・ミッドフィルダー（センターハーフ）は、ローレン・ホリデイとシャノン・ボックスが先発することになった。スンドハーゲは、彼女たちのほうがボールの扱いが慎重そうだと考えた。ロイドは当時でも、不必要な危険を冒すという評判があったのだ。ロイドのほうも、スンドハーゲが、前の夏のワールドカップでのチームの敗戦を、まだ自分のせいにしているのでないかと疑った――ロイドは、日本との決勝戦で、延長戦も同点のまま終了した後のペナルティキック戦で、ミスをした3人のうちの1人だったのだ。

しかしロイドがベンチに下がっていたのは、正味16分間だけだった。初戦の対フランス戦でボックスが怪我をして離脱し、ロイドが復帰したためだ。ロイドは決勝点を挙げて、アメリカチームを金メダルのかかった決勝戦まで導いた。まるで、昨年のワールドカップ決勝戦の再現のようだった――ただ今度は、ロイドはチャンスを無駄にせず、2ゴールを決めて2－1で勝利した。試合の後、ロイドは、コーチが自分をサブにしたことは間違っていると証明したくて、その思いもモチベーションの一部になっていたと告白した。彼女の望みはかなった。そのうえ、スンドハーゲはその後まもなくコーチを辞任し、スウェーデンに帰国した。

自分のチームのベストプレイヤーを見限ったスンドハーゲは、もともと特に優れたフィジカルを持っているわけでもなかった30過ぎのミッドフィルダーは、もう賞味期限切れだろうと踏んでいたのだ。実際、スンドハーゲは、オリンピックの数週間前の5月に、中国との親善試合からロイドを外した後にも、そのようなことを言っていたとガラニスはふり返る。「あの試合の後、監督が来てこう言ったんだって――『あなたは、動きが遅くなったようね。もう先発メンバーには入らないと思うわ』、と」

その「遅くなった」ことこそ、まさにロイドとガラニスがやろうとしていたことだったのだが、スンドハーゲはそんなことは思ってもみなかった。それが第3段階だったのだ。10年の間、ロイドを誰もが認めるベスト女子サッカープレイヤーにするというガラニスの一番だいじな計画は、ずっとそれに向かって積み上げてきていた。世界レベルで7年間プレーしてきて、彼女はいよいよ準備ができた、と彼は思った。

肌寒い春の朝、僕はマンハッタンから車で90分のガラニスのユニバーサル・サッカーアカデミーがあるニュージャージー州のマウントローレルまで行った。絵のように美しいフェデラル様式の家屋が立ち並ぶ古風なメインストリートに車を止めた。コメディアンのジャック・ブラックに少し似ているガラニスは、オフィスの入り口で愛想良く僕を迎えてくれた――「さあどうぞ、入って!」。中は、ロイドの経歴にまつわる記念品でいっぱいだった。彼は時折、壁下の幅木のところにジュニアサイズのボールを蹴って要点を実演で示しながら、僕に、ロイドの進化と10年計画の最新の段階について説明してくれた。

フィールドで一番「速い」プレイヤーは誰か?

NCAA（全米大学体育協会）サッカー、アメリカのプロリーグのサッカー、代表チームのサッカーの大きな違いは試合のスピードだ、とガラニスは説明した。より高いレベルに上がっていくにつれ、「すべてのことが、より素早く起こる。より素早く止められる。空いているスペースにより素早く入る。試合がすごく速くなるので、何でもより素早くやらなければいけなくなる」。ロイドのような大学生プレイヤーが初めて代表チームでプレーを始めるときには、ほとんどいつもプレーのスピードがネックとなる。たいていの選手は、全速力で走ることで対応し、パスコースを見つけたり、相手をブロックしたりしようとする。けれども、物理的なスピードは、正しい問題解決の手段ではない。

「もし、より素早くプレーしたいなら、より早く走り始めればいい。でも、試合のスピードを決めるのはボールだ」と、かつての偉大なオランダ人プレイヤーであり監督も務めたコーチのヨハン・クライフは言った。最速のプレイヤーでも、ボールは追い越せない。相手チームの電光石火のウイングに追いつけたとしても、そこに着いた瞬間にゴール前のストライカーに完璧な横パスを出されたら、大して役には立たない。どんなディフェンダーをもスプリントで振り切れる能力があったとしても、間違った方向に走っては大して有利にはならない。「フィールドで一番速いプレイヤーは、最速の足を持っている者ではなく、最速の精神を持っている者だ」と、ガラニスは言う。

そして最速の精神を、最も若いプレイヤーが持っていることはめったにない。たしかに、彼らは最速の**反射神経**を持っている。一つひとつの神経細胞はそれを保護するタンパク質の鞘に包まれており、これが絶縁体として働いて刺激が伝わるのを速くしている。神経細胞が老化するとともに、このタンパク質の鞘が劣化するので、20代以降はその反応時間が遅くなるのだ。

けれども、反応時間と判断速度は違う。サッカーのようなスポーツやその他の複雑な仕事では、脳が効率よく一度に処理するには、起こっていることが多すぎる。代わりに、僕たちの頭脳は、「チャンキング〔複数の項目を1つの単位としてまとめる心の働き〕」と呼ばれることを行い、関連した細切れの情報をリンクさせていくつかのパターンにまとめて、取り扱う変数の数を減らして意思決定のプロセスを簡略化している。たとえば野球なら、初心者のバッターは守備の隊形を見て、ショートとセカンド、ファーストの野手全員がいつもよりサード寄りに守っているな、ということには気がつくかもしれない。一方、より経験のあるバッターなら、ショートがにじり寄ってくるのに気づき、守備側がシフトを取っているのを悟り、右投げのピッチャーが内角の速球を投げてくることまで予測できるだろう。

カナダ人の研究者ジャネット・スタークスは、トップ・アスリートのなかでチャンキングがどのように働くかを最初に確認した一人だ。彼女は、バレーボールとフィールドホッケーの選手たちに、試合状況のスライドを見せることによってこれを行った。目の前でスライドを百分の数秒、瞬間的に見せ、その後で彼らの記憶をテストしたのだ。彼女は、初心者のプレイヤーたちはほとんど何も識別することができないが、熟練プレイヤーたちは詳細まで思い出すことができることを発見した。熟練者はチャンク（ひとまとまり）を読みとっているので、ずっと多くの情報を処理することができたのだ。あなたが単語を認識できるおかげで、この文を数秒で読めることと同じだ。これに対し、5歳児は文字を読み上げて詰まってしまう。オーストラリア人の研究者ブルース・アバーネシーは、「オクルージョン〔塞いで見えなくすること〕」の方法を使って、スタークスの研究をさらに発展させた

――初心者と熟練アスリートに、重要な視覚情報を与えない状態で、彼らのスポーツの状況を説明したり、課題を実際にパフォーマンスしてもらったりした。たとえば、あるテニスプレイヤーには、サーブのボールとのコンタクトの瞬間ではなくワインドアップを見せた後で、対戦相手のサーブの方向を予測してもらう。スタークスと同じように、アバーネシーも、何年も訓練しそのスポーツの最高レベルで競争してきた人たちと、そうでない人たちの間には、大きな隔たりがあることを見つけた。

若いプレイヤーがプロとして3、4年プレーした後で急にパフォーマンスが跳ね上がると、彼らはほとんど決まって同じ表現で説明する――「試合がゆっくりになった」、と。アスリートが、まるで予知能力を使ったかのような驚くべき行動を取ってプレーをしたとき――たとえばフットボールで、コーナーバックがピック6〔パスをカットしてボールを奪いそのままタッチダウンすること〕を狙ってワイドレシーバーのルートを先んじて遮断したとき、こう言っているのをよく耳にする――「起こるであろうことが、起こる前に見えた」とか「それがスローモーションのなかで起こったように感じた」とか。チャンキングは、そのような主観的な現象の原因になっているメカニズムだ。それは、複雑なことを単純に感じさせたり、予定された行動を自動的に感じとれたりするのである。

「若いときは、素早く爆発的に動くが、どこを向いて行っているのかわかっていない」と、ガラニスは言う。試合がすごく速く感じるので、若いプレイヤーは自分がもっと速く動かなくてはならないように感じる。その結果は、無駄が多くて効率の悪い努力ということになる。試合状況の膨大な情報をチャンク化して心にデータベースとして取り入れて初めて、十分に速く処理をしてフィールドをしっかりと見ることができ、起こってしまったことではなく、まさに起こらんとしていることに対処できるようになるのだ。いったんそれが起こると、「もう、スペースを見つけようとしてがむしゃらに走ったりはしない。先を読めているのだから。そのスペースまで、もうほとんど歩いていけるくらいなんだ」

サッカーが世界で一番人気のあるスポーツである理由のひとつは、プレーするのに必要なものが少ないことだ——ボールと平らな場所とゴールを示すいくつかのものがあればいい。必要とされる運動能力についても、ある程度これは当てはまる。特定の体形が要求される他の主要スポーツに比べて、サッカーでは可能な体格の幅は広い。ズラタン・イブラヒモビッチはリオネル・メッシより1フィート（約30センチメートル）も背が高いが、それでも2人ともフォワードでプレーし、世界のベストプレイヤー入りしている。同じことがスピードにも言える。名目上はスプリントのスポーツだが、サッカーのプレイヤーはどちらかといえば、圧倒的に怪我に強い持久性の筋線維タイプを持っていることが多い。「世界のベストプレイヤーの何人かはとびきり素早い人ではない」と、ガラニスは言う。「彼らは優れたアスリートでもないし、実際、足は遅かったりする」

優れたアスリートであっても、運動能力によって勝つのではない。世界のベストサッカープレイヤーの賞（バロンドール）を5回獲得したメッシは、何人もいるディフェンダーの間をジグザグに突破する驚異的な加速力を持っている。それで素晴らしい見せ場を作るのだが、そのおかげで、この偉大なるプレイヤーが、同レベルで同じポジションをプレーする他の誰よりも走行距離が少ないという事実は隠れてしまっている。実際、２０１４年のワールドカップでの測定データによると、ゴールキーパーを除けば、プレー時間対比で走った距離を調べると、メッシが一番短かったことがわかった。一見フィールドで一番サボっているように見えるプレイヤーが、どうやって終始その試合を支配できるのだろうか――アイルランド人のサッカーアナリスト、ケン・アーリーは、メッシが、プレーの流れを読む超人的な能力で、ボールがどこにおさまるかを予測することによって歩数を節約しているのではないかと推測した。「他のプレイヤーは、ただボールを追いかけて走っているのに対し、メッシは、歩くだけで常に一歩先にまで行ける」と、アーリーは書いている。これを読むと、アイスホッケーの伝説的プレイヤー、ウェイン・グレツキーのよく引用される言葉を思い出す――「僕が滑っていくのは、パックがこれから行くであろう所であって、パックのあった所ではない」

身体ではなく精神でプレーする

ガラニスはまだ定期的にプレーをしているのだが、20代の頃よりも、お腹がぶよぶよになった40過ぎの今のほうがうまいんだ、と断言する。「当時は、馬鹿みたいにそこらじゅう走り回ったものさ。今は、体形も崩れたし他にもいろいろあるが、なんなら、歩いて行ってボールを取って、コーヒーで一服してからでもパスできるくらいさ。スペースが空く場所がわかるから、自分1人ででもボールを運べる。僕とプレーしてみる?」

ガラニスがプレーを見るのが好きなプレイヤーの1人が、メッシの長い間のチームメートで、35

歳までFCバルセロナでプレーしたスペイン人のミッドフィルダー、シャビ・エルナンデスだ。メッシと同じくらい小柄で、とても速いとは言えないシャビ（サッカー選手の多くがそうであるように、ファーストネームで通っている）は、バルセロナにいた頃は、多くのサッカー愛好家たちからは、最もパスのうまいプレイヤーとみなされていた。「彼のワザと言えば、2つ先のプレーまで考えることに尽きるね」と、ガラニスは言う。「彼がボールをパスするとき、次のやつに単に渡すのではない。今いる場所でなく、ボールをコントロールするにはそっちに行くしかないという場所にパスを出すんだ……」。ガラニスは上気した顔でミニボールをつかんだ。そうして、全力疾走しながらパスを受け取り、ゴール前で待っているストライカーに通すにはこのプレーしかない、というような様子を実演してみせた。「熟年プレイヤーが良くなっていくのは、こうした早い判断ができるからなんだ。身体ではない、彼らは心でプレーしているんだ」

つまりは、それこそが、ガラニスがカーリー・ロイドのために構想したことだった。彼は、ロイドのスピードが少し遅くなったというピア・スンドハーゲの評価に反対だったわけではないが、彼女が、そのようなスピードを武器にしないでいい段階に到達した、と信じたのだ。実際、彼は、ロイドが脚よりも頭脳に頼ることを学べば、さらに良いプレイヤーになれると考えていた。そしてそれが、2012年に第3段階として取り組み始めたことだった。彼らが焦点を当てたのは、敵のゴール前40メートルあたりの「アタッキングサード」と呼ばれるエリアでのプレーの組み立てだった。

サッカーの解説者が、プレイヤーのスタイルを「ダイレクト」と表現するのは、ふつう称賛の意味だ。ダイレクトなプレイヤーは、ゴールまでまっすぐにドリブルで突き進み、ディフェンダー陣を1対1で次々に対峙して勝負させるか、あるいは後ろを向かせて後退させる。けれどもガラニスは、ロイドはあまりにダイレクトすぎると見ていた。ボールを欲しがる欲求の強さが、彼女を優れたプレイヤーにしたけれども、それは同時に、戦術的には繊細さを欠く原因にもなった。ロイドはパスを要求して叫びながら、ボールを持っているチームメートのほうをチェックするが、敵のディフェンダーも引きつけてしまうために、パスコースが狭まってしまう。あるいは、クロスボールを待ってペナルティエリア内でぐずぐずしているうちに、ボールが来る前に相手ディフェンダーに自分をマークする時間を与えてしまう。

ラップトップのパソコンをオーバーヘッドプロジェクターにつなぎながら、ガラニスは2枚ずつになった一連の図を見せてくれた――1枚目は、ロイドがある状況でどのようにプレーしてきたか、そして2枚目は、彼が今、彼女にそのプレーをどのようにコーチしているかを示している。修正のうちいくつかは複雑すぎて、ガラニスはうまく説明できなかったが、きわめて単純なものも2、3あった。たとえば、ウイングがサイドラインに沿ってボールを進めたときには、直接にペナルティエリアに走り込むよりも、弧を描いてセンターバックの背後に回り込むように走らせる。そうすれば、相手に予想されにくい角度から、ボールと同時に到着できる。それは、図の上では十分に単純明快だったが、ロイドのような攻撃的でダイレクトなプレイヤーの本能とは真逆の発想だった。ガラニスが、その戦略を言い出すのに7年間待ったのには理由があった。「カーリーが、これから舞台に登場しようとしている若いプレイヤーだったときには、私はそこに座って彼女にこの手の説明をすることはできなかった。なぜなら戦術的にあの段階で彼女がやらなければいけなかったことは、試合のスピードに慣れること、それがすべてだったからね」と、彼は言う。「試合の速さに適応し、速さがもはや武器ではなくなるこのレベルに上がることが、本来の趣旨だったんだ」

速さがいかに武器にならないかは、2015年のワールドカップで誰の目にも明らかとなった。再び日本との決勝戦で、ロイドは奮起して3得点した――しかも、そのすべてを最初の16分間で。男女を問わず、ワールドカップの歴史上、こんなに早くに、こんなに多く得点した例はなかったし、このようなビッグゲームではありえなかった。実際、過去に決勝戦でハットトリックを達成した唯一のプレイヤーは、イングランドのジェフ・ハーストだけだった。けれども、ロイドのパフォーマンスを単なる記録から伝説へと引き上げたのは、3点目のゴールの質の高さだった。フィールドの中盤近くでパスを受けたロイドは、ボールを持ったままターンして、ボールに軽く触れることで、自分と近くにいたディフェンダー2人との間にスペースを作った。目線を上げたとき、日本のゴールキーパーの海堀あゆみが、ゴールラインからずっと離れてペナルティエリアの端のほうにいるのが見えた。その瞬間ロイドは、センターラインを一歩超えたあたりから、ふわりと円弧を描くショットを放った。海堀は後ろに下がってなんとか指先でボールには触れたが、はじくことはできなかった。もちろん、海堀がそれほど前に出るべきではなかったのだが、アメリカのこのアタッカーが、フィールド中盤からシュートエリアまで走り込むまでには戻る時間があると考えていたに違いない。ロイドは、ガラニスに教えこまれてきたことがついに成功したということには気がついていなかった――ボールは人よりも速いことを。素早いひらめきは、素早い足に勝るのだ。

それらがすべて正しいとして、ロイドのようなプレイヤーはどこで終わりになるのか、と僕はガラニスに尋ねた。僕たちがこの会話をしたのは、ロイドの長距離ミサイルのようなあのゴールの数カ月後、彼女がＦＩＦＡの２０１５年の女子のプレイヤー・オブ・ザ・イヤー（彼女はこの名誉を翌２０１６年にも再度獲得することになる）に選ばれてから数週間後のことだった。これで、かなり決定的な第３段階の仕上げとなっただろう。それでも、もし得点と受賞が何らかの指標にすぎないとすれば、ロイドはまだ進化し続けていくように思える。それとも、彼女は本当にピークに達したのだろうか？

「ピークは、自分が終わりにしたいと思ったところで終わる。だからピークは存在しない。ピークというのはないんだよ」と、ガラニスは言った。強調するかのように、２度目はゆっくりと繰り返した。「ピークは存在しないし、才能も存在しない。才能は作るものだ。誰も、生まれながらにしてバスケットボール・コートでスリーポイント・シュートを打ったり、蹴ったボールのコースを曲げてコーナーの上隅に入れたりできるわけではない。才能は作られるんだ」

実は——彼はいたずらっぽい表情を浮かべて僕に言った——第３段階が大成功だったので、僕とロイドは最近、新たなプランを追加することに決めたんだ。第４段階の目標を知りたいかい？

もちろんだよ。

「それは、これまでで最高のプレイヤーになることだよ、君」

今でもまだ、彼女には無理だと思うかい？

経験で運動量を節約する

マッキー・シルストーンが、好んで言うジョークがある。マッキーのことは覚えているだろうか？　ペイトン・マニングやセリーナ・ウィリアムズが30代でチャンピオンシップを獲得することを助けた「現役延長の達人」だ。

「年寄りの雄牛と若い雄牛が、丘の上の柵の内側に座っているとする。丘の下には、美しい牝牛たちがいる。まあ、美女たち、ってことかな」と、彼は言う。「若い雄牛が言いました。『柵を飛び越えて走り降りて、つかまえようよ』。そうしたら年寄りの雄牛が言った。『ゲートを開けて歩いて降りて、つかまえたらどうだい？』」

肉体は歳とともに衰える。スポーツ科学と医学は、肉体を健康に保ち、故障したときには健康を回復させることには役に立つようになってきたが、この基本的な現実については、あまり何もできていない。短距離走のレースタイムは依然として28歳くらいから遅くなっていくが、その比率は50年前とほぼ変わっていない。

けれども、多くのスポーツのアスリートにとって、最高速度は、警官用の武器に少し似ている。万が一必要なときのためには失いたくはないが、仕事がうまくなるにつれ、使用する必要は少なくなっていく。若手のアスリートは、速く走れるから走るのではなくて、そうしなくてすむ方法を学んでいないから走るのだ。彼らはまだ、どうやってゲートを開けて歩いていけばいいのかがわかっていないのだ。マニングは、NFLスカウティング・コンバインで、公式に40ヤード（約36・6メートル）ダッシュを4・8秒というかなりの記録で走ったが、若い頃でも、NFLのクォーターバックとしては機動性のあるほうではなかった。ブロンコスで2度目のスーパーボウルで勝つ頃になっても、彼はボールを持って走ることはほとんどできなかったし、速いパスを投げることもできなかったが、プレーの開始前にディフェンダーの動きを読み、守備の穴を予測することにおいては誰よりも優れていた。「ひとつのスポーツで15年以上もやっていれば、守備側が何をしようとしているかわかると思わないかい？」と、シルストーンは言う。

「ゆっくりすればスムーズで、スムーズにいけば速くなる」

ラファエル・ナダルは、5年間でグランドスラムのシングルスのタイトル9個を獲得し、その絶頂期には、無類のコートカバー力で、誰もが拾えないと思うようなボールをうまく返しては、敵の戦意を喪失させた。ナダルがテニスのトップランキングから滑り落ちたのは、20代の終わりに、膝と足首を続けて故障した時期と一致する。けれども、スピードが落ちたことは、彼のコーチであるフランシス・ロイグの分析によれば、ナダルのランク落ちとは関係がないとのことだった。どちらかと言えばそれは逆で、ナダルは、ボールにダッシュして態勢を整えないままにスイングして、昔よりも時間をかけないでポイントを取っていた。第3段階に入る前のロイドのように、彼も「ゆっくり」になる必要があったのだ。「テニスでは、速すぎるのは良くないんだ」。『ウォール・ストリート・ジャーナル』紙で、ロイグが語っている――「だが、ゆっくりすぎるのも良くない。ちょうどいい速さでないとね」

「ゆっくりすればスムーズで、スムーズにいけば速くなる（Slow is smooth and smooth is fast）」――この言葉は、アメリカの特殊部隊工作員全員の頭に叩き込まれている。僕が最初に聞いたのは、元海軍ＳＥＡＬの心理学担当主任のエリック・ポッテラットからだった。ＳＥＡＬは射撃の訓練をする際に、ほとんどスローモーション映像の中か、水の中で動いているように見えるくらいゆっくりと動く練習をする、とポッテラットは言った。奇襲部隊の任務における後方支援、つまり弾薬の補給などのことを考えれば、道理にかなっている。射撃の技術は重要だ。自分で運べるだけの弾薬しか持っていないし、いつ帰れるかもわからない。無駄玉は弾薬を消耗するだけでなく、敵に自分の位置を知らせてしまうことにもなる。そしてもちろん、注意深く狙いを定めたほうが、目標に当たる確率も高くなる。撃つことよりも、敵を仕留めるほうがだいじ、というわけだ。

「時間は味方ではない」――それこそ大勢の熟年アスリートたちがこの言葉を使っているのを、僕は見てきた。タイガー・ウッズから、ウサイン・ボルト、野球のＲ・Ａ・ディッキー、フットボールのベン・ロスリスバーガーにいたるまで。もちろん、それが意味するところはわかるけれども、僕は同意しない。時間は、熟年アスリートの大きな味方だ。彼らの一番の友と言ってもいいだろう。キャリア終盤のパフォーマンスでは、熟練した競技者が、時間をどのように感じ、コントロールし、うまく扱うかということが大きな部分を占める。アナウンサーが、ベテランのクォーターバックを「試合時間の使い方の名人」と言うのを、何回聞いたことがあるだろうか？　時間の流れは武器になるのだ――自分にとって試合がゆっくりに感じられれば感じられるほど、他の選手にはそれだけ速く感じさせることができる。

プレー時間そのものを短縮する

テニスに決められた試合時間はないが、もしあったとしたら、サービスエースの歴代最高記録（1万3200回以上）を持つクロアチアのプレイヤー、イボ・カロビッチほど効果的にそれを使う者はいないだろう。カロビッチは2016年を世界ランク20位で終えたときには37歳だった。ここ40年近くでトップ20位にランクインした最年長記録となった。カロビッチの試合はきわめてわかりやすい。まさに幾何学の世界だ。身長6フィート11インチ（約2メートル11センチ）の彼は、プロテニスプレイヤー史上最も長身の選手の1人だ。彼の身長では、背が低めのプレイヤーでは届かない場所にボールを打ち下ろすことが可能になる――少なくとも、トップスピンを重くするためにスピードを抑えたりしないかぎりは。つまり、ウイングスパン（両手を横に伸ばしたときの幅）が7フィート（約2メートル13センチ）はない相手が届かないアングルまで広く使えることになる。「カロビッチがサーブするときには、理論的にはボックスの広さが2倍になり、ネットは1フィート（約30センチメートル）低くなるんだ」と、アンドレ・アガシは、2005年に彼と対戦したことについて書いている。「彼のサーブは、まるで飛行船から打っているみたいだった」。けれどもカロビッチの高身長にはまた、明らかな欠点もある。極端に背が高いプレイヤーは機動性に欠け、低いボールをうまく拾い上げられないという難点があり、カロビッチも例外ではない。さらに身体が大きいと、関節や腱に余分な負担がかかることになる。バスケットボールのセンターの選手がテニスに転向しないのには、理由があるのだ。

２０１２年、カロビッチが33歳のとき、彼とそのコーチのピーター・ポポビッチは残りの現役生活を最大限に活かす方法について話し合った。走るのを制限するのが鍵だ、ということで意見が合った。「ポイントを取るのに時間のかかるプレーを完全にやめて、１ショット、最大でも２ショットの勝負にしなければならない、と一緒に決めたんだ」と、ポポビッチは説明した。サービスエース・マシンとして、カロビッチはすでに多くのワンショット・ポイントを挙げていたが、それではまだ十分ではなかった。ポポビッチはこの大男に、セカンドサーブも強く打つようにと勧め、彼がそのとおりにした結果、平均速度は時速１６５キロメートルから１９０キロメートルに上がったのだ。２人は、それをリターンゲームでもやってみる価値があるということでも意見が一致する。完全なウィナーであれミスショットであれ、ポイントを早く終わらせようと、ビッグスイングを多く取り入れることにしたのだ。この対応策によって、カロビッチは総じて良い状態を維持できたうえに、セカンドサーブでの勝率も10%アップした、と彼のコーチは言う。そして彼は、自己最高ランキングの14位からほんの数位下で２０１７年を迎えることができたのだった。

カロビッチの成功は、そのまま見逃されるわけにはいかなかった。２０１５年夏、全米オープンの前哨戦ともいえるシンシナティ・マスターズで、ロジャー・フェデラーは独自の素早い動きで相手を待ち伏せる作戦を取り始めた。サービスリターンの際、突然素早く、数歩でベースラインの中に入り、ハーフボレーを打つという奇襲攻撃をよく使った——ショートバウンドでボールをとらえ、サーバーがまだバランスを取り戻さないうちにチップショットで返したのだ。それは木製ラケットの時代であれば、ありうる戦術だっただろうが、サーブが強力になった現在の試合では、完全に予想外だった。それは無謀な、いわば「カミカゼ・アタック」だったのだが、フェデラーは、繊細にボールをコントロールする無類のスキルと相手のサーブの来る位置を予測する能力を持っていたので、何度もうまくやってのけたのだ。解説者たちは、それをセイバー（SABR、Sneak attack by Roger（ロジャーの奇襲攻撃））と称した。フェデラーは、シンシナティの決勝戦でその手を使って成功し、ノバク・ジョコビッチに対して珍しく勝利することができた。数週間後の全米オープンのインタビューで、彼は、自分もカロビッチのようにポイントとゲームを短くして、トーナメント期間中の疲労と痛みを抑える方法としてその動きを思いついた、と打ち明けた。それは、サーブの得意な選手やそのコーチたちを戸惑わせる効果もあった。ジョコビッチのコーチであるボリス・ベッカーは、それを失礼なプレーだと激しく抗議した。セイバーは、あらゆる相手に効果があったが、それでも十分とまではいかなかった。ジョコビッチとの決勝戦では、フェデラーは、通常より長い5セットマッチの試合では自分でも心配していたように、スタミナ切れして敗れてしまったのだ。

数週間後、野球ファンはワールドシリーズで、ニューヨーク・メッツのピッチャー、ラトロイ・ホーキンスの「サービス」として、セイバーの野球バージョンを堪能することになる。42歳のリリーフピッチャーのホーキンスは、自身が「クイックピッチ」と呼ぶ投法を編み出した——ストレッチポジションから、あたかも構えを取るかのよう両手を腰に下げ、しかしそこで止まるのでなく、そのまま加速して投球動作に入るのである。ただしセイバーとは違って、クイックピッチはエネルギー節約のためではない。ピッチャーのモーションに合わせて前の脚を高く上げてスイングをし始めたバッターの隙をつくことが目的だった。セイバーと同じように、このクイックピッチのデビューは、スポーツマンシップにもとるという非難と、適法であるのかどうかという疑問で迎えられた（走者が出塁していないかぎり、完全にルールの範囲内である）。しかし、この手法がきわめて有効だったために、メッツのブルペンにいたホーキンスの同僚である若手投手たちは、彼にその方法を教えてほしいと迫った。そして、カンザスシティ・ロイヤルズとのチャンピオンシップシリーズの第1試合で、その同僚投手のひとり、26歳のジェウリス・ファミリアが、ロイヤルズの左翼手アレックス・ゴードンにクイックピッチを試みた。しかし、ゴードンは特別高く脚を上げるタイプではなかった上に、彼は、ファミリアが前のバッターのサルバドール・ペレスにその策略を使って内野ゴロに打ち取ったところを熱心に見ていたのだ。ゴードンは何が来るか予想ができていたため、その打球は場外まで飛ばされることとなった――それは9回裏の同点ホームランだったので、ロイヤルズがシリーズで先行することになった（ロイヤルズは優勝することとなる）。試合の後で、メッツのマネージャー、テリー・コリンズはファミリアをこう評価した――彼は勝ち急いでしまったね。つまり、クイックピッチというような投球方法を使ったとしても、やはり結局は「急がば回れ」、ということなのだ。

複雑な競技ほど経験が味方する

もし、あなたが熟年アスリートだとすれば、スキルや情報処理能力における複雑性はあなたの味方になる。複雑であるということは、それに慣れていない者には時間の流れを不快なほどに慌ただしく感じさせ、慣れている者にとってはのんびりと感じさせる。熟練者と初心者は、そこが違うのだ。おそらく、このことが一番はっきりとわかる例は、ヘプタスロン（七種競技）やデカスロン（十種競技）のような混成競技だ。ヘプタスロンを構成する7つの競技——100メートルハードル、高跳び、砲丸投げ、200メートルダッシュ、走り幅跳び、槍投げ、800メートル走は、そのすべてが、ある一定量の体力があることを基準としたもので、加齢とともに早くに失われる瞬発性の筋肉線維が必要なものである。これらのそれぞれどの競技でも、アスリートは20代半ばから終わりにかけて個人の生涯ベストの記録を出すことが多い。けれども、ひとくくりの競技としてのヘプタスロンのピーク年齢はそれより高く、30歳くらいだ。「一般的に、技術をより必要とするスポーツほど、ピークに達する時期はより遅くなる。もし7種とか10種の競技をやっていたら、全部の競技に熟達するのに長い年月がかかり、したがってピーク年齢も、どの個別の競技と比べてもより上になる傾向がある」と、カナダのオリンピックコーチでスポーツ科学者のトレント・ステリングワーフは説明する。

同じことが、ゴルフでも見られる。タイガー・ウッズが、当時は目新しかったウェイト・トレーニングを取り入れた功績がかなり大きいのだが、ゴルフは、圧倒的に技術力がものをいうスポーツから、パワーを発揮する能力がこれまでよりずっと重要な役割を果たすスポーツへと変化した。この変化は、ロリー・マキロイやダスティン・ジョンソンのような怪物的な長打力をもつ若者たちの世代を台頭させた。けれども毎年夏の、ある長い週末休暇には、タイガー以前のゴルフが戻ってくる。イギリス諸島で行われるPGAツアーのときだ。2007年から2016年までの全英オープンの優勝者10人のうち8人が35歳以上だったのだ。その理由は、高々と上がる300ヤード（約274メートル）のティーショット頼みのプレイヤーたちを惑わす、じめじめとして強い風の吹くショートコースにある。リンクスゴルフ（スコットランド発祥の伝統的なゴルフ場（条件が厳しい）でするゴルフのこと）では、事前にプランを練って戦術をたて、忍耐強く、条件を読んで費用対効果を評価する能力が功を奏する。この能力はツアーでの年数とともに蓄積されるものであって、ウェイト・トレーニング室で費やした時間では決まるものではない。

複雑さが増しているスポーツでは、年長の競技者たちがけっこう成功していると言っていいだろう。いわゆるITなどを使った分析が行われるようになって、どのチーム・スポーツにも戦略に厚みが加わったが、アメリカンフットボールほど早くに新趣向を取り入れたスポーツはないと言って間違いない。NFLの試合数は比較的少ないが、そのゲームが、どんどん増えている資金と相まって、試合に向けたプランをいかに練っていくかという競争に変わっていった。かつてはパンフレット程度だったプレーブックは、物理学の教科書ほどのサイズにふくれあがった。今ではほとんどのチームが、今までにないほど手の込んだ計画のためにタブレットコンピューターを使うようになっている。パス数の増加を促すために1978年にNFLがブロッキングのルールを変更するまでは、一番よくある攻撃形態は単純なパワーランと言われる試合運びだった。今は、攻撃側はあたりまえのように4、5人のレシーバーをあらかじめ決められたコースを走らせ、各レシーバーはディフェンダーの反応に応じて何通りかのコース修正を行う。複雑になったゲームプランに主に制限を加えているのはクォーターバックだ──引き倒される前の3秒ほどの間に、気が遠くなるほどたくさんあるボールの投げ先から、その場所を選ばなければならない。

そう、それは大変だ。しかも、4、5人のうち、どのレシーバーがどこへいつ行くかを計算しようとしながら、同時に邪魔しにくるパスラッシャーたちを回避しなければならない──彼らの仕掛けも、同じようによく練られてきている。「9年前なら、もしクォーターバックが5人の援護をそろえ、相手も5人で止めにきたとしたら、ディフェンス側にはまだクォーターバックをつかまえる十分な仕組みはなかったんだ」と、アトランタ・ファルコンズのクォーターバック、マット・ライアンは、ESPN局の番組で、自分のポジションの進化を説明した。「今は、ディフェンス側は『タックル』や『エンド』のポジションを落として、何人かのラインバッカーをどこかサイドに置いてくる。このような新しい構成は、クォーターバックから見ると攻めにくい人数になる──今、クォーターバックに優劣をつけるのはそれなんだ──1000分の1秒でそれらすべての情報を処理する能力だ」。印象的なのは、そういった情報処理が一番速いのは、多くの場合、一番長くやっているプレイヤーたちだということ。2017年に、ライアンが31歳で初めてスーパーボウルに出場したとき、彼はプレーオフのカンファレンスチャンピオンシップのラウンドに進んだ4人のクォーターバックのなかで一番若かった。その他は、アーロン・ロジャース33歳、ベン・ロスリスバーガー34歳、トム・ブレイディ39歳だった。平均年齢は34・25歳。マニングと36歳のカーソン・パーマーが出場した前年のプレーオフでは、26歳のキャム・ニュートンがいたにもかかわらず、カンファレンスの舞台でのクォーターバックの平均年齢はさらにもっと高かった。たまたまではなく、そういう傾向にあるのだ――NFL史上で34歳を超えたクォーターバックが100以上のパサーレーティング〔アメフト選手のパスの成績を表す数値〕でシーズンを終えたのべ17人のうち、11人は2010年以降に起こっている。それはまたフットボールの歴史の重要な分岐点を意味する。少し前の時代のクォーターバックのほとんど――ジョー・モンタナ、ジョン・エルウェイ、ダン・マリーノやスティーブ・ヤングらは皆、33歳を過ぎてから急速にパフォーマンスが衰えた。つまり、明らかに、経験の深いシグナルコーラー（クォーターバックのこと）にとって有利になるような何かが起こったのだ。過激で暴力的な接触からクォーターバックを守る最近のルール改正もそのひとつではあるが、何よりも大きいのは、クォーターバックの役割に、これまでよりずっと頭脳が必要になったということだ。

「ディフェンスのことで、驚かされることはないね」。ブレイディは、39歳でNFLの記録となる5度目のスーパーボウル優勝の後のインタビューで、こう言った。「俺は全部見てきたからね。261試合に出場し、そのすべてでプレーした。とんでもなく激しいスポーツだが、ルールが理にかなったものに整備されたので、経験のある者なら誰にとっても以前ほどは難しくない。どうしたらいいかわからなくて、クォーターバックの仕事が自分にはとても難しかった時期もあった。今はもう、何をすべきかよくわかっているし、やめる気はないよ」

速く判断できるほど、長くプレーできる？

アスリートはそのスポーツのなかで経験を積み重ねていくにつれて、情報の処理をより効率的に行うことができるようになる。もっと手短に言うと、プレー経験が長いほど、より速く考えられるようになる。

けれども、それが逆方向にも働くという興味深い証拠がある。つまり、より速く考えられるほど、より長くプレーできるということ。なぜならアスリートのキャリアを縮めるような怪我を回避することができるからだ。運動生理学者のチャールズ・スワニックは、これを証明するためにこれまでの数年間を費やしてきた。

スワニック――ニックネームのバズで通っているが――は、怪我をしやすいという神経学的原理を研究している。本書の他のところでは、アスリートが怪我をする危険性の根底にあるいくつかの要因を見てみた――疲労の蓄積、身体の可動域の制限と効率の悪い動きのパターン、骨やコラーゲンのような組織の強度に影響する遺伝的類型、ビタミンDやマグネシウム等の栄養素の欠乏などだ。

スワニックは、このリストには重要なものが欠けていると考えている――それは、頭脳がどれほどうまく周囲の環境をモデル化できるか、そして、そのモデルが変化するときにどれほど素早く反応できるか、ということ。彼は、怪我のプロプリオセプション（体性知覚――身体が空間のなかでそのポ

ジション を検知する能力)への影響に焦点をあてた博士論文のために行っていた調査中に、そのことが、誰も気づいていない重要な要因なのでないかと考え始めた。筋肉や靭帯が切れるときには、その組織に埋め込まれている神経線維も切れる。しかし、神経細胞は他の組織よりも再生するのが遅いので、機能を完全に回復するのに1年かそれ以上かかることが多い。だから、ひどくひねって捻挫した足首や膝は、一般的には数カ月のリハビリテーションで治るが、そこから脳に送られた怪我の位置やそれにかかる力についてのフィードバックはそのときまだ不完全だ。それは、いろいろな怪我のリスク要因のなかで、過去にした怪我が一番大きな要因だということの説明にもなる。

もし、脳と四肢の間のコミュニケーションの不具合が多くの怪我の再発の要因であるなら、それは新しい怪我についても似たような役割をしているかもしれないのでは？　と、スワニックは推論した。組織の損傷は一瞬の間に起こることを、彼は知っていた──荷重がかかって捻挫したり筋を違えたりするまでの時間は、たったの100分の7秒だ。それは約100分の8秒を要する人間の反射時間より速い。けれども、突然の力に遭遇しても毎回怪我をするわけではない。ということは、怪我をしない場合もあるのは、速い反応のおかげではなく、脳が力を予想して、適切に筋肉を動かす方法を調整する能力があるからだ。

「怪我が発生する前に脳はすでに計画を立てていて、その人の物理的環境やその場の状況をモデル化し終わっている」と、スワニックは説明する。「でも、もしその最中に何かが変われば、実質的には、その環境にはそぐわない種類の方策を実行していることになる」。デラウェア大学の自身の研究室で、スワニックは、行動の最中に不意を突かれたとき、何が起こるかを示す一連の実験を行った。目隠しをした被験者に、高さがわからない台に飛び乗ったり、不安定な表面に着地したりするように依頼した。彼らの筋肉に装着された電極が結果を捉えた。通常のジャンプの着地では、筋肉は、何ら支障なく力を足首から膝、そして腰へと運動の連鎖に沿って伝えていき、流れるようにスムーズに動き出す。けれども、「想定外の着地」では、決まって驚くときのような反応を起こし、筋肉は調整されずに、緊張と弛緩をでたらめに繰り返す――見えていなかったくぼみに踏み込んだとき、身体が曲がったり突っ張ったりが同時に起こることを考えてみてほしい。「怪我をするときは、脳はいつも驚く。だって、それこそ脳は、起こりかけていることを予測していなかったのだから」と、スワニックは説明する。

スワニックは、脳震盪を被《こうむ》ったアスリートは、その後にさらに脳震盪を起こすだけでなく、あらゆる種類の筋骨格系の怪我をするリスクも高まることを知っていた。もしそれが脳震盪そのもののせいではなく、認知機能の損傷のせいだったらどうだろう。それが脳の反応を遅くして何か予想外のこと――ボールをそらされたり、ガードしているプレイヤーがものすごい肩の動きで揺さぶりをかけてきたり、そういった類のこと――が起こったときに、ぎこちないびっくりした反応を起こしたとしたら、と彼は思った。もしそれが事実としたら、脳震盪を起こしたことのないアスリートで、生来処理能力が遅い者もまた、より高い怪我のリスクを示すのではないか、と彼は考えたのだ。

この仮説をテストするために、スワニックと彼の調査チームは、１８００人近い大学生アスリートの神経認知機能のテストを行った。フットボール、サッカー、ラクロスとフィールドホッケーのプレイヤーを含み、記憶力、反応時間と処理スピードを計測するコンピューターテストを受けてもらった。続くシーズンの間に、アスリート１８００人のうち80人が非接触の前十字靭帯の怪我を被った。人口統計的に同一の怪我をしなかったアスリートの被験者グループと比べて、前十字靭帯が断裂したアスリートたちは、平均して認知テストでより遅い処理速度、より長い反応時間、より悪い記憶力を示し、明らかにパフォーマンスが低下していることが判明した。

「それは私にとっては、非常に強い筋肉をもっていようが、神経学的にシステムのどこかに故障があれば怪我をしやすいことの、ある意味での証明だった」と、スワニックは話す。「この間ずっと行ってきた生物力学の計測からも役に立つ結果は得られた。けれども、もっと見なくてはいけないものは、データを処理する能力――我々が見た生物力学的な反応を起こすその背後にある神経学的なシステムなんだ。」

本章で述べてきたことは、他の条件がすべて同じであっても、試合状況を効率的に処理するために高いレベルのチャンキングを使う熟練したベテランアスリートは、経験の少ない若手プレイヤーよりも、環境をモデル化したり、筋肉の動きの調整が悪いために起こる怪我を回避したりするのがうまいだろうということを示唆している。

それはまさに、スワニックがそうではないかと思っていることだ。「もしその種の感覚的経験を長い時間をかけて積み重ねれば、次にしなければならないことを、もっと正しく予想できるだろう」。スポーツの戦略の目的は、多くの場合、データをチャンクとして処理する能力を奪うことによって、経験がものを言う状態をはっきりと否定することではないか、と彼は気づいている。フットボールのディフェンスは、守備隊形や電撃作戦を偽装したり、情報にない動きを見せたりする。

クォーターバックをスローダウンさせ、パスラッシャーがその意表をついて、ファンブルとかパスの失敗——あるいは怪我とか、混乱した反応を引き出せるようにしようとしている。

しかし、もちろん他の条件すべてが同じということはない。熟年アスリートは、取り出して活用できるより大きな精神的データベースを持っているだけではない。彼らはまた、それとともに歩む肉体という荷物を持っているのだ——瞬発力を出すモーターは少なく、筋肉の回復は遅く、消耗や摩耗は概してひどくなる。年齢と経験は異なる2つのものだということを覚えておくといい。あるスポーツの専門的な技術を、他のスポーツに持ち越せることはめったにないか、あるいはまったくないので、40歳で新しいスポーツを始めるのは、20歳でそうするよりもずっと高い故障のリスクをはらんでいる。

しかし、もしあなたが、トム・ブレイディやカーリー・ロイドあるいはヤロミール・ヤーガーのようなアスリートが、負荷の高いスポーツで20年間プレーしてきた後なのに、どうやって怪我の回避に成功しているのかを不思議に思ったことがあるのなら、少なくともこれがその答えのひとつだろう——彼らがそのスポーツを、20年間無事にやってきたからだ。

chapter 9
選手寿命を延ばす栄養学のリアル

蒸し暑い5月の朝、僕のiPhoneの目覚ましがいつもより2時間早く鳴った。ホテルのベッドでなんとか身体を起こしたが、気分は最悪だった。これまでで一番ひどい風邪にかかって3日目だったのだ。その上に、ここ2日間のうち半日は飛行機のなかで過ごした——ニューヨークからサンフランシスコ、それからロサンゼルスへ、そしてやっと、昨晩にニューオーリンズに入った。風邪薬ナイキルを飲んで、頭から布団をかぶって寝ていたい。けれども、オリンピック史上最も多くのメダルを獲得したアフリカのアスリートからトレーニングに誘われたら、断れないじゃないか。

20分後、僕はインターコンチネンタル・ホテルのフィットネスセンターに入って行き、カーステイ・コベントリーに挨拶をした。彼女は、32歳でジンバブエ出身の競泳選手。ピンク色のタンクトップに黒のタイツをはいて、もうすでにウォーミングアップを始めていた。エクササイズ・バイクを14分間、ペダルを速く踏むのとゆっくり踏むのとを、1分ごとに交互に行う。亜麻色の髪に青い眼、背が高くて細い身体つきのコベントリーは、『ロード・オブ・ザ・リング』のエルフを演じられそうだった。２００４年と２００８年の夏のオリンピックで彼女の大陸を代表し、合わせて7個のメダルを持ち帰った——うちの4個は背泳ぎでそのうちの2個は金だった。アフリカの他の国のオリンピック選手では、誰も同じだけのメダルを取ったことはなく、また、どの国の女子水泳選手もこれ以上の数のメダルを取ったことはない。ジンバブエでは国民的な名士であり、ニックネームは、「ディディ・ムクル（Didi Mukuru）」——「偉大な水泳選手」という意味だ。

手に消毒用のジェルをたっぷり塗って——コベントリーは気にしていないようだが、リオ・オリンピックを３カ月後に控えた彼女に風邪をうつしたら、取り返しのつかないことになりかねない——彼女の隣のバイクに飛び乗った。僕にとって幸運だったのは、コベントリーの昨日のスケジュールには、トレーニング中に住んでいるアトランタで行われるプールでの厳しいトレーニングが含まれていたので、今朝は、調整のための軽いトレーニングだったことだ。バイクが終わると、体幹トレーニング中心のフロアエクササイズを1セットやり、それから、少し難しい片手でのクリーンアンドジャークを含むものを1セットやった。コベントリーは35ポンド（約16キログラム）のダンベルを使い、僕は、彼女の盛り上がった肩の筋肉をしげしげと見ながら、15ポンド（約6・8キログラム）のを選んだ。コベントリーは、楽しくて元気をくれるトレーニングパートナーだった。また、心拍数があがることで、これまでの数日よりはいい気分になれた。

僕たちは階下へ降りて朝食をとった。トップ・アスリート（特に30歳以上）が食事にいかにうるさいかは知っていたので、コベントリーが、プラスチック製の容器か、またはいろいろな粉末の入った缶をジム用バッグから取り出すか、あるいは、シェフを呼んで込み入った特別メニューを作らせるかを半ば予想していた。けれども彼女は、僕と一緒にビュッフェに並んだ。テーブルに戻ったときも、プレートに載っていたものは僕のとほとんど同じだった——オムレツ、ポテト、フルーツ。食べながら彼女は、自身3度目となるオリンピックのための準備について僕に話してくれた。

本当なら次は4度目となるはずだったのだが、2012年のロンドン・オリンピックに向けてのトレーニング中に、彼女は二重の災厄に見舞われた——膝蓋骨の脱臼と、それに続く肺炎。その失望はあまりに大きく、立ち直るためにはしばらく水泳から離れる必要があった。結果的には2年間休養することとなり、フィアンセのタイロン・スワードとの結婚のプランを立てるために故郷へと帰った。彼は伝統的な南アフリカのしきたりである「ロボラ（lobola）」を守り、コベントリーの父親に婚姻の許可を求めて牝牛1頭と鶏2羽を贈った。

コベントリーはボクシングのクラスを取ったり、スワードとハイキングに行ったり、ほんのたまにプールに入ったりして休暇を楽しんだ。けれども、自身の競技人生を不発のままで終えるという考えには納得がいかなかった。「私はこのスポーツが大好きだし、自分のキャリアも大好きだし、『もう十分やり切ったから辞めてもいい』と、自分を誇りに思えるような気持ちで辞めたいの」と、彼女は言う。「『残念だけれど』という気持ちでなくて」

彼女は正式には決して引退していなかったが、それでも、コーチのキム・ブラッキンに、カムバックについて打診の電話をするのは心配だった。「私たちはとても誠実な間柄だったから、彼女に電話をする勇気を奮い起こすのに、おそらく2、3週間はかかったわ。つまり、もし彼女が躊躇するようなら、『ああ、私がカムバックできるとは、彼女は思わないんだ』と感じてしまうとわかっていたの」。けれども、ブラッキンは即応じた――あなたはまだワールドクラスの資質をもっているわよ。

そしてアトランタに戻ってトレーニングを再開したときには、彼女はまだ本当にやっていけそうな感じはしていなかった。「最初の6カ月から8カ月はみじめだったわ」と、ふり返る。「家に帰っては、『なんで私はこんなことをやっているの?』みたいに考えてた」。けれども、周囲を見回して、同世代の人たちがやっていることを見たときに、自分が歳を取りすぎているのではないかと思っていた彼女の心配は吹き飛んだ。時には例外――41歳で、北京で3個の銀メダルを獲得したアメリカのダラ・トーレスみたいな選手はいるにしても、水泳はこれまでずっと、そのピークが20代の早いうちに来るようなスポーツのひとつだった。ただしその理由は、肉体的なものと同じくらいに経済的や心理的な理由もあった。不自由のない生活ができるほど稼ぐのは、ほんのひと握りのトップスイマーだけであり、人生の膨大な時間を、プールの底の黒いラインばかり見て過ごすのも難しかったのだ。けれどもリオが近づいてくるにつれて、多くの同輩が、競技人生を30歳までに終わらせるだろうとの予想に逆らって頑張っているのを見て、コベントリーは元気づけられた。マイケル・フエルプスは、大会が始まるときには31歳だし、ライアン・ロクテは32歳、ナタリー・コーグリンは33歳(コーグリンは、ショックなことにリオには予選落ちしてしまったが)。「29歳以上の年齢のけっこう大きな集団が、元気にやっているのよ」と、コベントリーは言う。「みんな、『うん、我々だってまだやれるぞ、トレーニングのやり方を変えさせすればいいんだ』と、言い出したりしてるわ」。彼女の場合はまず、疲労の度合いにもっと注意を払うことだった。トレーニングの強度を変え、体調が怪しいときには必ず1日休みを取る。「22歳のときには、1日も欠かさずプールに入ってものすごく練習して、翌日にまたプールに戻っても完全に回復できていた。でも今は、回復のプロセスがゆっくりになったの」

それは、彼女が今はのんびりしているということではない。たいていの日は、コベントリーは午前中の2時間をプールで過ごし、午後はウェイト・トレーニング室へ行く。最もヘビーな日（木曜日）には、少なくとも4つのトレーニングをする――プールでの練習、効果的に筋肉を回復させるためのホットヨガクラス、ウェイト・トレーニング、そうしてもう一度泳ぎの練習。

カロリーをたくさん燃焼するので、どれだけ取り込んでいるかは気にしない。実際彼女は、自分が1日に何カロリー摂取しているかを知らない――彼女がそう言うと、たいていの人は驚く。けれども代わりに彼女は、いつ、何を食べるかに焦点をあてているのだ。エネルギーレベルを高く均一に保つために、1日中、軽い食事やスナックなど何かを食べていて、2、3時間以上口を動かさないということは決してない。練習の前と後には、何かタンパク質を含んだものを食べる――シェイクかエナジーバーか、ひと握りくらいのナッツとか。赤身の肉が大好きだが、昼食はチキンか魚にしたほうが午後に泳ぎやすいことに気づいたので、それは夕食にとっておく。揚げ物は避けている。オーガニックなものを食べるように心がけているが、厳しく守っているわけではない。彼女は、砂糖が毒だと思っているような類のアスリートではない。「すごく甘党なの」と、本人も言う。「チョコレートが大好きだし、キャンディーも、アイスクリームも大好き。やめるつもりはないわ。でも、一度に少しずつ食べるようにしている」

コベントリーが唯一口にしないもの

コベントリーは食に関してはごくふつうの常識的な人だ、と書いて取材を締めくくろうとしたとき、彼女が何気なく言った——自分が絶対に食べないのは遺伝子組み換え食品だけよ。遺伝子組み換えのコーンや豆のタンパク質、遺伝子組み換え作物のキャノーラオイルで調理したものは食べないそうだ。その習慣は、オリンピックに出場できなかった2012年から始めたと言う。コベントリーと彼女のコーチが、ウェイト・トレーニング室で、並んでそれぞれトレッドミルの上で走っていた時のことだった。「2人とも負けん気が強いのよ。彼女が、私に追いつかれないようにね、って言うから、ありえないわ、追いつかせないわよ、って答えたりしてね。そうして、私が思いっきり走り始めたの」。多くのトップスイマーと同じように、コベントリーもとびきり柔軟な関節をしている。おかげで水中では、非常に長くて効率的なストロークが可能となる。けれども陸上では——なんと、気づいたら、膝蓋骨が膝の中央から外れて脚の片側のほうへ横滑りしてしまっていた。

それから数週間、コベントリーは1日に数時間のリハビリしかできなかった——脚を固定して水中に浮きで支え、腕だけで水をかいた。怪我の埋め合わせのために無理をしすぎたのか、あるいは、怪我のストレスが免疫システムを弱めてしまったのか、膝の負傷の2カ月後にまた病院へ戻っていた。今度は肺炎だった。体格が良くて健康な28歳が、夏の最中に老人のかかりやすい疾患で入院するというのはあまりに奇妙だった。看護師たちが笑ってしまったくらいで、あとで謝られたわ、と彼女はふり返る。コベントリーは10日間ベッドで安静にするようにと言われ、ロンドンで泳ぐという彼女の希望はほぼ潰えた。

コベントリーはひどく落ち込んで、答えを探し続けた。「あの時に、私たちがコントロールできることはひとつで、それが食べ物だったの」と、彼女は言う。病床で、治癒に良いと目される食品について勉強し、友人たちに何が効果的だったかを相談した。人工的に変えられたＤＮＡをもつ有機物からできた食品を食べないという考えは、友人のテレーズ・アルシャマーが発端だった。アルシャマーは38歳になるスウェーデンの水泳選手で、6度目のオリンピック出場に向けてトレーニングをしていた。自然に育ったものでない食物は消化されにくい、と彼女が言ったのだ。だから、そのような食物を食べると、昼食に大きなステーキを食べた場合と同じように、身体のエネルギーを一時的に弱めてしまう。コベントリーは疑った――ひょっとしたら、食事の中の遺伝子組み換え食品が、肺炎を引き起こした免疫力の低下の原因だったのではないか、と。

アメリカ以外では、食品に含まれる遺伝子組み換え作物に対して疑いを持っている国は多い。ヨーロッパでは厳しく規制されていて、遺伝子組み換え作物を含む食品には特別なラベルを貼る必要がある。コベントリーは、遺伝子組み換え作物が危険であるとか、ある種の企業の陰謀だとか考えている人たちの仲間ではないが、アルシャマーのアドバイスは理にかなっており、コベントリー自身の食物一般に対する考え方とも一致した。彼女はもとから、炭水化物の摂取にパンよりキノア（キヌア）を選んでいて、それは、キノアのほうがより加工されておらず、狩猟採集の祖先たちが食べていたかもしれないものにより近いのだから、研究室からのＤＮＡを含んだ穀物や作物を食べる理由などないではないか。「私が思うに、改造されたものは何であっても、私たちの身体が食べるのに慣れていないものでしょ。できるだけ効率をよくしたいということもあるの。身体が、無理しないで良いものをできるだけたくさん取り込めるようにしたい」と、彼女は言う。「そして、効果は上がってきているのよ」

実際、2012年以降の栄養に関する戦略は、間違いなく彼女に効果があった——リオでは、メダルのコレクションを増やすことができなかったが、200メートル背泳ぎでは決勝まで進んだ——ただし、遺伝子組み換え作物を避けることが、それと何か関係があったと考える理由はない。

長年にわたって行われてきた何百もの科学研究により、一般的な遺伝子組み換え作物が人間と動物にとって安全であることだけでなく、遺伝子組み換えがされていないものと栄養的にも変わりがないことが立証されている。2016年の全米アカデミーズ（科学、技術、医学）は、50人以上の科学者と食品科学専門家からなる委員会が監督した388ページにも及ぶ報告書を発表して論争を鎮めようとした。それは、遺伝子組み換え作物に対する最もよくある意見——その広まりが、癌、アレルギー、肥満、自閉症、消化器疾患が増加していることの要因である——が、根拠がないことを断言するものだった。独立系で高い評価を受けている監視機関である公益科学センター（Center for Science in the Public Interest、CSPI）は、報告の徹底ぶりを称賛した。たしかに、遺伝子組み換え作物が良くないことを示唆する研究をインターネットで探せば、いくつか見つかるだろう。けれども私の知るかぎりでは、遺伝子組み換え食品がアスリートの元気を失わせるかどうかについて具体的に調べた研究はない。そしてこの報告は、遺伝子組み換え作物は安全であり、組み換えがなされていないものと比べても栄養的にはまったく変わらないとする、科学機関の確かな統一見解なのだ。

アスリートと疑似科学的栄養学は腐れ縁

論理的には、賢くて分別があるワールドクラスのアスリートが、誤りであるとされた理論について、それを支持しているというのは少々意外だが、実際には、そう取り立てていうことでもない。スポーツ栄養学の不可思議な世界へようこそ、というところだろう。スポーツ科学のどんな領域でも、スポーツ栄養学の分野ほど、疑似科学が一時的に盛り上がったり、はやりすたりがあったり、あからさまな詐欺まがいなことまで蔓延しているところはないだろう。そして年長アスリートたちは、時計の針を戻す新たな秘策をいつも探しているので、こうしたことに最もよく耳を傾ける聴衆になってしまう。

ＮＦＬでベテランの、ある先発クォーターバックは、健康おたく的なことで有名なわけではないのだが、妻の母乳を少しだけスムージーに入れることで知られている。そこに含まれる、乳児を成長させ治癒を早めるものが、何であれ自分にも良いと信じているのだ。ベテランのＮＢＡプレイヤー、アマーレ・スタウダマイアーは、軽率に膝のマイクロフラクチャー手術を行ってしまって選手生命を絶たれそうになったが、カムバックできたのは「コーシャー（ユダヤ教の掟に従った料理）」が主な要因だったと、僕に話した（ちょうど都合のいいことに、スタウダマイアーは現在イスラエルでプレーしている）。コービー・ブライアントは最後のシーズンで、ロサンゼルス・レイカーズが遠征試合で滞在するホテルのシェフに、必ずブライアント特製のボーンブロス（骨スープ）の作り方を周知させるようにしていた。粘り気のある伝統的なスープが軟骨を摩耗から守ってくれるんだ、と彼は言った。ノバク・ジョコビッチは、グルテンフリーの食事を厳格に守っている。伝統的な漢方医（「マグネット・セラピー」、そして「ジオパシック放射」の「マイナスの影響」も専門としている）が、彼のお腹にパンを一切れ当てて、腕力が弱くなるかどうかを見ることによって、彼にアレルギーがあることを確信させて以来のことだ。ドワイト・フリーニーはNFLの優れたパスラッシャーだが、その月の彼の免疫システムと最も一致した食品であると栄養士にアドバイスされて、牛肉とインゲン豆だけを何日間も食べ続けてプレーオフに備えたことがある。何十人ものNHLプレイヤーたちがアドバイスを仰いでいる、トロントのパフォーマンス・コーチであるゲイリー・ロバーツは、ヤギのミルクと緑豆と麻の実をたっぷり使った食事療法の助けで、プレイヤーたちの選手寿命を最大限に延ばすことができると主張する。

奇妙な食事療法による現役寿命を延ばす効果を推奨しているので最も有名なアスリートは、きっとトム・ブレイディだ。スーパーボウル出場の指輪を5個も持っているニューイングランド・ペイトリオッツのクォーターバック。史上最も偉大なフットボール選手なので、強い説得力を持つ。初めて優勝したとき、ブレイディは24歳のルーキーだった。5度目は39歳で勝ち、フットボールの空気圧を減らすよう企んだことによる4試合の出場停止がなければ、3度目のシーズンMVPを獲得していたかもしれなかった（もしご存じないなら、話せば長い話だ）。第51回スーパーボウル後の記者会見で、ブレイディは、自分がこんなに長く現役でいられるのは、これまでの10年間、ホリスティック医療のカリスマ、アレックス・ゲレーロが一緒に、自分の健康のあらゆる点で管理してくれているからだと明言した。「25歳のときはいつでも痛みをかかえていて、自分がこんなに長くプレーするなんて想像もできなかった」と、ブレイディは言った。「僕は今、39歳だが、痛いところはない。腕も痛くならないし、身体も大丈夫だ。ケアのしかたを知っているからね」

ブレイディとゲレーロは、今では、ＴＢ12と呼ばれるホリスティック健康クリニックでのパートナーだ。２０１６年に2人が出版した『The TB12 Nutrition Manual（ＴＢ12式栄養マニュアル）』は、ゲレーロが考案したブレイディの食事プランをモデルにした、「旬の素材を活かした料理」89種類のレシピ本である。料理は、サツマイモから作られたニョッキ（ブレイディは、ジャガイモをはじめとするナス科の植物は食べない）や、アボカドのアイスクリーム（ブレイディは、砂糖や甘いものはほとんど食べない）を含む。２００ドルの値札と、レーザーでエッチングされた木製カバー付きで、単なる料理本としてではなく、「これからも増やしていける」リングファイル形式の本として売り出された。購入者には、今後追加されていくレシピも金額に含まれることになっている。これが、ほとんど瞬間的に売り切れになった。

もし1冊手に入れられたなら、『The TB12 Nutrition Manual』には、小麦粉、乳製品、ストロベリー、マッシュルーム、ヨウ素添加食卓塩、またはＭＳＧ（グルタミン酸ナトリウム）が含まれていないことに気づくだろう。ブレイディはコーヒーを飲まず、アルコールもたまにしか手をつけない。タンパク質については主に、カースティ・コベントリーと同じく、遺伝子組み換え食品を食べない。牧草で育てた家畜のステーキ、天然のサーモン、鴨肉に頼っている。ブレイディは、5度目のスーパーボウルでの勝利の後に中国へ旅をしたが、プログラムから逸脱する危険を冒すことをせず、自分自身の食事はすべて荷物に詰めて行った。一番だいじなのは、「アルカリ性」食品が80％と「酸性」食品が20％のバランスだった。ゲレーロは、酸性の食品は血液のｐＨ値を低めて炎症を促進するという、代替治療の専門家に共通の信念を信奉している。「クライアントとして付き合っているアスリートが、ごまかして食事療法を守らなかった場合には、大きな違いが出ることに気づくでしょう」と、彼は僕にきっぱりと言った。

食事療法のなかには科学的根拠に乏しいものも

それはたしかに説得力がある。ただし、彼らが感じているその違いが生じるメカニズムが、ゲレーロとブレイディが信じているものであるのかどうかは疑問だ。アスリートにとってアルカリ性の食事が良いという説の提唱者は、２つの生物学的事実をあげることができる。激しいエクササイズ中の筋肉細胞で起こる化学反応は、いくらでも水素イオンを発生させ、細胞内と細胞間の環境の酸性度を高める。無酸素で代謝が起こっている最中にこのように酸が増加すると、短期的な筋肉疲労を引き起こす原因となる。重炭酸ナトリウムなどの制酸剤を大量に摂取して血液のｐＨ値を一時的に上げれば、筋肉の疲労の開始を遅らせることができるとされている。また、腎臓病を伴う糖尿病で起こる類の慢性的な酸血症は骨の喪失を速めてしまうが、老人や相当な耐久力が必要なアスリートに見られる症状はそれと似ている。アルカリ性カルシウム塩の入った栄養補助食品は、骨吸収

〔古い骨が破壊されること〕を穏やかにすることが示されている。

しかしながら、そこから、ブレイディとゲレーロが信じるような酸性食品が、一般的な炎症、痛み、怪我の主たる犯人であると主張するのはかなり無理がある。『The Journal of Environmental and Public Health』の２０１２年の論文評では、アルカリ性の食事についてのさまざまな主張を検証し、そのような食事療法が、筋肉の衰え、骨が薄くなること、背中の痛みまでもを含む、加齢の一般的な問題を改善できるとの考え方に、条件付きで支持を表している。特に、アルカリ性ミネラルであるマグネシウムが、多くの酵素化プロセスできわめて重要であると記している。マグネシウムはビタミンＤの代謝に必要であり、それがないと骨や筋肉の故障のリスクが高まる。また、過剰な酸を中和することが、ヒト成長ホルモンが極度に不足している場合の改善に役立つとの証拠もある。

しかし、論文評はまた、人間の身体は「血中のｐＨを一定に保つ驚くべき能力を持っている」ともしている。食事のしかたがトム・ブレイディのようであれ、映画『スーパーサイズ・ミー』〔一日3食、30日間マクドナルド製品だけを食べ続けた記録映画〕のモーガン・スパーロックのようであれ、血液のｐＨはほとんどいつも弱アルカリ性の７・４にとても近い。アルカリ性の栄養補填は、腎臓病患者や閉経後の女性については効果があることが示されているが、その他の人々への効果はそれほど明らかになっていない。ブレイディの食事療法を見たほとんどの栄養士は、その最大の効果は以下のことにあると結論づけた。つまり、最も一般的なアルカリ性食品――緑色の葉物野菜、根菜類、キャベツ、豆類、アボカド、カボチャ――は、あらゆる種類の栄養素に富んでいるので、とにかく食べるべきものなのだ、と。一方、コーヒー、トマト、いくつかのベリー類、ヨーグルトを含むすべての乳製品は禁止、というような風変わりな食事療法を勧めるのは、科学的根拠が欠けているだけでなく、大多数の栄養士と医師が薦めるものとは相反している。

言い換えれば、除外する必要のないものを除外している点はあるが、ブレイディの食事療法は、砂糖、飽和脂肪酸、防腐剤と、あまりに多すぎる精製された炭水化物でいっぱいのアメリカの典型的な不健康な食事ではない。そういう意味では、健康的な食事のしかただと言える。カロリーの80%を、ブレイディのように最低限の加工をした野菜と複合型デンプンで摂取していれば、残りの20%にチーズとトマトを含んでも含まなくても、栄養の点ではかなりうまくいっている。先史時代の人間の祖先の食事習慣を再生する「パレオ」プログラムのいろいろな味つけから、曜日ごとに異なる色合いの食品を食べることを必要とする「カラーダイエット」にいたるまで、どんな流行の食事療法でもじっくり見てみると、そこが共通の特徴になっている。そういった食事療法に切り替える人々の多くは、たとえアスリートであっても、もともとそれほどいい食習慣を持っていないために、食事療法に効果を見出せるのだ。どんな食習慣に置き換えるかよりも、どんな食習慣を止めようとしているかのほうがだいじなのだ。

たとえ食事の80%をアルカリ性食品から摂取することが、よくある一般的な炎症を抑えるいわば魔法の調合法のようなものであったとしても、それは必ずしも、アスリートにとっての理想の食事療法にはならない。たしかに、過去数年間の研究で、慢性的な軽度の炎症と、癌、糖尿病、アルツハイマーなどの病気の関連性は明らかにされてきた。けれども、これらの病気でさえ、因果関係と正確なメカニズムを理解できたというにはほど遠い。全組織にわたる炎症が、アスリートの加齢による痛み、活力の低下、怪我のしやすさや、その他の一般的な症状の原因であるという考え方は、多くの関心を集めているとはいえ、科学的に言えば、ほとんど直観にすぎない。

炎症はトレーニングの不可避な過程の一部

その対極のものとされるのが、身体が炎症を起こすという反応は、筋肉がトレーニングの刺激に適応するプロセスの必要なステップであるという確かな事実だ。炎症を抑えたいアスリートは、200ドルの料理本の助けがなくても、もうすでに簡単にそうできる。イブプロフェンのような非ステロイド系の抗炎症薬を飲むか、炎症の連鎖を阻害する分子である抗酸化剤を多く含むような食品またはサプリメントをたくさん取ればいいのだ。タルトチェリージュース、スイカジュース、コクムと呼ばれるインドのフルーツからの抽出物は、エクササイズ後の痛みを減少させることがわかっている。問題は、それらの食品は同時に、エクササイズへ身体が適切に反応する程度も下げてしまうことだと、スポーツ栄養士で生理学者のアスカー・ジューケンドラップは言う。FCバルセロナ、ラボバンク・サイクリングチーム、英国オリンピック委員会を含む多くの世界のトップチームにアドバイスをしてきたジューケンドラップは、ビタミンCやEのような栄養素を大量に摂取することが、怪我から回復する助けになると思っているアスリートによく出くわすと言う。彼は、その習慣は良くないとアドバイスをしているのだ。

「抗酸化剤は健康的で必要なものだと考える人は多い」と、ジューケンドラップは言う。自身、11歳のときからトレーニング記録をとっている熱心なサイクリストである彼は、こう続ける――「とても激しいトレーニングをしたばかりで、筋肉が痛くなるだろうことがわかっているときに抗酸化剤を飲めば、翌日は楽だろう。けれども、抗酸化剤をたくさん飲み、翌日の運動の後にまた同じことをして、それを毎日やり続けたとしたら、10週間後には、そうしたサプリメントを取っていなかった場合と比べて、トレーニングの効果はずっと小さくなっているだろう」。つまり、それほど筋力がついていないということだ。ジューケンドラップによれば、NSAID（非ステロイド系抗炎症薬）、タルトチェリージュースなどは、早い回復が最優先である場合、たとえば複数日のトーナメント期間中などならばおすすめなのだそうだ。

筋肉のためにタンパク質だけは必須

都市伝説や希望的観測には弱いものの、年長アスリートは、若いアスリートよりは、体内に取り入れるものに関してより賢明な傾向にあることは確かだとジューケンドラップは言う。「若いアスリートの食習慣が理想的だったり、そのアスリートに最適だったりすることはめったにない。食習慣が、彼らの考えのなかで最優先になることはないからね」

けれども、栄養が必要であるという点に関しては、若いアスリートでも年長アスリートでもほとんど同じである――ただし、ひとつの大きな例外を除いては。「違いがありそうな証拠がたくさんある領域がひとつある。それは筋肉量を維持することについてで、タンパク質の合成と関係があるんだ」と、ジューケンドラップは言う。「加齢とともに、タンパク質の代謝にいくらかの変化が生じるんだ。同化抵抗性と言って、筋肉の量を増やすことに少しずつ抵抗が生じるようになる」。この同化抵抗性の影響を減殺するために、アスリートは歳を取るにつれてタンパク質の摂取を増やさなければならない、と言う。タンパク質の構成要素のひとつ、アミノ酸のロイシンは特に重要である。ロイシンが多い食品には、鶏肉、牛肉、魚、大豆、そしてトム・ブレイディには申しわけないが、チーズが含まれる。

アスリートは年齢にかかわらず、デスクワークをしている大人よりもずっと多くのタンパク質を必要とするが、それを十分に摂っていない場合が多いということで、多くのスポーツ栄養士の意見は一致している。実際、新たに浮かび上がってきた統一見解としては、非常に活動的な人は、ふつうの人の約2倍、1日当たり体重1ポンド（約450グラム）につき0・6から0・8グラムくらいを必要とする。だからと言って、お皿に載った鮭のフィレの大きさを倍にする必要はない。ジューケンドラップによれば、タンパク質を摂るタイミングが、量と同じくらいに重要なのだそうだ。一度に約25グラム以上のタンパク質を摂取しても、ただ余分な尿素、つまり尿として排泄されるし、腎臓結石の形成に役立つ副産物を生成することにつながるだけだ。カースティ・コベントリーのように、少なめの量のタンパク質を3時間ごとに1日を通して食べるほうがいいのだ。それから、眠りにつく前に摂取したタンパク質は、タンパク質合成の強化に特に効果がある、という説得力のあるデータがある。それならば、ベッドに入る前に、温かいミルクを1杯飲む習慣を復活させてもいいのではないか。

タンパク質をもっと食べることに加えて、特に熟年アスリートにとってかなり有望に思える栄養分がもうひとつある――それは、ゼラチンだ。最近の研究では、それを摂取することで、さまざまな柔組織の怪我の防止と治癒に役立つという証拠が出されている。背景にある科学は、科学ではめったにないことだが、ばかげているほど単純だ。ゼラチンは、牛、豚、羊のガラの部分を煮詰めて、靭帯、腱、軟骨、皮膚の中にあるコラーゲンを溶かして液状化して作る。そのコラーゲンを食べることで、身体に、自分自身の新しいコラーゲンを作ることを可能にするタンパク質が供給されるのだ。コラーゲンは、腱や靭帯だけでなく、個々の筋肉の線維を相互に束ねて切れずに力を伝達することを可能にする組織基盤の主要な成分でもある。いろいろな研究から、怪我でリハビリをしている期間中にゼラチンを補填することが、前十字靭帯の再構築、アキレス腱切断後のプレーへの復帰を早めるという結果をもたらすこともわかっている。

スポーツのための栄養素としてゼラチンを推奨している中心人物は、カリフォルニア大学デーヴィス校の生物学者であり生理学者のキース・バールである。「筋骨格を発達させる決定分子」に焦点をあてて調べている研究室の責任者だ。年齢とともに筋肉内のコラーゲンが減少することは、30歳を過ぎたどのアスリートも経験することであり、エクササイズの負荷をどんなに小さくしても、トレーニング終了後の筋肉痛がひどくなってしまうとバールは言う。彼は、コラーゲンの生成を最大にするために、トレーニングを行う1時間前に一定量のゼラチンを摂取することを勧めている。どんな形でとってもよく、昔ながらのフルーツゼリー菓子「ジェロー」を食べても、水と混ぜてスムージーにしても、カプセルに入れて飲んでもかまわないそうだ。

あるいは、コービー・ブライアントのように、ボーンブロスを飲んで同様の効果を得ることもできる。そう、「ブラック・マンバ（猛毒蛇）」の愛称を持つ彼がＮＢＡに持ち込んで定番となったスープで、本格的に科学に基づいて作られたこだわりのスポーツ用栄養食物である。しかも栄養に優れているだけでなく、ボーンブロスは美味しい。欠点は、準備に時間がかかることだ――ブライアント特製のボーンブロスを作るために、ロサンゼルス・レイカーズのチーム専属シェフは、鶏ガラをその結合組織のすべてが「黄金のスープ」になるまでたっぷり8時間煮込む。もし、それがあまりに面倒だと思うなら、バールが２０１２年にイギリスのオリンピックチームに実行させた方法でもいい――鶏や七面鳥を食べるときには必ず、軟骨やすじや骨さえもできるかぎりしゃぶりつくすこと。バールはこのことを「ハイエナ・ダイエット」と呼んだ。膝を悪くしたハイエナを見たことがあるかい？　という話だ。

スポーツを専門にしている栄養学者のほとんどは、トム・ブレイディが考案したような食習慣が、アスリートたちの利益になると考えている。それは、炎症やその他の肉体的な状況に顕著な何らかの影響があるからではなく、恒常的に健康的な食事習慣を積極的に取り入れることになるからだ。けれども、どれだけ多くのトップ・アスリートが、食事から特定の１つや２つの品目をカットした後に変化した気がする――体力がついた、痛みが減った、元気になった――と報告してくるかは、やはり気にかかる。問題は、どの食べ物を避けねばならないかについて意見が一致せず、どの食物が犯人かを突きとめるべく科学的に解明しようと努めても、いつも決まって尻切れトンボになってしまうことだ。

けれども、それが間違ったものを探し出そうとしているのだとすれば、どうだろう。あるアスリートの食べている健康で栄養たっぷりの食物が、実は、他のアスリートにとっては、エネルギーを奪い炎症を起こす爆弾だったとしたらどうする？　理論上は、この考えに行き過ぎた点はないはずだ。アメリカの成人25人に1人程度は食物アレルギーと乳糖不耐症をもっているし、アジア、アフリカ系の人々の多くが牛乳に含まれるプロテインを消化できないことは、それよりももっと知られている。しかし、アレルギーや不耐性のレベルまではいかなくとも、明らかに健康への影響がある「食物過敏症」という別のカテゴリーがあるという考え方が議論されてきた。

けれども、議論はしだいに下火になってきている。もう何年もの間、グルテン、つまり小麦からとれるタンパク質を摂取しないことが、セリアック病〔グルテンに対する過反応によって生じる自己免疫疾患〕——欧米では人口の1％未満が罹患する——の人にしか有益でないということは、主流派の医師と栄養学者の間では了解事項だった。けれども、2000年代初めの、ロバート・アトキンスのローカーボダイエットの人気の高まりとともに始まった、グルテンフリーの食事の流行が衰えることがなかったので、科学者たちが問題を再検討し始めた。そして結局は、セリアック病でないグルテン非摂取者の大半にも、実際には自覚していないグルテン過敏症のようなものをもともと持っている可能性もある、と結論づけたのだ。「大きなプラシーボ〔気休めの薬〕効果があるんですが——それだけとも言えないでしょう」と、コロンビア大学セリアック病センターの臨床研究責任者であるベンジャミン・レブウォールが、『ワシントンポスト』紙に新しい研究の成果を語った。食物過敏を独立したアレルギーとすることには無理がある。理由はおわかりだろう。その症状としての疲れ、お腹の不快感、気持ちの乱れ――これらは、理想的とは言えない睡眠や食習慣をもつ人なら誰でも経験する症状だからだ（僕も経験済みだ）。過敏症がどのように起こるか、すなわち、過敏症を引き起こすのがグルテンかどうかは、まだコンセンサスが得られていない。フォドマップ（FODMAP）と呼ばれる、毎日摂取している炭水化物の一種がかなり怪しいのではないかと考えている研究者もいる。

食物への反応と遺伝子の関係

もし、異なる食習慣に対する我々の反応が、既知のものよりもはるかに顕著である場合には、遺伝子的な変化が大きな部分を占めているのではないかと思われる。我々はすでに、そのいくつかがどのように作用するかは知っている。僕が遺伝子分析のために23andMeに自分の唾のサンプルを送った後、僕の遺伝子は、乳糖の消化についての問題はない（そのとおり）と示しているとの報告書をもらった。カフェインの代謝がゆっくりなので、たくさんのコーヒーは飲まない（僕が親になるまで、これは正解だった）し、食事での飽和脂肪酸の量は体重に大きな影響を及ぼすことはなさそうだ。DNAのデータをスチュワート・キムのオンラインでの遺伝子型分析検索に入れてみると、身体がビタミンD、E、マグネシウム、鉄をどのように消費するかを示す曲線では、僕はちょうど真ん中あたりに位置していた。

多くの起業家たちが、こうした結果をまとめてアスリートに利用してもらうおうとしている。ジェレミー・ケーニグ（Jeremy Koenig）は、高校時代は代表レベル級の陸上選手だったが、マウント・セント・ヴィンセント大学に進み、ニュートリゲノミクスと呼ばれる分野で教授になるべく、生化学と分子生物学の学位を取っている。２０１４年に、彼は、「Athletigen」を設立した。僕が23andMeからもらった報告書のような遺伝子データを使って、食事療法、トレーニング方法、故障のリスクをアスリートに進言する企業だ。ケーニグは、ある食事療法が、どうして非常に効果のある人たちとまったくない人たちがいるのかという謎を、まもなく遺伝子が解き明かしてくれるだろうと考えている。けれどもそれは、まだほんのスタートにすぎない、と彼は言う。彼はＤＮＡを利用して、アスリート個々人に必要な栄養に応じた食事プランを構想している。それはたとえば、メブ・ケフレジギなどのランナーがすでに実行している、レース中に汗で消失した電解質を正確な成分比率で置き換える飲料を補給するような方法だ。我々は、パレオ・ダイエットやサウス・ビーチ・ダイエットについては知っている、とケーニグは言う。「じゃあ、ジェフ・ダイエットは？　それはどんなもの？」（有名な遺伝子研究者であり心臓医でもあるスクリプス研究所のエリック・トポルは、このシナリオは理論的には信頼できそうに聞こえるが、何十億という人々の完全なゲノム配列がわかるまでは現実的ではない、と言っている）

食物過敏症は我々個人の特異体質というだけでなくたえず変化する、という主張はさらに不確実だ。ＮＦＬのスター選手ドワイト・フリーニーは、プレーオフ中にはうずら豆と牛肉しか食べなかったが、それは、マイアミの栄養士サリ・メルマンのアドバイスだった。メルマンはフリーニーの血液サンプルの分析に基づいて、試合のないこの期間に、免疫システムの効力を最も上げる食べ物がこれだと言ったのだ。僕がメルマンに連絡を取ろうとしたところ、彼女の息子レオン・メルマンから連絡があった。サリが2008年に亡くなった後、彼が母のあとを引き継いでいたのだ。レオン・メルマンは僕に、面会の前に守秘義務契約書を送ってきて、それにサインが必要だという。しかも、どういう理由かわからないが、シルクハットをかぶったニンジンのキャラクターの漫画が同封されていた。

僕が仕事内容に関する秘密は公開しないで原稿を書くと約束をしたにもかかわらず、メルマンは、2時間近く会話を続けたなかで、母親のプログラムの背景となる科学についての質問を何度もはぐらかした。僕の質問への答えは、非常にだいじな知的財産となるものであり、これまた名前を言わなかったが大手製薬会社が、偽りのエージェントをNFL施設に送りこんで、メルマンのクライアントからデータや資料を盗もうとスパイ行為を働いたのだと言う。そうしたクライアントの何人かの名前は、抵抗なく教えてくれた——そこには、もう引退したワイドレシーバーのクリス・カーターやランニングバックのジェローム・ベティスとリッキー・ウィリアムズの名前も含まれていた。そして僕に、彼の母が栄養学と免疫学で独自の研究を進めるきっかけとなったエピソードを含めて、彼の生い立ちについて詳しく話してくれた。そのエピソードとは、レオンが4歳のときに、アップルジュースで死にそうになるほどのアレルギー反応を起こした、というものだった。

プログラム自体に関しては、ほんの概略しか聞けなかった。メルマンのクライアントは、数カ月ごとに、彼らの免疫システムが広範囲の食物にどのように反応しているかを検出できるように作られた、多岐にわたる血液分析検査を受ける。「これを受けてもらえば、免疫システムに最も効果のある5つの食物を教えることができるんです」と、彼は言った。その血液分析によって、たとえば、僕は、ラム肉を食べると良いが、牛肉は食べてはいけないということなどが明らかになる。同じ赤身肉でも、プロスタグランジン――炎症を抑制するホルモンに似た働きをする脂肪分子――に対する効果が違うのである。「食物の分子構造と白血球、白血球と器官のシステムのくっつき方を理解しなければなりません」。彼の話はかなり端折られていた。「でも、白血球と食物構造とのくっつき方には、60種類以上のメカニズムがありますからね」。僕は、その後はあえて彼には連絡を取らなかった。

免疫システム機能が、身体が栄養素を処理する方法に影響を与えうることは事実である。カナダ人の中距離ランナー、ヒラリー・ステリングワーフは、２００８年の春に、その夏のオリンピックの出場資格獲得を目指そうとしていた矢先、パフォーマンスがガクッと落ちてしまったことに困惑した。わけがわからないくらいひどいレースが続いた後で、7月に――対処するにはあまりに遅すぎたが――彼女の血中の鉄量が少ないことがわかった。血液検査で突きとめられた原因は驚くべきものだった――花粉症だったのだ。ステリングワーフは喘息持ちであり、花粉症であることも自分で知っていたが、彼女もその夫も、それが、血液が酸素を運ぶことに影響していると知って驚いたのだった。「僕が栄養と生理学の専門家なのに、妻が貧血になっていたなんて」と、夫のトレントは言った。

けれども、トップ・アスリートに押し売りされる血液検査は――検査を受けられるほど裕福な、楽しみで走っているアスリートやダイエットをしている人にとっても同様だが――反応があまりに微細でアレルギー兆候としては明白でないような食物でも、パフォーマンスを低下させる可能性ありと特定することを主張し、結果的には過度の栄養不足を起こさせてしまったりする。レオン・メルマンが使用しているような血液分析は、免疫システムがアレルゲンへの反応を起こしていることを示すとされる抗体の存在をスクリーニングする。免疫グロブリンE、すなわちIgEは、牛乳、卵、ナッツのような食物へのアレルギーを起こす抗体として知られている。費用を支払えば誰でも利用できる有名な血液分析検査のなかにも、免疫グロブリンG（IgG）の存在をスクリーニングするものもある。米国アレルギー・喘息・免疫学会（AAAAI）およびヨーロッパやカナダの同様の学会は、IgG検査は、食物過敏症を検知するツールとして有効ではないと主張した。学会の発表によれば、ある食べ物に反応する血清中のIgGの存在は、それらの食物にさらされたことを示しているだけで、身体のいかなる種類の免疫反応であれ、それを起こしていることを示すものではない。それを、食物過敏症の証拠として扱うことは、いろいろなものを食べるのが目標なのに、食事から健全である食物も取り除いてしまうという結果にしかならない。もし、その食物に対する耐性が十分にあるという証拠があるならば、2010年のAAAAIの方針書によれば、IgEの存在でさえ無視すべきである。つまり、あなたが、これまでずっと食べてきた食物に対してアレルギーがあることを知って驚いたなら、それはおそらく本当のアレルギーではないだろうということだ。

アスリートが頼るスクリーニング

それでもまだ、多くのアスリートが、血液のスクリーニングが、パフォーマンスをよりよくし、より長く続ける助けになると信じている。僕はこの見解を、ブレンドン・アヤンバデーホから聞いた。ボルチモア・レイブンズ、シカゴ・ベアーズ、マイアミ・ドルフィンズでラインバッカーとしてプレーし、2013年にレイブンズにいたときにスーパーボウルで優勝して引退をした元選手だ。アヤンバデーホは、最後のシーズンのときには36歳で、その時が数字の上でも最高の成績だった。偶然じゃないよ、と彼は僕に言った。2009年に大腿四頭筋を痛めて1シーズンのほとんどを棒に振った後、彼も競泳選手のカースティ・コベントリーのように、再発しないよう努力して、栄養学とスポーツ医療にどっぷりはまってしまった。彼は自腹で、PRP療法（多血小板血漿療法）にお金を費やした。血液を遠心分離機にかけて、治癒と抗炎症効果のある成分を取り出して故障箇所に注射するものだ。彼は、どんな組織にもなりうる未成熟細胞である幹細胞を注射した。ビタミンの大量摂取——アスカー・ジューケンドラップが使用しないようにとアドバイスした治療法——を試し、それからエリミネーション・ダイエットとして、基本的な食物の摂取を5つにまで減らし、少しずつ再摂取して、どれが自分の体調を左右するのかを調べた。「僕は、健康状態を最高に維持するために、1年間に何万ドルもかけた。だって、それで100万ドル分の効果が得られるんだからね」と、アヤンバデーホは言う。「治るのに4カ月とか6週間とかかかると言われていたのに1週間で治せると言われたら、僕はそうするのに必要なものは必ず手に入れる」

それで、チームメートのレイ・ルイスの勧めで、トーマス・インクレドン（Thomas Incledon）――栄養学の専門家であり、ストレンクス・コーチでもあり、キャリアの後期になってなんとか健康を維持しようとする有名なアスリートを数多く救ってきた――に相談するために、フェニックスへと飛んだ。インクレドンは、３００種類の食物に対してアヤンバデーホの血液をスクリーニングし、彼に、ブルーベリーを避けるようにと言った。アヤンバデーホの体重が怪我をしてから不安定になっていたのは、ブルーベリーのせいらしい。永続的なものではなく一時的な過敏症かもしれないので、インクレドンは、6カ月後に再スクリーニングをするようにと勧めた。アヤンバデーホが言われたとおりにしたところ、その体重は安定した。

僕が個人的に会いに行くと、インクレドンは似たようなストーリーをたくさん話してくれた。スコッツデールの大通りのショッピングセンターにある彼のクリニックでの数時間と、近くのイタリアンレストランで食事を2回する間に、インクレドンは、彼のところにやって来た、これまでの治療では治らない原因不明の痛みや健康の問題をかかえたスター選手の話を次々に語ってくれた。どのドクターたちも見逃していた栄養不足やホルモンバランスの崩れをインクレドンが指摘した後、痛みも問題もすべてが再び消えたそうだ。

いくつもの違う役割を担うのが一般的であるヒューマン・パフォーマンス・サイエンスの世界にあってさえ、インクレドンほど専門がたくさんある人はいない。彼のウェブサイトによると、「経歴――マネジメントの理系準学士、エクササイズ・サイエンスの理系学士、栄養学の理系学士、運動学の理系修士、運動生理学の博士。管理栄養士でもあり、認定ストレンクス&コンディショニング・スペシャリスト（CSCS）の資格も取得。将来的には医師または自然療法医の免許取得も目指している」となっている。

インクレドンはまた、自らを「世界最強のスポーツサイエンティスト」と称している。元は試合にも出ていたウェイトリフティングの選手であり――これもまた、彼のウェブサイトによると――「パワーリフティング、オリンピックでのリフティング種目、リフティングのあらゆる種目、ストロングマンの競技会において世界ランキングに入る実力。最重量は、片腕スナッチ（7フィート（約2メートル10センチ）バー）で187ポンド（約85キログラム）、パワー・スナッチで286ポンド（約130キログラム）、パワークリーン&ジャークで352ポンド（約160キログラム）、フロントスクワットで452ポンド（約205キログラム）、デッドリフトで615ポンド（約279キログラム）――これらすべての記録が、体重200ポンド（約90キログラム）以下のときに達成されたものだそうだ。インクレドンはまた、ストロングマン競技会では、200ポンドのアクスル（車輪）プレスを反復19回という記録を含む国内最高記録を出している。古い資料には、ハーネスをつけたインクレドンがトレーラートラックを引っ張ったり、ピックアップトラックの後部を持ち上げたりする様子も残されている。コンテストの際に、外れたトラックのタイヤが膝の横側にぶつかり、その怪我が大きな原因となって、彼のストロングマン人生は終わりを告げた。けれども、てかてか光るブルーの運動着とバスケットボール用のショートパンツ姿の彼は、今でも、かつて持ち上げていたコンクリートの詰まったドラム缶のように、がっしりとして重量感があるように見えた。

彼のクリニック「ヒューマン・パフォーマンス・スペシャリスツ」では、インクレドンは、鍼治療や体脂肪検査からPRP療法や、増殖療法と呼ばれる、組織を再生させるために砂糖水を関節、腱、靭帯に注入する代替医療までも提供している。多くの代替治療法と同様に、増殖療法の効果についてはまだいくらか不完全で裏付けは乏しいが、少なくとも害を引き起こすものではなさそうだ。クリニックの「ジェイド・フュージョン８０００（Jade Fuzion 8000）」という赤外線サウナでは、「リラックス、ヒーリング、ウォーミングの効果がある」熱したヒスイを使う。

インクレドンは、血液を分析する検査が大好きだ。患者の食物不耐性を示してくれるかもしれない抗体をスクリーニングできる上に、ビタミンやミネラル量が確認でき、菌感染や環境的な毒素の証拠も追求できる。プロのアスリートは、過度のトレーニングで限界を超えることはないにしても、ぎりぎりまで自分を追い込むことがよくあるので、本来なら免疫システムがなにごともなく働いて退治してくれる病原体に対して弱くなっていることがある、と言う。身長6フィート5インチ（約1メートル96センチ）のオフェンスのラインマン、ジョン・ウェルボーンが、２００３年にフィラデルフィア・イーグルスからカンザスシティ・チーフスにトレードされた頃、彼には極度の疲労から薄毛までさまざまな問題が出始めていた。彼は友人から、インクレドンのところへ行ってみたらと言われたそうだ。「インクレドンは、俺から小瓶60本分くらいの血を採ったんだ」。現在は「パワー・アスリート（Power Athlete）」というトレーニング会社を経営しているウェルボーンは、当時のことをふり返る。結果が戻ってきたとき、インクレドンはウェルボーンに、数種類の有毒物質に陽性という結果が出た、と話したそうだ。ウェルボーンは、ホテルで感染したのだろうと思った。カンザスシティ・チーフス——彼曰く、「地球上で最悪のドケチな組織」——が、自宅が決まるまで彼を宿泊させていた安ホテルだ。インクレドンは、免疫システムを再構築するために、ウェルボーンにビタミンとサプリメントを処方し、それ以外にも「奥義」を勧めた——たとえば、赤色と黄色の食べ物は避けるように、といったことだ。「まるで『ロード・オブ・ザ・リング』さ。魔法使いのガンダルフが呪いを解いて、男がたちまち蘇るって感じだ」と、ウェルボーンは思い返す（「男」とは、第2作『二つの塔』に登場するセオデン王のことだろう）。その時以来、彼は年に2回、インクレドンに会いに行っている。「医者たちが俺に施していた今までの治療は役に立たないものだったってことがわかったよ」と、彼は言う。

インクレドンが正統派のスポーツ栄養学に初めて疑問を持ち始めたのは、1990年代の初めに、ペンシルバニア州でまだ学生だったときだった。ウェイトリフティングでオリンピック出場を嘱望され、授業のないときにはほとんどの時間をジムで過ごしていた。そこでは、真剣なウェイトリフティングの選手たちが、プロテインのシェイクをがぶがぶ飲み、ツナ缶をガツガツ食べていた。インクレドンが教授たちに、どれくらいタンパク質を摂取したらいいかを尋ねたら、国が推奨する1日の許容摂取のガイドラインを見せられた。その規定量は——タンパク質不足については前にも記したが——適度にアクティブな運動をする者にとってさえ不十分な分量で、ましてや競技に出ようというパワーリフティングの選手にはまったく足りないことが、今ならわかる。「教授たちの顔を見た。批判的なことは言いたくなかったけど、でもこの人たちはダメだな、と思った。僕に、それ以上のタンパク質は必要ないと言うんだ。それからジムに行くと、岩のように黙っているネアンデルタール人みたいなやつらがいた。みんな、馬鹿みたいにデカイんだ」。インクレドンは、彼らに話を聞いたそうだ。

ドーピングと熟年アスリート

身体が大きくなることで言えば、インクレドンがクライアントに提供する別の方法は、テストテロン補充療法である。このことでは、いくつか興味深い疑問が起こる。なぜなら、「テストステロン補充療法」は、いわばステロイド療法の別名である。理論的には、もし、テストステロン増殖ホルモンを注入した人が、最初にはテストステロンのレベルが低いとしたら、それは、治療としての「補充療法」ではあるが、スポーツ管理団体――世界アンチ・ドーピング機関（WADA）、国際オリンピック委員会、NFLなど――には、その素晴らしい特長はほとんど通用しない。それらの団体はすべて、事実上、テストステロンの使用を治療目的として認めていない。WADAの禁止薬物リストに載っているいかなる物質も、それがないと「健康への顕著な障害」が起こること、それを使っても「正常な健康状態に戻れば期待されるであろう以上のパフォーマンスの増進は認められない」こと、「それに代わる妥当な治療法がない」ことをアスリートがアピールしなければ、例外は認められない。

エリートの熟年アスリートがそのキャリアを伸ばすために、スポーツ科学をどのように利用しているかをドーピングに触れずに語るのは不可能だ――何度も言うようだが。30歳を過ぎて最高レベルでパフォーマンスを続けているどんなスポーツのどんなアスリートも、パフォーマンスを高める薬物、つまりPED——それが、テストステロンか、成長ホルモンか、EPOか、メルドニウム（狭心症治療薬）か、またはもっと珍しい何か——の助けを借りることでしか達成できないのではないかと疑われるのは、当然の成り行きだ。実際にどのドーピングのスキャンダルでも、中心となるうさん臭いドクターが、「アンチエイジング・クリニック」で働いているのには理由がある。ある意味では、ドーピングのポイントは、若いときのような——素早く癒やせて、素早く回復できて、筋肉がすぐについて、維持できるような——機能を持つボディを作ることだからである。ランス・アームストロング、マリオン・ジョーンズ、バリー・ボンズのような最も悪名高いドーピング抵触者たちが、後年のキャリアでの活躍は100％神から与えられた才能であると、憤然として言い切ったところでしょうがない。

真実が日の下にさらされたとき、その言い訳はたいてい以下のようなものになる——他の人たちもやっている、競争できるレベルに達する必要があったからやった、とか。でも、これは真実ではない。僕が、本書のためにインタビューをしたアスリートの何人かは、自分たちのスポーツを欺いた者たちへの怒り、憤り、不正を憎む気持ちを表し、その気持ちは僕にも十分に伝わった。ヒラリー・ステリングワーフにインタビューするためにカナダのブリティッシュコロンビア州ヴィクトリアにいたときに、たまたま、2013年の1500メートル走のチャンピオン、アベバ・アレガウィにメルドニウムの陽性反応が出たため、資格停止処分になったという週末ニュースが入ってきた。メルドニウムは心臓の治療に使われる薬で、身体がエネルギーとして炭水化物を使う能力を改善する効果もある。ステリングワーフもまた1500メートル走者である。彼女は2014年に出産し、2016年のオリンピック以降には再び妊娠を望んでいた。健康へのリスクがわかっていない薬物はどんなものでも使用することは、彼女にはまったく考えられない。PEDを使ったことを辛うじて隠していた人たちと競争しなければいけなかったことに、彼女は激しく怒っていた。ランス・アームストロングのような人よりも、ヒラリー・ステリングワーフのような人のほうが多いと、僕は思っている。

そうは言っても——そう、実際にはドーピングは広まっている。一生懸命にトレーニングをしたり、きちんとした食事習慣をもったり、ニューエイジ的治療を補助的に使ったりして、ほんの少しでも時間を取り戻したんだよ、と皆に思わせたいアスリートの多くが、実はひそかにピル、クリーム、ジェル、注射から多くの助けを得ているのだ。しかし、である。誰も、ただドーピングをしたわけではない。ランス・アームストロングやアレックス・ロドリゲスと同様の人たちは、「何もやっていない」と言えば嘘をついていることになるかもしれないが、彼らは、自分たちが「やっている」ことを皆に知ってほしいと思っていることをやっている。彼らは、それらが役に立つことだと信じているからだ。それらは、PEDほどにはたやすく劇的に効果が表れるわけではないだろう。そう、残酷なことに、それらはまったく役に立たないかもしれない。選手寿命を延ばすものとしてトップ・アスリートたちが役に立つと信じる余計なもの——その多くは、魅力的なプラシーボ（偽薬）だろう。ポイントは、ドーピングが存在するからと言って、それらすべてを無効にしなければいけないわけではないということだ。

この点に関して、インクレドンは、すべてのスポーツとは言わないまでも、少なくともフットボールだけでもステロイドが合法であるべきと思ったという事実を隠そうとはしない。リーグの科学諮問委員会の元メンバーとして彼は、ＰＥＤを規制するのは選手の安全のためだ、とするＮＦＬの立場はまったくの見せかけだと考えている。「思いっきり相手にぶつかってこいと言っているくせに、安全性の心配をしているなんて言えるわけないでしょ、そのスポーツ自体が安全じゃないのに」と、彼は言う。「それに、それを安全だと受け入れる人は誰もが嘘をついている。５歳の子どもかなんかを連れてきて、その子に試合のビデオを見せて、『これ、安全に見える？』って聞けば、見えないって言うだろう。だから、薬物検査で安全を図るなんて、冗談もいいところだ」。もしＮＦＬが選手の安全を本気で考えているなら、トラドルの乱用に対してとっくの昔に断固とした措置を取っただろう、と彼は言う。それは強力な抗炎症鎮痛薬で、チームドクターが選手たちに注射して、怪我をしていてもプレーさせるためのものだ。「トラドルは、あらゆる種類の潰瘍を引き起こし、それがいろんな病気のもとになるんだ。特にＮＦＬのドクターたちが使っていたような乱用のレベルになるとね。それでもまだこう言っている――『成長ホルモンやテストステロンは、安全じゃないから使うなよ』、と」

プライベートでは、インクレドンはこう主張する――ＮＦＬチームのオーナーたちは、選手たちがクリーンでいることにサインしてほしいとは、決して望んではいないんだ、と。「契約して給料を支払う前には、選手が何を摂取していようとかまわないし、契約後は、自腹で払うのだから、２倍でも摂取してほしいくらいなんだ。誰も、弱くてレベルの低い商品に高い金を支払いたくないだろう。そうして、彼らは、公にはこう言うんだ――『チームの誰も、いかなる禁止薬物も摂取していないと、強く確信している』と。でもチームのオーナーは、ことのいきさつを知っている。彼らは、その薬物のことを知らないような選手に、年間1000万ドルも2000万ドルも支払いたくないんだ」

同時に、人為的にレベルを上げたに違いないと疑って、高レベルのホルモンをチェックすることでステロイド使用を取り締まる努力にも、彼は懐疑的である。彼の見解では、ドーピング規制当局は、彼がペンシルバニア州で運動生理学を学んでいたときに、教授たちにタンパク質の必要性について尋ねた際の彼らと同じ間違いを犯しているという。教授たちは、アスリート同士で比較するよりも、大勢の人々への調査から導いた基準範囲を用いていたのだ。「いつもこう言っているんだ――『アスリートたちは特別なんだ。だから、ごくわずかな選手だけがあのレベルでプレーできる。でも、我々は彼らを平均的な人のレベルと比較して、それが公平なのだと言う。それが公平だなんて言えるだろうか』、と」。これは、さまざまな選手団体が、厳しい薬物検査体制への抵抗に利用してきた言い分だ（テストステロンを、最初から正常値の範囲内だった人に「補充」することを正当化するために用いる言い分でもある）。

実際には、多くのフットボール選手が、何らかの形で薬物を使用するのには、正当な医学的理由があるかもしれないと言える十分な根拠がある、と彼は言う。2002年、インクレドンはNFLの選手会の会長あてに手紙を送った。彼は、脳震盪を起こしたことのある選手たちは、成長ホルモンのレベルが異常に低いということを示したデータに気がついていたのだ。これは、慢性外傷性脳症として知られる重症な脳の異常を含む、脳震盪の長期的な影響が、NFLのマネジメントまたは選手の一大関心事となるずっと前のことだった。テストステロンと違って、パフォーマンスを向上させるものとしてヒト成長ホルモンの価値は半端なものではない――研究では、筋肉量は増やすが、力の発生力を増やすものではないとのことだ。一方で、ヒト成長ホルモンの不足は、骨密度の減少、疲労や気分的な落ち込みといった症状につながる。インクレドンに、全米プロフットボールリーグ選手会（NFLPA）からの返事はなかった。けれども、彼は何か手ごたえをつかんでいた。その後の数年間、科学者たちが、キックボクサー、サッカー選手、道に仕掛けた爆弾によって脳に外傷を負った兵士の、脳震盪からくる内分泌機能障害の症例を発表した。2014年、ついにNFLが、選手たちのヒト成長ホルモンを調査し始めた。ただし、ホルモンが十分にあるかどうかを見るのでなく、補充している者を見つけて罰するためだった。「組織が知らん顔してきたか、存在しないと言ってきた問題に、アスリートが立ち向かおうとするのを批判することはできないよ」と、インクレドンは言う。

テストステロンについては、インクレドンは強力な擁護者ではあるが、こうも主張している――僕は保守的な臨床家だ、と。彼は、次の2点が理由で、医療機関から離れた――ひとつは、テストステロンが通常量の最低レベルの場合は、治療をする基準ではない、という見解には同意しないことだ。彼は、それをIQにたとえる――平均以下であっても不調ではないかもしれないが、高いほうがより良いということだ。2つ目に、健康な人でも、年齢とともにテストステロンの生成は減少していくという、広く支持されている見解にも異議を唱える。「僕は、データで示されていることものについては反対してはいない」と、彼は言う。「僕が異議を唱えているのは、彼らが見ているものに対する解釈についてだ」。40歳を過ぎると、ほとんどの男性は運動量が減るし、セックスの回数も減るから、それが理由でテストステロンも減少する可能性がある。事実、2014年の『PLOS ONE』誌の記事はこの見解を支持しており、40歳以降に生産されるテストステロンの量の人による差は大きくなるが、平均値は同じままだ、と発見している。

インクレドンが臆さずさらに発言するのはいいことだと思うが、なんと彼は、テストステロンを増やす方法としては、栄養、エクササイズ、ライフスタイルによるほうが好ましいと言うのだ。彼が患者にテストステロン補充を指導するよりも、すでにテストステロンを使っている患者がその使用をやめる援助を受けるためにクリニックに来る場合のほうが多いそうだ。僕は、自分が彼の考えをどれくらい信用しているのかはわからない。信用したい気持ちはある。インクレドンは、本当に好人物であり、ノンストップで行ったインタビューと施設案内の後、明るい奥さんと娘さんも交えたディナーとワインに熱心に誘われた。そうして、こうも言える。スポーツ栄養学の研究から僕が学べたことがあるとしたら、人は自分が信用したいと強く望むなら、ほとんどどんなことでも信用できる、ということだろう。

chapter 10

熟練アスリートが求める運動後の回復メソッド

地球上で観測された史上最低の外気温は、ソ連の南極観測所で1983年7月21日に記録されたマイナス128・6°F（約マイナス90℃）だった。今まで90秒間、僕はそれよりもさらに100°F（約38℃）近く低い、ちっぽけな部屋のなかで立っていた。下着姿で、ビヨンセを聴きながら。

ここはすごく寒い。実際、冷たいミストが僕の裸の脚や身体の周りにまとわりついて、いっそう冷たくなっていくように感じる。それは知覚のトリック――つまり錯覚だ。コンピューターは、液体窒素の流れを調整して、僕の入っているシャワーブースほどの小部屋の温度を、「さわやかな」マイナス220°F（マイナス140℃）に保つようにしてくれているはずだ。通常の3倍くらい分厚いガラスの小さな窓越しに辛うじて見える座席エリアには、バスローブ姿の健康オタクたちが僕と交代する順番を並んで待っている。ちょっと心配になってきていたから、彼らが外にいてくれてありがたかった。ここには2分しかいないはずだったが、もうすでにそれよりも長くいるんじゃないかと感じられる。まさかタイマーは壊れていないだろうな？　このビヨンセの「クレイジー・イン・ラブ」は、延長バージョンじゃないよな？　誰かが僕を、もうすぐここから出してくれるんだろうね？

冷凍部屋で疲労回復

僕がいたのは、クライオヘルスケア社（Cryohealthcare Inc.）だった。ビバリーヒルズにあるクリニックで、肌のしわや筋肉痛から関節炎や手術後の痛みにいたるまで、多種多様な症状を軽減したい顧客に、ホールボディ・クライオセラピー（全身冷却療法、WBC）と呼ばれる施術を提供している。週末の朝だというのに、すでにこのにぎわいだ。数多くの有名なNBAのスター選手や、混合格闘技の格闘家、ハリウッド俳優を含めて、100人もの人々が、65ドルの施術を求めて治療設備の中に隊列をなしている。大物のセレブのなかには、目撃されないように営業時間外に予約を取る人もいる。ボクサーのフロイド・メイウェザーは、自身がプロデュースするブランド「ザ・マネーチーム」のメンバーたちと一緒に、一度ここにやって来たことがあるらしい。彼はクライオチャンバーで受けた2回の治療がたいそう気に入り、3度目に入ろうとしたそうだ。スタッフは、ボクシング界のスーパースターを気遣いながら、初体験者は2回までと定められていることを説明しなければならなかった。クリニックは大いに人気が出て、僕が訪ねたときには、オーナーは、ウッドランドヒルズに2店目を出すのに大忙しで、マンハッタンビーチでも3店目のための物件を探していた。

クライオヘルスケア社は、ドイツ生まれの内科医ジョナス・キューネとその妻エミリア、それにジョナスの兄弟ロビンが経営している。ジョナスは、ヨーロッパで研修医をしていたときに、初めてWBCに出会った。エミリアはまた別のルートで、ドイツでジャーナリストとして働いていたときにこれを知った。2人ともが、まだ実質的には上陸していなかったアメリカにこれを紹介するチャンスだと思い、主に老齢者医療保障制度の対象となる高齢者を対象にしていた彼の地域医療専門のクリニックに1台購入した。「私たちのところが、カリフォルニアでWBCを提供した初めての医療センターだった」と、エミリアは僕に言った。「自分たちが最初だと主張しているところはたくさんあるけれど、本当に私たちが最初だったのよ」

WBCは、1970年代に関節リウマチの療法として開発された。日本やヨーロッパのアスリートは、エクササイズ後の筋肉と関節の痛みのケアに何十年もこの方法を使っていたが、アメリカでは2000年代初め頃まではあまり知られていなかった。WBCの（真偽の疑わしい）効果を知るアスリートはまだ少なかったが、そのなかにはプロバスケットボール選手たちがいた。彼らの多くは、ヨーロッパでプレーしていたときにこれを試していたのだ。2009年、NBAプレイヤー数名のマッサージを担当していたセラピストが、クライオセラピーを受けさせるために、選手たちをキューネのクリニックに紹介し始めた。そこから口コミで広がったのだ。キューネ一家はすでにジョナスのクリニックを閉じてクライオセラピーを専業にしていたが、非常に多くのチームから、自分のチーム専用にその器具を購入したいという問い合わせが出始めたので、その販売のための2つ目の会社を設立した。ロサンゼルス・クリッパーズ、サンアントニオ・スパーズ、トロント・ラプターズはすでに購入済みである。立って入れる大きさのユニットは9万8000ドルで、首から下だけ冷やす小型のものは4万9000ドル。コービー・ブライアントは当然ながら、クライオタンクを自宅に持っている。

プロ・アスリートにとっては、「クライオサウナ」の2〜3分間は、運動後に氷水の風呂に浸かるというこれまでの習慣に代わる、さらに気持ちのいい方法だった。時間が短くてすむ上に、我慢もしやすい。「これまで氷水風呂をやったことがあるなら、WBCを大好きになると思うわ」。エミリアは僕に、ローブ、スリッパ、耳当て、外科用マスクを手渡し、更衣室へと誘いながら、自信たっぷりに言った。クライオサウナはウォークインクローゼットくらいの大きさの黒いボックスだったが、いったんその中に入ると彼女の意味したことがわかった。氷水に身体のどこでも一部分、ましてや全身を突っ込むのは、そういう苦痛に対する我慢強さとか意志の強さみたいなものを調べている研究者たちが、それを「安全な拷問」として使うくらい不快感があるものだ。長年にわたり何度も氷水風呂に入ってきた僕は、スパイシーな食べ物とか吐きそうになるくらいのトレーニングとかと同じように、自虐的な意味でそれを楽しめるようになっていたが、最初に氷水に触れて思わず息が止まる瞬間は、決して楽しくはない。クライオサウナにはそのようなことはほとんどなく、ただ徐々に感覚がはっきりしてきて、**「おおっ、これ本当に寒いじゃないか」**とわかってくる。そして、これはあまりに寒い、と思い始める頃にはもう時間終了になる。

けれども生理学的には、氷水風呂とクライオサウナが効く仕組みは違っている、とジョナス・キューネは言う。その違いは、目で見てもわかる。「氷水風呂では、すべての血液が、末端を温めるためにそこまで急いでめぐるから、身体がすぐ赤くなるんだ」と、彼は説明する。「極低温の状態では、身体はとても賢い反応をする。だから、まずは身体の芯の温度を保つために、血液が末端に行かないようにするんだ」。そのため、手足は赤くなるのではなく、青白くなる。彼の説明は続く――細胞レベルでは、マイナス190°F（約マイナス123℃）以下になると、抗炎症サイトカインの放出が促され、炎症誘発性の腫瘍壊死因子α（TNF－α）とC反応性タンパクの生成が抑制される。その効用を十分に受けるには、6回から10回の治療が必要だ、と彼は言う。

ヨーロッパでは、クライオセラピーは、腰痛、手術後の痛み、不定愁訴を治すための薬の代替手段として使われている。アメリカでは、クライオセラピーを提供する業者が、医学的疾患の治療として効果があることを主張するためには、何であれFDAの許可を取る必要があり、それはまだ得られていない。しかし、ロサンゼルスの整形外科医たちが、習慣性となる懸念のあるパーコセットやバイコディンなどの麻薬性鎮痛剤を使わずに痛みや腫れに対処するため、手術後の患者をうちのクリニックに紹介し始めているんだ、とキューネは僕にはっきりと言った。「我々は、何と何を治療するためにこれを使っているんです、と公に発表することはできない」と、キューネは言う。「アメリカは、アメリカの研究しか認めない点でとてもうるさいんだ。でも、もうすでに非常に多くの研究が出てきている」。この、「言ってはいないけれど、言っているも同然」の行動は、FDAにとっては、グレーゾーンとして見過ごせる程度のものというわけにはいかなかった。2016年8月、クライオヘルスケア社には厳しい内容の警告状が送られてきた。疑似医療の効果をうたうことをやめるか、さもなければ法的対応を覚悟するように、ということだった。

ここはビバリーヒルズなので、クリニックにやってくるクライアントの多くは当然、医者のところに行くというよりは、スパで1日を過ごすようなつもりで来ている。クライオセラピーは肌のコラーゲンを引き締め、全身タイプのコースでは1回で500キロカロリー以上を燃焼させるとされている。「痛みをどうにかしたくてやって来るクライアントはたくさんいるけれど、美容の面で魅力を感じることのほうが多いようなの」と、エミリアは言う。その点では、キューネ一家自身がとてもいい宣伝になっている——全員が、週に最低3回の「施術」を受けていて、まるで高級スキーリゾートのパンフレットから抜け出てきたモデルのようなのだ。

かつてキックボクシングを相当やっていたジョナス・キューネは、アスリートたちと仕事をするのが一番楽しいと言う。「彼らは、自分の身体が、どういうことに対してどのように反応するかをよくわかっているからいいんだよ。彼らは時間を無駄にしない。効果があるかどうかわからかないような治療はやらないだろう」

実際には、発表された文献のなかに散在する多くのデータは、WBCが、エクササイズからの回復を早くするのに何らかの働きをすることを示唆しているが、その証拠は、大々的な宣伝となるにはほど遠い。『Sports Medicine』誌の2010年の文献レビューでは、極低温が分子的な炎症過程に与える効果についてのキューネの主張をおおむね支持し、「アスリートの回復を促進する手法と考えられるべき」と言っている。けれども、著者たちは、WBCについては良質な研究が少なすぎるとして、結論をあいまいにした。そして彼らは、治療を繰り返し行ううちに効果が高まってくると言うキューネの主張に、はっきりと異議を唱えた。実のところ、身体の適応反応は高まるが、頻繁な施術は効能を減少させていくように思われる、と彼らは言った。ランナーや他のアスリートたちについての個々の研究では、ＷＢＣ治療は、強さと柔軟性の検査と、自己申告による痛みの軽減の調査で判断されて、「機能回復」のゆるやかな加速と関連づけられている。けれどもまた、このような研究もそう多くはなく、実際行われている研究もサンプル数が少なめで、理想的な実験方法とはほど遠いようだ。

ＷＢＣについての科学的コンセンサスがあるのは、エクササイズ後にそれをすれば、何もしないよりは回復が早くなるのを助けるだろうという程度なのだが、１回65ドルもかけないでも同程度の効果が得られるものは他にもたくさんあるだろう。それに、費用だけが考えうる唯一のマイナス面ではない。２０１５年にラスベガスのスパで、従業員がクライオサウナのなかで死亡しているのを、出勤してきた同僚たちが発見した。彼女の遺体は固く凍っていた。捜査によれば、従業員がクライオサウナを無料で利用できるのを楽しんでいたときに、携帯電話をユニットの床に落としたのではないかと推測される。携帯を拾い上げようとしてかがんだ彼女は、床付近は酸素が薄いために失神してしまった。それはもちろん不慮の事故だった。クライオヘルスケア社のようなところでは、安全に十分配慮しているので、軽い霜焼けの心配すらないし、死亡事故など起こり得ない。けれども、もしあなたが65ドルを節約したい理由をもうひとつ探すとしたら、この事故ではないだろうか。

僕はクライオサウナに入る前に運動をしていなかったので、回復や痛みの軽減に何らかの効果があったのかどうかは言うことができない。はっきりとわかったのは、ＷＢＣ信奉者の多くが報告していることと同じ――その後の数時間続く、心地よい穏やかな幸福感のさざめきと活力が得られるということだった。それは、僕の頭の中にビヨンセの歌が流れ続けていたせいかもしれないし、どう考えるかは、人によってさまざまだろう。

アスリートを回復させるさまざまな「ボックス」

現代のアスリートは、「ボックス」のなかで長い時間を過ごす。いや、ボックスだけでなく、チューブ、浴槽、タンク、テント——いろいろな形と大きさの容器のなかで。そういう容器の中にいないとき、ときには中にいるときも、レーザー光線や超音波や電流を発するような小さめの何らかのボックスにベルトで固定されたり、プラグでつながれたり、フックで留められたりされることが多い。こうした容器や装置のほとんどは、いろいろなやり方——ときにはまったく矛盾するように見える場合もあるが——で、回復を促進することを目的としている。

温かい浴槽と冷たい浴槽がある。身体の芯を冷やさずに皮膚を氷点下に冷却するとされるクライオセラピーのチャンバーと、超低周波の光の波を使って、肌を焼かずに身体の芯を温める赤外線サウナ。対照水治療法（contrast hydrotherapy）は、炎症を抑制して血行を促進するために、冷水と温水の噴射を交互に行う。つまり、両方のいいとこ取りである。高圧の小部屋、ブース、テントのなかで、海面上の大気の数倍の圧力で酸素を呼吸するというのもある。「ノーマテック」というものは、膨らませることのできるズボンのようなもので、回転する高圧波を使って、筋肉から乳酸や他の代謝の副産物を放出させる。フロートタンクと呼ばれる装置は、人の身体が浮くくらいの濃度の濃い塩水で満たされている。明かりを消してその中に横になれば、肉体から遊離して無限に宇宙空間を漂っているように感じるだろう。ＮＢＡゴールデンステート・ウォリアーズのガードであるステフィン・カリーのように、これが脳を再充電する最速の方法だと言う人もいるし、パニック発作を起こすと感じる人もいる（専門家の情報として――深剃りした直後には入らないこと。濃い塩水が沁みるので）。

「ヴィーノセラピー」なるものまである。温かい赤ワインをたっぷり入れた風呂にただ入るだけ。僕が知っているかぎりでは、アメリカ国内のヴィーノセラピーの施設はひとつだけで、ロウアーマンハッタンの「アイレ・エインシャント・バス」という高級スパにある。アマーレ・スタウダマイアーがニューヨーク・ニックスでプレーしていたとき、父の日にヴィーノセラピーの利用券を贈られた。「赤ワイン風呂には初めて入ったんだけど、すごく良かったよ」と、彼は僕に言った。スタウダマイアーはアイレの常連になり、ホームでの試合の後には、その6フィート11インチ（約211センチメートル）の身体を、スペインワインのテンプラニーリョで満たされた銅製のタブに浸している。「痛みを軽減してくれるし、治療ということで考えるなら、赤血球も元気にしてくれるかもね」と、ちょっとあいまいな言い方をする。その効能についてさらに聞いてみると、スタウダマイアーは肩をすくめた。「バスタブから出てしまえば、魔法の起こる感覚はなくなるね。ふつうの温かい風呂の後と同じだ」。こんなぬるま湯的な褒め言葉にもかかわらず、僕は自分でも試してみる気になっていた。ところが！　ニューヨークを訪ねたときにアイレに立ち寄ってみると、ヴィーノセラピーの施設は改装中だった！　僕は、ステキなラテン語名――スティーミー・カルダリウム、アイシー・フリジダリウム、ソルティ・フロタリウム――のついた、いろいろな温度と塩分濃度の華麗なる大理石風呂に1時間浸かって、がっかりした気分を洗い流した。後で、フェルナンドというスペイン人のマネージャーが、有名人の顧客何人かのことを話してくれた。ラファエル・ナダルは、全米オープンの期間中には2日に1度は訪れるそうだ。

流行としての「回復《リカバリー》」

もし、過去数年間で、スポーツ科学の分野で注目されるようになったトレンドをひとつ挙げるとすれば、「コンディション調整」と「栄養」とならんで、アスレチック・パフォーマンスの柱としての新しく見出された「回復」への理解だろう。ラルフ・ライフは、インディアナポリスにあるセント・ビンセント・スポーツパフォーマンスのエグゼクティブディレクターで、1996年のアトランタ・オリンピックでアスリート・ケアの責任者だった人物だ。彼はそのことを、「人間のパフォーマンスの次なるフロンティア」と呼び、回復に対する新しい理解について報告している研究の95％は、ここ10年間に行われたものだろうと考えている。「もし、『おい、ラルフ、過去10年間とそれ以前と比べたら、回復はどれくらい注目されるようになったんだい？』と君に聞かれたら、10年前はまったく注目されていなかった、と言うだろうね」と、ラルフは言う。

今はもう、たしかにそういう状況ではなくなった。最近では、おそらく「回復」は、スポーツ市場で最も流行している業界用語だ。フォームローラーを使ったセルフマッサージを中心とするMELTメソッドと呼ばれるフィットネスプログラムが人気で、そのストレッチのクラスだけを提供するフィットネスクラブのチェーンもたくさんある。ステフィン・カリーがよく訪れるというサンフランシスコのフロートスパは、バークレーにある僕の自宅から1キロ半ほどのところに、クライオサウナのある姉妹店をオープンしたばかりだ。ゲータレードは今、炭水化物とタンパク質をブレンドした、運動した後に飲むためのシェイクを販売している――「あなたの身体を回復させて作り直すには、これ！」（ゲータレードが販売しているのは、栄養士たちによれば、筋肉修復に必要な栄養がほど良くブレンドされている飲み物ということだが、チョコレートミルクの高価格版にすぎないという点はまあ置いておこう）。アンダーアーマー社は、競技の後に着る身体にぴったりの圧力着を作っている。同社が言うには、24時間（！）着用すれば、「血中のクレアチンキナーゼ値でわかる筋肉損傷の著しい減少、主観的な疲労度の50％減少、主観的な筋肉痛の50％減少」という効果がある（研究では、圧力着が実際に痛みを軽減し、機能回復を早めることを示唆しているが、着たままで仕事をするのは、きつくて快適ではなさそうだ）。

また、アンダーアーマー社は、「回復パジャマ」の製品では、トム・ブレイディと組んだ。その寝間着の裏地は、身体の熱を吸収して「遠赤外線」放射として再び放出する「ソフトなバイオセラミック・プリント」になっている。基本的には、パジャマの形をした赤外線サウナである。とにかく、そういう着想だった。その製品が、本当の科学的な情報に基づいていることの証拠として、アンダーアーマーは、『Photonics & Lasers in Medicine』誌に掲載された２０１２年の研究を挙げる。けれどもその研究論文の著者たちは、遠赤外線放射が動物や試験管内の細胞研究では効果を実証したと記している一方、人間への同様の効果を実現する繊維を作り出すことは、論理的には可能である、と記してあるだけだ。つまり、もし誰かがこの効果を証明できたら、それは素晴らしいことではないだろうか、と彼らが言ったことを、アンダーアーマーは証拠として引用したことになる。

科学であれ疑似科学であれ、ブレイディは、回復ブームにとってはうってつけの顔であり、熟年アスリートにとっては特に恰好のアピールとなる。すでに本書の他のところでも書いたように、たいていのスポーツにおいて、年齢と闘おうとするアスリートの邪魔をするのは、最大筋収縮力や血中酸素容量の減少ではない。それよりも、強さと動ける範囲を復活させ、疲労の蓄積に伴う怪我のしやすさから回復するために、パフォーマンスの合間にこれまでより長い休息期間を必要とすることだ。グリーンベイ・パッカーズのクォーターバック、ブレット・ファーヴはNFLの連続先発出場の記録を持っているが、20シーズンを経て彼を引退に追い込んだのは、能力がなくなったからではなく、試合と試合の間に回復することが難しくなったからだ、と彼は僕に言った。「昨日の今日そうなったわけでないんだが、ある日、起きたときに――まあ、そんな感じだったと思うんだけど、『なんか、以前のようには回復しないもんだなあ』みたいに思ったんだ」と、彼は言う。20代の頃のファーヴは、日曜ごとに受けるダメージから回復するのに、わずか1日か2日しかかからなかった。けれどもここ5年間は、次の週末になってもまだプレーできるかどうか自信がなかった、と言う。「そうして、試合の時間になって、やっと元気が出てくる。それで、またその繰り返しさ」。うん、よくわかる。

回復のために割く時間の割合

クライオサウナや高圧ポッドといったものは、こうした問題にすぐに答えてくれるものであり、その悩みをさらに悪化させることもない。それは、自分で仕切りたがるアスリートには大切なことだ。彼らは、自身の活力が失われつつあるのを感じるにつれ、トレーニングを強化して対応しようという誘惑にかられるが、それはすぐトレーニングのしすぎという結果になる。「トップ・アスリートにとって最も難しいことのひとつが、丸1日休暇を取ることだ」と、メブ・ケフレジギは言う。「俺たちは、毎日のルーティンがモチベーションとなって動いているんだ。リズムを失いたくないから、休まずにゴー、ゴー、ゴーって感じさ」

ケフレジギは40歳に近づくにつれて、トレーニングに対するその執念を、回復のための療法――ストレッチ、マッサージセラピー、自己マッサージ、それにノーマテックのプレッシャースリーブス――へと切り替えていった。ケフレジギは、嫌いだった氷水風呂に入るのをやめて、ハイパーアイスと呼ばれる、アイスパックを内蔵した圧力帯を使うことにした。「俺の仕事で、走ることは10%、それ以外のことが90%だ」とは、競技者たる彼の台詞だ。「走るほうが簡単さ」。長く走る日でさえ、道路には3時間しかいない、と彼は言った。「あとの21時間をどう使うかが、すごくだいじなんだ」

そして彼のこの発言が、何よりも「回復」ブームをよく表している。トレーニングに、エクササイズをどんどん追加し続ければ、やり過ぎのツケがすぐに回ってくる。回復については、やり過ぎというようなことはない。トレーニングをしていないで起きている時間をすべて、温かい風呂と冷たい風呂を行き来したりして過ごしてもいい。それで起こる最悪のことと言ったら、指がふやけることくらいだ。

実は、起きているときの小刻みな時間よりも、もっと長くまとまって活用できる時間がある――睡眠。睡眠は最も重要な種類の回復であり、多くのアスリートが、圧力スーツと遠赤外線パジャマや、もっとハイテクなツールを用いて、睡眠を最大限に活用しようとする。ワシントン・キャピタルズのウィンガー、T・J・オッシーは毎晩、回復促進効果のあるARPと呼ばれる装置にコードでつないだ粘着性ジェルパッドをつけて寝る。それで電気刺激を筋肉に与えて、収縮と弛緩を起こさせることで血行をよくし、再生と治癒を速めるのだ。ARPは、シャキール・オニールがテレビの深夜放送で宣伝しているTENS（transcutaneous electrical nerve stimulator、経皮電気神経刺激装置）や、元レアル・マドリードのスター選手、クリスティアーノ・ロナウド（現在はユベントスに移籍）が宣伝している日本製の電気による筋肉刺激装置（EMS）であるシックスパッドとそう違わない。電気で筋肉を刺激する運動器具など冗談のように聞こえるかもしれないが、複数の研究で、それが多少は筋肉を強くすることが示されている。ロナウドのような見た目にはならないだろうが、怪我からのリハビリ中で、他のエクササイズができない場合には、理学療法士は利用を勧めるかもしれない。同様に、ARPも想定された効果を示すという研究報告もあるが、おそらく、オッシーのように1日12時間、パッドを身体にくっつけておくのがいいと勧めるほどではないだろう。

人気の高い回復の方法は、こういったところだろう。痛みに少しよく効くものもあれば、強さや身体の動く範囲を改善するものもある。総じて、何もしない（受動的回復）よりは効果があるが、期待するほどではない。それほど質の高い調査がなく、観測された効果の程度も小さいことが多いので、断定的に言うのは難しいし、燃焼によって中の空気を抜いたカップを皮膚にあてると、真空効果で血行を刺激すると言われている「吸角法」のような代替医療となれば、さらに難しい（マイケル・フェルプスは、リオで吸角法を何度も受けていて、テレビカメラが彼の背中にある大きくて丸いあざを映し出したときには、大きな反響があった）。信頼できるデータが増えても、効果が広く認められているものへの議論の声は、強まるよりも弱くなりがちだ。マッサージ・セラピストは、プロ選手やオリンピック選手のどこのトレーニングルームにもいるけれど、アスリートの回復にマッサージの効果を調べた22の研究のメタ分析では、運動後のマッサージを支持する声は驚くほど少なかった。著者たちは、強度の高い混合エクササイズからの短期的な回復を助けるいくらかの証拠を記したが、「限定的な効果だけで、競技アスリートの回復治療に加わるものとしてマッサージの幅広い使用を正当化できるかどうかは、依然として疑問である」と結論づけた。

回復治療に加わることの多少の効用と秤にかけられるのは、実際の費用だ。予算的には許されるとしても、クライオセラピーを毎日受けることはあまり良い考えではないかもしれない。たしかに、「過剰回復症候群」のようなものは存在しない。過剰トレーニングのように免疫や内分泌システムを故障させてしまうこともない。けれども、運動した後の自然な反応でもある炎症や痛みの抑制を狙いとする回復療法は、抗酸化剤や抗炎症薬の過剰服用が、トレーニングという刺激への順応力を鈍らせるのとほぼ同じような影響を持つ可能性がある。もし、気持ちよくなることが主な目的であるなら、ぜひとも冷浴から温浴へ移ってまた戻って、というふうにあるかぎりの時間を使えばいい。けれども、パフォーマンスの改善を目的としているのであれば、集中的な回復療法は、トレーニング中ではなく競技期間中のためにとっておくべきというのが一致した見解だ。

総じてやめておいたほうがいいのではないか、と思われる治療法もいくつかある。高圧酸素室は、アスリートにますます人気になっている。ノバク・ジョコビッチは、試合後に圧力室で座って映画を見るそうだ。NFLのランニングバック、ラシャード・ジェニングスは圧力室内で眠れるように、1万8000ドルで自宅用のユニットを購入した。引退したニューヨーク・ジェッツのクォーターバック、ジョー・ネイマスはさらに進んでいる——彼は120回以上の高圧療法を受けたことが、度重なる脳震盪のせいで被っていた認知の衰えを覆したと信じていて、それを証明するための研究に1000万ドルの資金を集めると宣言した。あいにく、高圧療法がCTE（慢性外傷性脳症）を治すどころか、何かによく効くという証拠は総じて少ない。24人の被験者を対象にした研究では、高圧療法が運動後の体力の回復や痛みの消散を促すわけではないことがわかった。別の研究では、「回復したという意識」が強くても、それは疑似薬の効果のようなものだとわかった。一方、少なくとも1人の研究者が、高濃度の純粋酸素を呼吸することは、癌の成長を促す可能性があるという推測をたてている。

睡眠を極限まで活用する

その効果に議論の余地のない回復のための治療法がある——それは「睡眠」。身体の成長ホルモンの生産がピークになるのは眠りが深い間であり、睡眠負債の累積は、タンパク質の合成を抑え、骨格筋減少症すなわち筋肉の消耗と関わる。残念ながら、睡眠は、量も質も年齢とともに、確実にたちの悪い減少の道をたどる——平均的な75歳は、平均的な25歳よりも、一晩の睡眠が90分少ない。この減少は、腹外側視索前核（VPN）と呼ばれる脳の領域で、神経細胞が徐々に死に絶えていくことに起因していると考えられている。科学者たちは、その細胞の集まりが、睡眠を中断させるおそれのある刺激を抑制しながら睡眠を調整して整えていると信じている。動物での研究では、ヒトより小さなVPNを持つラットが、「睡眠の断片化」を被るのが観測された。良質の睡眠の不足を埋め合わせるために、30代、40代でも活躍し続ける（人間の）アスリートの多くは、ベッドのなかで余計に時間を費やさなければならない。1日12時間を目標にしているというアスリートには、ロジャー・フェデラー、レブロン・ジェームズ、マラソンランナーのディーナ・カスターらがいる。

私たちのほとんどは、毎日、半日を横になって過ごすことはできないし、試合やエクササイズをしたりするわけではないがハードな仕事をしている人たちは、8時間でも眠れたらラッキーだ。ARP機器を使っているT・J・オッシーや、高圧ポッドを持っているラシャード・ジェニングスのように、多くのアスリートは、睡眠時間をより有効にするためなら、たいていどんなことでも喜んで試してみる。グリーンベイ・パッカーズのクォーターバックで、MVPに2度選ばれたアーロン・ロジャースは、7時間眠ることにさえ苦労していたが、午後のコーヒーをやめ、自然の筋弛緩剤と言われている亜鉛、マグネシウム、アスパラギン酸塩を含んだ就寝前のサプリメントを飲み始めて改善した。ロジャースはまた、時々、アーシング（Earthing）と呼ばれる代替医療を実践している。「アーシング・インスティチュート（Earthing Institute）」なるものによれば、地面にじかに、あるいは特別な電導性マットに寝ることによって、「地球の自然のマイナス表面電荷に接続すること」

が血行と治癒を刺激する、という考えだそうだ。たいていの代替医療とは違って、アーシングは特許を得ており商標登録もされている。ただし、アーシング（別称グラウンディング）の効果を調査して公表した研究のうち、そのほとんどすべてにアースFX（Earth FX）という会社がスポンサーとなっている。アースFXは、260ドルの「アーシング回復寝袋」のような製品を販売していて、アーシング・インスティチュートのウェブサイトも運営しているようだ。

おそらく、僕が遭遇したなかで究極の回復療法は、シリコンバレーのパフォーマンス・センター、「スパルタサイエンス（Sparta Science）」の創業者であるフィル・ワグナーの考案したものだ。スパルタサイエンスは、アスリートのトレーニング・プログラムを作ろうとしてテスト中の、フォースプレート（床反力計）を用いたジャンプを使っている。ワグナーは会社の経営と3人の子どもの子育てのはざまで、毎晩睡眠に割り当てられるのはたったの4時間しかない。彼はそれを最大限に活用するために、就寝時間にエムウェーブ（EmWave）と呼ばれるバイオフィードバック（脳波・血圧・脈拍などを調整する）装置を使ってHRV（heart-rate-variability、心拍変動）を調節している。HRVで、基本的には、身体が要求する変化に対して、心臓がどのようにうまく反応しているか——必要に応じて速くなったり遅くなったりしているかがわかる。HRV値が低いのは疲れていて自律神経系の反応が悪いことを示し、値が高いのはよく回復してきていることを示す。HRVのモニタリングシステムを利用するコーチがますます増えている。アスリートたちをいつがんばらせて、いつを休日にしたらいいのか、その指針として使うのだそうだ。ワグナーがエムウェーブを使って行うコヒーレンス法（心臓呼吸）と呼ばれるトレーニングテクニックは、交感神経系と副交感神経系がうまく交互に働いて、HRVの上昇・下降が安定した波を描く状態を作るという。ワグナー自身も、かつてはラグビーの1部リーグでセーフティマンを務め、その後にセミプロでもプレーをしていた選手だったのだ。彼はコヒーレンス法を使えば、ベッドにいる時間がたとえ短くても、回復できる熟睡の時間をより長く取ることができると断言する。朝に目覚めて1日の最初の数分間は、赤色光の下に座って網膜のミトコンドリアを刺激し、エネルギーをみなぎらせる。ワグナーはまた、毎晩冷たいシャワーを浴びて、24時間のうち18時間は絶食をする。「断続的な断食」が認知機能をより明瞭にするということを示した研究に基づいているらしい——回復プログラムとしては、かなり消耗しそうに思うのだが。

chapter 11

スポーツ寿命の極限——「修復」「取り替え」「若返り」

マンハッタンのアッパーイーストサイド、イースト70番ストリートの東端、2つのビルを連結している空中歩廊の上に大きな看板がある。「特殊手術専門病院——世界中のトッププレイヤーの現役復帰を可能にする」。空中歩廊のアップタウン側のビルのなかで、ブライアン・ケリー医師が僕に、アレックス・ロドリゲスの股関節の何が良くなかったかを説明してくれていた。

40代で筋骨たくましいケリー医師は、コンピューターのモニターに映っている股関節の3D画像を僕に見せた——今僕が座っているところに3年前に座っていたニューヨーク・ヤンキースの三塁手に見せた画像と、たぶん同じものだった。多くの紐状の筋肉、腱、靭帯がデジタル処理で取り除かれれば、股関節は実はごくシンプルな構造であり、ソケットの中でボールが回転しているだけだ。ボールというのは大腿骨の頭部であり、杖の握りの部分——上部5、6センチが45度くらい曲がっているような——に似ている。ソケットは骨盤の下部にある鉢状の空洞で、スポンジのような関節軟骨の層で内張りされ、関節唇——密閉できる広口瓶の蓋についているゴムパッキンのような——

と呼ばれる硬めの線維質である軟骨の帯状組織で縁取られている。ボールの形は、ロドリゲスが大リーグ現役22年間のなかで、外野フェンス越えを696回も打った（参考記録ながら史上第4位）ボール――皮革とコルクとゴムでできた――のようなきれいなまん丸の球体ではないことが多い。雪玉かミートボールのような、もっといびつな形になる。なぜそうなるのかは完全にはわかっていないが、遺伝と発育段階での要因の両方が関係すると考えられている。15歳未満で繰り返しストレスを受けた股関節は、たとえば野球のバットを何十万回も振ったとか、そうした力に応じて変形する可能性が高くなる。

「きれいな球体ではない大腿骨頭部は前面に突き出た箇所があり、そこの骨が、脚を曲げたり回転させたりしたときに当たってしまう」と、ケリーは説明する。「それで、脚を90度以上曲げて回したとき、関節唇（ゴムパッキンに当たる部分）が大腿骨の当たる部分に圧迫される。骨がぶつかる衝撃が繰り返されると、やがて関節唇がソケットから離れ始め、骨との結合、そして関節軟骨との結合も失われて不安定になり、ささくれのようになって関節に突き当たる。そしてついには関節内部の軟骨がすり減ってしまうんだ」。それからケリーは、なるべく専門用語を使わずにこう説明した――「チーズおろし器で、関節内の軟骨を削り取っているようなものかな」。話を聞きながら、僕はちょっとたじろいだ。5年前にMRI検査で診断された、自分自身の右股関節のインピンジメント（骨のぶつかり）のことを思い出したのだ。悪化を防ぐために、トレーニングにいくらか修正を加えたので、それほどトラブルを起こさずにすんでいるが、チーズおろし器が自分の軟骨をかじっていると考えると、まだ不安はいっぱいだ。

こういう場合、慢性的な摩擦によって突出部にはカルシウムが盛り上がっていく。チーズおろし器自体も削れば削るほどさらに大きくなっていき、悪化していくのだ。ロドリゲスの場合、結局その盛り上がりがひどくなりすぎて、両股関節の手術が必要になった。２０１３年に左股関節の手術をするまでは、骨の出っ張りが関節可動域をひどく狭めていたので、膝を検査台から1インチ（数センチメートル）も持ち上げることができなかった。正常な機能を回復するための手術ではまず、ケリーがロドリゲスの股の付け根に10セント硬貨の直径ほどの切れ目を作り、超小型のカメラをチューブの先端に取り付けた関節内視鏡を挿入した。関節内視鏡からの画像を見ながら、他にもいくつか開けた小さな切れ目からも器具を挿入して、ロドリゲスの関節唇の〝ささくれ〟の部分を切除し、残った部分を寛骨臼の軟骨に縫合し、大腿骨頭部の骨の出っ張りを薄く削り取って球体の形に戻した。

４カ月後、ロドリゲスは球場に戻り、走り、打つ練習もしていた。そのシーズンは、なんとか44試合だけ出場できた。37歳であり、明らかにもう、２００９年に最初の股関節の治療から戻って打率2割8分6厘、ＭＶＰ投票で10位タイで終わったときの選手ではなかった。彼の衰えは、ステロイドをやめたことと何か関係があるのではないか、と皮肉を言う輩もいたりした。ステロイド使用の噂が表に出たせいで、彼は２０１４年のシーズンをまるまる出場停止になり、記録にもアスタリスクがついて「参考記録」となってしまったのだ。けれども、そもそも２００９年以降もプレーできたこと自体が、ある種の医学的な勝利だ。ロドリゲスがもう10年早く生まれていたならば、２００９年以降の７シーズンと１４３ホームランの記録はなかっただろう。

スポーツ整形外科手術の進歩

スポーツ界における整形外科的な手術が、一世代かそこいらでどれほど進歩したかを示す生身の象徴がいるとすれば、それはアメフト選手のエイドリアン・ピーターソンだろう。ミネソタ・バイキングスのランニングバックで、ランプレーでの距離獲得でNFLをリードし、前年12月に十字靭帯と複合靭帯の再建手術を受けた後の2012年にシーズン史上最高記録更新まで9ヤード以内に迫った。選手同士が接触するスポーツであるフットボールでは、前十字靭帯の断裂は最も致命的な怪我だ。前十字靭帯は読んで字の如く、膝頭の背後で対角線上に膝の前面を十字に横切り、方向転換時の脚に横方向への安定性を与える。スプリンターやサイクリストのような直線的に動くことが多いアスリートが前十字靭帯を断裂するのはまれだが、フットボールではよく起こることで、2015年だけでも48人のプレイヤーのシーズンを終わらせた。大方のプレイヤーは、前十字靭帯の再建の後、6〜9カ月で医師から再びプレーしていいとの許可が下りるが、実際には2年がかりの怪我と言われることが多い。怪我をする前のパフォーマンスのレベルにまで戻るには、通常それだけかかるからだ。ピーターソンが試合で格別にすごかったのは、身体の大きさやスピード以上に、鋭い横方向への切り込みという他の選手にはない能力——走路をふさがれてしまっても、横にさっと飛び出して走れる技術だ。2012年でさえ、手術をしてまだ10カ月しかたっていなかったが、見た目にも統計的にも、これまでにないほど良い状態だった。ピーターソンの膝を再建したのは、著名なスポーツ外科医のジェームズ・アンドリューズだった。1984年の1シーズンに2105ヤードを走った（ピーターソンはこの記録を破ることはできなかった）記録を持つランニングバック、エリック・ディッカーソンの最後の治療を行った医師でもあった。もしディッカーソンがプレーした70年代の終わりから80年代の初期に、現代の関節内視鏡技術が存在していたなら、ディッカーソンは文句なくNFL史上最高のボールキャリアーとして記憶されただろう、と彼は言う。

ピーターソンの回復はずば抜けていたが、それでも例外ではなかった。前十字靭帯を断裂すると、ふつうはもう選手生命は終わる——危険な切開手術をしなければならないし、しかもたいていの場合、前十字靭帯が切れると半月板も取り除かなければならなくなる——というのは、遠い過去の話だ。関節内視鏡は、80年代から膝の手術によく使われるようになった。ブライアン・ケリーが2001年にスポーツ医学の特別研究員としての研修を始めようとしていたときにはもう、前十字靭帯は治療が難しい器官ではなくなっていた。治療方法はすでに開発されていて、あとは徐々に技術を磨いていくだけだった。「今我々がやっている膝の手術は、だいたいが90年代までにほぼ出来上がっていた」と、彼は言う。

ケリーのようなパイオニア志向の人にとって、整形外科でまだ残されていた本当の未開拓分野がひとつだけあった——それは股関節である。身体で一番大きな関節が、一番よくわかっていなかったのだ。身体の奥深くに埋め込まれた股関節は、いわば、海面下10メートルに広がる海底火山の火口周辺の海洋生態系みたいなもので、科学者たちはそれがそこにあることは知っていてもなかなか近寄れず、研究が難しかったのである。膝や肩の怪我と比べて、股関節の問題は臨床的に見ても

「なかなか厄介」だ、とケリーは言う。股関節で問題が起こると、一見他の部位の怪我のように見えたり、身体の他の部分に痛みが現れたりするからだ。「結果的には股関節内部を怪我していた人たちの多くが、臀部の屈筋や鼠蹊部の張りのように柔組織の筋違えや肉離れと診断されていた」と、彼は言う。「選手たちの成績が下がって行く原因のひとつに、実は股関節の怪我があったのではないかと思う。結局彼らは、必要なレベルでプレーできなくなったり、プレー時間をずいぶん無駄にしたりすることになった」。ケリーがロドリゲスに使った技術は、まだ開発されていなかっただけでなく、一般には理論的に不可能とさえ考えられていた。かつて、半月板を完全に取ってしまうことが、前十字靭帯の標準的な再建治療だったように、多くの整形外科医は、関節唇には血液はほんの少ししかかよっていないので治癒能力はないと信じ、関節唇を手術するとしたら、飛び出した〝ささくれ〟を除去して関節を詰まらせないようにする場合だけだと考えていた。同時に、関節唇に到達するには、股関節の位置をずらして切開処置をするしかなく、それは、とても長い回復期間を必要とするものだった。

しかし、１９９０年代の初めに、ラインホルト・ガンツという外科医が率いるスイスの研究グループが、股関節の病理学の新たな見解を提案し、関節唇の治療の効果を示す論文を継続して発表していた。付随するダメージを最小限にとどめるために、手術はすべて関節内視鏡によって行い、大腿骨頭部の表面を整えることも合わせて行う治療だった。技術の応用だけでなく理論を進歩させる機会もあるような新しい成長分野に特化するアイデアは、ケリーの心に響いた。そこで、ガンツの研究をアメリカで採用し、当時その先頭に立っていた外科医マーク・フィリポンの下で研修すべく、ピッツバーグへと引っ越した。フィリポンは２００９年、ロドリゲスの最初の股関節手術をすることになる。他にも、ピッチャーのティム・リンスカムやクォーターバックのカート・ワーナーなどの手術も行った。ロドリゲスが２回目の手術をするまでには、大腿骨頭部の表面を整えることも合わせた関節唇の治療は、なんとか現役を続けたいと懸命に望むアスリートのための半ば実験的な処置から、股関節の置換処置を避けたいと思うスポーツをする人なら誰でも受けられる、きわめて定番の処置へと変わっていった。ケリーは、今や年に２００回ほど行っている。25歳以下のアスリートに行われることが多いが、本質的には年齢制限はない。「軟骨が健康なら60代でも手術できるよ。効果の良し悪しは、関節内部の軟骨の摩耗の度合いと関係しているけどね。軟骨は、長年のうちに擦り減っていくから」

「この７年間は、私がやってきたことはほとんど変わっていないと言えるだろう」と、彼はつけ加えた。

ということで、もはや征服すべき新しい世界は残されていない。最後まで整形外科医たちを悩ませていた関節の困難な手術も、もう解決されたのだ。じゃあ、次には何がある？

「手術」と「メンテナンス」はどう違うのか？

古い医療に関するこういうジョークがある――ある人が医者に行く。彼は、「先生、こういうふうにすると痛いんです」と、訴える。

すると、医者は言う――「じゃあ、そういうふうにしなければいい」、という話。

トップ・アスリートとそうでない我々との歴然たる違いのひとつは、外科手術に対する姿勢である。アスリートやその医者からよく聞く用語は「メンテナンス」だ。フットボール、ホッケー、バスケットボールのシーズンの終わりには、かなりの選手が、まるでビーチやゴルフ場へ行くついでのように病院に立ち寄り、手っ取り早く治療をするみたいに手術を受ける。プロのチームなら、敵に利用されるかもしれない怪我の情報は出したくないし、アスリート自身も、自分の市場価値を損なうようなことを発表したくはないだろうから、わざとこういうあいまいな言葉を使っているのだろう。ふつう、「メンテナンス」といえば、痛みを起こしたり関節の可動域を狭めたりしている骨のかけら、突起、瘢痕組織の除去、ないしは切れた靭帯や軟骨のギザギザになったエッジの切除などの軽微な関節内視鏡による処置のことである。トップ・アスリートは、我々が歯の手入れをしてもらうように、関節を補修してもらうのだ。

アスリートでない人には、ふつうはそのようにはいかない。あなたや僕が、膝や肩が痛み出して医者に行ったら、治療はほぼ決まって穏健な方法だろう――まず、痛みを起こしている活動を数週間やめて様子を見る。もし良くならなければ、リハビリ体操のコースを数カ月間試してみる。たぶん、炎症を抑えるステロイドの注射と併用しながら。保守的な整形外科医なら、これらを全部試してみた後でないと、ＭＲＩの検査すらしないだろう。ＭＲＩで発見される異常が、痛みや機能不全と本当に関係があるのかはわからないということを知っているからだ。次々と研究が進んで、「健康」な人々が椎間板ヘルニアや半月板損傷や、その他、症状がなくても故障を持っていたり、見て取れる故障がないのに症状があったりするのはよくあることだと明らかにしている。やみくもに画像診断をすると、そもそも痛みの原因ではない部分の手術、したがって痛みを治癒するわけではない手術を受ける羽目になってしまうとも考えられている。

これらはすべて理にかなっている。けれども、僕はいつも、話はそれですべてなのかどうか疑問に思ってきた。もし、穏健な治療方法が一般的には医学的に適切な選択肢であるならば、医師は、なぜそれをプロ・アスリートたちにもしないのだろうか？　彼らの健康は、採算を取りたい人たちにとっては何百万ドルもの価値があるのだから、世界で最高のケアを受けているはずだ。ヘルスケアの費用の心配がなく、唯一の仕事が自分の健康にできるかぎり気をつけることだったとしたら、年に1度、ちょっと手術室に行って、手っ取り早く関節内の美容整形をしてもらうだけですませたりするだろうか？

答えとしては、イエスもノーもありうる。トップ・アスリートが、ものすごくハードに活動しているアマチュアと比べても、外科手術や手術を伴わない治療をたくさん受けるひとつの理由は、彼らはつまり、未来に向けて生きているからだ。ローレンス・〝ラスティー〟・ホフマンはスタンフォード大学の画像下治療の専門医で、「グランドラウンズ（Grand Rounds）」というテクノロジー会社の共同創立者だ。この会社では、1件当たり7500ドルの費用で、難しい症例に、専門医のなかでも最も適した上位1％の精鋭ドクターがあたる。ホフマンは、自身の8歳の息子が命を脅かす骨髄の病気、再生不良性貧血を患い、その命を救うために必要な最先端の骨髄移植を受けさせる手立てを、自分の仕事上のネットワークで探し回らなければならなかった。そのことから、後にこの会社のアイデアを思いついたのだ。「グランドラウンズ」のサービスを論証するのに、彼はよく、新たな医学的知識を科学的に検証してから、その知識が基礎となって標準的な治療が行われるようになるまで17年かかることを示す調査を引用する（ホフマンは、この考え方をよく理解してもらうために、パワーポイントのプレゼンテーション資料の中で、17年ゼミ〔17年かかって成虫になる米国産のセミ〕のスライドを使う）。トップ・アスリートや、グランドラウンズのようなコンシェルジュ付きのサービスがあるところを利用できる余裕のある富裕層は、この17年の時間軸の一方の端に集まっている。その他の我々のような者たちは、大病院にどれくらい近いところに住んでいるか、どのような保険に入っているか、かかりつけの医者は誰かなどによって、その分布はバラバラだ。

スポーツ医療の医師たちは最先端の機器と技術を使えるので、それらがない場合よりも積極的になる。「あらゆるアスリート、特に年長アスリートのための手術を考えるときは、すべてリスクと利点のバランス次第だ」と、NHLのシカゴ・ブラックホークスのチームドクター、マイケル・テリーは言う。「リスクと利点のバランスが、利点のほうに傾いてきているのであれば、適用を拡大していく。こうして進めるならば、実施に伴うマイナス面もリスクも少なくなり、以前と比べてずっと安心できるものになる」

リハビリも進化する

より良い結果のためには、手術の技術を改善することがだいじだが、それと同様にきわめて重要なのは、術後のリハビリの手順を進歩させることだ。30年前は、多くの場合、手術後は動かさないほうが治りが早いと信じられていて、関節をギプスで固定するのが一般的だった。それが誤りであると判明しただけでなく、データからはかえってその逆が正しいことがわかった。ギプスによって固定すると、関節の硬直と周辺の筋肉の衰えが進んでしまう。新しいリハビリの手順では、CPM（持続的他動運動装置）と呼ばれる補助器具の助けを借りることは多いが、術後の翌日から治療した関節を動かし始める。

「治療のうちの手術の部分については、その役割はしだいに重要ではなくなりつつあります」と言うのは、カリフォルニア大学サンフランシスコ校の整形外科医、ニラヴ・パンデャだ。「手術自体のテクニックは、そのやり方についてはもうあまり変わらないだろうというところまで来ているんです。私は、患者にいつもこう言うんです――『私がこの前十字靭帯を入れるのにかかった時間は1時間半だったけれど、あなたが復帰するスポーツのレベルを決めるのは、どれほど速く筋力を取り戻せるか、ですからね』、と。術後の8カ月をどうするか――それがスポーツ医学の次の段階だと私は思っています」

外科医が、効果の有無を決めがたいあらゆる療法を、トップ・アスリートにやらせてみたいと思うもうひとつの理由は、リハビリである――彼らはとても良い患者になる。とても良い健康状態で手術に入り、術後には、リハビリをすることだけに集中してくれるので、アスリートでない患者の場合よりずっと良い結果が確実に期待できるのだ。ビーチバレーボールのオリンピック選手、ケリー・ウォルシュ・ジェニングスに、直近の4回目の肩の手術を受けた後のリハビリはもう終わったのかと尋ねると、彼女はこう言った――もう何の制限もなく競技に戻ってはいるけれど、リハビリのプログラムはこれからもずっと続けるつもりだ、と。「90歳になってもプレーしていたいから、肩は強いままで維持しなきゃね」

どんどん気軽になっていく手術

とはいえ、アスリートでない人たちについても、医学の進歩とともに、気軽に手術を受ける傾向へと進んでいる。野球のピッチャーのトミー・ジョンにちなんで名前がつけられている肘の靭帯の手術のように、トップ・アスリートから一般の人たちにまで波及している手術もある。「10年前なら、『あなたはもう50歳だから、前十字靭帯の手術は受けられない』と言ったでしょう」と、パンデャは言う。「実際に治せる可能性があって、そのためにできることがあるとわかってきたし、結果もついて来つつあるんです」。けれども、より効果的な治療というのは、まだその一部にすぎない。しかも、スポーツによる怪我や運動的な制約を負った年長の患者からも、さらに広い要求が出されてくる。「自分をスポーツ医療の患者と考えている人たちは、15年前に診療所に来ていた人たちよりも年齢層がずっと高くなっています。平均年齢で言えば、おそらく20歳から30歳に上がりました。いきなり40歳や50歳の人が運動できるように戻りたいと言えば、15年前なら『うわぁ、そりゃすごいね』と言ったでしょうね。スキーの滑降、激しいバスケットボール、本格的なテニスの試合、マラソンとか。今は、年長の患者でも、若者みたいな期待を持っているんです」

けれども、50代でプロのアスリートのようなパフォーマンスをしたいと望むのと、そのような治療を受けたいと思うのでは違うだろう。前者に属する人たちは、実際には、後者を避けたいと思うかもしれない。「メンテナンス」には、すべて費用がかかる。外科医の間で言説がある――関節を見てみれば、決して同じものはない。身体が持っている、損傷した組織を修復する特定の幹細胞は限られているらしいということを思い出してほしい。手術をするたびに、それを少しだけ使い、一方でまた新たな瘢痕《はんこん》組織が残る――その組織自体が、いずれまた「メンテナンス」を必要とするかもしれない、と。「2回、3回と手術をすると、状態が良くなる可能性はしだいに下がってくるように思います。やはり身体が硬くなっていくし、他のところにも問題がいろいろ起こってきますからね」と、パンデャは言う。「膝の手術を4度受けて、同じレベルに戻れるアスリートはめったに見ません。もし『メンテナンス』をすれば、きっと戻れるだろうことはわかっているんです。でも、長年のうちには、そうしたアスリートとしての寿命はたぶん縮まっていくだろうと思います。どうやっても、基本的には自分の関節を擦り減らしているだけなんです。つまり、いくらフェラーリでも、いじくり回しすぎると動かなくなってしまいます」（やっぱり車にたとえてしまったが）

そうはいっても、アスリートの視点からすれば、穏健な治療という選択肢はそれなりに値打ちがある。そうすることで生計を立てているプロのスポーツ選手に、「こういうふうにするな」とは言えない。もし、1年に1000万ドル稼いでいるとしたら、現役寿命を1年か2年伸ばすが、代わりに10年のうちに身体を弱らせる関節炎のリスクが高まるという手術は、必ずしも悪い取り引きではないが、少々気が重い。

生きた細胞を使って治療する

アスリートがそういう取り引きをしなければならない可能性は、生物製剤――患者自身から採取する場合も多い、生きた細胞を使う療法を総称する用語――の進歩のおかげで、だんだん少なくなっているというのは、良い知らせだ。スポーツ医療がメスと鉗子で達成できる限界に達したまさにその瞬間に、新たな境地が開け、傷ついた組織を修復するだけでなく、怪我の前とまったく同じ状態に回復するという希望がもたらされた――事実上の若返りだ。「整形外科的な故障に対する治療は、生物学的製剤によるものへと、その焦点が大幅に移ってきている」と、シカゴ・ブラックホークスのチーム外科医のテリーは言う。「まだ圧倒的に多くのことが、実証済みの信頼できる手法として機械的な解決方法に頼っているが、生物製剤によって解決できれば、同じ結果が得られて、しかも身体の構造を変えずにすむだろう。血小板を多く含んだ血漿、幹細胞治療、遺伝子治療のようなもの――これらは間違いなく視界に入っており、アスリートの治療に重要になってくるだろう、そして、それ以外のすべての人の治療にも」

ＰＲＰ療法――遠心分離機を使って血漿から血小板を分離し、怪我の部位に注射して治癒を早める技術――は、コービー・ブライアントが２０１２年に右膝の変形性関節症の治療のためドイツへ飛んだと報じられて以来、アメリカのプロ・アスリートから「万能薬」とみなされている（ブライアントが受けたのは、実は「Regenokine」と呼ばれるＰＲＰと同類の特許を得た治療法で、分離した血漿を、その中の抗炎症性タンパク質を増やすとされている方法で活性化する)。ＰＲＰは筋肉や腱の怪我の治療に十分に期待できるとされ、最も効果的なプロトコルを決定する研究はまだ進行中であるものの、手術の補助的なものとして広く使われている。また、それが関節炎の症状に効くというデータも、少し不十分ではあるが存在する。何よりも、手術と異なって「それに伴うリスクが非常に小さい」と、テリーは言う。「それで治療を行っても、基本的には副作用がないんだ」

生物学的製剤を利用する治療のもうひとつ面白い点は、それが、実は若い患者よりも年長の患者のほうにより効果があるかもしれないという、珍しい治療方法であるということだ。こうした治療工程の多くは、本質的には、豊富な幹細胞と成長因子を持つ若い身体の優秀な自己治癒力を再び作り出すか、または真似ているのだ。「若い子どもには、とても優れた自己治癒の潜在能力がある」ので、ＰＲＰのようなものはおそらく余計なのだろう、とパンデャは言う。「しかし、たとえば大学でスポーツをやっていたときに膝を2度ほど怪我したことがあって、今は35歳とか40歳で、それに悩まされている人を例にあげましょう。かつての答えは、『もう止めたほうがいいだろう』だったけれど、今なら、『このあたりの軟骨を再生してみよう。我々がやっている細胞や分子レベルの操作で、あなたが20歳だった頃の身体に戻せるかどうかやってみよう』と言うかもしれません。これからの5年から10年で、たぶんそういう例がたくさん起こってくるでしょうね」

軟骨は特に、確実に年齢の影響を受ける組織だ。55歳以上の大人の約4分の1は、膝の変形性関節症の兆候があり、その約10％に症状が現れている。競技アスリートにおいては、もっと大きな数になる。軟骨を再び成長させようとする試みの歴史は、悩み多きものだった。２００５年から１０

年の期間は、スポーツ医学の世界では（主に膝の）関節の周りの骨に微細な穴を開けるマイクロフラクチャーと呼ばれる治療法に大いに沸いていた。穴へ血液が浸潤することで、大人ではまず自然には起こらない新たな軟骨の生成を刺激するのだ。マイクロフラクチャーはＮＢＡプレイヤーの間で特に人気があり、アマーレ・スタウダマイアー、ペニー・ハーダウェイ、グレッグ・オデンらのスター選手が、皆これをやった。けれども、マイクロフラクチャーの長期的な成功率は良くないことが後にわかったのだ。生成された軟骨はスポンジ状の関節内軟骨ではなく、もっと硬い線維質の軟骨で、結局、できてきたのは数種類の軟骨の複合体で、構造的に合わなかった。

もっと質のいい軟骨は、自家培養軟骨細胞移植（ＡＣＩ）と呼ばれる方法で得られる。それは、2つの工程からなる。まず、軟骨細胞すなわち軟骨を生成する大人の幹細胞を膝から採取し、軟骨基質から分離して、研究室で培養して数を増やす。次に、軟骨細胞がきちんととどまるように、膝の皿の下に再移植する。マイクロフラクチャーよりも、ＡＣＩの方がより耐久性のある組織を作ってくれる。別な技術である骨軟骨移植は、軟骨を必要としない関節の領域から余っている健康な軟骨を円筒状に採り、それでもって穴を詰めるものだが、それと比較すると、自家培養軟骨細胞移植のほうが、より大きな不具合を治すことができる。のべ１８３人のアスリートを対象にした、ＡＣＩの三度の臨床試験では、78％が25カ月以内に怪我する前のレベルのプレーに戻ることができた。しかし、その「25カ月以内」というのが問題だ。新しい軟骨細胞を根付かせるためには、患者は最大18カ月間、衝撃のあるスポーツを控えなければならないのだ。すでに見てきたように、仕事を続けるためには、プロ・アスリートの多くは、なるべく早くプレーに戻れるような短期で済む治療を選ぶことだろう。

そう遠くないうちに、彼らにはもっといい選択ができるかもしれない。カリフォルニア州ラホーヤにあるスクリプス研究所のクリニックでは、生物物理学博士のダリル・ドリマが、生きた軟骨幹細胞の基質を正確に必要な場所に充当するために、3Dプリンターの使用を含む治療法を完成しつつある。前駆細胞が新たな軟骨を分泌するのには、まだ何カ月もかかるとしても、既存のものと新しい組織が完全に適合すれば、その結果、本物と同じような耐久性を持つに違いない（前駆細胞は患者自身の細胞なので、ある意味でそれはまさに本物となる）。まるで「災い転じて福となる」かのよう――軟骨は自力での再生がなかなか進まない。これは血管新生が行われないという特徴のためなのだが、軟骨が他の種類の組織よりもプリントしやすいのは、まさにその特徴のおかげなのだ。ドリマは1990年代のHP Deskjet500インクジェットプリンターを使って試作品を作った。その技術が、研究室から手術室で使えるレベルへと飛躍するまでには数年かかるだろう、と彼は言う。けれどもそうなったときには、とてつもないインパクトを持ちうる。ブライアン・ケリーが自身の行う股関節の手術について言ったことを思い出していただきたい――適した候補者に必要不可欠な要因は、軟骨が健康であること。健康な新しい軟骨が、関節の中に簡単にプリントできるようになってしまえば、股関節全置換術などは過去のものになってしまうだろう。

アスリートによっては、奇跡の治療法を待つまでの数年は長すぎる。幹細胞を取り巻く誇大広告――限りなく細胞を再生成する能力があり、多くのタイプの組織に成長できる未成熟細胞――は、現実よりも何年も先走っていた。アメリカでは、幹細胞を使った人間に対する治療法は、ほんの数件しかＦＤＡに許可されていないし、それらのいずれもスポーツの怪我とは何ら関係がない。それでも、ペイトン・マニング、クリスティアーノ・ロナウド、ラファエル・ナダル、バートロ・コロンらは皆、怪我を早く治すためにミステリアスな幹細胞の注射を受けたと伝えられている。ナダルは２０１３年に膝に、その翌年には背中に幹細胞を入れた。彼の医師アンヘル・ルイス・コトロは、2回目の注射は彼の脊椎に新たな軟骨を生成するためのものだった、と言った。

このような注射を行っている医師たちは、ＦＤＡの許可が進まないものについてもよくわかっているのだろう。けれども、ＰＲＰと違って幹細胞治療は、安全とはほど遠い。生物学者ジーン・ローリングは、スクリプス研究所でドリマとともに働いていて、その再生医療センターを指揮している。ローリングによれば、規制外の幹細胞治療法でもそのほとんどは無害だが、なかには、死亡を含む激しい副作用があったものもあると言う。ビバリーヒルズのクリニックで脂肪吸引を受けたロサンゼルスのある女性は、自分の余分な脂肪を幹細胞に加工して、瞼に注射することを希望した。けれども顔の若返りにはならず、幹細胞は骨へと変化した——担当医師によれば、彼女が瞬きすると、カスタネットのような音がしたそうだ。

電球メーカー「シルバニア（Sylvania）」の元幹部ジム・ガスは、脳卒中で左の手足が不自由になって治療の選択肢を探していたとき、プロゴルファーのジョン・ブローディが幹細胞のおかげで脳卒中から奇跡的な回復を遂げたという話を読んだ。ガスは、脊椎への幹細胞の注射のために、30万ドル近くを使って、メキシコ、中国、アルゼンチンへと旅をしてきた。その後まもなく、彼の脊柱管には浸潤性の強い巨大な腫瘍ができた。外科医が生検を行ったところ、その細胞はガスのものではなかったことが判明した。まったく違う他人から抽出された細胞を注射されていたのだ。

人類は若返ることができるのか

「ここにいる誰もが人類史上最大の革命に参画することを誇りに思うべきだ。この部屋にいる人々は、世界を席巻するであろう動きの最先端にいるのだ」

講堂の中にいる人々は、まさに世界を乗っ取ろうとしているようにはまるで見えなかった。開会の辞を聞いていた300人かそこらの大半は、着心地の良さそうな学者的な装いの中高年の白人――しわくちゃのカーキ色の服、ボックス型のパンツスーツ、ポケットがたくさんついたベスト――だった。けれども、この弁士の経歴をよく知っている者なら誰もが、多少の誇大広告があることを予想していた。

僕はSENSリサーチ財団の「バイオテクノロジーによる若返り研究会（Rejuvenation Biotech Conference）」にいた。場所はサンフランシスコから北へ車で30分のカリフォルニア州ノバトにあるバック研究所。SENSはStrategies for Engineered Negligible Senescence（加齢をものともしないための工学的戦略）の略だ。創設者のオーブリー・デ・グレイが今、登壇しているところだった。50代のイギリス人デ・グレイは、科学者兼哲学者兼扇動者兼批評家だ。背が高くやせていて、長いポニーテールと同様に栗色の髭も長くてとても目立つ。これまでの10年間、彼は、必ずしも説得力があるわけではなくても老化は解決方法のある問題だという考えをカリスマ的に唱導してきた――十分に科学を尽くせば、人間は永久に生きる方法を考え出すことができる、と。

バイオハッカーと健康オタクの地であるここ、グレーター・シリコンバレーには、そのメッセージに耳を傾ける聴衆がいる。テック産業の億万長者の半分は、その財を死の終焉から逃れる手段を探すことに使っている。グーグルの共同創設者であるセルゲイ・ブリンとラリー・ペイジは、「先端技術を、寿命をコントロールするバイオロジーへの理解を深めるために活用すること」を使命とした会社カリコ（Calico：California Life Company の略）を立ち上げた。オラクルの創立者ラリー・エリソンは、アンチエイジング研究に5億ドルをつぎ込んだ。ペイパルとアファーム（Affirm）の共同創設者マックス・レヴチンは、健康を保つため毎日90分間の高強度のサイクリングをしているのに、僕が話を聞くと、結局のところは、自分の寿命について関心はないと言った。レヴチンは、我々の意識はコンピューターからコンピューターへと無限に転送できるデータの形に置き換えることができるというアイデア——「アップローディング」の唱道者だ。

「老化は、実は決して生物学の現象ではない。それは物理学の現象だ」と、デ・グレイは演壇で宣言した。「動くパーツを持つどんな機械にも起こることだ。老化は、損傷が起こることからなる。なぜなら損傷は、機械を運転した結果、もしくは運転のせいで起こる副次的な影響によって生まれるものだから」。デ・グレイが伝えようとしている急進的な考えは、人間の寿命を無制限に延ばせるかもしれないと考えることは急進的でも何でもない、ということだ。歳を取っていく有機生物のなかで起きるすべての変化を見分け、それを反転させる方法をひとつひとつ見つけていくだけのことなのだ。「実生活において、生命のない機械への予防的なメンテナンスは効果を持っている」と、彼は言う。「設計されたより10倍も長持ちするヴィンテージカーがあるが、それは、予防的メンテナンスをしているからだ」

デ・グレイの、理論が隙だらけのこの楽観主義は、他に登壇する実際に働いている研究者たちの慎重な現実主義の隣ではどうも座り心地が悪そうだ。最初に登場するはピンカス・コーエン、南カリフォルニア大学の老年学部長だ。コーエンの話は、ミトコンドリアのペプチド、すなわち細胞の発電所のなかで生産されるタンパク質の基礎物質についてだった。彼は、特に有望な2つのペプチドに焦点を当てている。ひとつはヒューマニンと呼ばれ、血糖値を改善し、糖尿病とアルツハイマーを予防する。100歳を超える者を家族に持つ人々は、より高いレベルのヒューマニンを持っている傾向がある。「我々は、ヒューマニンの注射はカロリー制限模倣療法として働くと信じている」と、コーエンは強いブルックリン訛りの口調で言った。というのも、それは極端なローカロリーダイエットが引き金となって起こるのと同じ細胞のメカニズムを活性化し、ネズミやミミズの寿命を長くすることが示されたのだ。もうひとつの、ミトコンドリア由来のペプチド、MOTS-cは異なった働きかたをする。高脂肪食を食べさせたマウスの実験で、MOTS-cを与えたマウスは体重増加がずっと少なく、与えなかったグループと同じインスリン抵抗性や脂肪肝の問題は起こらなかった。「我々はそれを、ダイエット模倣というよりは運動模倣と考えたい」と、コーエンは言った。この時、聴衆の人々が少し背筋を伸ばしたのが見て取れた。そして、話の続きに失望が広がる――マウスは少しも長生きしなかったのだ。理由は誰にもわからない。「私から言わせてほしい。寿命が延びなかったという事実は、驚きであり落胆だった」と、コーエンは言った。

バック研究所の基礎老化学部門の教授ジュディス・キャンピシは、細胞の老化、すなわち細胞が分裂をやめて、その近くの細胞たちにも同じようにやめさせるシグナルを出すというプロセスについて話した。細胞の老化は１９６０年代に初めて発見されたのだが、その反応を引き起こすさまざまなことのなかでも大きいのは、癌を起こさせる遺伝的変異である。長い時間をかけて、身体の細胞が分裂しゲノムの複製が行われるにしたがって、ますますより多くの細胞が変異を起こし、結果として老化した細胞が蓄積していく。細胞が老化するとき、それはサイトカインやプロスタグランジンを含む炎症反応を作り出す数々の有機化合物を放出する。慢性的な炎症は、癌発生のリスク要因として知られている、とキャンピシは皮肉めいた口調で言う。「もし、皆さんが今、憂鬱な気持ちになっていないとしたら、あまり話を聞いてくださってなかったからでしょう。こういう細胞の反応は、癌と無縁であってほしいですよね。でも、もしずっと長生きをしていくなら、癌になっていくんです」。キャンピシは、回虫、ミバエ、ネズミ、人間など種々の有機生命体に延命的な処置をした場合の効果をスライドで見せて、話を終えた。生物学的複雑性のはしごを1段上るごとに、最良の長寿療法の有効性は減っていく。科学者は回虫を通常の寿命の10倍生きさせる方法を考え出したが、人間は最も長く生きても、やはりこれまでと同じように１１５歳前後で死ぬ。「進化が私たちに、何かを語りかけようとしているのでしょうか」と、彼女は言った。

講演の途中で休憩を取り、僕はアトリウムをぶらぶらと歩いた。向こうのスナックバーで1人の男が、このアイスティーにはどんな添加物が入っているのか、と尋ねている。若い女性は、実験の説明が書かれている発表ポスターを熱心に読んでいる。彼女の額に貼られているのは、脳に電流を送る装置だ。気分や集中力をよくしてくれるはずなの、と彼女は僕に言った。それから、写真で見た覚えのある人も見つけた。彼の名前はジェイソン・キャム、フェイスブックに投資している億万長者ピーター・ティールが経営している投資会社ティール・キャピタルの主任嘱託医だった。小柄だがイケメンで、少しラフなブレザーに革製のスニーカーを履いている。彼のバックグラウンドを少しだけ知っていた——ティール・キャピタルで働く前は、イギリスで整骨医と栄養セラピストをやっていて、F1ドライバーやプレミアリーグのサッカー選手がよく通っていたらしい。ノートパソコンを開いて座っている彼に近づき、僕は自己紹介をした。

「私は、君と話す気はないんだけどね」。いきなり彼が言う。僕は、その理由を聞く必要すらなかった。きっとあの「血液」のことがあるからだろうから。

ペイパルのドンが抱く野望

1年前、僕はティールに、彼が投資しているたくさんのバイオテック企業についてインタビューをしたことがあった。それらの企業は、いろんな手法で老化や死に関わる問題を解決する仕事をしていた。ティールは、変わり者で余計なことは喋らない思索家的なところがあることで有名だったが、「人は死ぬべき運命なのか」という質問については、彼の立場は明快だった——彼はそうは思っていなかった。死とは安らかに眠ることと信じている人は皆、自分ではどうにもできない死の恐怖に怯えて生きてはいけないから、強い心理的防衛本能のメカニズムにただゆだねて、そう思い込んでいるだけだ、と彼は考えていた。ティールは実質的に際限ないほどの財産を所有しているのだから、自分がやりたくないことは一切引き受ける必要はないはずだ。しばらくの間、彼が投資している企業についての話をした。そのうちの1社は、遺伝子療法を利用して、白血球を治療に役立つタンパク質の製造工場に変えるという治療法を追求している。また別の会社では、研究室で、置換用の骨を成長させる作業を行っていた。その後に、自分自身でも十分実践する気になりそうに思える長寿医療は何か、と尋ねてみた。ティールは、直球で答えてくれるわけでもないし、かといってまったくはぐらかすわけでもなかった。「私がやりたいと考えていることは、それこそたくさんある。でも本当にまだまだで、まだ始めてさえいない」と、彼は言った。彼はそのいくつかを挙げて、僕にその賛否をひととおり説明してくれた。たとえば、極端なカロリー制限は、「ちょっとつらすぎるように思う」と、彼は言った。「きっと、ひどく悲惨なことが起こる。ひもじすぎて、結局は身体を壊してしまう」。それに、人にとっていい作用があるのかは、まだ証明されていない。糖尿病の治療薬メトホルミンは、長寿を研究している人たち大勢の興味を引いている。「糖分が増加すると、癌細胞がそれに乗じて増殖するんだが、その糖分の増加をいくらか抑えてくれるという思わぬ効果がある」と、彼は教えてくれた。「だから、それも調べているんだが、でもまだまだだ」

ティールがヒト成長ホルモンを摂取していると読んだことがあったので、そのことを聞いてみた。「そうだね、私は、HGH（ヒト成長ホルモン）についても調べているところなんだ。それもまだ十分に調査されていないんじゃないかな」。彼は、言った。「癌になるリスクが増加するという心配のことをいつも言われるんだが、それよりも、筋肉の大幅な消耗や股関節の怪我といったものを減らしてくれるメリットもおそらくある。世間ではちょっと、こうしたことに偏った見方をしすぎているように思うんだけどね」と、彼は言った。

「我々が効き目の素晴らしい万能薬をひとつ見つけた、とかはまだはっきりとは言えないんだ」。彼はそうつけ加えた。僕は、これがこの会話の締めになるのだろうと思った。けれども、彼の話はまだ終わらなかった。「実は、効果のありそうなものがひとつあるかもしれないんだけどね。私は『並体結合』というものを調べているんだが、これが実に興味深いものでね」。「並体結合」という言葉で、彼が、２匹のマウス――１匹は若齢、もう１匹は老齢――の循環システムを融合させると、血液などを共有することで、老齢のマウスもかなり寿命を延ばすことが期待できるのではないか、という実験のことを話しているのだとわかった。それだけではない。老齢のマウスは見た目も行動も若返る。並体結合は、不老長寿の妄想みたいなものとセットになっている。シリコンバレーのあたりでは、億万長者の技術者が次々に若い血の輸血に大金を支払っているらしいとか、いろいろな噂を聞いたことがある。「それは、１９５０年代に行われていたきわめて奇妙な研究のひとつで、その後はすべて途絶えてしまったんだ」と、ティールは言った。「不思議にも調査が不十分なままになっているこうしたことは、山ほどあると思うね」

彼は「若さの泉」のようなアンチエイジング療法みたいなものに望みをかけるよりも、オーブリー・デ・グレイの考え方――恒常的な覚醒を通し若さをそのまま維持できる機械として身体をとらえる――に共感するとほのめかしたのだ。驚くことではない。ティールの話は、ＳＥＮＳリサーチ財団の主要な後援者としての見解なのだから。「小さな警官と犯人がいっぱい、それこそたくさんあなたの身体に詰まっていると想像してみて」と、彼は言った。「警官は犯人を捕まえるのが非常に得意だが、もし犯人が1人、1日間捕まらないままでいたら、あなたは死んでしまう。老化をコントロールする重要なメカニズムが2、3あってもおかしくないし、もしそれを見つけることができたなら、限界に挑むことが大いに可能になるだろう」

それから1年がたった。SENSリサーチ財団の研究会がある数週間前に、アンブロシア(Ambrosia)というバイオメディカルの新設企業が、25歳以下の若齢者の血漿を35歳以上の患者に注入するという新療法の臨床試験を行っているという話が入ってきた。僕は同社の創立者、ジェシー・カルマジンに話を聞いた。カルマジンはスタンフォード大学で研鑽を積んだ内科医で、並体結合の動物実験からのデータとともに、中国、ロシア、インドで行われた人体での研究には「非常に感銘を受けた」と話した。「研究されたものすべてが改善しているようだ。それは、脳、心臓、腎臓、筋肉へと拡大していくだろう。まるで、遺伝子発現のリセットが起きたようだった」

カルマジンは、自分の製品がどんな市場に受け入れられるかはあまり考えていなかった。基本的には、それを買えるくらい余裕のある人たち向けのものだと思っていたからだ。「こういった療法は、うまくいけば需要も大きくなるだろう」。義足の元アスリートでもある——パラリンピックのアメリカ代表チームでボートを漕いでいた——彼は、並体結合はもうすぐ、身体を維持するためにアスリートが利用している、一見風変わりなたくさんの医療技術の仲間入りをすると予想する。「怪我からの回復が進むことが明らかにされている。エネルギーと筋力を増やせるようだからね。もしかしたらその恩恵を受けるアスリートがたくさんいるんじゃないかな」と、彼は言った。

臨床試験としては異例なことだが、アンブロシアの研究は、「患者の資金提供」で行われている。この血漿の治療を受ける人たちは、参加費用８０００ドルを支払っていた。カルマジンは僕に、出資してくれる人はまだいないと言った――けれども、あるシリコンバレーの投資会社の代表から、「驚くほど早い時期に」アプローチを受けた、とつけ加えた。びっくりしたよ、と彼は言った。だって、参加希望者を探す以外には、まだ会社の存在も臨床試験のことも宣伝していなかったからね、と。たしかに、資金を集めるつもりはまだなかったようだ。彼に近づいてきた人物は、ジェイソン・キャム――ティール・キャピタルの人間だったのだ。

うーん、なるほど。僕が1年前にインタビューして聞いたことは、かなり本当だったわけだ――ピーター・ティールは、並体結合に強い興味を示していたこと。ティールのもとで働く人物が、並体結合を提供する企業に興味を示したこと。ティールのスポークスマンは、そのボスが並体結合を試したことを否定した――だいたいそんなところだろう。けれども、ティールと話をしてからカルマジンと話をするまでの間に、前者はシリコンバレーの有名人から、全国的な悪名高き人になってしまった。まず、オンラインジャーナリズムであるゴーカーメディアを一社まるごと倒産に追い込んだレスラー、ハルク・ホーガンによる1億４０００万ドルのプライバシー侵害訴訟の裏で、ひそかに原告への資金提供をしていたことが明るみに出たのだ。それから、ドナルド・トランプが大統領になるのも支援し、そういうことをしたシリコンバレーで唯一の有名人となり、さらには、危険を承知の上で、共和党大会で彼を支持する演説をし、彼の選挙活動に１００万ドル以上を寄付したのだった。

だから、僕のインタビュー記事が表に出たとき、なんというか、ピーター・ティールのあらゆることについて相当の興味が巻き起こっていたのだ——特に、彼をジェームズ・ボンドの敵役のようにした事柄について。マット・ドラッジは、このことを『ドラッジ・レポート』のトップに載せた。「ピーター・ティールはヴァンパイアか？」というのが、『The New Republic』誌の見出しである。「ピーター・ティールは、若者の血がほしいらしい」と書いたのは、比較的穏健な『バニティ・フェア』誌である。『インタビュー・ウィズ・ヴァンパイア』の著者アン・ライスはこう述べている——「血液は誰にでも平等に与えるべきもの。どうして金持ちにだけあげるのかわからないわ」。

また、ＨＢＯ製作のドラマ『シリコンバレー』のある回は全編通してこのことがテーマになり、そこでは、億万長者の投資家ギャビン・ベルソンが、彼の「血液提供少年」、つまり健康な10代のドナーを連れてミーティングの場に現れ、進んで血液の注入を受けるのだ。

「こうしたひどいネガティブキャンペーンのなかでも最低なのが、ヴァンパイアといういいがかりだ」と、ティールは後に、『ニューヨーク・タイムズ』紙のコラムニスト、モーリーン・ダウドに語った。その後、彼からの連絡はない。

そして、ジェイソン・キャムからも——少なくとも記録には残っていない。けれども僕には、彼を非難するようなことは言えない。また、ひどく気にかかっているとも言えない。歳を取るにつれて健康で元気でいることについて、科学はどうあらねばならないのかということに、僕は少しこだわるかもしれないが、永遠に生きることなんかはどうでもいい。死が、たくさんの苦しいことが原因の病気——癌、糖尿病、アルツハイマー——の結果であることが多いかぎり、この研究会に出席している科学者たちは、最も気高い目的で仕事をしていたと言える。けれども、先祖すべてより受け継ぐ運命から逃れるすべを見つけたい、と思ってここに来た人たちのことは——それはまた違う話だ。その考え方は、僕には自己中心的で未熟で感情的に病んでいると映るし、率直に言えば、そう熱望している人たちの多くについても同じだと思う。もしかしたら、防御本能のメカニズムなのかもしれない——ピーター・ティールが言うように。もしそうであるなら、まあ良しとするかな。

何のために長生きするのか

僕が気づくかぎりでは、運動ができるのに、エクササイズの必要性を無視してドラッグなどに目がくらむ人はみな、考え方が後ろ向きだ。マラソンにエントリーしておいて、誰かに金を払って代わりに走ってもらうようなものだ。スポーツをする上で大切なのが勝つことではないのと同じように、生きることで大切なのは生き残ることではない。科学や医学が我々の身体のダメージを修復して、関節や筋肉を若返らせて、かつての自分に戻してくれるという考え方には、たしかにとてもワクワクさせられる。そして、エクササイズが、これまで見出されたなかで最も有効なアンチエイジングの療法であるという事実は、まるで絵に描いたような正義だ。エクササイズ——真夜中に我を忘れて踊るにしろ、朝の6時にがんばって汗をかくにしろ——は、もうすでにそれだけで楽しい喜びであることは明白なのだから、素晴らしい。永遠の若さが欲しいまっとうな理由があるというなら、それでもかまやしない。
若さというのは——僕にとっては、死から遠いということだ。良くなっていく余裕があり、これから先も喜びに満ちた仕事や遊びがあるのだから、自分自身に挑戦し、成長し、限りなく努力し、初心者の気持ちでいられる機会があるということなのだ。僕が歳を取るとともに、僕を勇気づけてきてくれたアスリートたち——メブ・ケフレジギ、カーリー・ロイド、ロジャー・フェデラー、ヤロミール・ヤーガー、ヒラリー・ステリングワーフ、キャサリン・ペンドレル、ブレット・ファーヴ、ドナルド・ドライバー、ケリー・ウォルシュ・ジェニングス、アレックス・マーティンズ——は皆、彼らの人生においてたくさん勝ってきた人たちだ。そう、たしかにそうなんだけれど、彼らから勇気をもらったのは、それが理由ではない。彼らのように、僕もできうるかぎり、生きることにもプレーすることにも全身全霊を注ぎたい。それこそが、誰しも願うこと。もうそれだけですごいことなのだから。

おわりに

僕にとってのスポーツ人生とは

僕はいま、アスリートたちが年齢を重ねるにつれて、健康で競技ができる身体を保つために実にさまざまなことをしているという本を書いているんだ、と話すと、よくこういう問いが返ってきた――それで、君の生活でやっていることを変えるような、何か魅力的なことがわかったのかい？　いい質問をしてくれるじゃないか。

僕はエリートのアスリートではない。運動は趣味ではあるが格別熱心にやっているわけでもない。サイクリング、ランニング、サッカー、テニスを楽しんでいて、でも、時間の許すかぎり運動したいのに身体がついていかないのが悔しい、中年に片足を突っ込んでいるふつうの男である。もし僕に、週に2回ほど、体力の限界をもう少し伸ばせて、ハイハイする娘と一緒に床を這いずりまわるくらいのエネルギーが残されるなら、それで満足なんだけどね。

ある意味、そういう僕だからこそ、ちょうどいいフィルターになったんじゃないかって思う。トップのプロは、事実上制限のない予算を使い、しかも、起きている時間をすべて、より健康でスキルをアップさせるためだけに使うことができる。僕たちが見てきたように、トップ・アスリートは、選手生命をあと2年延ばすためになら、たいていのどんなことでもするだろう。たとえ科学的な裏付けがなかったり、後に健康を害したりするようなものであったとしても。赤外線を出すパジャマを着て酸素カプセルで眠るのに3万ドル支払いたければ、まあ、それもありだろう。けれども、効果があって安全で、しかも仕事持ちでもスケジュールや予算が合うものでなきゃね、というなら、物書きを生業としているが、腰痛持ちで赤ん坊持ちのこの男（つまり、僕）を信用してみてくれないかい。

そうしてくれるなら、本書を書いてみてわかったことから、僕自身のパフォーマンスのルーティン――と言えるほどのものではないが――に加えたものをいくつかお教えしよう。

トレーニング計画は、とにかく区切ること。

レイモンド・フェルハイエン、ジェームズ・ガラニス、特にトレント・ステリングワーフの共通項として、僕の頭に何度も何度も教えこまれたコンセプトがあるとしたら、パフォーマンスを時期で区切ることの重要性と、そうしないことのリスクである。トップ・アスリートにとっては、パフォーマンスの区分とはたいていの場合、高性能に組み立てられたトレーニング・プログラムを意味する。トレーニングの量を増減して、必要な時期に最高の健康状態をもってくるようプランされた方法である。僕にとっては、こだわりたいのはその構成内容でなく原則である。一定の割合でしだいにトレーニングを増やしていき、自分で決めたプランの必要に応じて身体を準備する。そして、疲労の蓄積や、しなくていいような怪我をしてしまいそうな、回数や強度をいきなり上げるといったことは避ける、というふうに。サッカーに誘われても、僕がサッカーをできるような身体の状態でなかったとしたら、あるいは、なんとかプレーできそうな程度だとしても怪我を治している最中だとしたら、僕はノーと言う。自らベンチに下がるのは残念だが、怪我をしてシーズンをまるまる棒に振るよりはいい。

どんなトレーニングでも、負荷を軽くして動きやすくする部分を作ること。

一流選手と僕たちのような一般人との最大の違いは、トレーニングが終わったときの取り決めをどうしているかだ。ストレンクス・コーチとアスレチックトレーナーは、「負荷を重くする」ことと「負荷を軽くする」ことについて、適切な割合で、前者をやった後は必ず続けて後者を行うべき、というのを良しとしている。僕には今、次の言葉が思い浮かんでいる。「負荷を軽くする」というのは、ヨガ、フォームローラーを使ったストレッチ、氷水風呂、水中ランニング、瞑想、または、ただ昼寝をする。それには、リカバリーとともに関節の可動域でのトレーニング——しだいに蓄積して怪我につながりそうな運動制限や他の箇所で代わりをするのを防ぐため——も含まれる。僕の場合、かつてはトレーニング後に軽く一杯やるのが正当なクールダウンと考えていたけれど、今やストレッチやセルフマッサージ「オタク」へと変貌してしまったわけで、クローゼットは、その「成果」であるストラップ、バンド、フォームローラー、ポリ塩化ビニルのパイプ、ラクロスのボールなどでいっぱいになっている。負荷を軽くして動きやすいトレーニングに時間を割くのは、忙しい生活を送っている人たちにはなかなか難しいことだ。1週間に数時間だけしかフィットネスに時間を割けないのであれば、走る時間をもう30分伸ばして、ストレッチは飛ばそうという誘惑にかられるだろう。しかしもし、あなたが僕みたいに怪我をしがちであれば、それはしてはいけない交換取り引きだ。

二極化すること。

これは、トレントとヒラリーのステリングワーフ夫妻から聞いて、取り入れたもうひとつのことだ。思い出してほしいが、2つに分けるというのは、トレーニングのわずか20%かそれ以下を高強度にし、あとは、リカバリーをほとんどないしはまったく必要としない低強度のトレーニングでバランスを取るようにすることだ。これもまた、二極化の型にはまったプログラムに固執する必要はないが、トレントが言うような、エリート選手も含むアスリートがトレーニングでやってしまう最もありがちな間違い――低強度でトレーニングをする予定の日にも激しくしすぎる――だけは、どうしても避けたい。それをやってしまうと、特別な目的もないトレーニングでの疲れが取れなくなり、その次にハードにやりたくてもできなくなってしまう。もうひとつの点としては、僕の高強度のトレーニングは、以前よりも短くかつ強めにするようにしている。エリートの熟年アスリートたちを調べてわかるのは、歳を重ねても競技を続ける方法のひとつは、より慎重にトレーニングするようになっていることだ。自分にとって最も難しいスキルの訓練や体力維持のトレーニングのために、限られた時間に集中してやること。そのために、僕としては、付箋紙にプランを書き始めるまでに2分かかるというのが、いい準備になっているんじゃないかな。ちょっとした「志向性（哲学者フッサールの言葉。人間の意識が外部の世界の何かに対して注意を向ける能力のこと）」というやつだろうか。

筋肉のために食べる。

もしかしたら、本文では十分明確になっていなかったかもしれないが、アスリートに広まっている栄養「科学」の非常に多くのものがでたらめだ。ふつうに健康的な食事――たっぷりの野菜と全粒穀物、多すぎない砂糖や加工食品――をしていれば、たぶん大丈夫だろう。けれども、歳を取るとともに筋肉が失われるのを避けたいのであれば、多少の微調整をするといい。アスカー・ジューケンドラップのアドバイスにしたがって、僕は食事のタンパク質を増やし、昼間の摂取回数を増やした（寝る直前にプロテインのシェイクを取るのは思いとどまっているが）。これには思わぬ効果もある。ジョンソン&ジョンソン・ヒューマン・パフォーマンス研究所の運動生理学主任のクリス・ジョーダンによれば、何でも食べるものにタンパク質を加えると、血糖値を下げる効果があるそうだ。つまり、シュガークラッシュ（血糖値がジェットコースターのように急上昇・急降下すること）を起こさずに、チョコチップ入りオートミール・クッキーを食べたいなら、アーモンドバターをひと塗りすればいい。僕はまた、毎日3〜5ミリグラムのクレアチン・パウダーを摂っている。スムージーや牛乳に入れて、トレーニングの直前か直後に摂ることが多い。クレアチンの科学的な意義を論ずるのは難しいが、僕の筋肉の維持や増強には非常に効果があった。

コラーゲン、ゼラチン、ボーンブロス。

そう、これらは一時的に大流行しているものだが、珍しく裏付けるデータのある栄養素だ。ボーンブロスがトレンディになったことで良かった点は、味のひどくないいろいろな種類のものがたやすく見つかるようになったこと。とはいえ、チキンやターキーの鶏ガラから自分で作るのが最もシンプルで、一番満足できる。

フラット走法。

これは万人向きではなく、これを提唱しようとするとちょっと引っ込みがつかなくなる。２００0年代半ばにはベアフット走法が一世を風靡し、そしてもうとっくに消えてしまった。今は、年長のランナーたちの多くは、『ゲーム・オブ・スローンズ』のペーパーバックほどの厚さの靴底の、ホカ製かアルトラ製の「マキシマリスト」シューズで、かかとから接地するかつま先から接地するかなど気にせず、地面をたたくように走っている。あのばかげた5本指シューズに復活してもらいたいわけではない。けれども、理想的な靴を追求する研究の苦労話を聞き歩き、何人かの生体力学の研究者と話をしてから、ランナーにとっては、クッション材の少ない靴で、足のかかとよりも真ん中か前の部分で接地して走るほうが明らかに良いということに確信がもてるようになってきた。

脚というのはスプリングみたいなものだ。そのスプリングが硬くなればなるほど、地面を蹴った力が効率よく身体に戻ってきて、前に進むことができる。フラット走法では、きわめて堅い足と足首が必要で、その堅さを維持するためには膝から下の筋肉がだいじになってくる。50代、60代になってくると、走り方も独特のスタイルに変わりがちだろうし、腱の堅さや筋肉の強さが失われてくると、必要な力を取り入れてさらに生み出すのに、代わりに腰回りに余計に頼ることになる。ランニングの研究者はそれを「関節の力の遠位から近位への移行」と言う。ある意味では、フラット走法は「若者の」走り方と言えるだろう。他の条件が同じで、身体を若く保つために走るのであれば、こういう走り方をしたらどうだろう？

それには、注意してほしいことが2つある。1つ目は、ランナーは、たとえエキスパートでさえ、自分にぴったりの接地パターンを自分で決めるのは非常に難しい。もし接地スタイルを変えようとするならば、コーチと一緒にトレーニングをするか、自分がどのように接地しているかを見られるようなセンサーをつけて、トレッドミルで走ってみるといいだろう。2つ目は、フラットな接地で走ると、長距離の場合にはスピードが落ちるかもしれない、ということだ。研究では、ほとんどの人にとって最もエネルギー効率のいい走り方とは、自然とその人に合ってくる走り方だとされている。ずっと「ミニマリスト（＝薄底）」のシューズのファンで、それに合った走り方をしている生体力学者のジェイ・ディカリー（Jay Dicharry）は、あっさりとそうだと認めている。「たいていの人は、関節を使いすぎているから、その走り方だとよけいにエネルギーを使うんですよ」と、彼は言う。けれども、だいじなのは、ディカリーがこうも指摘していることだ——ふくらはぎで力を吸収できれば、膝、股関節、背中の下半分にかかる力はその分減ることになる、と。「何かと引き換えに、何かを得る、という感じですかね」と、彼は言う。

タイムは落ちても、それと引き換えに背骨にかかる衝撃が減るなら、僕にとっては嬉しい取り引きだな。

もっとハードに、でもヘビーではなく。

故障や肉体的な限界を経験してきたアスリート——ある時期を過ぎれば、我々全員がそうなのだが——にとって、最適なフィットネスを行うための重要ポイントは、望ましいトレーニングのストレスと、望ましくないストレスを分ける方法を見つけることだ。もしアルターGのトレッドミルか加圧バンドを試してみるなら、それもいいだろう。そうしなくても、方法は他にもたくさんある。僕ならば、エクササイズで荷重を増やす代わりに、バランスを鍛えるエレメント——メディシンボールに手を置いて腕立て伏せをするとか、スクワットのときに膝の周りにトレーニングチューブを巻いて、力を入れるもうひとつ別の方向を作るとか——を加えるだろう。見過ごされがちな小さめの筋群に焦点をあてることは、筋肉を大きくする方法ではないが、機能的な強度を高めて、怪我を避けるためには役に立つ。

自分と会話する。

それが、パフォーマンスを向上させる強力なツールになりうるとわかるまでは、僕は自分の内なる声などいちいちあまり気にしていなかった。でも今は考えている。漠然と自分を励ましたり、褒めたり、けなしたりするよりも、具体的に自分を挑発したり、自分に忠告したりしているときのほうが、ずっといいパフォーマンスができることに気づいたのだ。ランニングやサイクリングなど、

1人になりやすいスポーツでは特に、自分との会話はしやすい。僕はまた、段階ごとの目標をイベントに見立てるメブ・ケフレジギの「わざ」も拝借した。バイクに乗ったときのすべてを記録してくれるストラバ（Strava）のフィットネスアプリも利用している。ハードにがんばろうと思うときには、アタックする「上り坂」にたくさんの目標を設ける——たとえば、新しい自己ベストを設定する、その日のトップ10に入る、その年のトップ５％に入る、などなど。ストラバでは、自分自身のこれまでの記録や、他の人たちの記録との競り合いが細かくわかる。力いっぱいは走れそうにないなと思っていても、そうした情報がない場合より、もっと、さらにハードに、と駆りたてられてがんばれたりするのだ。

まだ始められる。

僕にとっては、本書こそが新しい始まりだったと思う。30歳を過ぎて僕はサッカーを選んだのだが、ヘタクソで、のろくて、へこまされてしまった。でも、それはそれで素晴らしかった。グラウンドでまた背中をひねってしまい、あまり激しすぎないスポーツのほうがいいのかなと感じて、それでサイクリング派になった。今では、週末には、丘の上に到達するまでにあとどれだけカーブがあるかしらと思いながら、息を切らして動かない足を呪いながら過ごしている。今はそれが素晴らしい。

何十年も続けて、日々同じ方法で身体に挑ませることも、身体に克服させる効率のいい方法だ。でも、別の方法で挑戦してみれば、それがぴったりの回復薬になる。新しいスポーツを始めることには、言われている以上のことがある。僕は、トップ・アスリートの能力に感動したいし、たいていのエリートでない人たちと同じように、彼らの能力がうらやましい。けれども、彼らもまた、僕たちをうらやんでいるはずだ。偉大であることは重荷であり、それがすっかりなくなるとわかったときには、どれだけ自由になれるか。何か新しいことにトライしてみる必要もないし、しがみつかなくてもいいし、毎日少しずつ手を離していきつつキープしていてもいい。科学が若返らせてくれたり、もっと健康にしてくれたり、足を速くしてくれたり、大好きなことを上達させてくれたりする日が来るまで、僕たちは、僕たちの身近にあるものにこのままずっと親しんでいくことにしよう。

謝辞

本書を執筆することは、スプリントでなくマラソンだった。しかも、たぶんウルトラマラソン。構想から出版まで4年以上がかかり、その間に僕は引っ越しし、結婚し、転職し、再度引っ越して、そして子どもが生まれた。ノンフィクションの執筆に4年もかけると、感謝の言葉を送りたい方々が本当にたくさんになってしまった。

エージェントのダニエル・グリーンバーグ氏は、忍耐と粘り強さを完璧に持ち合わせている。最初に彼と話したとき――編集者のコリン・ディッカーマン氏の提案はとてもありがたかった――僕はブルックリンでカウチに寝そべって、リハビリを始められるくらいまで十分に背骨が回復するのを待っていた（僕が歩けるようになったのは、ニューヨーク病院のエリック・エロウィッツ医師と、まさにプロの理学療法士であるトニー・ディアンジェロ氏のおかげだ）。本書を執筆する間、ダニエルは勇気を奮い立たせてくれる源であり、心穏やかにしてくれる声であり、編集に関しても鋭いアドバイスを施してくれた。彼の同僚であるティム・ウォイチック氏も同様に、素晴らしい仕事をしてくれた。

根気のいる編集作業に関しては、担当の編集者スーザン・キャナヴァン氏が僕の手綱をしっかり引っ張ってくれていた。最初の締め切り日が、僕の妻の出産予定日であることがわかって、締め切りを2度も延ばしてくれた。彼女の信頼に報いることができていたならいいのだが。

スケジュール管理をしてくれていたスーザンに加えて、本書を完成させるにあたって、レベッカ・スプリンガー氏とメリッサ・ドブソン氏が気にかけてくれ、また、リサ・グローバー氏も企画全体をまとめてくれていた。メーガン・ウィルソン氏は、僕の宣伝活動のエースだった。リサーチアシスタントのサーシャ・レカチ氏は、僕の小難しい質問に答えを集めてきてくれ、一流の仕事をしてくれた。

４年間というと長いように聞こえるが、エリック・シュレンバーグ氏、ジム・レッドベター氏、ジョン・ファイン氏、ローラ・ローバー氏、クリス・フリーズウィック氏を含む『Inc.』誌の優秀なボスたちの協力がなければ、６年とか８年かかっていたことだろう。本書の企画を僕の勝手な要望ととらえるのでなく、いいビジネスの話が広がるきっかけになるかも、と歓迎してくれた。僕が最初に、怪我の予防、クライオセラピー、回復、その他数多くの健康やパフォーマンスに関するビジネスについて書かせてもらったのも『Inc.』誌だった。ジムとジョンは作家としても成功しているので、貴重なアドバイスをたくさんいただき、その多くがとても参考になった。

本当にたくさんの方々が、時間を割いて専門的なアドバイスをくれて、エリート・スポーツやスポーツ科学の世界でどのようなことが起きているのかを理解するのを助けてくださった。トレントとヒラリーのステリングワーフ夫妻ほど寛容さと深い洞察力をもった人はいない。夫妻が自宅やトレーニング場所を披露してくれ、食事をふるまってくれて、地元のアスレチック・コミュニティを紹介してくれ、しかも読んだらいいという本の「読書の宿題」まで出してくれた。ヴィクトリアの豪邸で過ごさせてもらったあの時間がなければ、本書を書くことはできなかっただろう。親切だと言われるカナダの人々のなかでも、彼らは際立った方々だった。

本書を読んでいただければおわかりと思うが、以下の方たちにも感謝申し上げたい――メブラトム・ケフレジギ、ボブ・ラーセン、レイモンド・フェルハイエン、マーカス・エリオット、フィル・ワグナー、トーマス・インクレドン、ダニエル・チャヤオ、ジェームズ・ガラニス、キャサリン・ペンドレル、アレックス・マーティンズ、マッキー・シルストーン、カースティ・コベントリー、スティーブン・ミュナトネス、ニラヴ・パンデヤ、トニー・アンブラー＝ライト（敬称略）は、時間を割いてオープンに受け入れてくださった。表には出なかったが、ロブ・ギャザーコール、アンソニー・カッツ、リカルド・ジェロメウ、モーガン・オリヴェイラ、イエレナ・ギトリン・ネスビット、マイケル・クーパー、ケイト・ハイアット、ダン・ビッグマン、エレノア・プレザント、サラ・エドワーズ、レイチェル・サトラー（敬称略）の全員が、陰ながらアイデアを出したり、情報を提供したり、その他にも支援やサポートをしてくれた。インタビューさせていただいたすべての方の名前を挙げてお礼を申し上げることはできないが、感謝の意を表したい。

ジャーナリストであり作家であって最高だと思えることのひとつが、他のジャーナリストや作家の方たちとともに過ごせることだ。彼らは最高だ。ジョナー・ワイナー氏にはお礼の申し上げようもないほどだ。僕を説得してサイクリングに連れ出してくれたこと、そして、バークレーとオークランドの丘を越える長いツーリングをしながら、僕が投げかける構成やテーマについての難題に耳を傾けてくれたことには、本当に感謝している。そうしたサイクリングの一度を共にしてくれたのがアンドリュー・フォンツ氏で、本書の題名を提案してくれた。マット・ハーバー氏は、頭に浮かんだくだらない考えを相談できる頼りになる人物であり、また、最高の結婚式を執り行ってくれた人でもある。

ママたちへの感謝なくしては、この謝辞は終わらない。僕が若いときから、母ジュディ・ベルコビッチは、僕が作家になったら何より誇らしく思う、と明言してくれていた。母が本当はどう思っていたのかはわからないが、感謝しているよ。義母スーザン・モステルは、熱心で疲れ知らずの図書館研究員だった。彼女がくれた本当にたくさんの情報があってこそ、この作品が完成できたと思う。

本書を書くという旅が始まったときにはまだママでなかったママもいる。アリー・モステルは、僕がブルックリンのアパートに着いて、本を書くアイデアがあるんだと話した日から、考えうるありとあらゆる方面でこの仕事を支えてくれた。スポーツと健康に関する書籍の仕事をしていた彼女は、それはやりがいのある仕事だと言ってくれ、僕はその言葉を信じたのだ。それ以来、彼女は僕にはなくてはならないアドバイザーであり、評論家であり、論争相手であり、仲介者であり、オールラウンドの精神的なサポーターだった。僕が背中の故障から回復するまで何カ月も世話をしてくれ、サンフランシスコで仕事に就いたときには、東から西へと引っ越してくれて、僕をカリフォルニアで最もハッピーなパパにしてくれた。そうして、それからの5カ月間、僕が本書の仕上げに忙しかった間は、親の仕事の大半をこなしてくれた。アリー、なにもかも本当にありがとう。そして、ラモーナもありがとう。大切な君のおかげで、来年はもっと強くなるぞ、という気になれる。すぐにも君は、何でも僕よりうまくできるようになるだろう、楽しみだ。

最後に、キーラン・ゴーマン氏、ジュリー・ゲルシュタイン氏をはじめとする、ゴタム・ユナイテッドの皆さんにも感謝申し上げたい。皆さんと過ごした金曜日の夜が、僕の人生を変えてくれた。

参考文献

アスリートの現役寿命に関するスポーツ科学を調べるにあたり、数多くの書籍およびその他の文献が非常に役立った。ブルース・グリエルソン著『What Makes Olga Run?: The Mystery of the 90-Something Track Star and What She Can Teach Us About Living Longer, Happier Lives（オルガが今も走れるのは？——90歳を過ぎても花形の陸上選手でいられる秘密と、彼女が我々に教えてくれるハッピーに長生きをするコツ）』（Henry Holt & Co.、２０１４年）は、高齢者と熟練者の運動競技科学についての情報が満載である。ビル・ギフォードの『Spring Chicken: Stay Young Forever (or Die Trying)（若者たちよ——いつまでも若いままで（何があろうとも））』（Grand Central Publishing、２０１５年）では、長寿科学や似非科学の世界をめぐる面白いツアーが体験できる。デイヴィッド・エプスタインの『The Sports Gene: Inside the Science of Extraordinary Athletic Performance』（Current、２０１４年）（邦訳：『スポーツ遺伝子は勝者を決めるか？——アスリートの科学』福典之監修、川又政治訳、早川書房、２０１４年）は、ワールドクラスのアスリートを生み出すには、遺伝学、生物学、環境、トレーニングが相互にどのように関係するかの信頼に足る検証である。デイビッド・コスティルとスコット・トラッペの『Running: The Athlete Within（ランニング——アスリートのうちなるもの）』（Cooper Publishing Group、２００２年）は、この分野での基礎となる教科書である。マーク・マックラスキーの『Faster, Higher, Stronger: The New Science of Creating Superathletes, and How You Can Train Like Them（より速く、より高く、より強く——スーパーアスリートを創る最新科学と、あなたにもできるトレーニング法）』（Avery、

２０１４年）では、現在のスポーツ科学についての全体像がとてもよくわかる。ピリオダイゼーションに関するものとしては、フランク・ファン・コルフシューテンの『How Simple Can It Be? Unique Lessons in Professional Football: Behind the Scenes with Raymond Verheijen（いかにシンプルにできるか？　プロ・サッカーのユニーク・レッスン――レイモンド・フェルハイエン指導の舞台裏）』（World Football Academy、２０１５年）が最高に面白いだろう。

健康維持や怪我の予防に関する最新の研究結果を追跡するのであれば、グレッチェン・レイノルズの『ニューヨーク・タイムズ』紙のコラムや、アレックス・ハッチンソンのブログ『Sweat Science』は必読だろう。

アンドレ・アガシの『ＯＰＥＮ――アンドレ・アガシの自叙伝』（川口由紀子訳、ベースボールマガジン社、２０１２年）からは何度か引用させてもらった。これまでに書かれたスポーツ選手の記録のなかで最も優れたもののひとつと評されている。Ｊ・Ｒ・モーリンガーには、この本を書いてくれたことと、引用することを寛容に認めてくれたことに感謝している。テニスについての記述はまた、Ｌ・ジョン・ヴァートハイムの『Strokes of Genius: Federer, Nadal, and the Greatest Match Ever Played（天才のストローク――フェデラーとナダルと、史上最高の熱戦』（Houghton Mifflin Harcourt、２００９年）、ジェラルド・マーツォラッティの『Late to the Ball: Age. Learn. Fight. Love. Play Tennis. Win.（ボールに追いつくには――歳を取っても、学んで、がんばって、楽しんで、テニスをして、そして勝とう）』（Scribner、２０１６年）からも情報をいただいた。

第７章の引用のいくつかは、キャサリン・ペンドレルが、リオのオリンピックで銅メダル受賞以降に書かれたブログポストからである。読みやすくするために、ペンドレルの許可を得て、僕たちの実際のインタビューからの引用と同じ形式にしておいた。また、そのレースに関する本書の記述にも、そのブログから引用させていただいている。以下のＵＲＬでその全体を読むことができる。

http://cpendrel.blogspot.com/2016/08/olympics-can-be-magic.html

ロビンに

君はいつだって家族に愛されていたね

著者略歴――――
ジェフ・ベルコビッチ　Jeff Bercovici
ジャーナリスト。『New York times』、『GQ』への寄稿、『Forbes』シニアエディターを経て、ビジネス誌『Inc.』のサンフランシスコ支社長。科学技術や IT 関係を中心に執筆している。

訳者略歴――――
船越隆子　ふなこし・たかこ
1957 年徳島県生まれ。東京大学文学部英文科卒業。訳書に、『夕光の中でダンス―認知症の母と娘の物語』（オープンナレッジ）、『ブレイキング・ポイント』（小学館）など。スポーツ観戦が好きで、特にサッカーのファン。

アスリートは歳を取るほど強くなる
パフォーマンスのピークに関する最新科学

2019 年 10 月 16 日　第 1 刷発行

著　者　ジェフ・ベルコビッチ
訳　者　船越隆子
装幀者　トサカデザイン（戸倉 巌、小酒保子）
発行者　藤田　博
発行所　株式会社 草思社
〒160-0022　東京都新宿区新宿1-10-1
電話　営業 03(4580)7676　編集 03(4580)7680

本文組版　株式会社 キャップス
印刷所　中央精版印刷 株式会社
製本所　大口製本印刷 株式会社
翻訳協力　岡田雅子、株式会社 トランネット

ISBN978-4-7942-2415-6 Printed in Japan　検印省略

造本には十分注意しておりますが、万一、乱丁、落丁、印刷不良などがございましたら、ご面倒ですが、小社営業部宛にお送りください。送料小社負担にてお取り替えさせていただきます。

草思社刊

マインドセット
——「やればできる!」の研究

ドゥエック 著
今西康子 訳

成功と失敗、勝ち負けは、マインドセットで決まる。20年以上の膨大な調査から生まれた「成功心理学」の名著。スタンフォード大学発、世界的ベストセラー完全版!

本体 1,700円

文庫 データの見えざる手
——ウエアラブルセンサが明かす人間・組織・社会の法則

矢野和男 著

幸福は測れる。幸福感が上がると生産性も向上する——。AI、ビッグデータを駆使した新時代の生産性研究の名著、待望の文庫化。新たに「著者による解説」を追加。

本体 850円

完全無欠の賭け
——科学がギャンブルを征服する

クチャルスキー 著
柴田裕之 訳

ギャンブルで儲け続ける科学者がいる! 宝くじ、ルーレット、競馬からポーカー、サッカーやバスケの賭け事まで。運に頼らず科学で勝つ、科学的攻略法の最前線。

本体 1,800円

操られる民主主義
——デジタル・テクノロジーはいかにして社会を破壊するか

バートレット 著
秋山勝 訳

ビッグデータで選挙民の投票行動が操れる? デジタル技術の進化は自由意志を揺るがし、社会の断片化、格差を増大させ、民主主義の根幹をゆさぶると指摘する話題の書。

本体 1,600円

※定価は本体価格に消費税を加えた金額です。